ALAN
WAKE

ALAN WAKE

앨런 웨이크

릭 버로스 지음 • 김지현 옮김

제우미디어

앨런 **웨이크**

초판 1쇄 | 2014년 2월 3일
초판 5쇄 | 2014년 12월 1일

지은이 | 릭 버로스
옮긴이 | 김지현

펴낸이 | 서인석
펴낸곳 | 제우미디어
출판등록 | 제 3-429호
등록일자 | 1992년 8월 17일
주소 | 서울시 마포구 상수동 324-1 한주빌딩 5층
전화 | 02-3142-6845
팩스 | 02-3142-0075
홈페이지 | www.jeumedia.com

ISBN | 978-89-5952-303-0
※파본은 본사나 구입하신 서점에서 교환해 드립니다.

제우미디어 소설 공식 카페 | cafe.naver.com/jeunovels
제우미디어 페이스북 | www.facebook.com/jeumedia
제우미디어 공식 블로그 | http://blog.naver.com/jeumediablog

만든 사람들
출판사업부 총괄 손대현 | **책임 편집** 김혜리 | **기획** 전태준, 김용진, 홍지영, 신한길 | **디자인** 장상호
제작 김금남 | **영업** 김응현, 김영욱, 박임혜 | **도와주신 분** 서종기, 박철희

친애하는 형제 제임스에게 바칩니다

PROLOGUE

앨런은 히치하이커의 모습을 미처 알아보지 못했다. 밤인데다가 피곤하기도 했고, 등대로 이어지는 해안 도로를 언제나처럼 빠른 속도로 운전하고 있었기 때문이다. 어둠 속에서 별안간 튀어나온 히치하이커는 도로 한복판에 서서 헤드라이트 불빛을 똑바로 쳐다보았다. 앨런이 브레이크를 채 밟기도 전에 무언가가 차에 텅 치이는 소리가 들렸다.

머리가 쿵쿵 울리고 온몸이 떨렸다. 앨런은 차에서 내려 상황을 파악했다. 차 앞부분이 온통 피투성이였고, 보닛은 우그러져 있었으며, 부서진 라디에이터에서 연기가 피어올랐다. 히치하이커를 확인해보니 이미 죽은 상태였다. 앨런의 몸과 히치하이커의 시체에 헤드라이트 불빛이 무대 조명처럼 쏟아졌다. 앨런은 피로 물든 시신의 옷섶에 손을 얹었다. 사과하고 싶었다. 변명이라도 하고 싶었다. 돌진하는 차 앞에서 왜 꼼짝 없이 서 있었냐고 묻고 싶었다. 아무 대답도 돌아오지 않을 게 뻔하지만.

그를 심문할 경찰의 목소리가 벌써부터 귓전에 들려오는 듯했다.

"웨이크 씨, 도로에 바퀴가 미끄러진 자국이 없던데요. 왜 브레이크를 안 밟은 겁니까? 사람이 서 있는 걸 못 봤습니까? 아, 당신 소설가였죠, 참? 운전 중 작품 구상에라도 빠져 있었나요? 기록 작성 차원에서 묻겠는데, 정확히 시속 몇 킬로나 밟은 겁니까? 사고 전에 술이나 약을 드셨나요? 피곤해 보이는데요."

근처 나무 위에서 까마귀가 우는 소리가 들렸다. 돌아보니 어둠 속에서 새의 두 눈만 번뜩거리고 있었다. 앨런은 시신으로 다시 고개를 돌렸다. 그런데 시신이 없었다. 온데간데없었다. 앨런은 히치하이커가 쓰러져 있던 자리를 손으로 더듬었다. 땅바닥에 무슨 구멍이라도 있는지, 시체가 풍선처럼 조그맣게 쪼그라든 건 아닌지, 보험 사기꾼이 무슨 수작이라도 부린 건지, 여하간 뭐라도 찾으려고 더듬거렸지만 거기엔 아무도, 아무것도 없었다. 밤공기에 싸늘하게 식은 길바닥만 펼쳐져 있을 뿐.

앨런은 무릎을 후들후들 떨며 일어서서 주위를 둘러보았다. 차는 수리할 가망도 없을 만큼 망가져 있었다. 앨런은 차를 길 옆에 밀어놓고 등대를 향해 걸어갔다. 몸을 똑바로 가누려, 침착해지려 안간힘을 썼다. 히치하이커가 분명 있었는데. 분명 차에 치였는데. 죽은 걸 똑똑히 봤는데. 시신이 어디로 사라졌단 말인가? 앨런은 뒤를 돌아보았다. 차는 여전히 거기에 있었다. 차에서 새어나온 물이 길바닥에 번져서 비상등 불빛 속에 번들거렸다. 다시 앞쪽을 보니 등대로 이어지는 목재 보도가 구불구불 뻗어 있었고, 길가에 선 가로등이 어둠을 밝혔다.

경찰에 어떻게 신고해야 할지 막막하기만 했다. 앨런은 일단 걸음을 재촉했다. 그런데 가로등 아래를 지나가는 순간 전구가 펑 터졌다. 부서진 유리 조각들이 머리 위로 눈발처럼 우수수 쏟아졌다.

'제기랄.'

앨런은 다시 뒤를 돌아보았다가 그 자리에 얼어붙었다.

차 앞에 아까 그 히치하이커가 서 있었다. 피와 어둠을 뒤집어쓰고, 손에는 도끼를 든 채. 히치하이커가 앨런을 향해 걸음을 옮겼다.

앨런은 꼼짝도 할 수 없었다.

더 멀리에 있는 가로등들이 하나씩 하나씩 폭발했다. 히치하이커가 넌더리를 내며 말했다.

"당신, 내가 누구인지 알아보지도 못하는군?"

히치하이커가 도끼를 들어올렸다. 피로 얼룩진 옷자락이 펄럭거렸다.

"그래. 댁은 사람의 목숨을 아무렇게나 가지고 놀지. 극적인 재미에 필요하다는 이유로 거리낌 없이 사람을 죽이니까. 이제는 당신도 한번 당해 보라고, 앨런. 작품을 위해 고통을 겪는 기분이 어떤지."

그제야 앨런은 히치하이커가 누구인지 알아보았다. 그는 앨런이 처음 썼던 소설에 등장하는 등장인물이었다. 한밤중에 무고한 사람이 차에 치여 숨지고 운전자는 달아난다는 내용으로 시작하는 소설이다. 미완성으로 남겨두었던 소설 속 인물이 지금 앨런에게 복수하려고 찾아온 것이다.

앨런은 도망쳤다. 목재 보도를 쿵쿵 울리면서 등대를 향해 내달리는 그를 히치하이커가 뒤쫓으며 비아냥거렸다.

"어딜 그렇게 바삐 가시나? 왜 그래? 당신 호러 이야기 좋아하잖아?"

앨런은 계속 달렸다. 나무판자가 발 아래서 텅텅거리고, 어둠 저편에서 등대가 불을 밝혔다. 등 뒤에서 히치하이커가 "작가가 뭐 저래?"라고 비꼬는 소리가 들렸다.

낡아빠진 목재 보도는 여기저기 갈라져 있었고, 몇 군데는 널판들이 통째로 뜯겨나가고 없어서 뛰어넘어야 했다. 이윽고 저 앞에 벼랑이 나타났다. 바닷물이 바위 틈에 철썩철썩 부딪히며 물보라를 일으키는 벼랑 위에는 금방이라도 부서질 듯한 널다리가 가로놓여 있었다.

"웨이크 씨! 빨리 오세요!"

벼랑 건너편에서 대학교 운동복 점퍼를 입은 청년이 손을 흔들었다. 앨런은 뒤를 흘끔 돌아보았다. 히치하이커가 도끼를 들고서 거리를 좁혀오고 있었다.

"웨이크 씨! 얼른요!"

앨런은 널다리 위를 미친 듯이 내달렸다. 그러다가 삭은 널판 하나에 발을 헛디뎌서 그의 다리가 부러지고 말았다. 앨런은 난간을 붙잡고 억지로 몸을 일으킨 다음, 절뚝거리면서 널다리를 마저 건넜다.

청년이 앨런의 팔을 잡고 등대 밑의 오두막집으로 이끌었다.

"웨이크 씨, 저예요. 클레이 스튜어드요. 기억 안 나세요?"

"클레이……? 누구?"

앨런은 청년의 손을 뿌리쳤다. 다리를 중간쯤 건너온 히치하이커가 소리쳤다.

"참, 나! 거 웃기는 사람이네!"

클레이가 오두막집의 현관문 쪽으로 앨런을 밀었다.

"들어가서 불 켜세요. 제가 막을게요."

앨런은 안으로 뛰어들어 전깃불 스위치를 찾아 벽을 더듬었다. 그때 등 뒤에서 문이 쾅 닫혔다. 앨런은 비명을 지르며 창밖을 내다보았다. 클레이가 현관문 앞에 서서 권총을 꺼내들고 히치하이커를 겨누고 있었다.

"클레이! 안으로 들어와!"

"거기 계세요. 일단 불부터 다 켜세요!"

클레이의 목소리가 갈라졌다. 히치하이커가 두 손으로 도끼를 휘두르며 클레이에게 달려들었다. 앨런은 문손잡이를 돌려보았지만 문은 꿈쩍도 하지 않았다.

클레이가 권총을 쏘았다. 총을 맞은 히치하이커는 잠깐 비틀거렸지만 금방 자세를 바로잡았다.

"왜? 왜 안 죽지?"

클레이가 울부짖으며 탄환이 다 떨어질 때까지 연신 총을 쏘았다. 모두 명중했지만 히치하이커는 끄떡도 없었다. 앨런은 히치하이커가 클레이의 가슴에 도끼를 깊이 꽂아 넣는 광경을 하릴없이 지켜보았다. 청년의 점퍼에 박힌 금색 대학 마크가 반으로 쪼개졌다.

클레이가 끔찍한 비명을 토해내며 무릎을 꿇고 주저앉았다.

"안 돼!"

앨런은 창문을 마구 두들겼다. 히치하이커는 클레이의 가슴을 발로 밀면서 도끼를 당겨 뽑아냈다. 강철 도끼날에서 피가 뚝뚝 떨어지고, 클레이는 얼굴을 땅바닥에 박으며 풀썩 고꾸라졌다.

히치하이커가 다시 도끼를 들어 올리더니 클레이의 등 한가운데에 힘껏 내리찍었다.

앨런은 드디어 전깃불 스위치를 찾아냈다. 그러나 스위치를 켜도 불이 들어오지 않았다. 스위치를 껐다 켜기를 수차례 반복했지만 오두막집은 여전히 어둠에 잠겨 있었다.

히치하이커가 도끼날을 비틀어 뽑아낸 다음 현관문 계단으로 천천히 올라왔다.

그때 오두막집이 흔들거리기 시작했다. 처음에는 부드럽게 떨리는 듯 싶더니, 점점 더 세차게 흔들리면서 토대에서 뽑혀 나갈 듯이 삐걱거렸다. 누군가가 거대한 손으로 집채를 쥐어 비틀기라도 하는 것 같았다. 밖을 내다보니 히치하이커는 또 사라지고 없었다. 마치 주어진 역할이 끝나서 퇴장한 배우처럼. 어디선가 귀청을 찢을 듯한 괴성이 울려 퍼졌지만 집 밖에서 들려오는 건지 앨런 자신의 머릿속에서 나오는 건지 알 수 없었다. 서서히 금이 가던 유리창이 와장창 박살나고 거센 바람이 집 안으로 쏟아져 들어왔다. 문짝이 벌컥 열리고 가구가 엎어지고 종이가 흩날렸다.

오두막집이 신음하며 무너져가고 있었다. 쪼개지는 벽 틈새로 빛이 새어들었다. 바깥은 어느덧 눈부신 빛으로 가득했다. 앨런은 현관문 밖의 말라죽은 풀밭으로 허겁지겁 뛰어나갔다. 그러자 괴성이 삽시간에 잦아들었다. 사방을 뒤덮은 빛의 홍수 속에서 눈을 깜빡이고 있으려니 저편에 사람의 형상이 나타났다. 남자 같았다. 우주 비행사인가? 아니, 잠수부 같았다. 그가 앨런에게 말을 걸었다. 아주 먼 곳에서 말을 전하려 안간힘을 쓰는 듯한 목소리였다.

"당신이 반드시 알아야 할 게 있소."

앨런은 입을 열었지만 말이 나오지 않았다. 강렬한 빛 때문인지 머릿속이 어수선했다. 잠수부가 말을 이었다.

"'그는 몰랐네/ 그가 집이라 부르는 호수 저 너머에/ 깊고도 캄캄한 녹색 바다가 있음을/ 더욱 거칠고도 더욱 잔잔하게/ 파도치는 바다가 있음을/ 그 항구에 나는 가보았지/ 그 항구에 나는 가보았지.' 이해되시오?"

"녹색 바다……? 아뇨. 무슨 말인지 전혀……."

"나는 당신에게 이걸 가르쳐주려고 꿈속으로 들어왔소. 어둠은 위험해요. 놈은 지금 잠들어 있지만, 당신이 오는 기척을 느끼면 깨어날 거요."

"깨어나요? 뭐가?"

앨런은 주위를 둘러보았다. 빛의 영역 바깥에 어둠이 보였고, 그 어둠 속에 피투성이 도끼를 든 히치하이커가 서 있었다. 그는 빛과 어둠의 경계선에 멈춰선 채 이쪽으로 건너오려고 벼르고 있었다. 보면 볼수록 어둠은 더욱 깊고 농밀해졌으며 기름처럼 번들거렸다. 앨런은 잠수부를 돌아보왔다.

"빛 속에 있으면 안전하오. 거기서는 어둠이 당신을 해치지 못할 거요."

빛이 금세 꺼질 듯 깜빡거렸다. 앨런은 비명을 질렀다.

CHAPTER 1

"앨런?"

앨리스가 부르는 소리에 앨런은 악몽에서 서서히 깨어났다. 아직 비몽사몽인 그의 귓가에 앨리스의 목소리가 들려왔다.

"앨런, 일어나서 좀 봐봐. 정말 아름다워!"

앨런은 눈을 게슴츠레 떴다. 열린 차창 밖에서 손짓하는 앨리스가 보였다. 그들은 카페리에 있었고, 앨리스는 배 난간에 기대서서 경치를 감상하던 중이었다. 타이트한 데님 바지, 검은 부츠, 검은 가죽 재킷의 뒤집힌 칼라 위로 나부끼는 연갈색 머리카락. 앨리스가 보는 경치가 어떤 건진 몰라도 지금 앨런의 눈앞에 서 있는 그녀만큼 아름답지는 않을 것 같았다. 앨리스가 다시 손짓했다. 앨런은 차에서 내려 갑판을 가로질러 걸어갔다. 발밑으로 나지막한 엔진 진동이 느껴졌다.

"저것 말야. 꼭 보여주고 싶었어."

앨런은 앨리스에게서 눈을 떼기 힘들었지만, 마지못해 그녀가 가리킨 곳으로 시선을 돌렸다. 바다 양편으로 거대한 숲이 펼쳐져 있었다. 평생

본 그 어떤 나무보다도 커다란 나무들이 빽빽하게 우거져서 숲의 바닥은 보이지도 않았다.

"아주 오래된 숲이래. 벌목을 하지 않은 지 몇백 년은 됐다나봐. 요새 저런 숲은 거의 안 남았잖아."

"원시림이나 마찬가지로군. 새스콰치(미국 북서부 산속에 서식한다는 전설 속의 괴물. 털이 많고 커다란 유인원의 모습이다.)라도 나오는 거 아냐?"

앨런은 뱃전에 부딪히는 암녹색 물을 내려다보고는 트위드 코트의 단추를 하나하나 채웠다. 코트에 후드티까지 덧입었는데도 몸이 으슬으슬 떨렸다. 앨리스는 태양이 따라다니는 듯했지만 앨런은 늘 추위를 탔다. 가뜩이나 얼굴이 기름하고 앙상한데, 홈이 패인 듯 갈라진 턱을 사흘 동안 깎지 않은 수염이 뒤덮고 있으니 꼭 마약쟁이 록스타 같은 몰골이었다. 새파란 눈동자는 매우 예민하고 변덕스러워 보였다. 언젠가 앨런이 '건드리면 문다'라는 문신이라도 새길까 하고 농담을 했더니, 앨리스는 그럴 필요도 없다고 대답했었다. 누구든 앨런을 보기만 해도 건드리면 안 되겠다고 생각할 거라나.

통나무 하나가 물살에 간댕거리며 떠다니고 있었다. 두껍고 울퉁불퉁한 줄기와 널따란 잎사귀를 보니 느릅나무인 듯했는데, 이 주변의 높다란 나무들과는 전혀 달랐다. 늘 호기심이 많은 앨런은 저 통나무가 어쩌다가 여기까지 흘러왔을지, 어쩌다가 뿌리째 뽑혔을지 궁금해졌다. 가지 위에 커다란 까마귀 한 마리가 올라앉아 반짝이는 날개를 퍼덕이며 무언가를 콕콕 쪼아대고 있었다. 앨런은 까마귀가 무엇에 그렇게 열을 올리는지 보려고 몸을 앞으로 내밀었다. 까마귀는 앨런의 시선을 의식하기라도 한 듯 머리를 기울이더니, 몸을 수그리고는 부리로 희끗한 실 같은 것을 끄집어냈다.

"이십 분 안에 브라이트 폴스에 도착할 거야."

앨리스가 햇살을 만끽하며 말했다. 통나무가 가까이 떠밀려오면서 까마귀의 탐욕스러운 울음소리가 메아리쳤다. 이제야 그 부리에 물고 있는 것이 무엇인지 알 수 있었다. 나뭇가지에 걸린 아동용 테니스화에서 뽑아낸 신발끈이었다. 푸드득 날아오르는 까마귀를 보며 앨리스가 몸을 돌렸다.

"와, 저 까마귀 엄청 크다."

"그렇네."

앨런이 조용히 말했다.

"자기, 괜찮아? 얼굴이 엄청 창백해."

"신경 쓰지 마. 또 상상력이 날뛰어서 그렇지 뭐."

앨런은 검은 머리카락을 손으로 쓸어 넘겼다. 앨리스는 늘 앨런을 걱정했다. 기분이 어떤지, 짜증이 난 건 아닌지 곧잘 눈치를 살폈다. 하긴, 그럴 만도 했다.

저 멀리 만灣 안쪽에 조그마한 마을의 윤곽이 보였다. 저곳이 바로 브라이트 폴스이리라. 앨리스가 핸드백에서 카메라를 꺼냈다.

"앨런, 저기 픽업트럭 옆에 있는 영감님이랑 나란히 서볼래? 숲 배경으로 한 장 찍어줄게."

"나 사진 찍히는 거 싫어하는 거 알잖아."

"사람이 싫은 것도 좀 하고 살아야 돼. 그래야 영혼이 성숙해지지. 죽으면 천국 가고 싶지 않아?"

앨리스가 농담조로 건넨 말에 앨런도 장난스럽게 받아쳤다.

"당신도 같이 간다면."

"흠, 난 여기 있을래. 당신이 저쪽으로 가. 사진은 내가 찍을 거야."

앨런은 노인 옆으로 걸어갔다. 그의 파란색 픽업트럭에는 죽은 지 얼마 안 된 사슴이 실려 있었다. 참 보기 좋은 광경이라고 시니컬하게 생각하며 앨런은 노인에게 말을 붙였다.

"안녕하세요."

"브라이트 폴스는 지금이 딱 좋지요. 잘 오셨습니다."

땅딸막한 체격의 노인이 말했다. 머리가 벗겨지기 시작했고, 눈가에 잔주름이 잡힌 초로의 노인이었다. 안경알 너머의 푸른 눈동자는 물기에 젖어 있었다.

"아, 그래요?"

앨런은 대강 맞장구를 쳤다. 앨리스가 노인과 더 가까이 붙으라고 손짓했다.

"그럼요. 아주 좋을 때지요."

"흠, 그렇군요."

노인이 손가락으로 안경을 밀어 올리면서 재차 강조했다.

"운이 정말 좋단 말입니다."

앨런은 숨을 깊이 들이쉬었다. 하여간 영감님들이란 누구나 고집불통이다. 중력이나 광속과 같은 보편적 법칙인 셈이다.

"왜 그런 건가요?"

앨런이 결국 묻자 노인은 틀니를 벙긋 드러내며 승리감에 젖은 웃음을 지었다.

"2주 뒤에 사슴 축제가 열리거든요."

앨런은 그게 뭔지 전혀 몰랐다.

"사슴 축제라고요? 여보! 들었어? 사슴 축제가 열린다는데!"

"그나저나 나는 팻 메인이라고 합니다."

노인이 손을 내밀었다.

"저는 앨런……."

"아, 선생 이름은 이미 알고 있지요. 웨이크 씨."

팻이 축축하고 물컹한 손으로 앨런의 손을 잡고 흔들며 미소 지었다.

"우리도 책은 읽고 살거든. 그래, 다음 작품은 언제 나오지요? 신작이 나온 지가 벌써……."

앨런이 말을 잘랐다.

"쓰는 중입니다."

"아무렴요. 재촉하는 건 아닙니다. 글이라는 게 서두른다고 빨리 써지는 건 아닐 테니."

팻이 화제를 돌렸다.

"이런 얘기가 실례되지 않았으면 좋겠는데, 실은 내가 이 지역 라디오 방송국에서 일하거든요. 야간 프로그램을 하나 진행하고 있는데, 혹시 선생과 인터뷰를 할 수는 없을까요? 이런 외딴 지역에 베스트셀러 작가가 오는 게 흔한 일은 아니라서……."

"저는 아내와 휴가를 온 겁니다. 되도록 조용히 지내고 싶습니다."

팻이 윙크를 했다.

"그럼요, 왜 아니겠습니까. 그래도 혹시 마음이 바뀌면 연락 주세요. 나를 찾기는 어렵지 않을 겁니다."

앨런은 앨리스에게 돌아갔다.

"좋은 장면 몇 개 건졌어. 근데 당신, 친구 잘 사귀네? 보기 좋더라."

"그래. 영감님이랑 서로 비장의 케이크 요리법을 알려줬지."

앨런이 가볍게 빈정거리자 앨리스가 앨런의 팔을 툭 쳤다.

"친구 좀 만든다고 어디 덧나? 그렇게 나쁘게만 생각하지 마. 일단 사귀고 나면 당신도 친구 좋다는 게 이런 거구나 싶을 거야."

앨런은 아무 대답도 하지 않았다. 그저 눈을 반쯤 감고 난간에 기대어 앨리스와 나란히 어깨를 맞댄 채, 바람에 흩날리는 그녀의 머리카락이 뺨을 간질이는 감각을 즐겼다.

아까 차기작을 쓰는 중이라고 대답했던 건 거짓말이었다. 실은 지난 2년간 단 한 글자도 쓰지 못했고, 앞으로 두 번 다시 소설을 쓸 수나 있을지 알 수 없었다. 하지만 이렇게 앨리스 곁에 있는 지금만큼은 작품 생각 따위 전부 젖혀놓기로 했다. 이제껏 쓴 소설도, 앞으로 쓰지 못할 소설도, 밤낮으로 그를 괴롭혀온 좌절감도 모두. 지금은 그와 앨리스 단둘이 아닌가. 그것만으로도 충분했다. 앨런에게 필요한 것은 바로 이 완벽한 순간이었다.

"으윽."

앨리스가 나지막이 신음했다.

"왜 그래?"

앨런은 만사를 잊게 해주는 앨리스의 향기 속에서 깨어나고 싶지 않았지만 마지못해 물었다.

"엄청 기분 나쁜 사람이 우릴 쳐다봐."

앨런은 눈을 떴다. 둘만의 완벽한 순간이 여름 오후 하늘에 떠오른 비누 거품처럼 펑 터져 사라진 기분이었다. 카페리의 맞은편 끝에서 지저분한 행색의 사십 대 남자가 그들을 보며 히죽거리고 있었던 것이다. 남자는 위장 무늬 바지, 사냥 조끼, 얼룩투성이 야구 모자, 낡은 작업용 부츠 차림이었고, 입에 문 담배를 아랫입술로 드리내린 채였다. 앨런은 그쪽으로 몇 걸음 걸어가서 따졌다.

"뭡니까?"

웅웅거리는 엔진 소음 때문에 들리지 않을까봐 일부러 큰 목소리로 말했지만, 남자는 아무 반응도 하지 않고 담배 연기를 천천히 빨아들이면서 둘을 쳐다보기만 했다.

"앨런, 하지 마. 휴가 시작부터 기분 망칠 거야?"

앨리스가 앨런을 차 쪽으로 이끌었다. 앨런은 잠자코 입을 다문 채 앨리스와 함께 차에 올랐다.

"정말…… 가끔 당신 이럴 때마다 나 무서워."

앨리스의 목에 돋은 정맥이 쿵쿵 맥박 치고 있었다. 앨런은 아내를 속상하게 한 자기 자신에게 화가 났다.

"미안해."

"저런 남자는 상대할 가치도 없어. 있잖아, 당신도 좀 물러날 줄 알아야 해."

앨리스가 앨런의 손을 꼭 잡았다.

"난 못해. 넋 놓고 가만히 있다 보면 산 채로 잡아먹히는 수가 있다고. 그런 게 세상이야."

"그렇지 않아. 대부분의 사람들은 선량해."

앨런은 피식 코웃음을 쳤다.

"앨런. 내 말 들어. 정말로 그렇다니까."

"안 착한 사람들은 어쩔 건데?"

앨런은 앨리스 뒤의 창밖에 펼쳐진 풍경으로 눈을 돌렸다. 어느덧 가까워진 마을이 선명하게 보였다. 밝은 색깔로 칠한 상점들과 아담한 집 몇 채가 언덕에 흩어져 있었고, 배가 들어오기를 기다리는 인파며 자동차가 선착장에 몰려 있었다. 앨런은 앨리스에게 주의를 돌리고 말을 이었다.

"우리를 해치고 싶어 하는 사람들도 있잖아."

"누가 우릴 해치고 싶어 하겠어? 그럴 이유가 없잖아."

앨런은 앨리스에게 입을 맞췄다.

"질투 때문에. 우리가 가진 걸 생각해봐. 누구나 탐낼걸."

앨리스가 앨런에게 다시 키스했다. 그녀의 따스한 입술이 느껴졌다.

"그러면 뭐 해. 어차피 못 빼앗을 텐데."

두 사람이 카페리에서 내릴 때쯤에는 지평선에 구름이 끼면서 공기가 쌀쌀하게 식었다. 앨리스가 차를 몰고 난간에 줄지어 앉은 낚시꾼들과 탑승을 기다리는 승객들을 지나 선착장을 빠져나갔다. 일광욕을 즐기러 나온 주민들이 누비 재킷 차림으로 아이스크림을 먹으며 인도를 쿵쿵거리며 거닐고 있었다. 그런데 갈매기가 한 마리도 눈에 띄지 않았다. 이런 해안가에는 음식 찌꺼기를 먹으러 날아드는 갈매기들이 있게 마련인데 어쩐지 이상했다. 지붕이며 송전선에 앉아 있는 까마귀들만 보일 뿐이었다. 앨런은 또 오한이 들어서 몸서리를 쳤다.

"정말 좋다. 그치? 운치 있고 말야. 사람들도 다들 한가롭고."

"사슴 축제가 열린다잖아. 그때 되면 한바탕 난리가 날걸."

"앨런, 당신도 여기서 지내는 게 마음에 들 거야. 분명해."

"나 그냥 농담한 거야."

"그래, 내 말이 그 말이야. 당신이 웬일로 농담을 다 하고…… 여유를 되찾은 거지, 그치? 나 정말 행복해. 지난 2년간 당신 너무 심각하기만 했어."

"음, 그럴 수밖에 없었지. 심각한 상황이었으니까. 하지만 오늘은 아니야. 이제 방갈로 열쇠 받아다가 본격적으로 휴가 시작할 거야. 아무 생각 말고 쉬자. 당신이 얌전하게 말 잘 들으면 사슴 축제에도 데려가 줄게. 이

참에 한 마리 키워보는 건 어때?"

"어휴, 누가 도시 도련님 아니랄까봐. 이보세요, 여기가 어떤 곳인지나 잘 보세요. 여긴 사슴을 키우는 게 아니라 잡아먹는 동네거든요."

CHAPTER 2

"방갈로 열쇠를 누구한테 받아야 한다고?"

차가 신호등에 걸려 멈췄을 때 앨런이 물었다. 이 마을에 들어온 이래 처음 보는 신호등이었다.

"칼 스터키라는 사람이야. 이 시간쯤이면 항상 '오 디어' 식당에 있다고, 거기로 와서 받아가랬어."

신호가 바뀌기를 기다리는 동안 앨런은 주위를 둘러보았다. 비바람에 닳은 칙칙한 벽돌 건물들밖에는 아무것도 없었다. 해안을 따라 십여 개의 가게들이 늘어선 이 길 하나가 말하자면 이 마을의 시내인 셈이었다. 브라이트 폴스는 아담하고 조그마한 마을이었다. 쓰레기도, 그래피티도, 주차 미터기도 없는 곳. 길 한편의 철물점에는 체인 톱과 발전기를 판다는 광고가 걸려 있었고, 그 맞은편 신발 가게에는 발등을 보호해주는 안전화를 판매한다고 붙어 있었다. 교차로에 이르자 "사슴 축제까지 앞으로 2주!"라고 적힌 현수막이 보였다.

"메이베리(〈앤디 그리피스 쇼〉를 비롯한 여러 미국 시트콤에 등장하는 가상의 지역으로, 작고 소박한 전원 마을을 상징한다.)가 따로 없군."

"당신도 참. 거드름 피우지 좀 마. 예스럽고 좋잖아."

앨런은 개 한 마리가 느릿느릿 길을 건너가는 걸 지켜보며 말했다.

"그래, 예스럽지. 스타벅스도 없고, 패스트푸드점도 없고, 케이블TV도 없고, 6개월 전에 DVD로 발매된 영화가 이제야 단관극장에서 개봉하고 말이지."

"그런 게 안락하다고 생각하는 사람들도 있어."

앨런은 한숨을 쉬었다.

"아무래도 난 그냥 쉬는 게 어려운 것 같아."

"우리, 여기 쉬려고 온 거잖아."

앨리스가 그의 손을 꼭 쥐었다. 앨런은 피식 웃음을 흘렸다.

"맞아. 그렇지. 난 정말 바보 같다니까. 당신이 왜 나를 참아주는지 모르겠어."

"당신만의 매력이라는 게 있거든."

신호등이 바뀌었지만 앨리스는 그대로 앉아 있었다. 늦은 오후의 부드러운 햇살 속에서 그녀의 호리호리한 몸이 나른하고 관능적으로 움직였다. 마치 햇볕을 쬐며 기지개를 켜는 고양이 같았다.

"얼른 열쇠 받으러 가자. 내가 극진히 모셔줄게."

"정말이지? 약속한 거야."

앨리스가 앨런에게 흘끔 눈길을 던지고는 액셀러레이터를 밟았다. 교차로를 건너 한 블록을 지나자 '오 디어' 식당이 나왔다. 저 앞에서는 퍼레이드용 장식 차량 한 대가 천천히 길을 지나가고 있었다. 거대한 사슴 같은 뿔 장식이 달린 목재 운반 트럭이었다. 앨리스는 식당 앞에 차를 세우고 시동을 켜두었다.

"당신이 스터키 씨한테서 열쇠 받아줄래? 난 기름 좀 넣고 올게."

"나 여기 놔두고 가버리는 건 아니지?"

"그래줄까? 당신 소박한 생활 마음껏 즐기게?"

"나 혼자? 싫어. 무슨 재미로?"

앨리스가 식당 문 옆에 놓인 무인無人 신문 가판대를 가리켰다. 사람들이 자발적으로 놓고 간 동전들이 신문 더미 위에서 반짝이고 있었다.

"어머, 저것 봐. 양심 매점 같은 건가봐. 저런 거 뉴욕에서 마지막으로 본 게 언제야?"

"서부 개척 시대에 네덜란드 이주민들이 맨해튼의 원주민을 등쳐먹었을 때."

앨런은 앨리스에게 키스하고 차에서 내렸다. 이 거리를 따라 좀 더 내려가면 마을의 유일한 주유소가 있었다. 앨리스가 모는 차가 그쪽으로 멀어지는 걸 지켜보고 있으니, 인도 위에 번져 있는 핑크색 액체 같은 게 눈에 띄었다. 개미떼가 몰려 있는 걸 보니 어떤 아이가 딸기 아이스크림이라도 떨어트린 모양이었다. 앨런은 식당 건물 밑에서 기어 나오는 개미들이 아이스크림으로 줄 지어 움직이는 것을 내려다보았다. 점점 더 많은 개미들이 탐욕스러운 기세로 쏟아져 나오고 있었다. 앨런은 문득 정신을 차리고 허둥지둥 식당으로 들어갔다. 그러다가 문간에서 우뚝 멈춰 섰다.

지뢰밭 한가운데에 발을 들인 기분이었다. 두 발짝도 안 되는 곳에 앨런 자신의 사진을 실물 크기로 확대 인쇄한 판지 모형이 우뚝 서 있었던 것이다. 마지막으로 발표한 소설 『불현듯 멈추다』에 실을 프로필 사진용으로 앨리스가 찍어준, 예민하고 고뇌에 휩싸인 작가의 사진이었다. 이런 광고판은 어느 출판사든 많이들 하는 홍보 방식이었다. 하지만 평론가들은 그 사진을 보고 입방아를 찧어댔다. "앨런 웨이크의 미끈한 외모가 책의 어마어마한 판매고에 기여하는 것은 사실이지만, 창작의 고통에 시달리는 예술가의 분위기를 한껏 풍기는 이번 프로필 사진은 아무래도 좀 과한 것 같다. '글발'이 아니라 '얼굴발'로 승부하겠다는 신호 같지 않은가."라는 〈뉴욕 타임스〉의 기사를 보고, 앨런은 다음 번 프로필 사진은 아예 프릴 드레스를 입고 하키 마스크를 쓰고 찍든가 해야겠다고 생각했었다.

그 사진을 보고 있으려니 여기저기 숨 가쁘게 홍보 행사를 다녔던 기억이 떠올랐다. 갈아탈 비행기를 놓쳤던 일, 사람들로 미어터지던 서점, 온갖 입에 발린 찬사를 쏟아내던 텔레비전 쇼와 라디오 프로그램 진행자들. 긴 하루를 끝내고 리무진에 탔을 때의 그 안락한 정적, 두꺼운 착색 유리창 너머의 바깥세상을 바라보며 자신이 수족관 물고기처럼 온 세상에 노출되어 있다는 생각에 느꼈던 회의감. 하지만 무엇보다도 끔찍한 것은 그 유명한 작가 앨런 웨이크가 순전한 사기꾼이었다는 느낌이었다. 앨런이 『불현듯 멈추다』 이후로 한 글자도 쓰지 못했다는 게 세상에 알려진 뒤부터 모든 게 물거품처럼 사라져버렸다. 세간의 찬양과 아첨도, 1등석 제트 여객기도, 4성 호텔도 전부. 앨런이 타자기의 백지만 하릴없이 쳐다보며 지낸 지가 벌써 몇 달 째였다. 내보일 수 있는 것이라고는 오로지 『출발』이라는 제목뿐이었다. 작업이 늦어지는 이유로 댈 만한 핑곗거리도 이제는 바닥났다. 더는 할 말이 없었다. 출판사에도, 에이전시에도, 아내에게도, 자기 자신에게도…… 글을 쓰지 못하는 작가의 존재 가치가 뭐란 말인가?

"어머나!"

어떤 여자의 목소리가 들렸다. 앨런은 당장 문 밖으로 뛰쳐나가 앨리스의 차를 뒤쫓아 뛰어가고 싶었다. 휴가는 그만두고 그냥 돌아가자고, 평범한 사람인 척 숨을 수 있는 큰 도시로 돌아가자고 사정하고 싶었다.

"어머, 어머, 어떡해!"

카운터를 보고 있던 웨이트리스가 앞치마에 손을 닦으면서 허겁지겁 걸어 나왔다. 연갈색 머리카락에, 예쁘장하고 열띤 얼굴이 꼭 먹잇감을 쫓는 쥐를 연상시키는 여자였다.

"세상에, 어쩜 좋아! 저 하마터면 오늘 출근 안 할 뻔했거든요. 저 없는 사이에 작가님이 우리 가게에 왔다는 걸 알았더라면…… 난 죽어버렸을 거예요!"

웨이트리스가 땅에서 금덩이라도 캐내듯 앨런의 손을 덥석 움켜잡았다.

"작가님 팬이에요. 세계 최고 열혈 팬이요. 진짜로요."

앨런은 천천히 손을 빼냈다.

"세계 최고 팬을 가리는 대회가 있는 줄은 몰랐네요."

"작가님 책은 다 읽었어요. 전부 다 빠짐없이요!"

"고맙습니다."

그녀가 다시 앨런의 손을 잡고 흔들었다.

"전 로즈 메리골드라고 해요. 저 사진, 제가 출판사에서 얻어온 거예요. 일하는 동안 계속 보고 싶어서요."

"만나서 반가워요, 로즈."

앨런은 누가 보고 있지 않은지 주위를 둘러보았다. 다행히도 보는 사람은 없었다. 식당 안에는 카운터에 있는 산림 관리원, 뒤쪽 칸막이 자리에 앉은 백발의 노인 둘뿐이었다. 한쪽 벽에는 박제된 동물 머리들이 걸려 있었다. 먼지가 수북이 앉은 사슴, 순록, 영양의 머리에 박힌 유리 눈알이 생기 없이 번들거렸다.

"저, 작가님. 『불현듯 멈추다』에서 말예요, 마지막에 알렉스 케이시가 죽은 걸로 되어 있지만, 실은 죽은 게 아니죠? 그죠? 음, 그러니까 영원히 죽은 건 아니었으면 좋겠어요. 알렉스 케이시는 제가 세상에서 가장 좋아하는 캐릭터거든요."

"무척 기쁘군요."

로즈가 손가락을 까딱거리면서 방긋 웃었다.

"머릿속이 아이디어로 가득하시죠? 좀 말씀해주세요. 블로그에 떠벌이진 않을 테니까…… 아, 원하신다면 물론 블로그에 올릴게요!"

앨런은 뒷걸음을 치면서 어물거렸다.

"저는…… 그, 여기서 만날 사람이……."

"누구요?"

"칼 스터키라는 분이요. 제 아내와 같이 머물 방갈로 열쇠를 받아가야 해서요."

"어머나, 저희 마을에서 머물다 가시는 거예요? 아아, 오늘 제 인생 최고의 날이에요!"

로즈가 얼굴이 빨갛게 달아올라서는 손부채질을 하면서 카운터에 있던 산림 관리원에게 몸을 돌렸다.

"러스티, 들었어?"

러스티라고 불린 관리원이 커피잔을 들어올렸다.

"그럼. 인생 최고의 날이라고 했잖아. 그리고 선생, 이 집 커피는 브라이트 폴스 최고랍니다."

"러스티, 이분은 유명 소설가 앨런 웨이크 씨야. 작가님, 이쪽은 러스티라고 해요. 몸속에 블랙커피밖에 안 들어 있는 사람이죠."

러스티가 커피를 한 모금 마시고 입술을 핥았다.

"만나서 반갑습니다, 웨이크 씨."

"저도요. 혹시 칼 스터키 씨 어디 계신지 아십니까?"

러스티가 뒤편 복도를 엄지손가락으로 가리켰다.

"저 안에 있는 것 같아요."

"고맙습니다."

앨런은 복도로 걸어갔다. 지나가는 길에 칸막이 자리에 앉은 두 노인이 나누는 대화가 들렸다.

"노래나 한 곡 틀까?"

한 명이 새하얀 수염을 긁적거리면서 근처에 놓인 주크박스를 가리켰다. 그러자 다른 한 명이 말했다.

"B2번이나 듣지."

쾌활한 인상의 노인이었다. 한쪽 눈은 검은색 안대로 가렸고, 다른 한쪽 눈은 사파이어처럼 새파란 색이었다. 가슴에 빨간 크레파스로 '오딘 앤더슨'이라고 적어놓은 이름표가 달려 있었다. 맞은편의 다른 노인의 옷에도 마찬가지로 비슷한 이름표가 붙어 있었는데, 그쪽은 '토르 앤더슨'이었다. 두 노인 모두 머리고 수염이고 온통 새하얬다.(토르, 오딘은 각각 북유럽 신화에 나오는 신들의 이름이다.)

"B2? 〈코코넛〉 말이야?"

토르가 따졌다.

"내가 가서 틀고 싶어도 다리가 영 말을 안 들어서 움직일 수가 없어."

"아니, 〈코코넛〉을 또 듣겠다고? 한심하군. 그러고도 네가 로커야? 노망난 퇴물 같으니, 쯧쯧."

그때 러스티가 앨런에게 말했다.

"걱정 말아요. 콜드론 레이크 정신병원…… 음, 아니, 진료소에서 오신 분들입니다. 길을 잃어버렸거든요. 하트먼 박사가 곧 와서 데려갈 거예요."

오딘이 손가락으로 딱딱 소리를 내며 흥얼거렸다.

"코코넛, 코코넛, 코코넛."

"닥쳐! 자는 사이에 목을 확 졸라버리는 수가 있어! 친형제 사이라고 내가 못할 것 같아?"

토르가 버럭 고함치자, 오딘은 앨런을 돌아보았다.

"이봐, B2 좀 틀어주겠나?"

앨런이 머뭇거리고 있자 토르가 그에게 주의를 돌렸다.

"왜 그러고 섰어? 음악 안 좋아해?"

자기가 그 노래를 싫어했다는 걸 그새 잊어버린 모양이었다.

"B2 틀어봐, 글쎄. 인생이 뒤바뀌는 명곡이라고."

"어이. 네 침대 시트나 바꿔."

오딘의 말에 토르가 또 언짢은 기색으로 으르렁거렸다. 그러자 오딘은 킬킬 웃어댔다.

"형님은 침대가 네 개나 되시나? 그걸 다 어디다 쓰려고! 주책 떨지 말고 술이나 마셔!"

앨런은 묵묵히 주크박스에 동전을 집어넣고 B2를 입력했다. 그동안 토르는 또 기분이 좋아졌는지 오딘의 말에 고개를 주억거리고 있었다. "술이라, 하! 그 시절에 우린 죽도록 마셨었지"라면서.

그때 전기 등불을 든 노부인이 어둑한 복도 입구에 불쑥 나타나는 바람에 앨런은 화들짝 놀랐다.

과연 앨리스의 말이 맞았다. 브라이트 폴스는 정말로 작고 예스러운 마을이었다. 단지 노망 난 어르신이 좀 많을 뿐.

딱딱한 입매가 사뭇 엄격해 보이는 그 노부인이 앨런을 흘겨보았다.

"이보게 젊은이, 그 복도에 들어갈 셈인가? 가지 말게. 거긴 어둡다고!"

노부인이 앨런을 붙잡으려 했지만, 그는 무시하고 안으로 휙휙 걸어 들어갔다. 복도가 정말로 어둡긴 했다. 저 멀리 구석에서 홀로 가물거리는 불빛 외에는 아무 조명도 없었다.

"스터키 씨?"

아무런 대답도 들리지 않았다.

"스터키 씨!"

앨런이 더 큰 목소리로 불렀다. 천장에 매달린 파리잡이 끈끈이에 날벌레들이 다닥다닥 붙어 있었다. 개미 퇴치약도 좀 가져다놓으면 좋겠는데 싶었다. 앨런은 남자 화장실 문을 열고 안을 들여다보았지만 아무도 없는 것 같았다. 축축한 수건, 세면기, 25센트를 넣으면 싸구려 향수를 뿌려주는 기계만 눈에 들어왔다. 앨런은 문을 닫고 몸을 돌렸다가 멈칫했다. 웬 시커먼 드레스를 입은 여자가 바로 옆에 서 있었던 것이다. 챙 없는 구식 모자를 쓰고 얼굴에 베일까지 드리운 여자였다. 교회나 장례식에 가는 길이거나 아니면 이 동네 미치광이들 중 한 명인 모양이다.

"실례합니다. 칼 스터키 씨를 찾고 있는데요."

앨런이 한 걸음 물러서며 말했다.

"칼은 여기 없어요. 아파서 못 왔거든요. 딱하게도."

베일 너머 입술이 미소를 지었다. 앨런은 그녀를 바라보기가 힘들었다. 자꾸 정신이 산만해졌다. 눈동자가 너무나도 새까매서 그런지 빨려 들어가는 기분이었다.

"그분에게…… 받을 물건이 있는데요."

"알아요. 칼이 제게 부탁했어요. 방갈로 열쇠가 필요하시지요?"

여자는 몇 년 간 한 번도 말을 해본 적이 없는 사람처럼 갈라지는 목소리로 말했다. 그러고는 약도를 그려 넣은 종이 냅킨과 함께 열쇠 하나를 건네주었다. 앨런의 손에 닿는 그녀의 손가락이 싸늘했다.

"고맙습니다."

"모쪼록 제 방갈로에서 즐겁게 머무시길 바랍니다. 나중에 한번 들를 테니 필요하신 게 있으면 그때 말씀하세요. 아내분을 어서 만나고 싶네요."

"그러실 필요까지는 없는……"

"아뇨. 꼭 그래야 해요."

앨런은 굳이 반박하지 않고 몸을 돌렸다. 여자의 웃음소리가 귓전에 메아리쳤다. 밝은 바깥으로 어서 나가고 싶어서 초조해졌다. 복도를 성큼성큼 걸어가다가 언뜻 뒤를 돌아보니, 검은 드레스를 입은 여자는 그새 어디로 갔는지 없었다. 베일 너머로 앨런을 지켜보고 있지 않아서 마음이 놓였지만, 한편으로는 온데간데없이 사라져버렸다는 게 찜찜했다.

복도 밖으로 나오자 아까 앨런을 막으려 했던 노부인이 등불을 높이 들어 올려 그를 비추었다.

"운도 억수로 좋구먼."

"그런가요?"

"앞으론 조심하는 게 좋아. 어두운 데 있으면 다쳐요."

앨런은 식당 벽에 걸린 박제품을 둘러보았다. 가지친 뿔 한 가닥이 부러져 있는 순록 머리가 눈에 띄었다. 어떤 사슴 주둥이에는 담배꽁초가 박혀 있었다. 토르라는 아까 그 노인은 주크박스에서 흘러나오는 코코넛 노래에 맞춰 몸을 흔들고 있었고, 오딘은 탁자 위에 머리를 얹고서 축 늘어진 채였다. 앨런이 옆을 지나가자 오딘이 흠칫하더니 그의 팔을 잡아챘다.

"토미! 자네 가진 술 좀 없나? 거 이리 와서 한 잔 따라봐!"

오딘이 어물거리며 외치자 토르가 탁자를 주먹으로 탕탕 내리쳤다.

"나도! 어이, 주인장! 나랑 우리 동생 마실 술 좀 내와!"

"술이 안 들어가면 눈앞에 뭐가 있는지 도통 보이질 않는다고."

러스티가 끼어들었다.

"영감님들, 그만하세요. 이따가 하트먼 박사님 오면 얘기하세요."

로즈라는 그 웨이트리스가 앨런을 뒤쫓아왔다.

"작가님, 커피 드실래요? 서비스로 한 잔 드릴게요!"

"아뇨, 괜찮습니다."

앨런은 로즈를 피해 문으로 성큼성큼 걸어갔다. 입구에 떡하니 놓여 있는 앨런 자신의 대형 사진이 그를 쳐다보고 있었다. 저 빌어먹을 사진 속얼굴에다가 안경과 콧수염이라도 그려 넣고 싶었다. 앨런의 등 뒤에서 러스티가 커피를 후루룩 들이키며 말했다.

"웨이크 씨, 이 집 커피는 백 퍼센트 콜롬비안이랍니다. 안 드시고 가면후회할 텐데요."

앨런은 문을 박차고 밖으로 나왔다. 즉시 기분이 한결 나아졌다. 서늘하고 습한 산들바람 속에서 그는 잠시 가만히 선 채로 숨을 골랐다. 몇 분 뒤앨리스가 차를 몰고 와서 빵빵 경적을 울렸다.

"열쇠 받았어?"

앨런이 재빨리 차에 타자 앨리스가 물었다. 앨런은 잠자코 고개를 끄덕였다.

"왜 그래? 무슨 일 있었어?"

"아니. 당신 보니까 좋아서."

CHAPTER 3

"그게 정말이야?"

앨런은 앨리스를 뒤따라 걸어가면서 물었다. 그들은 지금 깊은 숲속으로 들어가는 중이었다. 하늘 높이 치솟은 나무들 사이를 하염없이 걷다 보니 신발은 흙투성이가 되었고 바지는 가시덤불에 쓸린 자국으로 엉망이 되었다. 하지만 앨런은 주저하지 않고 열심히 숲을 헤쳐 나갔다. 아까 앨리스가 마을에서 15킬로미터쯤 벗어난 지점의 갓길에 차를 세우고는 무작정 앨런을 숲으로 끌고 들어가는 바람에 여기까지 이른 것이다. 앨런은 그녀의 설명을 도무지 믿을 수 없었지만 일단 따라가는 수밖에 없었다.

"앨리스, 확실해? 그냥 헛것 본 거 아니야?"

"아니야. 진짜라니까."

앨리스는 물기에 젖어 아른거리는 거미줄을 젖히고 나아갔다. 미세한 진주알로 만들어진 실들이 흙바닥에 떨어졌다. 앨리스의 머리카락에 잎사귀가 들러붙고, 뺨은 발갛게 달아올랐다. 데님 바지와 재킷 차림의 그녀는 마치 자연 속에서 나고 자란 소녀처럼 보였다. 앨리스는 자신을 쳐다보는 앨런의 눈길을 알아차렸는지 뒤를 휙 돌아보았다.

"왜?"

"그냥. 아름다워서. 얼마 전까지만 해도 입에 손가락 넣고 휘파람을 불어서 택시를 잡던 천상 도시 여자였는데, 어떻게 이렇게 변할 수 있지?"

"내가 평생 뉴요커로 살기만 한 건 아니거든."

앨리스는 바닥에 흩어진 조그마한 산딸기들을 저벅저벅 밟으며 나아갔다. 그리고 빽빽하게 우거진 덤불 너머를 내다보았다.

"아, 보인다. 저쪽에 있는 것 같아."

앨런은 앨리스가 가리킨 곳으로 발걸음을 재촉했다. 앨리스가 보았다는 문제의 그 물건을 얼른 보고 싶어서가 아니었다. 그렇게 터무니없는 물건이 정말로 있을 거라고는 기대하지도 않았다. 다만 날이 슬슬 어두워지고 있어서 마음이 급해졌다. 해가 떨어지기 전에 방갈로로 돌아가고 싶었다. 그런데 앨리스가 더욱 빨리 걸음을 내딛어 앨런의 옆을 휙 스쳐 지나가더니, 아래로 늘어져 있는 두꺼운 삼나무 가지 밑으로 머리를 수그리고 걸어 나갔다.

"그래! 저거야!"

앨런은 눈앞에 펼쳐진 광경을 보고 아연히 머리를 흔들었다. 앨리스의 말은 사실이었다. 작은 공터 한가운데 망가진 차 한 대가 서 있었던 것이다. 80년대 중반에 나온 포드 컨버터블 승용차였다. 앞유리는 박살났고, 다 헐어버린 지붕에는 곰팡이가 잔뜩 슬어 있었다. 게다가 전나무 묘목 한 그루가 차의 중앙을 뚫고 자라나, 지붕 위에 작은 녹색 우산 같은 가지를 드리우고 있는 게 아닌가.

"맙소사. 뭐 이런…… 해괴한 게 다 있어?"

"내 말이!"

앨리스는 차 주위를 천천히 돌면서 사진을 찍었다. 앨런은 차 옆면을 손끝으로 훑어보았다. 이끼가 묻어나왔다.

"어떻게 이럴 수 있지? 길도 없는 숲 한가운데에?"

"그러니까. 누가 차를 몰고 여기까지 들어온 건 아닐 거야. 주변이 온통 나무로 둘러싸여 있잖아. 이 차가 제작되기도 한참 전부터 있던 나무들이라고."

"누가 장난 친 거 아니야? 고등학생들이 차를 부품별로 해체해다가 여기 가져와서 조립했다거나……."

앨리스가 조수석 문을 열고 안을 들여다보았다.

"주행 기록계가 18000킬로미터밖에 안 되는데. 쓴 지 얼마 되지도 않은 차를 그냥 버려두고 갔으려고? 그럴 리가 없어. 장난치느라 이렇게 만든 거라면 어떻게든 도로 가져갔겠지."

앨런은 뒷좌석을 확인해보았다. 그리고 납작해진 타이어를 발로 찬 다음 몸을 굽혔다. 타이어를 찬찬히 살펴본 앨런은 다시 일어서서 말했다.

"앨리스, 이 차, 아무래도 공중에서 떨어진 모양인데."

차를 뚫고 솟아오른 전나무 가지들을 만지고 있던 앨리스가 앨런을 돌아보았다. 앨런은 타이어 옆면에 길게 찢어진 자국을 가리켰다.

"봐봐. 이 타이어 말야. 오래 방치돼서 썩은 줄 알았는데, 잘 보니까 그게 아니야. 터져서 이렇게 된 거라고. 땅에 부딪힌 충격 때문에. 아주 높은 곳에서 추락하지 않으면 이렇게 터지진 않아."

앨런은 머리카락을 손으로 쓸어 올렸다.

"대체 뭐지? 토네이도에 휘말렸나?"

앨리스가 곰곰이 생각하더니 고개를 저었다.

"그건 아닐걸. 여긴 미국 북서부 연안이잖아. 이 지역에서 토네이도가 분다는 얘기는 한 번도 못 들어봤어."

곰팡이가 잔뜩 핀 좌석 위에는 조그마한 노란색 버섯들이 자라나 있었다. 앨리스는 거의 곤죽이 되다시피 썩어 문드러진 가죽 커버를 물끄러미 내려다보며 말을 이었다.

"음, 혹시 비행기에서 떨어진 거 아닐까? 운반 중에 무슨 사고가 생겼다든가."

"기어가 들어가 있는데? 차 열쇠도 꽂혀 있고. 틀림없이 시동 걸고 운전하던 도중에 여기로 온 거야."

바람 한 줄기가 나무들을 스치고 지나갔다. 앨런은 불현듯 몸서리를 쳤다.

"이제 돌아가자."

"앨런, 잠깐만. 그럼 이 차가 어떻게 여기까지 왔을까?"

앨런은 잠자코 고개를 저었다.

"궁금하지 않아?"

또 바람이 불었다. 잎사귀들이 쏴 하고 흔들리는 소리가 더욱 크게 울려 퍼졌다. 땅에 드리워진 나무들의 그림자가 한층 더 길어졌다. 앨리스도 비로소 날이 어둑해지고 있다는 걸 알아차린 듯했다.

"아, 늦어졌네. 얼른 가야겠다."

"그래. 내일 마을 사람들한테 물어보든가 하자."

앨런은 앨리스의 손을 잡고 도로 쪽으로 이끌었다. 앨리스의 발걸음이 점점 빨라지더니 앨런보다 앞서 나가기 시작했다. 앨런은 뒤를 흘끔 돌아보았다. 차는 이미 숲속에 파묻혀서 보이지 않았다.

"앨리스, 정말 이상한 점이 뭔지 알아?"

앨리스가 계속 걸어가면서 앨런을 돌아보았다.

"만약 토네이도나 뭐 그런 것 때문이라면 운전자는 어떻게 된 거지?"

앨리스는 걸음을 멈췄다.

"분명 누가 차를 몰고 있었을 거란 말야. 운전하던 중에 차가 이 숲에 떨어졌다고. 그럼 운전자는? 어떻게 된 거야?"

"아마 숲을 빠져나갔겠지."

"그러면 차는? 왜 다시 가져가지 않은 거지?"

"몰라. 얼른 가자."

앨리스는 다시 몸을 돌리고 뛰다시피 수풀을 헤쳐 나갔다. 그때부터 둘은 아무 말도 하지 않고 걷기만 했다. 마침내 차에 도착하자 앨리스는 서둘러 시동부터 걸었다.

"내일 아침에 일어나면 우선 마을에 가보자. 그 사람들은 뭐라도 알겠지."

"아아, 사진 몇 장만 더 찍고 올걸."

"내일 또 여기 들르면 되……."

앨리스가 갓길에서 차를 빼면서 터져 나온 부르릉 소리에 앨런의 뒷말은 묻혀버렸다.

노을빛으로 물든 도로를 따라 십오 분쯤 달리고 나니, 숲속에서 느꼈던 공포는 어느새 희미해졌다. 나중에 친구들과 술 마시면서 안주 삼아 꺼낼 만한 으스스한 이야기 정도로 느껴졌다. 이걸 소재로 단편소설이라도 써볼 수 있지 않을까? '고립된 포드 컨버터블 사건'이라는 제목으로. 어쩌면 슬럼프를 극복하는 계기가 될지도 모른다.

앨런은 짐짓 심각한 얼굴로 농담을 꺼냈다.

"혹시 UFO 아닐까? 외계인들이 UFO로 차를 빨아들였다가, 운전자는 자기들 동물원에 넣으려고 데려가고 차만 거기다 버려둔 거야."

"아니면 중세 시대에 광적으로 심취하는 사람들이 벌인 짓일지도 몰라. 투석기로 차를 쏘아 날려버린 거지. 그런 다음 차가 도난당했다고 신고하고, 보험금을 받아 챙겨서 갑옷이며 공성 망치 따위를 제작하는 데에 쓴 게 아닐까?"

"아, 그거 말 되네! 또 다른 추측은 없어?"

앨리스는 킥킥 웃으면서 차창을 내렸다. 밀려드는 바람에 그녀의 머리카락이 나부꼈다. 차창 너머로는 어느덧 콜드론 호수가 펼쳐져 있었다.

"우와. 앨런, 저기 좀 봐. 저거 보려고 우리가 여기까지 온 거야."

콜드론 호수는 거대했다. 몇 킬로미터는 되는 듯한 호수가 가파른 절벽과 높다란 나무들에 둘러싸여 있었다. 물이 얼마나 깊은지 짙푸르다 못해 거의 시커멓게 보였다. 아무것도 들여다보이지 않는 불투명한 수면은 지극히 잔잔했다. 물고기가 물결을 일으키지도 않았고, 호수 위로 갈매기 한 마리 날지 않았다. 앨리스가 감탄에 젖은 표정으로 말했다.

"화산 때문에 생긴 호수야. 수천 년 전에 일어난 화산 폭발로 지표면에 거대한 구멍이 파이고, 거기에 물이 고여서 저렇게 된 거지. 저런 종류의 호수를 '칼데라'라고 해. 콜드론이라는 이름도 거기서 나온 거래. 발음이 비슷하니까."

"관광청 안내서에 나올 법한 이야기군. 내가 보기에는 마녀의 가마솥 cauldron처럼 생겼다고 붙은 이름 같은데."

"아하. 그건 괴담에 나올 법한 이야기인걸."

앨리스가 장난스럽게 쏘아붙이고 속력을 늦췄다. 그러고는 저 아래 보이는 오두막집을 고갯짓으로 가리켰다.

"저기야?"

앨런은 식당에서 만난 여자에게 받은 약도를 확인했다.

"맞아."

앨리스는 자갈 깔린 호숫가에 차를 세운 다음 시동을 껐다. 차에서 내린 두 사람은 잠시 서서 방갈로를 살펴보았다. 호수 연안의 작은 섬 위에 지어진 오두막집이었다. 섬은 물가에서 아주 가까웠고, 낡아빠진 목조 다리로 육지와 연결되어 있었다. 방갈로 건물은 아무 장식도 없는 삭막한 모양이었는데, 건물 토대 부분이 특히 을씨년스러웠다. 비틀린 나뭇가지며 나무뿌리를 얽어 만들어서 꼭 거대한 새의 다리들이 삐져나와 있는 것처럼 보였기 때문이다. 방문객의 불쾌감을 부추기기라도 하듯, 목조 다리 위에는 '새 다리 방갈로'라는 손글씨가 적힌 표지판까지 걸려 있었다.

"당신이 기대한 게 이런 거야?"

앨리스가 고개를 저었다.

"음, 아니. 팸플릿에는 방갈로가 호수 근처에 있다고만 적혀 있었어. 섬 위에 있는 줄은 몰랐지. 그치만 이건 정말로……."

"오싹하지."

"아니! 멋지잖아. 우리 둘만의 섬 같아서 오붓하고 좋은걸."

두 사람은 목조 다리로 이어지는 계단을 삐걱삐걱 내려가서 목조 다리 위에 올라섰다. 작은 널조각으로 만들어진 다리가 발밑에서 흔들거렸고, 차가운 바람이 살갗에 와 닿았다. 앨리스는 선글라스를 머리 위로 밀어올리고 방갈로를 찬찬히 둘러보았다. 아무 손질도 하지 않은 나무 널빤지로 지어진 아담한 2층 건물이었다. 테라스로 빙 둘러싸인 1층 현관문 옆에는 장작이 쌓여 있었고, 테라스 난간에는 라디오가 놓여 있었다. 기괴한 둥지 같은 나뭇가지 토대만 아니었더라면 썩 멋진 숙소였을 텐데.

"굉장히 흥미로운 구조네."

앨리스가 말했다.

"건축가 프랭크 라이트가 나무 블록 빼기 놀이 하다가 정신이 회까닥 돌면 딱 이런 식으로 만들 것 같은데. 나처럼 상상력이 지나친 사람이 머물기에 적당한 곳 같지는 않아."

"무지 독특한 건물이야."

앨리스가 카메라를 꺼내들었다.

"그래. 독특하기야 하지."

그때 앨런의 휴대폰이 울렸다.

"여보세요?"

"어이, 앨런. 최고의 베스트셀러 집필은 잘 되어가나?"

배리가 언제나처럼 스타카토로 뚝뚝 끊어지는 숨 가쁜 목소리로 말했다.

"잘 되고 있어, 배리."

배리의 이름이 나오자 앨리스는 성가시다는 듯 눈을 굴렸다. 앨리스는 배리를 싫어했다. 짙은 뉴욕식 억양도, 여기저기서 앨런의 이름을 들먹이며 친분을 과시하는 것도, 엄포를 늘어놓으며 상대를 밀어붙이는 행동도, 늘 입고 다니는 야단스러운 디자인의 재킷까지도. 물론 배리는 앨런의 에이전트로서 해야 할 일을 하고 있을 뿐이었다. 앨리스는 배리가 에이전트라는 이유 그 자체로 싫어하는 셈이었다. 표범의 몸에 표범 무늬가 있다고 싫어하는 것이나 다름없었다. 유감스럽게도 배리는 앨런의 가장 오랜 친구이기도 했다.

"도착했어? 비행기가 추락하진 않았고?"

앨런은 잠시 떨떠름하게 휴대폰을 쳐다보았다.

"아니. 추락 안 했어. 심장 발작 일어나지도 않았고, 세상이 멸망하지도 않았고."

"거 참, 왜 이렇게 까탈이야? 사람 민망하게."

배리가 진심으로 서운한 듯한 목소리로 말했다. 오랜 세월 앨런을 겪어온 그가 익힌 나름의 요령이었다.

"난 그냥 네가 걱정돼서 그러지. 우리 스타 작가님을 누가 괴롭히진 않나 하고."

"난 괜찮아."

"앨런, 나는 이 휴가 적극 찬성이야. 정말이라니까. 푹 쉬고 충전을 해야 글도 잘 나올 것 아냐. 다만 그 쪼끄만 여자랑은 좀 떨어져 있어. 그래야 무슨 아이디어라도 떠오를…… 뭐야, 왜 웃어?"

"아무것도 아냐. 저기, 우리 방금 숙소 도착했거든."

"아, 알았어. 끊을게. 나중에 다시 전화해서……."

"전화 안 해도 돼."

"이봐. 나라고 너 챙겨주고 싶어서 이러는 줄 알아? 이게 내 일이란 말이야."

"알았어. 나도 너 사랑해."

앨런은 전화를 끊어버렸다.

"휴가 동안만이라도 그 사람 번호는 차단해놓으면 안 돼?"

앨리스가 부지런히 사진을 찍으면서 투덜거렸다. 그녀는 집채를 떠받치는 나뭇가지들을 클로즈업으로 찍으려고 한쪽 무릎을 꿇어앉고 있었다. 굵은 가지들 사이로 금방이라도 부러질 듯한 가느다란 잔가지들도 보였다.

"배리가 당신을 '쪼끄만 여자'라고 부르더라."

앨리스가 벌떡 일어섰다.

"정말이야?"

앨런은 어깨를 으쓱했다.

"뭐, 위험하게 사는 게 좋은가보지."

"당신도 마찬가지야."

앨리스가 그에게 키스하고는 말을 이었다.

"배리 얘기는 이제 그만. 불이나 좀 켜줘, 여보. 금방 어두워지네."

앨런은 재킷에서 손전등을 꺼내 앨리스에게 건넸다.

"건물에서 나온 전선이 저쪽 헛간에 들어간 걸 보니까 거기에 발전기가 있나봐. 내가 가서 작동시켜볼게."

"알았어. 나는 먼저 들어가 있을게."

앨런은 방갈로 뒤로 둘러가서 헛간으로 향했다. 오솔길 한편에 서 있는 커다란 나무 그루터기에 칼로 새겨놓은 낙서가 눈에 띄었다. 하트 모양의 선 안에 'TZ + BJ'라는 문구가 조각되어 있었다. 나중에 앨리스에게 보여 줘야겠다는 생각이 들었다. 이 방갈로에 머물다 간 어느 커플이 로맨틱한 흔적을 남겼다는 걸 보면 아마 좋아할 테니까. 앨런은 행운을 비는 뜻으로 그루터기를 손으로 두들기고는, 헛간의 열린 문으로 들어갔다.

먼지 쌓인 발전기 한 대가 헛간 내부의 절반을 차지하고 있었다. 앨런은 휘발유가 꽉 차 있는지 확인하고, 내연 기관으로 연료를 주입한 다음 코드를 잡아당겼다. 곧 작동되는 듯하더니 순식간에 픽 꺼져버렸다. 같은 절차를 반복해보았지만, 가동된 지 너무 오래돼서 그런지 아무리 해도 말을 듣지 않았다. 하늘은 시시각각 어두워져가고만 있었다. 앨런은 코드를 연신 잡아당겼다. 스무 번 시도한 끝에 겨우 윙 하는 소리가 터져 나왔다. 앨런은 레버를 조절해놓고 발전기가 계속 돌아가는 걸 지켜본 다음 방갈로로 돌아갔다. 현관문을 열어보니 아직 햇빛이 남아 있는데도 앨리스가 실내의 불이란 불은 다 켜놓고 있었다.

앨리스는 인파나 쥐 떼나 귀신 따위는 조금도 무서워하지 않았다. 피닉스의 호텔 방에 타란툴라 거미가 들어왔을 때는 산 채로 밖에 내보내기도 했다. 운전할 때도 겁내지 않고 빠른 속도로 차를 몰았고, 천둥 번개가 쳐도 깊이 잠들었다. 앨리스는 그 어떤 상황에서도 침착했다. 단지 불만 켜져 있다면. 그녀는 오로지 어둠만을 무서워했다. 그것도 아주 심하게. 온갖 종류의 상담이며 치료를 받아보았지만 아무 소용도 없었다. 어둠을 두려워하는 자신의 약점을 그저 받아들이는 수밖에. 그래서 앨리스는 늘 손전등을 가지고 다녔고, 혹시라도 그녀가 빠뜨릴 경우를 대비해서 앨런 역시 자기 몫의 손전등을 챙기는 게 습관이 되었다. 두 사람이 누리는 행복을 위해 치르는 사소한 대가인 셈이었다. 앨런은 발전기가 제대로 돌아가는지 재차 확인하고 방갈로 안으로 들어갔다.

부엌에는 각종 편의시설이 갖춰져 있었다. 커피메이커, 냉장고, 가스레인지, 믹서기, 토스터까지. 거실의 나무 바닥에는 술 장식이 달린 카펫이 깔려 있었고, 커다란 석조 벽난로 앞에 소파가 마주 놓여 있었다. 흔들의자 한 대, 째깍거리는 소리가 흘러나오는 대형 괘종시계, 낡은 문고판 책이며 보드게임이 꽂힌 책장도 있었다. 앨런은 책들을 살펴보았다. 대부분은 토머스 제인이라는 작가의 작품이었다. 처음 들어보는 이름이었다. 토머스 제인이라니, 아까 나무에 새겨져 있던 TZ라는 낙서가 이 이름의 약자인 걸까? 앨런은 내일 마을에 내려가면 이것도 물어봐야겠다고 생각하며 수첩에 메모해두었다. BJ는 또 누구인지, 그 두 사람이 어떻게 되었는지 궁금했다. 미스터리는 누구나 좋아하는 법이지만, 앨런은 특히 이런 쪽에는 사족을 못 썼다.

해가 호수 너머로 꺼져들면서 수면이 두들겨 편 황금처럼 변했다. 앨런은 뒤쪽 테라스로 나가서 해가 서서히 저무는 광경을 바라보며 이런저런 생각에 잠겼다. 이곳에서 앨리스와 함께 행복한 시간을 보낼 수 있으리라.

정적 속에서 모처럼 잠도 푹 잘 수 있을지도 모른다. 호수에는 물결 한 점 일지 않았고, 뛰어오르는 물고기도 없었다. 쭉 펼쳐진 수면이 하늘과 맞닿을 뿐. 앨런은 황금빛 물이 차차 먹빛으로 물들어가는 풍경을 감상하며, 난간에 놓여 있는 휴대용 라디오를 켰다. 즉시 익숙한 목소리가 튀어나왔다.

"안녕하세요, 팻 메인입니다. 오늘 밤은 날씨가 맑을 예정이라고 하네요. 대도시에서 여기까지 오신 분들은 잠시 밤하늘을 올려다보며 별들을 감상하는 여유를 즐겨보는 건 어떨까요?"

앨런은 움찔 놀랐다. 라디오에서는 계속 팻의 목소리가 흘러나왔다.

"제가 오늘 카페리에서 유명한 작가를 만났지 뭡니까. 누구일까요? 청취자 분들께서 한번 맞춰보시겠어요? 어이쿠, 벌써 전화가 왔네요. 안녕하세요, 로즈."

로즈의 들뜬 목소리가 이어졌다.

"누군지 알아요. 저도 식당에서 그분 봤거든요. 앨런 웨이크 씨죠! 유명 소설가요!"

앨런은 라디오를 꺼버렸다. 남들 이목을 피해 조용히 지낸다는 게 좀처럼 쉽지가 않았다.

"앨런, 이리 와봐! 선물이 있어!"

위층에서 앨리스가 소리쳤다. 앨런은 계단을 한 번에 두 개씩 뛰어올라갔다.

앨리스는 침실에 있었다. 침실에는 작은 발코니가 딸려 있었고, 열려 있는 발코니 창문으로 찰싹거리는 물소리가 새어들었다. 앨리스는 검은 데님 바지를 벗어서 의자 등받이에 걸쳐놓은 참이었다. 앨런은 앨리스를 두 팔로 안고 뺨을 맞대고서 부드럽고 따스한 피부를 어루만졌다.

"내가 선물이라는 뜻은 아니었는데."

앨리스가 속삭였다.

"당신은 늘 내게 선물 같은 존재야. 그래서 사랑하는 거야."

창밖 하늘에는 별들이 흩뿌려져 있었다. 저렇게 많은 별을 보기는 오랜만이었다. 하나하나 소원을 빌 수도 없을 만큼 수많은 별들이 총총 빛나고 있었다. 앨런은 앨리스를 더 꽉 끌어안으며 말했다.

"여기 오길 잘했어."

앨리스가 천천히 앨런에게서 떨어졌다.

"서재를 보여주고 싶어. 이리 와볼래?"

앨런은 앨리스를 따라 침실을 나섰다. 걸음걸이에 따라 조금씩 흔들리는 앨리스의 엉덩이가 탐스러웠다. 서재로 들어서자 가장 먼저 책상이 보였고, 그 위에는 동그란 모양의 창문이 두 개 나 있었다. 창밖으로 내다보이는 검은 호수에 밤하늘의 별이 고스란히 비치고 있었다. 호수가 저 하늘만큼이나 깊은 것만 같은 느낌에 앨런은 일순 아찔해졌다.

"어때?"

앨리스가 물었다. 앨런은 책상 위에 놓인 검은색 수동 타자기에 눈길을 던졌다.

"내 타자기가 왜 여기 있어?"

"내가 가져왔지."

"그건 나도 알아. 왜 가져왔냐고 묻는 거잖아."

"왜 화를 내?"

"화내는 거 아니야."

"뭐, 여기서 지내는 동안 당신 글 쓰고 싶을 수도 있으니까. 여긴 평화롭잖아. 부담 주는 사람도 없고. 주변 환경이 바뀌면 글도 잘 써질 수……."

"당신은 내가 고작 환경 때문에 글을 못 쓴다고 생각하는 거야?"

"앨런. 언성 높일 것까진 없잖아."

"언성 높인 적 없어."

"나는 그냥 도와주려고……."

"도와주지 마."

앨리스는 물러서지 않았다. 다른 사람들 같았으면 성질 나쁘기로 악명 높은 앨런 앞에서 겁을 먹고 사과와 변명을 늘어놓았겠지만, 앨리스는 예외였다. 그녀는 걱정스러운 눈빛으로 차분하게 타일렀다.

"당신 요즘 어떻게 지냈는데. 슬럼프 때문에 먹지도 않고, 잠도 거의 못 자고, 항상 화가 나 있었잖아. 앨런, 이건 당신만의 문제가 아니야. 우리의 문제라고."

앨리스가 앨런의 손을 잡고 흔들었다.

"나는 당신을 사랑해. 당신이 좋아하는 일을 다시 할 수 있었으면 좋겠어. 글을 다시 썼으면 좋겠어."

앨리스가 거기까지만 하고 멈췄더라면 괜찮았을 것이다. 이쯤에서 앨런에게 키스하고 침실로 돌아갔더라면 그럭저럭 무난히 넘어갔을지도 모른다. 하지만 앨리스의 이야기는 그게 끝이 아니었다.

"앨런, 실은 브라이트 폴스에 좋은 의사가 있어. 당신처럼 슬럼프를 겪는 예술가를 전문적으로 상담해주는 분이래. 그 의사가 쓴 책을 읽어봤더니 설득력이 있더라고. 하트먼 박사라는 사람인데……."

"하트먼 박사?"

앨런은 속에서 화가 울컥 끓어올랐다. 그는 앨리스를 뿌리치고 성큼 물러났다.

"아, 그 훌륭한 의사 이름은 나도 들어봤지. 아까 식당에서 그 의사 환자들을 만났으니까. 그래서 뭐야? 내가 정신병원에 격리되어야 한다는 소리야?"

"아니야, 여보. 그런 게 아니라, 하트먼 박사는 예술가들을……."

앨리스가 손을 뻗어 앨런을 잡으려 했지만, 그는 앨리스를 밀치고 뚜벅뚜벅 문 밖으로 나섰다.

"'코코넛'이나 들어봐. 인생이 뒤바뀌는 명곡이니까."

"뭐라고?"

"타자기 따윈 필요 없어. 옆에서 누가 자꾸 부담 주는 것도 지긋지긋하고. 더군다나 정신과 의사라니, 절대 사양이야!"

"앨런! 가지 마!"

앨런은 앨리스의 말을 무시하고 1층으로 내려갔다. 부엌 조리대에서 손전등을 꺼냈다. 현관문이 뻑뻑해서 잘 열리지 않기에, 어깨를 쾅 부딪쳐서 억지로 열고 밖으로 뛰쳐나갔다.

"앨런!"

앨런은 손전등으로 바닥을 비추며 다리를 건너갔다. 그리고 호숫가를 따라 걸으면서 별하늘을 올려다보며 분노를 식히려 애썼다. 앨리스에게 화가 난 게 아니었다. 앨리스는 단지 그를 도와주려 했을 뿐인데, 거기다 대고 오만한 프리마돈나처럼 파르르 성을 낸 자기 자신에게 화가 났다. 머저리가 된 기분이었다. 앨런은 사과할 말을 궁리하면서 방갈로 쪽으로 걸음을 돌렸다. 그때 공포에 질린 앨리스의 목소리가 어둠을 갈랐다.

"앨런! 당신 어딨어?"

방갈로 안의 불빛이 전부 꺼져 있었다. 발전기가 또 멈춘 모양이었다. 앨런은 목조 다리로 이어지는 계단을 한달음에 내려갔다. 허겁지겁 뛰다가 하마터면 넘어질 뻔했다.

"안 돼! 오지 마!"

"지금 가고 있어!"

앨런이 다리를 쿵쿵 뛰어가면서 소리쳤다.

"오지 마! 오면 안 돼!"

앨런은 현관문을 열어젖히고 계단을 올라갔다. 층계참에 이르렀을 때, 어디선가 썩은 나무가 우지끈 부러지는 소리가 들렸다. 곧이어 앨리스의 비명과 함께 무언가가 물에 첨벙 빠지는 소리가 울려 퍼졌다. 앨리스는 침실에 없었다.

"앨리스! 어딨어?"

앨런은 계단을 내려가서 1층의 뒤쪽 테라스로 달려 나갔다. 나무 난간 일부분이 떨어져 나가고 없었다.

"앨리스?"

앨런 자신의 목소리만 쩌렁쩌렁 메아리쳤다. 손전등을 휘둘러 호수를 비추니 검은 수면에 어떤 형체가 언뜻 보였다. 그러나 그 형체는 순식간에 물속으로 빨려 들어가 보이지 않게 되었다.

"앨리스!"

앨런은 물에 뛰어들었다.

CHAPTER 4

앨런은 콜드론 호수의 시커먼 물속으로 깊이 깊이 잠겨들었다. 사방이 고요했다. 저 아래 더욱 깊은 어둠 속에 무언가가…… 아니, 누군가가 있었다. 앨런이 그녀에게 손을 뻗으려 허우적거리는데, 그 순간 웬 타자기 소리가 귓가에 들려왔다. 앨런의 타자기가 분명했다. J키가 자꾸만 들러붙는 오래된 수동 레밍턴 타자기. 그 특유의 소리는 어디에서든 재깍 알아들을 수 있었다. 설령 어둠 속에서라도. 아니, 어둠 속이기 때문에 더더욱. 호숫물이 점점 걸쭉해졌다. 이제는 앨리스가 어디에 있는지는 고사하고 위아래도 분간할 수 없었다. 그런데 저 멀리 무언가가 있었다. 빛? 물결에 아른거리는 자연광은 아니었다. 인공적인 불빛에 가까웠다. 그때 타자기 소리를 꿰뚫고 앨리스의 목소리가 울려 퍼졌다.

"앨런, 일어나!"

앨런은 검은 물을 헤치며 빛에 닿으려 안간힘을 썼다. 그런데 그 빛이 문득 눈부시게 밝아지더니, 눈앞에 어떤 남자가 나타났다. 심해 잠수복을 입은 한 남자가 도로 한복판에 서서 헤드라이트 빛을 정면으로 마주보며 눈을 깜빡이고 있었다. 남자가 한 손을 들어올렸다…….

"앨런!"

앨리스의 고함이 들렸다.

앨런은 숨을 헉 들이켜며 악몽에서 깨어났다. 폐가 모래로 가득 찬 것처럼 숨이 가빴다. 그는 자기 차의 운전석에 앉아 있었다. 운전대에 머리를 찧었는지 이마가 지끈거렸고 입에서는 찝찔한 피 맛이 났다. 충돌 사고가 난 모양인데, 에어백이 펴지지 않은 상태였다.

'배리에게 전화해서 자동차 회사든 누구든 간에 고소하라고 해야겠군. 젠장. 하나도 안 웃겨. 정신 차리자.'

그러고 보니 앨리스가 보이지 않았다. 앨런은 메마른 입술을 열고 목 쉰 소리를 토해냈다.

"앨리스!"

그는 차 문을 열고 비틀거리며 밖으로 걸어 나갔다. 깨진 유리창 파편들이 아스팔트에 챙가당챙가당 떨어지는 소리가 꼭 그의 심장이 부서지는 소리 같았다. 주위를 둘러보니, 머리 위로 한참 높은 곳에 스터키 주유소의 간판이 보였다. 그 간판에서 번져오는 불빛으로 상황을 파악할 수 있었다. 앨런은 지금 절벽에서 튀어나온 바위에 서 있었다. 구불구불한 산길을 따라 운전하던 중 차가 도로를 벗어나 가드레일을 들이받고 절벽으로 굴러떨어지다가 이 바위 위에 멈춰선 모양이었다. 낭떠러지 저 밑에서 자란 나무가 차를 아슬아슬하게 떠받치고 있었다. 그걸 보니 간담이 서늘해졌다. 나무가 없었더라면 앨런은 차와 함께 그대로 추락했을 터였다.

차는 손 쓸 도리가 없어 보였다. 나무가 조금씩 쪼개지면서 부러지기 일보직전이었고, 라디에이터에서는 연기가 피어올랐다. 연기 너머로는 하늘에 흩어진 별들만 반짝일 뿐, 아무리 둘러봐도 앨리스는 흔적도 보이지 않았다. 앨런은 휴대폰을 꺼내보았다. 꺼져 있었다. 배터리가 다 닳은 것 같았다. 앨런은 휴대폰을 바위에 내던져서 박살내고 싶은 충동을 꾹 참았다. 악몽에서 깨어났더니 또 다른 악몽이 시작된 셈이었다.

눈을 비볐지만 시야에 초점이 영 흐릿했다. 마치 물속에서 눈을 뜨고 있는 것처럼. 앨리스를 찾아 호수를 허우적거리는 꿈에 다시 빠져들 것만 같아서 애써 정신을 가다듬었다. 호수의 섬에 있던 '새 다리 방갈로'가 어렴풋이 기억났다. 나뭇가지로 된 둥지 위에 얹힌 것 같던 방갈로의 모습도. 하지만 그 기억은 점점 흐릿해져서 과연 현실이었는지 헷갈렸다. 그것도 꿈이었을까? 아니다, 그럴 리가 없다. 앨런은 주먹을 틀어쥐었다. 기억나지 않는 것은 여기까지 차를 몰고 온 과정이었다. 운전을 한 기억도, 가드레일에 충돌한 기억도 전혀 없었다. 앨런이 아는 것이라고는 다만 앨리스에게 무언가 끔찍한 일이 일어났다는 사실뿐이었다.

앨런은 망가진 차 주위를 서성였다. 이 가파른 절벽을 기어올라 저 위의 도로까지 올라갈 수는 없었다. 혹시 다른 차가 지나가다가 사고 현장을 목격하면 무슨 조치를 취해줄 수도 있겠지만, 운전자가 부서진 가드레일을 알아본다는 보장도 없을 뿐더러, 그때까지 몇 시간을 기다려야 할지도 알 수 없었다.

사고가 난 순간의 충격 때문에 차 트렁크는 물론이고 실려 있던 여행 가방들도 모조리 열려 있었다. 앨런은 무릎을 꿇고 앉아 가방 안에서 튀어나온 앨리스의 옷가지를 어루만졌다. 앨리스의 스웨터, 그녀가 가장 좋아하는 핑크색 실크 블라우스. 앨런은 부드러운 블라우스 천을 잠시 만지작거리다가, 흐트러진 옷들을 최대한 개어서 가방 안에 정돈해 넣었다.

가방에는 양장본도 한 권 들어 있었다. 꺼내보니 에밀 하트먼 박사의 『예술가의 딜레마』라는 책이었다. 처음 보는 책이었지만, 뒤표지에 실린 소개문의 내용은 익숙했다. 하트먼 박사가 슬럼프에 빠진 예술가들을 전문적으로 치료하는 의사라고 적혀 있었다.

'아무렴, 그러시겠지.'

앨리스가 하트먼 박사와 앨런의 면담 약속을 잡아놨다는 말에 발끈해서 싸웠던 일이 기억났다. 걱정스러워하던 그녀의 표정이 떠오르자 앨런은 얼굴이 화끈 달아올랐다. 불면증에 시달리고 툭하면 분노에 사로잡히는 앨런을 도와주려던 아내에게 무턱대고 화를 쏟아내서는 안 되는 거였다. 스스로가 한심했다. 쓸데없이 민감하게 굴 필요는 없었는데. 그저 고개를 끄덕였더라면, 고맙지만 괜찮다고 말했더라면, 그런 식으로 자리를 박차고 뛰쳐나가지 않았더라면, 지금쯤 그는 앨리스와 같이 밤을 보내고 있었을 것이다. 차는 망가지고 앨리스는 사라진 채로 산 중턱에 처박혀 있지는 않았을 것이다.

앨런은 앨리스의 향기가 남아 있는 옷가지를 들추며 나머지 물건을 살펴보았다. 3년 전에 휴가 가서 찍은 사진을 넣어놓은 작은 액자가 있었다. 둘이서 몰타 섬의 백사장에 누워 우산 장식을 꽂은 칵테일 잔을 들어 올리고 찍은 사진이었다. 둘 다 햇볕에 살갗이 그을린 채 행복한 웃음을 짓고 있었다. 사실 그때 앨런은 가기 싫다고 했지만 앨리스가 우격다짐으로 여행 일정을 잡았었다. 막상 가고 나니 무척 좋아서, 그녀의 결정에 따르기를 잘했다고 생각했었지. 그때는 글도 잘 써졌고 작품 활동에도 아무 문제가 없었다. 말다툼 한 번 없이 둘만의 소중한 시간을 보냈다. 앨런은 사진을 재킷 안에 조심스럽게 집어넣고 여행 가방을 트렁크 안에 도로 넣어두었다.

그 시절을 돌이켜보니 가슴이 아파왔지만 지금은 감상에 젖어 있을 때가 아니었다. 어떻게든 이곳을 빠져나가야 했다. 저 위의 스터키 주유소에 가서 도움을 구해야 할 텐데, 가파른 절벽을 기어올라 저기까지 가는 건 도저히 불가능했다. 숲으로 이어지는 좁다란 산길로 내려가는 수밖에 없었다. 어두컴컴한 숲으로 우회해서 한참을 돌아가는 길이 되겠지만 어쩔 수 없는 일이다. 혹시 누군가가 차를 발견했을 때를 대비해서 앨런은『예술가의 딜레마』의 빈 종이 한 장을 뜯어 메모를 적어두었다.

'앨런 웨이크입니다. 제 아내가 실종됐습니다. 저는 주유소에 도움을 구하러 숲을 건너갑니다.'

메모를 앞유리의 와이퍼 사이에 끼운 순간, 차를 떠받치고 있던 나무에서 우지직 소리가 났다. 앨런은 황급히 뒤로 물러났다. 이윽고 나무가 완전히 부러지면서 차가 벼랑 밑으로 떨어졌다. 차체가 바위에 부딪힐 때마다 불똥을 튀기며 굴러떨어지는 광경을 지켜보노라니 어쩐지 기묘하게 멍한 느낌이 들었다. 현실이 아니라 영화의 한 장면을 보는 것처럼. 앨런은 머리를 힘껏 흔들었다. 이게 모두 꿈이고, 눈을 뜨니 앨리스가 옆에 누워 있다면 얼마나 좋을까. 하지만 꿈이기를 바라며 주저앉아 있을 수는 없는 일이다. 어떻게든 앨리스를 찾아야 했다. 앨런은 울퉁불퉁한 길 위로 발을 내딛다가 미끄러질 뻔하고는 가까스로 균형을 잡았다. 숲 어귀에 이르러서 주유소를 마지막으로 돌아보았는데, 주유소의 불빛은 이내 어둠에 먹힌 듯 사라져버렸다.

머리 위 어디에선가 까마귀 울음소리가 들리더니, 사방에서 다른 까마귀들이 화답하듯 울어댔다. 앨런은 숲속의 오솔길을 걸으면서 이대로 가면 주유소가 나오기만을 마음속으로 빌었다. 처음에는 시야가 캄캄하기만 했는데, 몇 분쯤 걷자 눈이 어둠에 적응해서 나무들 틈으로 새어드는 어슴푸레한 빛이 보였다. 소나무와 향나무 냄새, 풀이며 나무껍질이 썩어가는 축축한 냄새가 풍겼다. 굽이굽이 이어지는 내리막길을 걷다 보니 마침내 세 갈래로 갈라지는 지점이 나왔다. 앨런은 멈춰 섰다. 심장이 너무 세차게 뛰어서 숲속에 울려 퍼지는 귀뚜라미 울음소리와 분간이 안 될 지경이었다. 귀뚤귀뚤 소리는 잦아들었다 싶더니 어느새 다시 시작되어 커졌다 작아졌다 하기를 반복했다. 정말로 들리는 소리인지 아니면 환청인지 알 수 없었다.

앨런은 귀뚜라미 소리가 들려오는 곳이 어디인지 찾기라도 하려는 듯 두리번거렸다. 아까 운전대에 부딪혔던 이마를 만져보니 아직 피가 흐르고 있었다. 좋은 신호인 것 같았다. 보이 스카우트 지침서의 '응급 처치' 항목을 보면 "머리에 외상을 입었을 때 출혈이 계속된다면 안심해도 좋다. 아내가 실종되었다고 해서 미치지는 않았다는 뜻이므로"라고 적혀 있지 않을까? 아아, 이런 형편없는 보이 스카우트가 있다면 공훈 뱃지는 절대 받지 못할 것이다.

사방에서 나무들이 바스락바스락 잎사귀를 부딪으며 속닥거렸다. 마치 등껍질이 반들반들한 딱정벌레들이 한꺼번에 날아오르는 소리처럼 들렸다. 앨런은 손목시계를 확인해보았다. 이제 막 숲에 들어온 것만 같은데, 사고 현장에서 벗어난 지 벌써 한 시간이나 흘렀다. 얼마나 오랫동안 멈춰서서 갈팡질팡하고 있었던 걸까. 이런 식으로 계속 주저하다가는 해가 뜰 때까지도 그 자리를 벗어나지 못할 것 같았다. 앨런은 오른쪽 길로 가보기로 했다. 처음에는 빠른 걸음으로 걸었지만 길이 오르막이 되면서부터 발을 늦췄다. 얼마나 오래 걸어야 할지 모르니 체력을 아끼는 편이 좋을 것 같았다.

어디선가 까마귀가 비명을 지르듯 울부짖었다. 화들짝 놀란 앨런은 자갈을 밟고 미끄러져 무릎을 찧고 말았다. 욕을 뇌까리며 절뚝절뚝 걸음을 옮기는데, 별안간 저 앞의 작은 바위 언덕 너머에서 밝은 빛이 번쩍였다.

앨런은 고함을 지르면서 그쪽으로 다가갔다. 빛이 꺼질 듯 가물거렸다.

"이봐요! 거기 누구 있어요?"

그러나 아무 대답도 없이 빛은 사라져버렸다.

바위 언덕 뒤편으로 가보니, 웬 종이 두 장이 공중에서 나풀나풀 흩날리고 있었다. 종잇장들이 꼭 천사 날개처럼 새하얗게 빛났다. 앨런은 혼란스러운 머리를 가누며 이마를 문질렀다. 종이들이 잡초 위에 떨어져 내리자 빛은 희미해지고, 종이 위에 타이프 쳐진 글자들이 드러났다. 하늘에서 문서가 떨어지다니…… 이런 경우는 공군이 시민들에게 공습 경고를 전하려고 전단을 뿌릴 때밖에 없지 않은가? '시민 여러분의 생명이 위험합니다. 즉시 산으로 대피하십시오.'

온갖 생각들이 머릿속에 홍수처럼 쏟아져 들어오면서 몸이 휘청거렸다. 앨런은 침착해지려고 안간힘을 쓰면서 종이들을 집어 들었다. 그리고 나무 그늘에서 벗어나, 종이를 달빛에 비추면서 내용을 훑어보고는 얼굴을 찌푸렸다.

그건 아직 완성되지 않은 한 소설의 원고였다. 제목은 '출발'. 앨런이 한 장도 쓰지 못했던 바로 그 차기작의 제목이었다. 그런데 이 종이에는 『출발』의 도입부가 이미 쓰여 있었다. 대체 누가? 앨런은 눈을 가늘게 뜨고 종이를 들여다보며 자신이 제대로 본 게 맞는지 확인했다. 진짜라고 믿기에는 너무 해괴했지만, 진짜였다. 종이의 오른쪽 귀퉁이에 '앨런 웨이크 2쪽'이라는 말까지 들어가 있었다.

다리가 후들거려서 도저히 바로 서 있을 수 없었다. 앨런은 근처의 나무에 몸을 기대고 손톱으로 나무껍질을 할퀴었다. 그 나무 하나만큼은 진짜라는 걸 확인이라도 하듯이. 머리 부상이 정말로 심각하긴 한 모양이었다. 도저히 말도 안 되는 일들이 벌어지고 있었다. 앨런은 심호흡을 하고 똑바로 선 다음 손으로 머리카락을 쓸어 올렸다. 그리고 불가사의한 원고를 한 글자 한 글자 찬찬히 읽어나갔다. 다 읽었을 때쯤에는 손이 덜덜 떨렸다. 그 소설은 한밤중에 한 남자가 숲속을 걸어가는 장면으로 시작하고 있었다. 그리고 그 남자는 도끼를 든 살인범에게 공격당했다. "도끼날에서 피가, 밤처럼 검은 피가 흘러내렸다." 문장마저도 앨런 자신의 문체와 흡사했다.

앨런은 주위를 둘러보았다. 아무도 없었다. 어둠 속에서 바람에 흔들리는 나무뿐. 나뭇가지들이 덜그럭거리는 소리가 꼭 묘지에 묻힌 시신들의 손가락 뼈가 부딪히는 소리 같았다.

'상상이 지나치군. 이곳엔 나 혼자뿐이야. 이 수풀 어딘가에 도끼를 든 살인마가 숨어 있을 리 없어. 복수심을 품고 정신병원을 탈출한 미치광이 따위는 없다고.'

앨런은 그렇게 자신을 타일렀다. 이건 그저 꿈일 뿐이라고. 또 다른 악몽이라고. 언젠가는 쓸 수도 있을 소설의 내용일 뿐이라고.

앨런은 다시 걸음을 옮겼다. 그러다가 뒤를 흘끔 돌아보고는 더 빨리 걸었다. 천천히 걷자고, 패닉에 빠지지 말자고 다짐했던 건 어느새 뒷전이 되었다. 앨런은 빨리, 더 빨리 내달렸다. 뒤에서 그를 쫓아오는 발소리가 들렸다.

블레인은 사상 최악의 휴가를 보내고 있었다. 한 해에 2주뿐인 휴가인데 처가댁 식구들을 캠핑카에 싣고 운전이나 하며 돌아다녀야 한다니. 도쿄에서 온 그들은 미국 삼나무를 난생처음 보는 사람들처럼 호들갑을 떨었고, 장모는 들르는 시골 마을마다 '귀엽다'는 감탄사를 연발했다. 브라이트 폴스에 귀여운 구석이라고는 전혀 없었다. 내 위네바고 캠핑카의 연비가 어떻게 되냐고 묻는 거칠고 투박한 시골뜨기들뿐. 아내인 아사코는 연신 패스트푸드만 먹다가 과민성 대장 증후군이 도졌기에 도움은커녕 짐만 되었다.

블레인은 리노나 애슐랜드 같은 도시로 도망쳐버리고 싶었다. 한밤중에도 불을 밝힌 번화가와 패밀리 레스토랑이 있는 곳으로. 그런 그의 마음을 아는지 모르는지, 처가 식구들은 산간 도로의 자동차 대피소를 보더니 잠시 멈춰서 해넘이를 구경하고 싶다고 했다. 일본에서는 해가 지지 않기라도 하나? 어쩔 수 없었다. 그들이 난간에 기대어 사진을 찍는 동안 캠핑카에서 기다릴 수밖에.

이런 산간벽지에서는 날이 금방 어두워진다. 1분 전만 해도 황혼이 깔려 있었는데, 지금은……

CHAPTER 5

앨런은 멈춰 서서 손으로 무릎을 짚고는 숨을 골랐다. 가슴이 불에 덴 듯화끈거렸다. 운동이라도 좀 해야겠다 싶었다. 유산소 운동도 좀 하고, 피트니스 센터에서 자전거타기도 하고. 앨런은 그 생각에 미소를 지으려다가, 자기가 지금 왜 이 숲 한가운데에 혼자 있는지 떠올리고는 표정을 굳혔다. 앨리스는 지금쯤 어디 있을까. 어둠을 너무나도 무서워하는 사람인데. 어딘가 빛이 있는 곳에 있기만을 바랄 뿐이었다.

앨런은 주유소가 있는 쪽으로 걸음을 옮겼다. 달리는 것보다는 빠르게걷는 편이 나았다. 그래야 꾸준히 속도를 유지할 수 있으니까. 앨런은 '계속 나아가자'라는 말을 머릿속으로 되뇌었다. 그 말은 이 기나긴 밤을 건너 앨리스와 재회하기 위한 주문과도 같았다. 의심도 두려움도 젖혀두고반드시 앨리스를 찾고야 말 거라는 생각에만 집중했다. 자칫 잡념에 빠져들었다가는 광기의 소용돌이가 그를 덮칠 터였다.

귀뚜라미 울음소리가 파도처럼 웅웅 솟아오르다 잦아들기를 반복했다. 수컷 귀뚜라미들이 암컷을 부르고 있는 것이다. "나를 선택해줘!"라고. 그런데 문득 소리가 미묘하게 바뀌면서 멀리서 누군가가 타자기를 두드리는 소리가 섞여드는 듯했다. 저 귀뚜라미들만큼이나 집요하게 타자를 치고 또 치는 소리가. 앨런은 재킷 주머니 안에 넣어둔, 쓴 기억이 없는 소설 원고를 만지작거렸다.

바람이 불어오자 땀이 서늘하게 식었다. 앨런은 어둠 속을 둘러보았다. 하늘의 별들을 가릴 만큼 빽빽하게 우거진 나무들이 더 깊은 어둠을 감추고 있었다. 구불구불 뻗어 있는 오솔길을 벗어나 저 나무들 속으로 뛰어든다는 건 생각도 할 수 없는 일이었다. 지름길 같은 건 없다. '길을 벗어나지 마, 앨런.' 누군가가 귓가에 속삭이기라도 하듯, 그 생각이 또렷하고도 분명하게 떠올랐다.

수풀 속에서 작은 짐승 같은 것이 후닥닥 지나가는 소리가 들렸다. 앨런은 애써 숨을 들이쉬었다. 아까 운전대에 박았던 머리가 지끈거렸다. 운전을 한 기억도 여전히 없었다. 앨런은 이마를 문지르며 얼굴을 찡그렸다. 머리가 아프다는 것만은 진짜였다.

'계속 나아가자.'

축축한 안개가 가면 갈수록 짙어졌다. 순간 머리가 깨질 듯한 두통이 치밀었다. 눈의 초점이 흐려지면서 시야에 작은 불똥들이 아른거렸고, 말벌 떼에 휩싸인 것 같은 웅웅 소리가 귀를 울렸다. 계속 걸어가려 했지만 땅이 흔들려서 균형을 잡을 수 없었다. 앨런은 무릎을 꿇고 주저앉았다. 귓가의 웅웅거림은 함성처럼 커져갔고, 바닥은 파도치듯 너울거렸다. 그러고 보니 콜드론 호수 밑에 화산이 있다고 했던 앨리스의 말이 기억났다. 하지만 그건 휴화산일 텐데. 앨런은 벌떡 일어섰다.

'계속 가자. 지진이든 화산이든 뭐든 상관없어. 계속 걷자.'

그때 저 앞에 어떤 사람이 언뜻 보이더니, 안개 속에 홀연히 사라졌다.

"이봐요! 도와줘요!"

앨런은 안개를 헤치고 그쪽으로 뛰어가며 소리쳤다.

"거기 누구 있어요? 제발 도와줘요! 사고를 당했어요!"

안개가 엷어졌지만 주위에는 아무도 없었다. 그런데 앞쪽에 불빛이 보였다. 앨런은 허겁지겁 그리로 걸어갔다. 사람이 사는 건물일까? 꼭 주유소까지 가지 않더라도 저기 들러서 전화를 쓸 수 있을지 모른다.

오솔길이 넓어지고, 나무도 듬성듬성 줄어들었다. 그리고 멀찍이에 높다란 철책으로 둘러싸인 벌채 캠프가 보였다. 마음이 급해진 앨런은 다시 달렸다. 저곳에 분명히 사람이 있을 것이다. 그렇다면 전화도 있을 것이다.

통나무 더미들 사이로 각종 중장비가 보였다. 바퀴가 죄다 녹슬고 흙투성이가 된 낡은 적재기, 집게발이 달린 굴착기, 으리으리한 불도저가 있었고, 그 위로 보초를 서듯 우뚝 선 기중기가 어둠을 내려다보고 있었다. 머리를 훌쩍 넘긴 거대한 통나무 더미 주위에는 손질된 재목들이 가지런히 쌓여 있었고, 50갤런짜리 드럼통들이 어떤 거인이 화가 나서 마구 던져놓은 것처럼 여기저기 뒹굴었다. 그리고 그 옆의 골짜기 가장자리에 트레일러를 개조해 만든 사무소가 보였다.

벌목장은 어둑했지만 사무소 컨테이너에는 불이 켜져 있었다. 아주 살짝 열린 문틈으로 새어나오는 빛은 몇 시간 동안 어둠 속을 헤맨 앨런에게 구원의 빛과도 같았다.

어두울 때 앨리스가 느끼는 공포가 어떤 건지 비로소 이해가 되었다. 빛은 정상적이고 안전한 세계를 약속하는 듯한 안도감을 불러일으켰다. 유치하고 터무니없는 생각이긴 하지만. 트레일러 안에 누군가 켜놓는 불빛이라고 생각하니 더욱 그랬다. 바람에 문짝이 삐걱이는 소리가 또렷하게 들려왔다. 앨런은 철책 위에 손을 얹고 소리쳤다.

"거기 누구 있습니까?"

아무 대답도 없었다.

앨런은 철책에 난 출입문을 찾아 뛰었다. 발을 헛디뎌가면서 철책 둘레를 반쯤 돌았더니, 쓰러진 나무 한 그루에 철책이 반쯤 내려앉은 부분이 눈에 띄었다. 철책을 깔아뭉갠 나무는 비스듬히 기울어 벌목장 안까지 걸쳐져 있었다. 앨런은 나무 위로 올라가서 그쪽으로 건너가려 했지만 너무 허둥거린 탓에 미끄러져 떨어지고 말았다. 그는 다시 올라가서 천천히 조심스럽게 발을 내디디다가, 나무의 맨 꼭대기에서 흔들거리며 뛰어내렸다. 넘어지지도 않고 무사히 벌목장의 땅에 착지한 순간, 앨런은 트로피를 거머쥔 올림픽 선수처럼 만세라도 외치고 싶은 심정이었다.

자욱한 안개 속에 나무 냄새가 떠돌았다. 막 베어낸 나무 냄새가 향긋하고 싱그러워야 할 것 같은데, 이상하게도 독버섯이 풍기는 악취처럼 느껴졌다. 사방에 너저분히 흩어진 통나무들은 습기로 미끈거려서 자칫 잘못 밟았다간 넘어지기 십상이었다. 땅을 덮은 톱밥은 기름으로 얼룩져 있었다. 앨런은 통나무 더미를 비추는 트레일러의 불빛을 길잡이 삼아 걸음을 옮겼다.

통나무들 사이를 누비고 나아가려니 미로 속을 헤매는 것만 같았다. 막다른 골목처럼 통나무 더미에 가로막힌 곳에 이르는 바람에 다른 길을 찾아야 하는 경우가 부지기수였다. 그렇게 온 길을 되돌아가기를 세 번 반복했을 때, 어디선가 사람 목소리가 들려왔다. 공포와 고통으로 울부짖는 소리. 정확히 무슨 말인지는 알아들을 수 없었지만 그 목소리에서 배어나는 감정은 생생히 전해져 왔다.

앨런은 소리가 난 쪽으로 달려가다가 또 다시 통나무의 산에 가로막혔다. 절박해진 나머지 그 위로 기어오르려 하자, 버팀대가 부러지면서 통나무 더미가 와르르 무너지고 말았다. 앨런은 가까스로 펄쩍 뛰어 피하다가 바닥에 놓여 있던 철제 대들보에 팔꿈치를 찧었다.

그는 통나무들이 내리막을 따라 굴러가는 걸 하릴없이 지켜보았다. 으리으리한 통나무들은 점점 더 속도가 빨라지면서 돌진하듯 나아가더니, 철책을 깔아뭉개고 골짜기로 굴러떨어졌다. 천둥처럼 요란한 굉음이 울려 퍼졌다. 저 밑에 사람이나 동물이 있었다면 그대로 짜부라져 즉사했을 것이다. 아무도 없었기를 바랄 따름이었다.

그때 또 울부짖는 소리가 들렸다. 이번에는 더 가까웠다.

"지금 갑니다!"

앨런은 그렇게 소리치고, 욱신거리는 팔꿈치를 붙잡고서 걸음을 재촉했다. 통나무 더미 사이를 빙빙 돌아 걸어가다 보니 마침내 통나무로 이루어진 복도 저 끝자락에 쓰러져 있는 한 남자가 보였다. 빨간 셔츠, 청바지, 멜빵 차림의 사냥꾼이었는데, 한쪽 다리가 비틀린 상태였다. 그 옆에는 라이플총 한 자루가 놓여 있었다.

사냥꾼이 앨런을 보고는 신음하면서 팔꿈치로 땅을 짚고 몸을 일으켰다. 앨런은 부랴부랴 그에게 다가갔다. 가까이에서 보니 사냥꾼의 상태가 매우 심각하다는 걸 알 수 있었다. 셔츠는 빨간색이 아니었다. 회색 셔츠에 붉은 피가 번졌던 것이다.

"도, 도와주시오. 제발 도와……."

사냥꾼이 앨런을 향해 기어오면서 흐느꼈다. 그때 어둠 속에서 또 누군가가 걸어 나왔다. 부츠와 작업복 차림의 훤칠한 남자였는데, 한쪽 어깨에 외날 도끼를 걸메고 있었다. 그는 사냥꾼에게 다가가면서 경기를 일으키는 사람처럼 깩깩거렸다.

"나는 칼 스터키…… 만나서 반갑소."

남자는 사냥꾼에게 도끼를 겨누었다. 그러니까 저 사람이 바로 칼 스터키란 말인가? 앨런 부부가 묵는 방갈로의 주인?

"칼…… 왜, 왜 이러는 거요? 나를 알잖소!"

사냥꾼이 라이플을 더듬더듬 찾으며 울부짖었다. 그러나 칼은 묵묵히 거리를 좁혀올 뿐이었다. 달빛이 비치고 있었지만 그에게는 여전히 어둠이 따라다니는 듯했다. 암흑이 걸쭉한 기름처럼 그를 뒤덮고 있었다. 도끼 날에서 피가, 밤처럼 검은 피가 흘러내렸다.

"이봐! 저리 꺼져!"

앨런은 무기로 삼을 만한 것을 찾아 두리번거렸다. 하지만 칼은 앨런에게 아무 반응도 하지 않고, 도끼를 들어 올리면서 사냥꾼에게 느릿느릿 말했다.

"나는 고급 방갈로를 운영하고 있지. 브라이트 폴스의 최고급 방갈로."

사냥꾼은 간신히 총을 집어 들고 방아쇠를 두 번 연이어 당겼다. 두 발모두 칼의 가슴에 정통으로 명중했다. 그런데 칼은 그 충격에 일순 몸을 기우뚱했을 뿐, 전혀 다친 데 없이 멀쩡해 보였다. 칼은 몸을 뒤로 젖히더니 도끼를 힘껏 휘둘렀다.

도끼날이 사냥꾼의 몸통을 꿰뚫는 순간 앨런은 움찔했다. 도살장에서나 날 법한 질척한 소리와 함께 피가 분수처럼 뿜어져 나왔다. 칼은 한 발로 사냥꾼의 목을 밟고서 도끼를 비틀어 떼어냈다. 어슴푸레한 빛 속에서 사냥꾼의 속눈썹이 파르르 떨리고, 손가락이 힘없이 구부러졌다. 불거진 왼쪽 갈비뼈들은 톱밥을 뒤집어쓴 채 번뜩거리고 있었다. 도끼를 뽑아든 칼이 앨런을 돌아보았다. 칼의 얼굴은 시시각각 변하는 어둠의 가면 같았다. 검은 눈 속에서 수많은 것들이 들끓고 있었지만 그 안에 인간적인 구석이라고는 전혀 없었다. 앨런은 주춤 물러섰다.

"나는 카아아알 스터키. 만나서 반갑소."

"네놈이 앨리스를 데려간 거냐?"

"저희 고그읍 방갈로를 이용하세요."

칼이 비칠비칠 앨런에게 다가왔다.

"이 개자식, 대체 무슨…… 앨리스를 어떻게 한 거야?!"

"고그으으으읍 방갈로. 예약하려면 선금 지불 필수. 선금은 환불이 안된다오."

칼이 도끼를 들어올렸다.

앨런은 발을 헛디뎌 톱밥 깔린 바닥에 자빠지고 말았다. 하지만 재빨리 일어나서 도망칠 방법을 찾아 주위를 두리번거렸다. 저 어두컴컴한 숲도 여기보다는 더 안전할 것 같았다. 철책이 나무에 깔려서 주저앉아 있던 곳으로 돌아가서 빠져나가야겠다는 생각이 들었지만, 어느 쪽으로 가야 할지 판단이 서지 않았다. 까딱하다간 통나무 미로 속에 갇혀 칼 스터키가 다가오기를 꼼짝없이 기다리게 될 수도 있을 터였다. 안 되겠다. 차라리 트레일러 쪽으로 가는 편이 나을 것 같았다. 일단 그 안으로 들어가면 전화나, 무기…… 아무튼 뭐라도 있을 테니까.

칼은 시시각각 거리를 좁혀오면서 어둠이 일렁거리는 얼굴로 으르렁거렸다.

"당신은 예약만 해놓고 오질 않았소. 선금을 날린 거요."

앨런은 달렸다. 통나무 더미들을 휙휙 누비며 달리다 보니 탁 트인 공터가 나왔다. 앨런은 두 줄로 쌓여 있는 통나무들 사이로 뛰어든 다음 숨을 골랐다. 뜀박질 때문이라기보다는 공포 때문에 숨이 가빠왔다. 흘끔 뒤를 돌아보니 칼은 없었다. 앨런은 천천히 발을 뗐다. 그런데 불현듯 그의 위로 커다란 그림자가 드리워졌다. 자기도 모르게 비명이 터져 나왔다. 올려다보니 칼이 통나무 더미 꼭대기에서 통나무를 하나씩 밟으며 뛰어내려오고 있었다.

"머무시는 동안 노르딕 워킹(북유럽의 크로스컨트리 스키 훈련법에서 고안된, 스틱을 이용한 걷기 운동법이다.)을 해보시오! 건강에 아주우 좋다오!"

앨런은 다시 뛰었다. 뒤에서 칼이 땅에 육중하게 떨어지는 소리가 들렸지만 앨런은 돌아보지 않았다. 컨테이너가 바로 앞에 있었다. 벽에는 경고 표지판이 붙어 있었다. "안전 사고가 일어난 지 87일째. 안전 조심!" 앨런은 계단을 두 개씩 뛰어올라가서 문을 열어젖히고, 안에 들어가자마자 문을 탕 닫고 걸어 잠갔다.

밖에서 도끼날이 문짝을 우지끈 부수고 들어왔다. 하마터면 앨런의 얼굴에 찍힐 뻔했다. 불빛을 받아 번뜩이는 도끼날은 이내 삐걱거리며 도로 빠져나갔다.

앨런은 트레일러 안에 있던 캐비닛을 밀어서 문을 막았다. 그때 도끼가 또 문을 쾅 후려쳤다. 앨런은 실내를 미친 듯이 두리번거리다가, 책상 위에 널린 출근부와 스티로폼 컵들 사이에서 묵직한 금속 손전등을 찾아냈다. 반쯤 열린 서랍 안에 들어 있는 리볼버 하나도 눈에 띄었다. 아까 사냥꾼이 칼 스터키에게 라이플을 쐈을 때 아무 소용도 없었던 걸 똑똑히 보았지만, 어쨌든 리볼버를 챙기고 탄약 상자에 들어 있는 총알도 모조리 재킷 주머니에 쏟아 넣었다. 밖에서 칼이 계단을 터벅터벅 내려가는 소리가 들렸다.

앨런은 전화기를 들어보았다. 다행히도 발신음이 들렸다. 911을 누르고,

통화 대기음이 흘러나오는 동안 앨런은 바닥에 떨어져 있던 종이 한 장을 집어 들었다. 『출발』의 원고였다. 그럼 그렇지. 마치 동화 '헨젤과 그레텔'에 나오는 빵 조각 같았다. 그레텔이 옆에 없긴 하지만. 앨런은 종이를 주머니에 쑤셔 넣었다. 그때까지도 911이 전화를 받지 않자 울컥 화가 치밀었다.

"젠장, 얼른 받으라고!"

드디어 전화가 연결되었다.

"브라이트 폴스 보안관서의 제인스 부관입니다. 무엇을 도와드릴까요?"

"도와주세요! 여기……."

"여보세요? 무슨 일이시죠?"

전화가 뚝 끊겼다. 이윽고 무슨 엔진 같은 것에 우르릉 시동에 걸리는 소리가 들려왔다. 창밖을 보니 바깥의 전신주에서 전선이 끊어져 대롱거리고 있었고, 저편에서 불도저가 배기관으로 연기를 내뿜으며 트레일러를 향해 굴러오고 있었다.

불도저가 트레일러를 쿵 들이받았다. 트레일러 전체가 흔들리고 창문이 박살났다. 전깃불도 꺼져버렸다.

불도저가 뒤로 물러나더니 이번에는 전속력으로 달려왔다. 불도저의 커다란 날이 트레일러의 벽을 쾅 박자, 트레일러는 한쪽 벽이 찌그러지면서 토대에서 아예 떨어져 나오고 말았다. 엔진이 윙윙거리는 소리와 함께 트레일러가 움직였다. 트레일러가 점점 절벽 쪽으로 밀려나면서 땅에 깊은 골이 패이고 있었다.

앨런은 트레일러 뒷문으로 달려갔다. 너무 뻑뻑해서 문짝을 발로 걷어차고서야 겨우 열 수 있었다. 앨런은 밖으로 뛰쳐나가다가 앞으로 고꾸라졌다. 톱밥 깔린 바닥에 얼굴을 처박고 엎드린 그때, 트레일러와 불도저가 함께 절벽 너머로 추락했다. 잠깐 완벽한 정적이 감돌더니 골짜기 저 밑의 바위에 불도저가 충돌하는 굉음이 울려 퍼졌다.

앨런은 땅에 주저앉아서 숨을 몰아쉬며 방금 무슨 일이 일어난 건지 생각을 정리했다. 칼 스터키가 사냥꾼을 죽였고 앨런도 죽이려 했다. 왜인지는 모른다. 어쨌든 이제 칼 스터키는 죽었다. 아니, 반드시 죽었어야 한다. 앨런은 위험에서 벗어난 것이다. 앨런은 아까 트레일러에서 챙겨왔던 종이를 재킷 주머니에서 꺼내보았다.

그림자 괴물이 내 앞에 서 있었다. 나는 그것을 똑바로 볼 수가 없었다……. 그것은 어둠을 질질 흘리고 있었다. 그 어둠은 물속에 퍼지는 잉크 같았고, 상어에게 물린 사람에게서 새어나오는 피 같았다. 공포에 휩싸인 나는 그림자 괴물이 가까이 오지 않게 하려고 손전등을 거세게 움켜쥐었다. 갑자기 손전등 불빛이 환하게 밝아졌다.

앨런은 후들거리는 다리로 천천히 일어섰다. 이 글은 방금 벌어진 싸움과 연결되는 것 같았다. '어둠을 질질 흘리고 있었다'라니, 칼 스터키가 딱 그렇게 보이지 않았던가. 마치 어둠을 응집해놓은 존재처럼. 앨런은 손전등을 켜보았다. 반가운 불빛이 뿜어져 나왔다. 빛과 그림자…… '그림자 괴물'.

앨런은 벼랑 쪽으로 걸어가서 철책에 뚫린 구멍 너머를 내려다보았다. 골짜기 밑에 떨어진 불도저가 어렴풋이 보였다. 거꾸로 뒤집힌 채였지만 헤드라이트는 아직도 켜져 있었다.

어둠 속 어디에선가 까마귀 울음소리가 메아리쳤다. 앨런은 벌목장으로 발길을 돌렸다. 나무들 너머로 주유소의 불빛이 보였다. 아직 멀긴 하지만 그래도 불빛이 보일 정도면 많이 가까워진 셈이었다. 그곳에는 분명 전화가 있으리라. 늦게까지 일하는 직원도.

갑자기 땅이 우르르 흔들렸다.

통나무 더미 뒤에서 별안간 두 남자가 튀어나왔다. 그들은 얼굴이 시커면 어둠으로 뒤덮인 듯 보이는, 칼 스터키처럼 암흑에 휩싸인 사람들이었다. 그중 한 명이 앨런의 옆쪽으로 내달렸고, 다른 한 명은 앨런을 향해 똑바로 다가왔다.

앨런은 덜덜 떨리는 손으로 리볼버를 꺼냈다.

똑바로 다가오는 남자보다 옆으로 달려오는 남자 쪽이 더 빨랐다. 그는 끈을 높이 올려 묶는 부츠를 신고 멜빵바지를 입은 벌목꾼이었고, 손에 양날도끼를 든 채였다. 또 다른 남자는 아까 칼의 손에 죽었던 사냥꾼이었다. 사냥꾼은 커다란 쇠 지렛대를 들고서 손바닥을 툭툭 두드리고 있었다. 앨런은 사냥꾼에게 총을 겨누고 심장을 정확히 쏘았다. 그러나 아무 효과도 없었다. 사냥꾼은 아무렇지도 않게 성큼성큼 다가왔다. 그런데 앨런이 뒤로 물러나면서 사냥꾼을 제대로 보려고 손전등을 비추자, 사냥꾼이 움츠러들면서 팔로 눈을 가리는 것이었다. 불빛을 계속 비추고 있으니 피범벅이 된 사냥꾼의 옷이 치직거리면서 타들어 갔다. 앨런은 다시 총을 쏴보았다. 탄환이 사냥꾼의 얼굴에 명중하자 몸 전체가 확 타오르더니 흩날리는 불똥만 남기고 사라져버렸다. 바로 그때 벌목꾼이 앨런에게 달려들어 도끼를 붕 휘두르는 소리가 귓가를 스쳤다. 도끼가 아슬아슬하게 빗나간 순간이었다. 앨런이 손전등 빛을 벌목꾼에게 비추니, 역시나 벌목꾼도 즉시 움츠리면서 뒷걸음질 쳤다.

앨런과 벌목꾼은 몇 분간 춤을 추듯 빙빙 돌면서 서로 공격할 기회를 엿보았다. 앨런은 맞은편의 문으로 도망치려고도 했지만, 벌목꾼이 발이 위낙 빠른데다 앨런보다 그곳의 지형을 잘 알고 있어서 번번이 가로막혔다. 두 번째 시도했을 땐 놈이 통나무 더미 위에서 뛰어내려 앨런의 코앞에 도끼를 내리찍는 바람에 간이 철렁했다. 도끼날이 재목들을 콰직 부수는 소리가 울려 퍼지고, 벌목꾼의 시큼한 냄새가 물씬 풍겨 앨런은 토기가 치밀었다. 손전등 불빛으로 쫓아낼 수는 있었지만 그것만으로는 물리칠 수 없는 듯했다. 총을 쏴야 했다. 하지만 너무 허둥거린 탓에 쏘는 족족 빗나갔다. 이제 남은 탄환은 하나뿐이었고, 놈이 덮치기 전에 재장전할 틈은 없었다.

앨런은 벌목꾼과 정면으로 맞서기 위해 탁 트인 빈터 쪽으로 슬슬 움직여나갔다. 그러는 동안 손전등은 꺼두었다. 배터리가 얼마나 남았는지 모르니까. 귀뚜라미 울음소리가 사방을 울렸다. 땀에 젖은 손이 미끄러졌다. 앨런은 걸어가면서 계속 뒤를 돌아보았다. 밤의 어둠보다도 더 짙은 어둠으로만 보이는 그 벌목꾼은 눈에 잘 띄지 않았다. 그래서 앨런에게 달려드는 그를 하마터면 못 보고 꼼짝없이 당할 뻔했지만, 다행히도 달빛 덕분에 위험을 피했다. 자기가 들어 올린 도끼날에 반사된 달빛 때문에 벌목꾼이 주춤한 것이다. 그 틈을 타 앨런은 손전등을 켜서 놈에게 겨누었고, 불빛 속에서 벌목꾼의 윤곽이 쭈그러든 순간 총을 쏘았다. 벌목꾼은 온몸이 확 타오르더니 불꽃놀이 막바지에 하늘에 흩어지는 불똥들처럼 변했다. 이윽고 그림자마저 완전히 사라진 뒤에는 아무것도 남지 않았다. 재도, 뼈도, 옷도, 도끼도. 벌목꾼이 거기에 있었다는 증거조차 없었다. 앨런은 땅에 쌓인 톱밥들을 손으로 훑어보았지만 정말로 아무런 흔적이 없었다.

그때 어디선가 귀뚜라미 소리보다 더 큰 괴성이 들려왔다. 광기에 찬 구슬픈 울음 같은 소리가 오르락내리락 길게 이어지고 있었다.

앨런은 총을 쏴본 경험이 별로 없었다. 사격 연습장에서 훈련하긴 했지만, 그것도 취미 삼아서가 아니라 소설 쓰는 데에 필요해서 했을 뿐이었다. 그런데 방금 사람을 둘이나 죽인 것이다. 사람이 아닌지도 모르지만, 어쨌든. 너무 깊이 생각하면 속이 뒤집어질 것 같았다. 앨런은 리볼버를 재장전했다. 더듬거리다가 탄환 두 개를 떨어트리는 바람에 도로 주워야만 했다. 탄환에 묻은 톱밥을 입으로 후후 불어 날린 다음 약실에 집어넣었다. 이제부터 총알을 아껴야 할 것이다.

앨리스는 뷰파인더로 구도를 잡았다. 숨이 막힐 듯 아름다운 콜드 론 호수가 화면에 들어오는데, 또 다른 무언가가 눈에 띄었다. 방 갈로 뒤편의 어둠 속에 사람이 서 있었다. 검은 드레스를 입은 가 날픈 여자 같았다. 하지만 카메라를 내리고 다시 보니 그쪽에는 아무도 없었다. 사람 모양을 약간 닮은 수풀이 있을 뿐. 앨리스는 고개를 내저으며 피식 웃었다.

CHAPTER 6

앨런은 벌목장을 벗어나 오솔길을 따라 걸었다. 계속 뒤를 돌아보았지만 쫓아오는 사람은 없었다. 깜빡이는 가로등 아래에 이르러 앨런은 멈춰서서 숨을 골랐다. 놈들의 정체가 뭔진 몰라도 빛을 싫어한다는 건 분명했다. 여기 있으면 일단 안전할 것이다.

앨런은 손전등을 끄고 울타리 난간에 손을 얹었다. 울타리는 땅이 길쭉하게 솟아나온 부분을 따라 쳐져 있었고, 길은 울타리에 난 틈을 통해 저 아래의 숲까지 가파르게 이어져 있었다. 멀찍이 스터키 주유소의 불빛이 보였다. 그 주유소의 주인은 지금쯤 골짜기 밑바닥의 불도저 밑에 깔린 시체가 되었으리라.

대체 칼 스터키가 여기서 뭘 하고 있었던 건가?

앨런은 빛 속을 서성거렸다. 이제 숲을 건너 주유소로 가야 한다는 걸 알고는 있었지만 이 안전한 곳에서 벗어나기가 망설여졌다. 그는 벌목장 쪽을 돌아보고 리볼버를 손이 아플 만큼 꽉 틀어쥐었다. 아무래도 용기가 안 나서 아까 트레일러에서 주운 『출발』 원고를 꺼내보았다. 종이는 완전히 구겨져 있었지만 읽을 수는 있었다.

원고에는 한 남자가 적들과 맞서 싸우는 장면이 쓰여 있었다. 벌목장에서 앨런을 공격했던 놈들과 똑같은 적들이었다. 그는 적들이 어둠을 갑옷처럼 두르고 있음을 깨닫고, 빛을 이용해 그 어둠을 벗겨낸 다음 총을 쏘아 죽였다. 그러자 적들은 흔적도 없이 소멸되었다.

몸이 덜덜 떨렸다. 사투를 벌인 긴장감 때문인지, 자신은 쓴 기억도 없는 소설의 낱장들이 현실로 벌어지고 있다는 사실 때문인지 알 수 없었다. '그림자 괴물'. 그 불가사의한 적들은 소설 속에서 그런 이름으로 불리고 있었다. 원래의 인격과 자아를 빼앗기고 그림자만 남았다는 뜻이었다. 아버지는 아버지가 아니게 되고, 아들은 아들이 아니게 되었다고. 앨런이 벌목장에서 죽인 괴물들도 딱 그랬다. 몸놀림도 부자연스럽고, 눈은 인간성이라곤 전혀 담겨 있지 않은 검은 구덩이 같았다.

앨런은 스터키 주유소의 불빛을 다시금 바라보며 방향을 가늠했다. 숲속으로 들어가고 나면 저 빛이 잘 보이지 않을 테니 지금 방향을 최대한 파악해둬야 했다. 갈림길을 골라가기가 쉽지 않겠지만 주어진 상황에서 최선을 다하는 수밖에 없었다. 완벽을 추구하는 여유는 책상 앞에 앉아 타자기를 두드릴 때나 부리는 것이다. 이건 현실이었다.

우스운 일이었다. 하루 전까지만 해도 앨런은 책상 앞에서 만들어낸 것이야말로 진짜라고 말하고 다니던 사람이었다. 비록 오랫동안 글을 쓰지 못했다 해도, 그는 매일 아침 눈을 뜨면 펼쳐지는 지리멸렬한 일상보다 소설 속의 세상이 더 사실적이라고 생각했다. 하지만 이제는 전혀 그렇게 생각하지 않았다. 앨런은 발치의 자갈들을 걷어차고 그것들이 어둠 속으로 굴러가는 모습을 지켜보았다. 그래, 이곳이 바로 '진짜' 세상이었다. 앨리스가 곁에 없는 세상.

앨런은 가로등 밑을 벗어나 가파른 내리막길을 따라 걸었다. 돌멩이를 잘못 밟아 미끄러지지 않도록 조심조심 걷다 보니 어느새 울창한 나무들에 에워싸였다. 달빛이 들지 않아 사위가 어두웠다. 앨런은 발을 멈췄다. 주변에 귀를 기울이고, 뒤를 돌아보았다. 나무 사이로 깜빡이는 가로등 불빛이 보였다. 그냥 저곳으로 돌아가서 아침이 밝을 때까지 기다리면 안전할 텐데. 돌아가려면 지금이 마지막 기회였다.

앨리스는 어둠을 무척이나 두려워했다. 원래 앨런은 앨리스의 공포를 피상적으로만 이해했었다. 어린 시절 어두컴컴한 방 안에서 잠들기 무서워했던 것을, 벽장 속이나 침대 밑에 무언가가 웅크리고 있을까봐 무섭다고 칭얼거리면 엄마가 달래주었던 것을 떠올리며, 앨리스의 심정도 그렇겠거니 넘겨짚었다. 나비가 징그럽다고 무서워하거나 13일의 금요일을 불길하다고 꺼리는 것처럼, 아무런 현실적인 근거도 없는 사소한 망상이라고만 생각했다. 하지만 이제는 아니었다. 어둠 속을 둘러보자니 앨런은 공포로 이가 딱딱 떨리는 걸 주체할 수가 없었다.

앨런이 어린 시절에 느꼈던 공포는 허황된 것이 아니었다. 어둠은 정말로 온갖 종류의 악을 품고 있었다. 인류 최초의 위대한 발견은 불이 아니었던가. 불은 단지 난방을 하거나 날고기를 익혀 먹는 데에만 필요한 게 아니라, 무엇보다도 빛을 내는 수단이었다. 밤을 환하게 밝히고 어둠을 몰아내는 것이야말로 인간사의 근본적인 법칙이요, 지혜의 시작이었다. 하지만 지금 앨런은 그런 사치를 누릴 상황이 아니었다. 앨리스를 되찾기 전까지는 절대로 빛 속에 머무를 수 없었다.

그래서 앨런은 마음을 다잡고 걸음을 옮겼다. 비록 그가 변덕스럽고 이기적이고 욱하는 성격이라 해도 최소한 비겁자는 아니었다. 특히 앨리스가 걸린 문제라면 앨런은 무슨 짓이든 할 수 있었다. 앨리스를 구하기 위해서라면 그 어떤 위험이라도 감수할 것이다.

근처에서 강물이 흐르는 소리가 들리고 공기가 한층 습해졌다. 그래도 앨런은 되도록 손전등을 켜지 않았다. 적이 또 나타날 때를 대비해 배터리를 아껴둬야 했다. 하지만 그 적들은 대체 무엇일까? 그림자 괴물 역시 생전에는 진짜 벌목꾼이었고 사냥꾼이었겠지. 칼 스터키도 마찬가지였으리라. 원래는 주유소와 방갈로를 운영하는 정상적인 인간이었을 것이다. 그들에게 대체 무슨 일이 생긴 걸까? 그들이 고치처럼 두르고 있던 걸쭉한 어둠의 보호막은 무엇이었을까? 의문은 많은데 해답을 얻을 길은 없었다. 앨런은 신경을 바짝 곤두세웠다. 점점 커져가는 강물 소리와 바람 소리밖에 들리지 않았다.

그때 숲이 우르릉 흔들렸다.

"뭐야?"

앨런은 귀를 틀어막았다. 무언가 거대한 괴물이 긴 잠에서 깨어나는 듯한, 우레 같은 괴성이 숲 전체를 울리고 있었다. 그런데 그 괴성은 시작되자마자 뚝 멈춰버렸다. 다시 고요해진 숲속에 멀리서 깍깍거리는 새 소리만 들려왔다.

앨런은 어리둥절한 채 계속 앞으로 걸어갔다. 그러다가 오른편의 바위 위에 형광 페인트로 칠해져 있는 글씨를 보고 우뚝 멈춰 섰다. "등불을 높이 들어 올리시오"라는 글귀였다. 그걸 보고서야 앨런은 자신이 벼랑 끝에 서 있다는 걸 깨닫고 간담이 서늘해졌다. 까마득한 계곡 밑으로 강물이 흐르고 있었다. 앨런은 부리나케 뒤로 물러났다. 이 숲에서는 뭐가 언제 튀어나올지 알 수 없다. 조심, 또 조심해야 한다.

그러나 길은 여기서 끊겨 있었다. 주유소로 가려면 저 강을 건너는 수밖에 없었다. 다리는 없었지만, 쓰러진 나무 한 그루가 계곡 위에 걸쳐져 있었다. 이끼로 잔뜩 덮여 있어서 한눈에 보기에도 미끄러울 듯했지만 어쩔 수 없었다. 앨런은 나무 위에 발을 올렸다. 인디애나 존스나 타잔이었더라면 가뿐히 건넜을 텐데. 앨런은 다시 벌목장 쪽을 돌아보았다.

'아직 늦지 않았어. 지금 가로등으로 돌아가서 날이 밝을 때까지 기다리면 돼. 아무도 모를 거야.'

앨런은 머릿속의 생각을 떨쳐버렸다. 물론 그가 여기서 도망치더라도 아무도 모르겠지만, 앨런 자신만은 잘 알고 있을 것이다. 그것만으로도 도망치지 않을 이유는 충분했다. 앨런은 리볼버와 손전등을 재킷 주머니에 쑤셔 넣고 나무 위에 올라섰다. 발을 굴러보니 나무가 튼튼하다는 걸 알 수 있었다. 무게가 1톤은 나가는 듯했다. 부러질까봐 걱정할 필요는 없어 보였다. 하지만 조금이라도 미끄러졌다가는 60여 미터 밑의 바위와 강물로 추락하고 말 것이다. 앨런은 줄타기 곡예사처럼 두 팔을 쭉 뻗고, 숨도 제대로 못 쉬며 아주 조심스럽게 통나무 위를 걸었다. 발을 내디딜 때마다 나무껍질이 바스러져 떨어졌다. 영화를 보면 이런 상황에서는 절대로 아래를 내려다보지 말라고 하지만, 자기가 뭘 밟는지 보지도 않고 어떻게 건너간단 말인가? 앨런은 발을 내려다보면서 천천히 걸었다. 몸이 약간 기우뚱거렸다.

계곡을 반쯤 건너서 나무들의 그늘에서 벗어나니 시야가 좀 밝아졌다. 그러자 시선이 발밑의 강으로 쏠렸다. 소용돌이치는 시커먼 강물이 하늘의 별들을 비추고 있었다. 문득 어지러워졌다. 위에도 아래에도 별들이 있고 앨런은 그 사이에 끼어 있는 것만 같았다. 앨리스는 어딘가 다른 곳에 있을 터였다.

앨리스가 까만 유리 같은 콜드론 호수로 잠겨드는 광경이 상상되었다. 깊은 암흑 속으로 가라앉으면서 점점 작아져가는 앨리스의 모습이. 그러자 욕지기가 올라오고 다리가 후들거렸다. 더 이상 서 있을 수가 없었다. 앨런은 무릎을 꿇고 엎드리고서 통나무 위를 기어갔다. 강물도, 별도, 아무것도 보지 말고 계곡 맞은편만 바라보자고 다짐하며, 앨리스를 찾으러 간다는 생각에만 집중하며.

마침내 계곡 맞은편에 도착해 단단한 땅을 디뎠을 때, 그는 털썩 드러누워 눈을 감고서 숨을 헐떡거렸다. 그대로 그렇게 누워 있고만 싶었다. 이건 모조리 악몽이라고, 그의 상상이 만들어낸 호러 이야기일 뿐이라고 생각하면서. 하지만 그럴 순 없었다. 앨런은 애써 몸을 일으켰다. 일단 일어났더니 한결 기운이 났다. 모든 난관을 극복하고 모든 공포를 무찔러서 비로소 강해진 느낌이었다. 아니, 강해져야만 했다.

멀리 나무들 사이로 스터키 주유소의 불빛이 어렴풋이 보였다. 그쪽을 향해 길이 뻗어 있었다. 출발하기 전에 앨런은 일단 손전등부터 켜보았다. 그런데 불이 들어오지 않았다.

앨런은 더럭 치미는 공포를 억누르며 손전등을 마구 흔들고는 다시 스위치를 눌렀다. 다행히도 이번에는 불빛이 나왔다. 앨런은 안도의 한숨을 내쉬며 스위치를 도로 껐다. 하지만 이제부터는 안심할 수 없었다. 유사시에 손전등이 켜지지 않을 위험이 생긴 것이다. 앨런은 그림자 괴물이 도끼를 휘두르며 통나무를 건너오고 있지나 않을까 싶어 뒤를 돌아보았지만 이곳에는 아무도 없었다. 아직까지는.

오솔길은 따라가기 쉬운 편이었다. 그리고 바위 위에 형광 페인트로 칠해진 메시지들이 또 보였다. 어둠을 조심하라거나 빛에서 벗어나지 말라는 내용의 경고도 있고, 단순히 방향을 가리키는 화살표도 있었다. 누가 이런 걸 남겨놨을지 궁금해졌지만 그런 생각에 잠겨 있을 여유는 없었다. 앨런은 손전등을 내내 꺼놓은 채 빠르게 발을 놀렸다. 배터리를 아끼기 위해서였지만 한편으로는 섣불리 불빛을 냈다가 그림자 괴물들에게 발각될까봐 두렵기도 했다. 어쨌거나 달빛과 별빛에만 의지해 가는 것이 최선이었다.

앞쪽의 수풀이 바스락거렸다. 화들짝 놀란 앨런은 길가의 나무에 바짝 붙어 섰다. 그리고 쿵쾅거리는 심장을 가라앉히려 애쓰면서 숨을 죽였다. 수풀은 계속 바스락거리고 있었다. 부디 먹이를 찾아다니는 다람쥐이기를…… 아니, 설령 굶주린 회색곰이라 해도 괜찮을 것 같았다. 벌목장에서 마주쳤던 그 괴물들만 아니라면 무엇이든, 누구든 좋았다.

거세게 몰아치는 바람에 강물이 출렁거리는 소리가 실려왔다. 그리고 그 너머에서 괴상하게 변조된 듯한 음성이 들렸다.

"'스파클링 리버 에스테이츠'라고 들어봤소? 이동주택 주차장이라오. 나는 '특별한' 게 먹고 싶으면 그리로 가지."

칼 스터키였다. 놈이 강 건너편에 있었다. 앨런은 다급히 걸음을 옮겼다.

"폴이 만든 핫도그는 우리 주에서 가장 맛있거든! '벨리 버스터'는 최고지. '몬스터 도그'는 둘째간다오!"

노래하는 듯한 칼의 목소리가 성큼 가까워지자 앨런은 뛰었다. 주유소의 불빛을 향해 마구 달려가던 그는 나무뿌리에 걸려 넘어지고 말았다. 앨런은 벌떡 일어나 주머니에서 리볼버와 손전등을 꺼내든 다음 다시 달렸다.

"하지만 샐러드는 절대 먹지 않는다오. 나 같은 남자가 하루를 버티려면은, 든든히 먹어야 하니까 말이야!"

앨런은 나무들 사이로 구불구불 이어지는 길을 따라 정신없이 달렸다. 나뭇가지에 쓸리는 것도 아랑곳없이 수풀을 마구 헤쳐갔다. 이제 주유소 건물이 시야에 또렷이 들어왔다. 나무 몇 그루만 지나면 금방이었다. 이제 그는 기척을 숨기지도 않고 숨을 거칠게 헐떡거리며 뒤에서 쫓아오는 칼과 거리를 벌리려고 안간힘을 썼다. 조금만 더, 주유소의 저 불빛에 닿기만 하면…….

그때 칼이 저 앞의 어둠 속에서 튀어나와 길 한복판을 가로막고 섰다. 주유소 불빛을 등진 그의 얼굴이 어둠으로 일렁거리고 있었다.

"엔진오일 교환은 더 자주 해주는 게 좋을 거요."

칼이 커다란 파이프 렌치로 자기 손바닥을 턱턱 두들기며 씨근거렸다. 앨런이 뒤로 휘청거린 순간, 칼이 달려들어 파이프 렌치로 어깨를 강타했다. 즉시 팔 전체에 감각이 사라졌다. 앨런은 손전등을 떨어트릴 뻔했다가 가까스로 움켜잡았다.

"점화 플러그 교체는 생각만큼 간단하지가 않다오. 위험할 수 있어요."

칼이 다시 파이프 렌치를 휘둘렀지만 이번에는 빗나갔다. 앨런은 잽싸게 손전등을 칼에게 비추었다. 그러자 놈의 얼굴이 뜨거운 타르처럼 부글부글 끓어오르는 게 보였다. 칼은 부리나케 뒷걸음질을 쳤다. 앨런이 여세를 몰아 공격하려 하는데, 손전등이 깜빡거리더니 꺼져버렸다. 그는 절박하게 손전등을 다리에 후려쳤다. 그러자 불이 다시 들어왔다.

손에는 여전히 감각이 없고 어깨는 욱신거렸다. 한편 칼은 팔로 얼굴을 가린 채 나무들 뒤편으로 뛰어들고 있었다. 수풀을 부스럭부스럭 뚫고 들어가는 소리가 들리더니, 앨런 바로 뒤에 있는 가시덤불에서 칼이 뛰쳐나왔다.

앨런은 주유소로 힘껏 내달렸다. 옆구리로 통증이 끼쳐 올랐다. 칼이 바싹 따라오면서 깩깩거렸다.

"보닛을 열어놔도 엔진이 식으려면 몇 시간은 걸린다오."

앨런은 전력으로 달렸지만 주유소는 너무 멀었다. 이래서는 도착하기 전에 놈에게 따라잡힐 게 분명했다.

"그런 일은 '전문가'한테 맡겨야 하는 거요!"

몸을 빙 돌려보니 칼은 겨우 몇 발짝 뒤에서 파이프 렌치를 두 손으로 들어 올리고 있었다. 앨런은 놈을 향해 손전등을 휙 휘둘렀다. 빛이 몸 전체를 훑자 놈은 비틀거리며 물러났다.

"오일을 갈아야 한다니까!"

칼이 고함을 치면서 미친 듯이 파이프 렌치를 휘둘러댔다. 그러는 동안에도 앨런의 손전등 불빛은 놈을 뒤덮은 어둠의 장막을 찢어발기고 있었다. 칼의 눈꺼풀이 파들거리는 게 보일 만큼 가까워졌을 때, 앨런은 마침내 리볼버를 발사했다. 그리고 칼에게 계속 불빛을 비추면서 연거푸 총을 쏘았다. 심지어 탄창을 다 비운 뒤에도, 놈이 밤의 어둠 속에 녹아 사라진 뒤에도, 앨런은 방아쇠를 당기고 또 당겼다.

앨런은 리볼버를 내리뜨리며 칼이 있던 자리를 유심히 살폈다. 역시 흔적도 없었다. 다만 환하게 타오르던 칼 스터키의 잔상이 눈앞에 어른거렸다. 앨런은 눈을 잠깐 감았다 뜨고, 서둘러 주유소로 발길을 돌렸다. 스터키 주유소. 엔진오일을 갈라고 외치던 칼 스터키의 목소리가 귓전에 쟁쟁했다.

가시덤불에 팔과 다리가 쓸리고 긁혔지만 아픔에 신경 쓸 겨를이 없었다. 마침내 숲을 완전히 빠져나와 주유소 주변의 아스팔트 바닥에 이르렀을 땐 땅에 입이라도 맞추고 싶은 심정이었다. 앨런은 속도를 늦춰 걸어갔다. 너무 빨리 움직이면 주유소도 그의 희망도 깡그리 사라지기라도 할 것처럼.

주유소 밖에는 사슴 축제 퍼레이드용 차량이 주차되어 있었다. 어제 앨리스와 함께 카페리를 떠나면서 보았던 것과 똑같은 차였는데, 주유소의 불빛이 비치는 영역과 어둠이 드리워진 영역의 경계선 지점에 서 있었다. 차에 달려 있는 거대한 사슴 머리가 으스스해 보였다. 기이하게 번뜩이는 두 눈알이 앨런을 똑바로 마주보는 것만 같았다.

주유소 마당은 적막하고 평화로워 보였다. 주유 펌프 세 대와 음료수 자판기 한 대가 있고, '스터키'라고 적힌 커다란 간판이 붙어 있었다. 그 밑의 작은 간판에는 '고급 방갈로 있습니다. 선금 지불 필수, 환불 불가'라고 적혀 있었지만, 앨런의 눈길을 사로잡은 것은 따로 있었다. 주유 펌프들 위에 걸린 '사슴 축제까지 앞으로 7일!'이라는 현수막이었다. 7이라는 숫자는 바꿀 수 있게끔 찍찍이로 되어 있었다.

앨런은 이마를 문지르며 생각에 잠겼다. 앨리스와 이곳에 도착했을 때만 해도 사슴 축제는 앞으로 2주 남았다고 하지 않았던가? 저 현수막에 표시된 날짜가 맞다면, 앨런은 브라이트 폴스에 도착한 이후 지금까지 일주일치의 기억을 몽땅 잃어버렸다는 뜻이다. 그리고 앨리스는 일주일째 실종된 상태라는 뜻이다. 머뭇거리며 현수막을 만져보니 천의 촉감이 생생하게 손끝에 만져졌다. 분명 헛것은 아니었다.

그때 어디선가 치직거리는 소리가 터져 나왔다. 화들짝 놀라 돌아보니, 주유소 건물의 문 옆에 놓여 있던 라디오에서 나온 소리였다. 문에는 '영업 종료'라는 팻말이 걸려 있었지만 안에서 불빛이 새어나왔고, 차고 문도 활짝 열린 상태였다. 앨런은 조심스럽게 라디오의 주파수 다이얼을 돌려보았다. 누구라도 좋으니 사람 목소리를 듣고 싶었다.

"여기는 KBF-FM, 팻 메인의 '올빼미'입니다. 저는 방금 밖에서 신선한 공기를 실컷 들이마시고 온 참인데요. 오늘 밤은 정말 멋지네요! 치직, 치직…… 하지만 지금 깨어 계신 청취자분들은 잠시 밖으로 나가보시는 게 어떨까요? 숨을 깊이 들이쉬면 마법에 걸린 기분이 들 겁니다. 바람 한

점 없는…… 치직, 치직…… 마치 숲이 여러분과 함께 조용히 호흡하는 것처럼요. 솔직히 이런 밤에는 저도 스튜디오에 박혀 있기 싫지만, 어쩔 수 없지요. 저는 여러분과 밤을 함께해야 하니까요. 아, 역시 이 시간까지 깨어 있는 사람이 저뿐만은 아닌 것 같군요. 전화를 받아보겠습니다. 여보세요?"

앨런은 라디오 앞에 서서 귀를 기울였다.

"안녕하세요. 저 모리스 호튼입니다."

"안녕하세요, 호튼 씨. 뭐 하고 계셨나요?"

"개를 데리고 산책하던 중이었어요. 이름이 토비인데, 그 녀석이……."

"오늘 밤은 정말 아름답지요?"

"음, 네, 그렇죠. 그런데 저기, 제가 전화한 건 토비 때문이에요. 산책하다가 토비가 근처 수풀이 바스락거리는 걸 보고는 뛰어들었는데, 어디 갔는지 못 찾겠어요."

"토끼라도 보고 쫓아간 게 아닐까요?"

"네, 아마 그렇겠죠. 토비는 토끼를 아주 좋아하니까요. 아무튼 그, 이 방송 듣는 분들이 혹시라도 토비를 보게 된다면, 좀 잡아주실 수 있을까요? 그놈 목걸이에 제 연락처가 적혀 있으니 그 번호로 연락 주시면 됩니다."

"토비는 사람을 잘 따르는 편인가요?"

"그럼요. 절대로 물거나 그러지 않아요. 보통은 스스로 돌아오는데, 집에서 멀리 떨어진 곳에서 잃어버려서 좀 걱정이 되거든요. 그리고 녀석이 그때 좀 많이 흥분한 상태였어서……."

"그렇군요. 청취자분들이 들으셨을 테니 너무 걱정하지 마세요. 곧 찾으실 수 있을 겁니다. 좋은 밤 보내시길."

앨런은 차고 쪽으로 가보았다. 전등은 꺼져 있었지만, 어슴푸레한 텔레비전 화면의 불빛에 어질러진 실내가 드러났다. 콘크리트 바닥에 기름이 엎질러져 있었고, 작업대가 엎어져서 각종 연장이며 설명서가 뒹굴고 있었으며, 차 앞유리는 박살난 상태였다. 주인이 이곳을 엉망으로 방치했거나 아니면 무슨 싸움이 벌어졌던 듯했다.

차고는 건물 안의 편의점으로 연결되어 있었다. 앨런은 편의점 쪽으로 걸어가다가 텔레비전 앞에서 멈춰 섰다. 화면이 자꾸 흔들리고 있었는데 뭔가 마음에 걸리는 구석이 있었다. 텔레비전 옆을 손으로 한 번 치니 영상이 제대로 나왔다.

목재 판벽으로 된 방에서 한 남자가 책상 앞에 앉아 있는 장면이었다. 카메라는 그 남자의 뒷모습을 보여주고 있었다. 남자의 뒤집힌 코트 깃만 보일 뿐 얼굴은 보이지 않았다. 앨런은 머리를 문지르다가 천천히 손을 뻗어 볼륨을 높여보았다. 그러자 '타닥, 탁, 타닥' 하는 소리가 흘러나왔다. 남자는 타이프를 치고 있었다. 화면이 또 흔들려서 앨런은 텔레비전을 탕 쳤다. 타이프 소리가 계속 흐르는 가운데 내레이션이 들려왔다.

"나는 글을 쓸 것이다. 계속 쓸 것이다……."

음성이 드문드문 끊기면서 치직거리는 소음이 섞여들었다.

"밖에는 오로지 어둠뿐이다. 그녀의 존재가 느껴진다……. 향수 냄새가 난다. 나는 반드시 그녀를 되찾을 것이다."

화면에 하얀 노이즈가 가득 찼다. 텔레비전을 퍽 후려치니 화면은 아예 꺼지고 소리만 나왔다.

"내가 멈추면…… 그녀를 잃는다."

이 말을 마지막으로, 텔레비전은 완전히 꺼졌다.

앨런은 텔레비전을 멍하니 쳐다보았다. 아무리 후려쳐봤자 다시 켜지는 않을 것 같았다. 앨런은 마지막으로 차고 안을 한 번 둘러보고 편의점으로 들어갔다.

편의점은 차고와 달리 말끔히 정돈되어 있었다. 벽에 붙어 있는 노르딕 워킹 홍보 포스터의 "건강에 탁월한 효과가 입증되다"라는 문구가 눈에 띄었다. 오려낸 신문 기사를 넣어놓은 액자도 걸려 있었다. 주유소 앞에서 웃고 있는 스터키를 찍은 사진과 함께, 주유소 사업을 방갈로와 관광 사업으로 확장함으로써 '올해의 브라이트 폴스 최고의 사업가'로 선정되었다는 기사가 실려 있었다. 앨런은 그림자 괴물이 되어 버린 칼 스터키를 떠올렸다. 앨런이 총을 쏘자 손전등 불빛 속에서 몸부림치던 모습을. 그 생각에 속이 울렁거렸다.

창밖을 내다보니 슬슬 동이 트고 있었다. 지평선 위로 불그스름한 박명이 번졌다. 앨런은 계산대 위에 놓여 있던 탄산음료 병을 집어 들었다. 차갑지는 않았지만 쉬익 하고 탄산이 올라왔다. 그 옆에는 종이 한 장이 있었다. 『출발』의 또 다른 낱장이었다.

앨런은 떨리는 손으로 종이를 집어 주머니에 넣었다. 지금 당장은 읽을 엄두가 나지 않았다. 어느 때보다도 심한 피로감을 느끼며, 앨런은 계산대 앞에 털썩 주저앉아 천근만근처럼 무겁게 느껴지는 전화기를 집어 들고 911을 눌렀다.

로즈는 러스티가 자신을 사랑한다는 걸 알고 있었다. 로즈도 러스티를 좋아했다. 아주 많이. 러스티는 그녀에게 너무나도 잘 해주고, 늘 웃게 해주고, 행복하게 해주었다. 하지만 그녀가 꿈에 그리던 왕자님은 아니었다. 그 사실은 로즈에게 견딜 수 없는 진실을 보여주곤 했다. 로즈 자신도 러스티와 마찬가지로 할리우드 영화 속의 반짝이는 세상과는 한참 동떨어진 평범한 여자일 뿐이라는 사실을.

CHAPTER 7

"머리를 꽤 다치셨네요."

넬슨 박사가 앨런의 이마를 감은 붕대를 매만지면서 말을 이었다.

"두 시간 전에 손튼 부관이 골짜기 밑에서 당신 차를 찾았다고 합니다. 하마터면 큰일 날 뻔 했어요. 대단히 운이 좋으신 겁니다."

"네. 정말 운이 좋죠."

앨런은 보안관서의 회의실 창문으로 쏟아져 들어오는 황금빛 햇살 속에서 눈을 깜빡였다. 넬슨이라는 저 늙은 시골 의사는 낚시하던 중에 불려와서, 아직도 낚시용 조끼 차림에 가짜 미끼들을 주렁주렁 꿰어 놓은 모자를 쓰고 있었다. 넬슨 박사는 이십 분 동안 앨런의 체온을 재고 반사신경을 확인하고 동공과 몸의 균형을 검사했다.

"환각이 보이진 않나요? 물건이 두 개로 보인다든가?"

넬슨 박사가 붕대에서 풀려나온 올을 잘라내면서 물었다. 앨런은 손전등 불빛 속에서 폭발하는 민들레꽃처럼 소멸되던 그림자 괴물들을 떠올렸다.

"네."

"콜드론 호수의 섬에 대한 얘기를 계속 하셨는데……."

"환각 같은 건 없어요. 말했잖아요."

"그래도 템플턴 병원에 가서 MRI 검사를 받아보시는 게 좋겠습니다. 차로 한 시간 정도 걸립니다."

"괜찮습니다. 선생님도 그러셨잖아요. 저 더러 운이 좋다면서요."

"웨이크 씨도 의사 속 어지간히 썩이는 환자로군요. 나도 그렇게 만만한 의사는 아닙니다."

넬슨 박사가 앨런의 어깨를 꽉 눌러 쥐고는 자리에서 일어났다. 그리고 가방을 탁 닫은 다음 문 쪽으로 걸음을 옮겼다.

"새라에게 당신과 이야기해도 된다고 말하겠습니다."

"새라?"

"새라 브레이커 보안관 말예요. 우리 동네 사람들은 서로 허물없이 지낸답니다. 작은 마을이니까요."

넬슨 박사는 회의실 밖으로 나가서 문을 닫았다. 앨런은 실내를 둘러보았다. 단순하고 얇은 카펫이 깔려 있고, 직사각형 탁자 주위로 짝이 안 맞는 의자들이 십여 개 놓여 있었다. 한쪽 구석에는 미국 국기가 걸려 있고, 맞은편 벽을 장식한 박제된 엘크 머리가 텅 빈 눈으로 앨런을 바라보았다. 산불 위험을 경고하는 포스터들, 축협에서 상을 받았다는 돼지와 송아지 사진들이 붙어 있는 게시판도 있었다. 앨런은 따스한 햇살 속에서 눈을 감았다. 너무나도 피곤했다.

"앨런, 너무 어두워."

앨리스가 앨런에게 달라붙으며 말했다. 앨런은 나지막이 타일렀다.

"두꺼비집 확인할 테니까 조금만 기다려."

"나 무서워."

앨런은 두꺼비집 쪽으로 가려고 했지만 앨리스가 그를 꼭 붙들었다. 앨런은 굳이 떨쳐내지 않았다. 그에게 닿는 앨리스의 감촉이 기분 좋았다.

이곳은 뉴욕에 있는 부부의 아파트였다. 자정이 다 된 시각, 앨리스의 작업용 방에서 앨런의 신간 표지에 들어갈 사진을 같이 고르던 중에 정전이 일어났다. 집에 온갖 리모델링을 해서 그런지 전기 시스템에 종종 과부하가 걸리곤 했다. 앨런에게 바짝 달라붙은 앨리스의 얼굴은 어둠에 잠기고, 커다란 두 눈만 어렴풋이 보였다.

"아아, 어떡해! 너무 어두워."

"알아. 내가 가서 살펴볼게."

"나 미친 사람 같지, 그치?"

"그럴 리가. 나도 어렸을 때 어두운 걸 엄청 무서워했는걸. 악몽도 꾸고 그랬다고. 내가 밤에 잠도 못 잘 만큼 무서워하니까 어머니가 부적까지 주셨어. 전선을 잘라낸 낡은 전기 스위치였는데, 어머니는 그걸 '똑딱이'라는 이름으로 불렀지."

"똑딱이?"

앨리스가 피식 웃었다.

"무서울 땐 그 스위치를 누르라고 하셨어. 그럼 거기서 마법의 빛이 나와서 괴물들을 쫓아낸다고 말야."

"나도 그런 거 있으면 진짜 좋겠는데."

"아마 내 서재에 있을 거야. 찾아볼게. 당신한테도 도움이 될 거야."

"너무 늦었어."

앨리스가 속삭였다.

"아냐, 분명 효과가 있을 거야. 일단 가서 불부터 켜고 올게."

"날 떠나지 마."

"그럼 같이 가자."

앨런이 앨리스의 손을 잡았다.

"난 못 가."

앨런은 싸늘하게 식은 앨리스의 손을 꼭 쥐었다.

"왜?"

"너무 어두워서 아무것도 안 보인단 말야."

"내가 같이 있잖아."

앨리스가 흐느껴 울었다.

"아니, 앨런. 당신은 내 곁에 없어."

"웨이크 씨?"

앨런은 눈을 떴다. 눈앞에 새라 브레이커 보안관이 서 있었다. 삼십 대 초반쯤 되는, 건강하고 예쁜 외모의 여자였다. 빳빳한 유니폼에 달린 보안관 뱃지가 번뜩거렸다. 눈동자에서는 지성이 엿보였다. 이런 시골 동네에는 여자란 부엌에만 박혀 있어야 한다고 생각하는 남자들로 넘쳐날 테니, 보안관 일을 해내는 여자라면 확실히 영민한 사람일 것이다. 보안관은 걱정스러운 표정으로 의자에 앉았다.

"의사 선생님이 적어도 여덟 시간 동안은 잠들면 안 된다고 하셨어요. 뇌출혈이나 뇌부종이 일어날 수도 있다고요."

"자, 자는 거 아니었어요. 꿈을 꾸고 있었죠."

"그렇군요."

브레이커 보안관이 미소를 지었다. 솔직하고 상냥한 미소였다. 싸움을 말리거나 성질을 부리는 취객을 진정시킬 때 저런 미소가 꽤 효과가 있을 듯했다. 앨런은 눈을 비비며 기지개를 켰다.

"아내를 찾아야 합니다. 도와주실 건가요?"

"이미 조사에 들어갔습니다. 주민들도 도와주고 있고요. 식당에서 종업원으로 일하는 로즈라는 분은 손님들을 일일이 붙잡고 앨리스 웨이크 씨에 대해 설명하고 있어요. 팻 메인 씨도 라디오 방송으로 실종자 소식을 알리고 있고요. 브라이트 폴스 사람들은 누구나 그 방송을 듣지요."

"저희는 호수의 섬에 있는 '새 다리 방갈로'라는 숙소에서 머물고 있었습니다. 아내를 안에 두고 잠깐 나갔는데……."

보안관이 손을 들어 올려 앨런의 말을 막았다.

"콜드론 호수에 섬은 없어요. 혹시나 해서 저희가 몇 번이나 직접 찾아가 확인해보았지만, 그런 건 없습니다."

"보안관님, 제가 똑똑히 봤습니다."

"그 호수에 딱 하나 있던 섬은 1973년 지진 때 가라앉아 사라졌어요. 이미 말씀드렸는데, 기억 안 나시나요? 환각 증세가 있는 것 같다고 의사 선생님이 그러시던데."

"환각이 아닙니다. 저는 정말로 아내와 함께 새 다리 방갈로에 있었다고요."

보안관이 고개를 저었다.

"새 다리 방갈로는 없어요. 지난 한 주 동안 웨이크 씨는 어딘가 다른 곳에 머무셨을 거예요."

보안관은 다시 걱정스러운 표정이 되어 말을 이었다.

"사고를 당하셨으니 검사를 제대로 받아 보셔야 해요. 머리를 다친 것일 지도……."

"저는 아내를 찾고 싶을 뿐입니다."

"네, 저희 모두가 바라는 바예요."

보안관이 앨런의 휴대폰을 건네주었다.

"배터리는 충전해두었어요. 아내분의 번호를 찾아서 전화해봤지만 불통이더군요."

앨런은 휴대폰을 움켜쥐었다.

"아내는 어둠을 극도로 무서워합니다."

"네. 아침에 말씀하셨지요."

앨런은 그림자 괴물에 대해 털어놓지 않았다는 데에 안도했다. 총을 쏘기만 해서는 죽일 수 없었던, 빛을 비추면 공기 중에 흩어져 사라져버렸던 존재들에 대해서는 일언반구도 꺼내지 않았길 천만다행이었다. 아침에 새라 브레이커 보안관이 주유소에 도착해 앨런의 머리 부상에 응급 처치를 해주고 손의 상처들에 항생제를 발라주었을 때, 그는 간밤에 겪은 일을 털어놓고 싶어 절박했다. 하지만 새 다리 방갈로에 대한 이야기에 보안관이 당혹스러운 표정을 짓는 걸 보고 앨런은 모든 진실을 말해선 안 된다는 걸 깨달았다.

"꼭 찾아드릴게요. 차에 시신은 없었으니 어딘가에 살아 계실 겁니다."

"애초에 저랑 같이 차에 타고 있지 않았다니까요. 말씀드리지 않았습니까?"

보안관이 고개를 끄덕였다.

"알고 있어요. 하지만 웨이크 씨는 지난밤에 일어난 일들을 구체적으로 기억하지 못하시는 것 같아요. 의사 선생님 얘기를 들으니, 이런 사고를 당하면 일시적 기억 상실과 혼란을 겪는 일이 흔하다더군요."

보안관의 목소리는 차분하고 부드러웠다. 그녀는 온갖 위험한 상황에 익숙할 것이다. 산사태나 눈보라 같은 자연 재해도, 다혈질인 벌목꾼 사내들이 치고받는 싸움판도 능숙하게 처리하고 수습하는 사람. 앨런은 그녀가 마음에 들었다. 신뢰가 갔다. 하지만 그렇다 해도 진실을 말할 순 없었다.

"아내분도 사고 후에 충격 때문에 혼란에 빠지셨을 수 있어요. 지금 저희 부관들과 자원자들이 숲을 수색 중입니다. 그리고…… 간밤에 주유소에서 칼 스터키 씨는 못 보셨나요?"

앨런은 머뭇거렸다.

"못 봤습니다."

보안관은 그를 똑바로 쳐다보았다.

"아내분 찾는 일을 부탁하려고 아침에 주유소에 전화했는데, 아무도 받지 않더군요. 차고도 엉망진창이었고요. 스터키 씨답지 않은 일이에요."

그때 손에 쥔 휴대폰에 진동이 울렸다. 앨런은 소스라치게 놀랐다.

"잠시만요. 전화 좀……."

수신 버튼을 누르자 수화기 저편에서 목소리가 들려왔다.

"경찰 아가씨 옆에서 떨어져. 안 그러면 댁은 아내와 사별한 걸로 더욱 유명한 작가가 될 테니까."

보안관이 앨런의 기색을 살폈다.

"웨이크 씨, 괜찮으세요?"

"괜찮습니다. 업무 전화예요."

앨런은 일어나서 문 밖으로 나갔다. 그리고 복도 끝의 조용한 구석으로 걸어가서 다시 전화를 받았다.

"당신 누구야?"

"앨런! 앨런……."

앨리스의 목소리였다.

"앨리스?"

그녀의 목소리는 멀고 아득했다. 콜드론 호수의 차가운 어둠 속으로 빠져드는 광경이 다시 떠올랐다.

"앨리스! 거기 어디야?"

"이제 작작하시지."

정체불명의 남자가 대신 답했다.

"당장 전화 바꿔."

"사람이 늘 하고 싶은 대로만 살 순 없어. 나는 지금 당장 두툼한 스테이크랑 새 차가 갖고 싶은걸. 그리고 댁이 입을 닥쳐줬으면 좋겠고."

"원하는 게 뭐야? 돈이라면 줄 테니까……."

"오늘 밤 자정에 엘더우드 국립공원에서 만나. '연인의 봉우리Lover's peak'라는 데로 와. 낭만적인 이름이지? 아, 그리고 또 하나."

"뭐야?"

"경찰은 데려오지 마. 댁 아내 머리에 총알이 박히면 보기에 썩 예쁘지 않을 테지."

통화가 끊어졌다. 앨런은 뚜뚜 울리는 신호음을 한참 듣고 있다가 뒤늦게 전화를 끊었다. 발신번호를 확인하려 했지만 표시되지 않는다고 나와 있었다. 앨런은 보안관에게 털어놓을까 고민했지만 그러면 안 될 듯했다. 브레이커 보안관은 분명 이 지역의 사건사고들을 해결하는 데에 유능한 사람이겠지만 지금 이 사건은 차원이 달랐다. FBI조차도 인질을 살리는 데에 실패하는 경우가 많았다. 인질범을 상대할 때는 그냥 지시에 따르는 게 최선이다. 잔꾀를 굴려서도 안 되고, 최첨단 추적 기술 따위도 필요 없고, 그자를 만나서 요구하는 걸 내줘야 한다. 앨리스를 되찾기 위해서라면 무엇이든 내줄 수 있지 않은가.

접수 데스크 근처에 나이 지긋한 여자가 눈에 띄었다. 첫날에 식당에서 마주쳤던, 등불을 든 노부인이었다. 지금도 등불을 들고서 스위치를 껐다 켰다 하고 있었다.

"이제 작동이 되는구먼. 그래도 조심해야지."

노부인이 데스크 안쪽에 앉은 여자 부관에게 큰 소리로 말하고는 등을 돌렸다. 출입문 쪽으로 걸어가는 노부인의 등에다 대고 부관이 인사했다.

"고마워요, 위버 할머님."

부관은 놋쇠 같은 붉은색 머리카락이었고 두꺼운 안경을 쓰고 있었다. 눈썹은 거의 보이지도 않을 만큼 가느다랗게 손질되어 있었다. 그녀가 앨런을 돌아보았다.

"아, 웨이크 씨죠? 저는 그랜트 부관입니다. 여행 가방을 제가 보관하고 있어요."

앨런이 부관에게 다가가려는데, 출입문이 벌컥 열리더니 어떤 남자 부관이 수갑을 찬 남자를 질질 끌고 들어왔다. 체포된 남자가 어물거리는 발음으로 고함을 쳤다.

"어이! 여기 불 좀 켜달라고! 제기랄! 불 켜달라니까! 어두워서 돌아버리겠어!"

그랜트 부관이 남자 부관에게 말을 걸었다.

"이번에는 또 무슨 문제야, 멀리건? 스나이더는 술을 영원히 끊은 줄 알았는데."

"그게 되면 얼마나 좋겠어."

멀리건 부관은 스나이더라는 그 남자를 똑바로 부축하려 애쓰며 말을 이었다.

"진탕 퍼마시고 대니를 흠씬 두들겨 팼대. 정신을 차리고 나서는 미친 사람처럼 고함을 질렀고."

스나이더가 앨런을 노려보며 소리쳤다.

"이봐! 나 좀 도와줘! 빌어먹을, 너무 여기 왜 이렇게 어두워? 불을 켜놓으란 말이야, 불을!"

"스나이더, 제발. 한 번만 협조 좀 하자. 응?"

멀리건 부관이 스나이더를 끌고 '유치장'이라고 적힌 문으로 이끌었다. 스나이더는 협조를 할 생각이 전혀 없는지, 앨런에게 계속 고래고래 소리질렀다.

"형씨, 나 도와줘! 빛이 필요해!"

멀리건은 기어이 스나이더를 끌고 유치장으로 통하는 듯한 문 안으로 들어갔다. 문이 탕 닫히자, 그랜트 부관이 앨런에게 여행 가방을 건네주면서 말했다.

"신경 쓰지 말아요. 워낙 술버릇이 고약한 사람이거든요."

그때 한 남자가 데스크로 다가왔다. 베이지색 바지를 입고, 깃을 푼 셔츠 위에 흰 카디건을 걸친 사람이었다. 카디건 단추를 단정히 채워 입은 걸 보니 편안하고 말끔한 인상을 주고 싶은 듯했지만, 뻣뻣한 태도와 초췌한 얼굴 때문에 전혀 그렇게 보이지 않았다. 분명 낯이 익었는데 어디서 보았는지 기억이 나질 않았다. 앨런은 기분이 좀 찜찜했다. 머리 부상 때문에 기억 상실이 일어났다는 의사의 진단이 사실인 걸까?

남자가 말했다.

"실례지만 앤더슨 형제들을 데려가러 왔습니다. 또 이런 일이 벌어져서 죄송합니다. 직원에게 단단히 주의를 줬으니, 다시는…….”

앨런은 더 이상 기다리고 싶지 않아서 남자의 말을 가로챘다.

“그랜트 부관님, 제가 머물 만한 곳이 있을까요?”

그랜트 부관은 앨런이 끼어든 덕분에 그 남자를 무시할 수 있어서 내심 반가운 기색이었다.

“엘더우드 국립공원에 방갈로가 몇 채 있어요, 웨이크 씨. 깔끔하고 좋은 곳입니다. 관광 안내소에 들러서 러스티 씨에게 말씀하시면 방을 잡을 수 있을 거예요.”

남자가 눈을 가늘게 뜨고 앨런을 돌아보았다.

“웨이크? 앨런 웨이크 선생님이시죠? 전 에밀 하트먼 박사입니다. 만나서 반갑습니다.”

그가 손을 내밀어 악수를 청했다. 앨런이 가만히 서 있기만 하자, 하트먼 박사는 손을 거두었다. 속내를 읽을 수 없는 박사의 차갑고 검은 눈동자를 보니, 비로소 앨리스가 가져왔던 책에 실려 있던 하트먼 박사의 사진이 기억났다.

“충분히 이해합니다. 예술가들은 타인의 접촉에 민감할 수 있지요. 저기, 괜찮으시면 제가 운영하는 콜드론 레이크 진료소에 머무시는 게 어떨까요.”

“제 아내가 연락한 사람이 댁이죠? 정신과 의사.”

하트먼 박사가 다이아몬드라도 쪼갤 수 있을 듯한 날카로운 미소를 지었다. 앨런의 얼굴이 붉게 달아올랐다.

“당신 때문에 우리가 여기까지…….”

박사는 앨런이 자기를 칭찬이라도 한다고 생각하는 듯 셔츠 깃을 여유롭게 만지작거렸다.

"맞습니다. 작가님의 훌륭한 아내분과 몇 차례 통화를 했죠. 작가님이 겪고 계신…… 그 문제에 대해 익히 전해 들었습니다. 쓰신 작품도 두 권 읽어봤고요. 저와 작가님이 '함께' 노력하면 그 문제를 해결할……."

앨런은 주먹을 날렸다. 턱을 얻어맞은 박사의 몸이 휘청 뒤로 넘어가면서 데스크에 부딪혔다. 마침 사무실에서 나오던 새라 브레이커 보안관이 그 광경을 보고는 달려와, 또 하트먼 박사를 후려치려던 앨런의 오른팔을 붙잡았다.

"그만하세요."

하트먼 박사가 몸을 꼿꼿이 세우고 옷매무새를 정돈했다.

"괜찮, 괜찮습니다, 보안관님. 저는 이분처럼 예민하고 변덕스러운 분들에게 익숙합니다. 직업상 감수해야 하는 위험이죠. 아무튼 웨이크 씨, 당신이 겪는 문제는 단순한 슬럼프 이상이라고 봅니다. 제가 도와드릴 수는 있지만, 작가님께서 저를 신뢰하지 않고 자기 문제를 직시하지 않으시면 소용이 없어요."

"도와줄 필요 없으니 신경 끄시죠."

앨런이 나지막이 을렀다. 보안관은 여전히 앨런을 단단히 붙잡고 있었다. 그때 출입문 쪽에서 누군가가 소리쳤다.

"앨런! 이봐요, 내 고객한테서 손 떼십쇼!"

바로 앨런의 출판 에이전트, 배리 휠러였다. 땅딸막한 몸에 새빨간 파카를 걸치고 새로 산 티가 나는 하이킹 부츠를 신은 그는 약간 우스꽝스러워 보였다. 배리가 후닥닥 안으로 들어오더니 보안관에게 손가락을 까딱거렸다.

"이러시면 소송에 휘말릴 수도 있어요."

"배리, 네가 여기에 왜 있는 거야?"

앨런이 묻자, 보안관이 웃음을 터뜨렸다.

"이 빨간 땅딸보 씨랑 아는 사이인가요?"

"전 배리 휠러라고 합니다. 웨이크 씨 대리인이죠."

하트먼 박사가 턱을 문지르며 말했다.

"보안관님, 전 괜찮습니다. 고소할 생각은 없어요. 아무래도 작가님이 마음이 많이 복잡하신가 봅니다. 웨이크 씨, 제 진료소에서 묵고 싶으시면 언제든 말씀하세요."

앨런은 박사를 무시하고 배리에게 고개를 돌렸다.

"배리, 차 있어?"

"그럼 내가 히치하이킹이라도 하고 왔을까봐? 이 동네에 지하철이 있기라도 하나?"

보안관이 말했다.

"그럼 웨이크 씨, 몸조리 잘 하시고요. 푹 쉬시고 나서 또 이야기합시다. 정리할 문제가 많으니."

"네, 그래야죠."

그때 그랜트 부관이 무전기 헤드셋에 귀를 기울이더니 입을 열었다.

"보안관님, 4번 벌목장에서 신고가 들어왔습니다. 간밤에 또 기물 파손 사건이 일어났다고 합니다. 이번에는 트레일러를 불도저로 밀어서 골짜기로 떨어트렸다는군요."

앨런은 여행 가방을 집어 들었다.

"배리, 나가자."

그림자 괴물들 중 일부는 원래의 인격체로서 하던 행동이나 말을 반복하기도 하지만, 그건 단지 시체의 사후 반응과 같은 현상일 뿐이다. 그들은 어둠만으로 꽉 찬 꼭두각시, 그 이상 그 이하도 아니다. 보통 '어둠의 존재'가 목적을 이루는 데에는 그림자 괴물들만으로도 충분하지만, 그 작가를 다루는 데에는 더 섬세하게 공을 들여야 했다. 그 작가의 정신을 앗아야 하기 때문이었다. 그래서 '어둠의 존재'는 그를 완전히 사로잡지 않고 그저 건드리기만 했다.

CHAPTER 8

배리의 렌터카는 커다란 오렌지색 SUV였다. 앨런은 바닥에 널린 패스트 푸드 포장지들에 눈길을 주고, 뒷좌석에 여행 가방을 던져 넣었다. 배리가 차에 타면서 물었다.

"그 카디건 입은 작자랑 무슨 일이 있었던 거야? 지난번에도 파파라치 두들겨 팼다가 난리 났던 거 기억 안 나? 보안관이 널 유치장에 집어넣으려는 줄 알고 얼마나 놀랐다고."

"앨리스가 납치당했어."

"무슨 헛소리야?"

시동을 걸던 배리의 손이 멈칫했다. 앨런이 단호한 목소리로 말했다.

"일단 운전해."

"경찰은 뭐하는데?"

"경찰한텐 말 안 했어. 운전이나 해."

배리는 액셀러레이터를 밟았다. 운전하는 내내 그는 앨런을 흘끔거리며 말문을 열 기회를 엿보았지만 앨런은 한사코 침묵을 지켰다. 차가 시 경계에서 벗어나 숲을 가로지르는 2차선 도로에 이르자 배리는 더 이상 참지 못하고 말을 꺼냈다.

"최소한 머리에 붕대는 왜 감았는지 정도는 설명해. 전두엽 절제술이라도 받은 거야 뭐야?"

"얘기가 길어."

"너 찾으려고 벌써 이틀째 이 시골바닥을 돌아다녔어. 시간은 남아돌아."

"차 사고가 났어."

"병원은 가본 거야? 촌구석 돌팔이 말고, 진짜 의사한테 진단 받았어?"

"이 길 따라 계속 가다가 스터키 주유소가 나오면 차 세워."

"연료는 충분해."

"그게 아니라, 내가 거기에 리볼버랑 탄약을 숨겨놔서 그래. 찾아가야 돼."

배리가 앨런을 휙 돌아보더니 다시 고개를 돌렸다.

"알았어."

배리는 오리털 파카를 부스럭대며 자세를 고쳐 앉고는, 잠시 침묵하다가 입을 열었다.

"여느 사람들 같으면 '일주일째 연락이 안 되는 친구가 걱정돼서 뉴욕에서 여기까지 날아오다니, 정말 고마워, 배리'라고 말했겠지만, 너는 아니지. 그냥 총 가져가게 차나 세우라 이거지. 참 친절해. 얼마나 친절한지 몰라."

"와줘서 고마워, 배리."

"진심이야?"

"진심이야."

배리는 만족스럽다는 듯 흥얼거리며 콧노래를 불렀다. 그의 둥그스름한

볼이 아기처럼 발그스름했다. 정력적으로 계약을 해치우고 변호사를 선임하러 뛰어다니는 면은 전혀 아기 같지 않았지만.

"앨런, 납치범에게 총을 쏘는 건 별로 좋은 생각이 아니야. 그러면 앨리스를 찾기가 더 힘들어진다고. 게다가 무지 골치 아픈 법적 문제에 휘말릴 거야."

"납치범을 쏠 생각은 없어. 놈이 원하는 건 뭐든 줄 작정이야."

"그런데 총은 뭐하러? 사람 불안하게시리."

"말해봤자 못 믿을 거야."

배리가 백미러를 체크하며 어깨를 으쓱했다.

"아, 그래? 나는 그런 말 들으면 꼭 위궤양이 도지더라. 잘 들어봐. 내 뱃속에서 쓸개즙이 찍 나오는 소리가 들릴걸. 진짜야."

배리는 도로 경계선까지 무성하게 자라난 상록수들을 둘러보며 말을 이었다.

"앨런, 여기 나무 되게 많지? 꽃가루가 엄청 떠다니는 것 같은데. 난 온 갖 것에 알레르기 있어. 면역결핍증 환자나 마찬가지라니까."

"곧 주유소가 나올 거야."

"위로해줘서 고마워. 넌 정말 다정해."

배리가 들으란 듯이 재채기를 했다. 앨런은 아무 말도 하지 않았다.

"앨리스를 누가 납치했는지는 알아?"

"아니."

앨런은 차창을 내리고 시원한 바람을 얼굴에 맞았다.

"돈은 얼마나 달라고 하던데?"

"왜? 내가 흥정이라도 하길 바라? 그놈이랑 거래를 제대로 하나 못 하나 보려고?"

배리의 목소리가 갈라졌다.

"앨런. 나는 너를 도와주려는 거야."

"알아. 미안."

스터키 주유소가 눈앞에 보였다. 여전히 영업 종료라는 팻말이 걸려 있었다.

"저기야. 건물 앞에 세워줘."

배리가 차를 세웠다. 차에서 내린 앨런은 쓰레기통으로 다가가서, 주위를 한 번 둘러본 다음 쓰레기통에 꽉 들어찬 오일 캔들을 뒤져 커다란 종이봉투를 꺼냈다. 앨런이 물건을 가지고 다시 차에 타자, 배리가 길바닥에 바퀴 자국을 남기며 출발했다.

"무슨 스파이 영화에 출연하는 기분이군."

배리가 땀방울이 맺힌 윗입술을 달싹이며 말했다.

"그 새빨간 파카가 첩보 작전에 큰 도움이 되겠네. 아, 멋있지 않다는 뜻은 아니야. 에베레스트풍으로 멋있어."

"이제 와 말이지만 아까 그 보안관, 좀 기분 나쁘더라. 뭐? 빨간 땅딸보?"

"곧 갈림길 나오면 꺾어. '레이크 거리'라는 길이야."

"왜? 엘더우드로 가는 거 아니었어?"

"일단 내가 미치지 않았다는 걸 증명부터 해야겠어."

배리는 앨런에게 눈길만 줄 뿐 아무 대꾸도 하지 않았다.

호수로 가는 동안 앨런은 배리에게 모든 일을 털어놓았다. 새 다리 방갈로, 앨리스와의 말다툼, 그 직후에 벌어진 앨리스의 실종 사건, 간밤에 숲에서 벌인 사투, 죽이면 흔적도 남기지 않고 사라지던 기이한 존재들, 심지어는 쓴 기억이 없는 소설 원고에 대해서도. 재킷 주머니에서 원고 낱장들을 꺼내 보여주기도 했다. 어쨌든 누군가에게 말을 하긴 해야 하고, 털어놓을 상대로는 배리가 제격이었다. 배리는 앨런의 이야기를 비웃거나 믿어주지 않을 수도 있겠지만 적어도 신뢰할 만한 사람이니까.

배리는 앨런의 이야기를 듣는 내내 한마디도 하지 않았다. 그저 도로에만 시선을 붙박은 채 이따금씩 콧물을 닦을 뿐이었다.

앨런과 배리는 콜드론 호숫가의 바위 위에 올라섰다. 앨런이 아무것도 없는 잔잔한 수면을 가리키며 말했다.

"분명 이쯤에 새 다리 오두막이 있었어. 앨리스와 같이 거기서 머물렀다고."

"그래. 네 말을 믿어."

앨런은 모래밭으로 뛰어내린 다음 바닥을 내려다보며 이리저리 걸어다녔다. 배리가 한숨을 쉬었다.

"앨런, 그만해. 이제 됐어."

앨런은 말없이 꿇어앉아 손으로 모래를 퍼냈다. 그러자 길이 있었던 흔적 같은 게 눈에 띄었다. 앨런은 물가를 돌아보았다. 무성하게 자라난 풀에 뒤덮인 짧은 길 너머에 오래된 다리의 잔해가 있었다. 앨런은 그쪽으로 걸어가서 배리를 불렀다.

"이거 보여? 이게 그 방갈로로 이어지는 다리였어."

배리는 앨런을 따라와서 좀먹은 나무 기둥 하나를 발로 찼다.

"옛날에 무너진 다리잖아."

"하지만 분명 여기에 있었다고. 정말이야. 앨리스를 마지막으로 본 곳이 여기야."

배리가 앨런의 등을 두드렸다.

"앨리스는 반드시 찾을 수 있을 거야. 일단은 국립공원으로 가서 숙소 잡고 좀 쉬자. 응? 앨런, 제발."

앨런은 고개를 끄덕이고 차로 터벅터벅 돌아갔다. 완전히 진이 빠졌다. 희망은 말라붙고 의혹만 머릿속에 가득했다. 오늘 아침 호숫가에 직접 가보게 해달라고 요구했을 때 보안관이 거절한 것도 당연했다. 여기에 아무것도 없다는 걸 뻔히 알고 있었으니까.

하지만 그는 미치지 않았다. 분명히 새 다리 방갈로에서 묵었다. 거기서 앨리스를 품에 안았고, 발전기를 돌려서 불을 켰고, 나무 그루터기에 새겨진 낙서를 보았다. 만약 그 기억이 잘못되었다면, 앨런은 어디까지가 거짓이고 어디부터가 진실인지 아무것도 알 수 없다.

어쨌거나 오늘 밤 그 납치범을 만나서 앨리스를 되찾을 것이다. 앨런은 배리가 차를 몰고 호숫가를 빠져나가는 동안 눈을 감고서 그 생각에만 집중했다. 눈을 다시 떠보니 차창 너머에 총알구멍이 숭숭 뚫린 도로 표지판이 보였다. '엘더우드 관광 안내소까지 5마일'이라고 적힌 이정표였다.

"여기서 꺾어야겠군."

배리가 또 재채기를 하고 차를 돌리더니 앨런을 흘끔 보았다.

"앨런, 화내지 말고 내 말 들어. 시애틀로 가서 좋은 신경과 의사한테 정밀검사 받아야 돼."

"그럴 필요 없어."

"넌 차 사고를 당했어. 괜찮은지 확실히 확인해봐야 할 거 아냐."

"괜찮냐고? 당연히 안 괜찮지. 하지만 내가 뭘 봤는지는 똑똑히 알아. 배리, 나를 봐. 나를 보라고."

앨런은 배리가 마지못해 고개를 돌렸을 때에야 말을 이었다.

"내가 한 말은 하나도 빠짐없이 진실이야. 내 말 믿어?"

"아니."

배리는 어깨를 으쓱하고는 한 손으로 운전대를 잡은 채 코를 풀었다.

"뭐, 별로 상관없어. 작가들이란 원래 하나같이 괴상한 족속이니까. 하지만 네가 너 자신의 생각을 믿는다는 것만은 잘 알겠어. 나한테 중요한 건 그거야. 나는 네가 원하고 필요로 하는 걸 얻도록 도와주는 사람이니까."

"고마워."

"하지만 객관적으로 충고 정도는 해줄게. '그림자 괴물'에 대해선 아무에게도 말하지 않는 게 좋겠어. 사람들이 네 상태가 정말 심각하다고 생각할 테니까."

"그래. 내가 정신병원에 갇히는 건 너도 싫겠지."

"구속복 입고 타자 치긴 힘들잖아."

배리가 앨런의 심란한 표정을 보았는지 위로의 말을 덧붙였다.

"앨리스는 괜찮을 거야. 영리한 사람이니까. 게다가 너는 강한 놈이고, 나는 누구든지 설득해서 무슨 짓이든 하게 만들 수 있을 만큼 수완이 좋지. 그러니까 분명 찾을 수 있어. 너무 걱정하지 마."

배리가 관광 안내소의 주차장에 차를 대고는 미소를 지었다.

"그런 다음 차기작에 대해 논의해보자고. 그 원고 낱장들, 아주 느낌이 좋아. 베스트셀러가 될 예감이 들어."

두 사람은 관광 안내소 앞으로 걸어갔다. 뾰족하게 솟은 지붕과 전망창이 달린 으리으리한 통나무집이었다. 그들이 오는 걸 안에서 보았는지, 이중문이 벌컥 열리더니 낯익은 여자가 나왔다. 식당에서 마주쳤던 종업원

로즈였다.

"어머나, 작가님! 배리, 작가님을 찾으셨군요!"

앨런이 배리를 돌아보았다.

"서로 구면이야?"

"말했잖아. 너 찾느라고 온 동네를 돌아다니면서 사람들한테 묻고 다녔다고. 예쁜 아가씨, 잘 있었나요?"

배리의 인사에 로즈가 얼굴을 붉혔다.

"네, 작가님이 무사해서 한시름 놨어요. 아아, 정말 다행이에요."

"전 괜찮습니다. 혹시라도 제 아내를 보시면⋯⋯."

"곧바로 보안관서에 연락할게요. 안 그래도 오늘 아침에 라디오에서 실종 소식 들었어요. 섬뜩한 일이지만, 분명 돌아오실 거예요. 도무지 어떻게 된 건지, 요사이 브라이트 폴즈에서는 자꾸 해괴한 일들이 벌어져요. 꼭 '나이트 스프링스'(가상의 텔레비전 드라마 시리즈로, 공포스럽고 초자연적인 사건을 다루는 내용이다.) 프로그램 속에 들어와 있는 것 같다니까요."

"해괴한 일들이라뇨?"

"음, 어젯밤에는 러스티가 키우는 개 맥스가 심하게 다쳤고요, 또⋯⋯."

로즈는 눈을 떨구면서 허둥거렸다.

"어머, 내 정신 좀 봐. 이제 일하러 가봐야 할 것 같아요. 러스티에게 커피 배달하러 잠깐 들른 거였어요. 그 사람이 우리 식당 커피 얼마나 좋아하는지 아시죠?"

로즈가 앨런의 뺨에 짧게 입을 맞췄다.

"그럼 두 분, 또 뵈어요!"

배리는 떠나가는 로즈의 뒷모습을 쳐다보았다. 정확히는 엉덩이를 쳐다본 것 같았지만.

"어째서 작가는 항상 키스를 받고 에이전트는 항상 인사만 받는 건데?"

앨런은 묵묵히 관광 안내소 문을 열어젖히고 안으로 들어갔다. 로비에는 지도, 엽서, 눈신발 미니어처나 야생 꿀 같은 기념품들이 늘어선 진열장이 있었다. 울퉁불퉁한 소나무 재목으로 된 벽에는 브라이트 폴스의 야생 동물들, 사슴 축제, 콜드론 호수의 홍보 포스터와 지도가 붙어 있었다. 가장 눈에 띄는 것은 로비 한가운데에 서 있는 거대한 매머드의 해골 표본이었다. 그 앞의 팻말에는 "콜럼비아 매머드, 일명 '뻐드렁니 찰리'. 워싱턴주 공식 지정 화석"이라고 적혀 있었다.

"으, 이건 괴물이잖아."

배리가 매머드의 거대한 엄니를 올려다보면서 중얼거렸다.

앨런은 전망창 밖을 내다보았다. 건물 뒤편의 테라스에 러스티가 있었다. 그는 목조 피크닉 테이블 위에 개를 올려놓고 다리에 붕대를 감는 중이었다.

"배리, 관리원한테 숙박 문의하고 올게."

배리는 여전히 매머드 화석에 정신이 팔려 있었다.

"이거 팔라고 하면 팔까? 사무실에 갖다놓으면 딱이겠는데."

"고객들이 무지 좋아하겠지."

앨런이 가볍게 비꼬고 테라스로 나갔다. 앨런을 본 러스티와 개가 동시에 고개를 들었다. 주둥이가 길쭉하고 털이 텁수룩한 잡종견이었다. 러스티가 앉아 있는 벤치에는 그가 벗어둔 모자와 함께 보온병 하나가 놓여 있었다. 아마 로즈가 가져다준 커피일 것이다. 러스티는 다시 개에게 주의를 돌려 섬세한 손길로 붕대를 감으며 말했다.

"웨이크 씨, 다들 당신을 찾고 있었어요. 빨간 파카 입은 땅딸막한 남자분이……."

"걱정해주셔서 고맙습니다. 보안관서에 갔다 오는 길이에요. 그나저나 방갈로에 좀 묵고 싶은데요."

러스티가 붕대를 다 감고는 앨런의 머리에 시선을 던졌다.

"머리는 어쩌다 다치셨어요?"

"면도하다가요."

"농담하신 겁니까?"

"네."

러스티가 씩 웃었다.

"아하, 이런 게 뉴욕식 유머인가 보군요. 아무튼 빈 방갈로가 딱 하나 있긴 한데, 위치가 좀 멀어요."

"괜찮습니다."

앨런이 개의 머리를 쓰다듬으며 물었다.

"맥스는 왜 다친 거죠?"

러스티는 머리를 절레절레 저으며 항생제 연고와 붕대를 구급상자에 집어넣었다.

"어젯밤 숲에서 무슨 야생짐승을 만난 모양이에요. 덤볐다가 호되게 당한 거죠."

"원래 그런 일이 많습니까?"

"아뇨. 예전에 호저 털을 주둥이에 잔뜩 묻히고 온 적이 한 번 있긴 하지만, 이렇게 다쳐서 온 건 처음입니다. 조심스러운 성격이라서 보통 섣불리 공격하지 않아요."

앨런은 맥스의 턱을 긁어주면서 생각에 잠겼다.

"대체 어떤 야생짐승이었을까요?"

러스티는 고개를 흔들었다.

"저도 모르죠. 사실 그게 짐승이었는지도 잘 모르겠고요."

"무슨 뜻이시죠?"

"뭐, 아무것도 아닙니다. 짐승이 아니면 뭐였겠어요?"

러스티가 앨런을 올려다보았다.

"웨이크 씨는 동물을 썩 잘 다루시는군요. 맥스는 잡종견인데도요. 불쾌하게 듣지 않으셨으면 좋겠는데, 솔직히 도시 사람들은 핸드백 안에 들어가는 앙증맞은 순혈견이 아니면 도통 좋아하질 않잖아요. 명품 가방에 명품 개를 넣고 다니는 식이죠."

앨런은 말없이 개의 귀를 부드럽게 문질러주었다. 녀석이 기분 좋은 듯 눈을 굴렸다.

"연인의 봉우리로 하이킹을 갈까 하는데요. 방향을 좀 알려주실 수 있을까요?"

"물론이죠. 지도를 드릴게요. 혹여나 맥스를 이렇게 만든 놈이랑 마주칠까봐 걱정하진 않으셔도 됩니다. 이 숲에 곰이 살긴 하지만 어지간해서는 사람에게 다가오지 않아요. 적당히 소리를 내면서 걸으시면 곰들은 알아서 다른 쪽으로 피할 겁니다."

러스티가 맥스를 안아들고 바닥에 내려주었다. 맥스는 절뚝거리면서 햇빛이 잘 드는 테라스 구석으로 가더니, 그중에서도 가장 빛이 밝게 비치는 부분에 자리를 잡고 앉았다.

나는 손전등 불빛에 무엇이 드러날지 두려워하며 모퉁이를 돌았
다. 바위 위에 형광 페인트로 서툴게 그려놓은 횃불 그림이 반짝
이고 있었다. 그 뒤에는 낡은 금속 트렁크 가방이 놓여 있었다.
배터리, 조명탄, 탄환 등이 들어 있었다. 한밤중에 이 숲을 통과하
는 데에 필요한 물건들. 나와 같은 여행자가 남겨놓은 것이 분명
했다. 나보다 더욱 많은 것을 알고 있는 사람이었을 것이다.

CHAPTER 9

삼십 분 뒤 앨런과 배리는 황폐한 방갈로 앞에 도착했다. 현관에는 엉성하게 만든 포치가 딸려 있는 삼각형 모양의 오두막집이었다. 근처에 다른 방갈로는 없었고 주변이 온통 숲이었다. 높다란 전나무 꼭대기에 앉아 있는 세 마리 까마귀의 까만 깃털이 햇빛 속에서 반들거렸다. 까마귀들은 두 사람을 내려다보며 저들끼리 무슨 이야기라도 속닥거리듯 머리를 갸웃거리고 있었다.

"쟤네 왜 저래? 우리가 불만인가?"

배리가 까마귀들을 가리키며 궁시렁거렸다.

"아름다운 자연의 신비지 뭐."

앨런은 짐짓 가벼운 목소리로 말했지만 마음은 무거웠다. 어젯밤 그림자 괴물들이 나타나기 전에는 꼭 저 빌어먹을 까마귀들이 울었다는 것이 기억났기 때문이다.

앨런은 차 트렁크에서 짐을 꺼내서 방갈로 현관 앞으로 옮겼다. 러스티에게서 열쇠를 받아오긴 했지만 문이 잠겨 있진 않았다. 앨런은 부츠 굽으로 바닥 깔개를 툭툭 찬 다음 안으로 들어갔다. 실내는 그은 소나무와 구운 베이컨 냄새가 살짝 풍겼고, 그럭저럭 말끔한 편이었다. 가운데가 푹 꺼진 소파, 식탁, 의자 두 개가 보였고, 벽난로 안에는 타다 만 장작과 재가 남아 있었다. 앨런은 배리와 함께 위층으로 올라가보았다. A자 형태의 천장 밑에는 이불과 요를 단정히 개어놓은 더블 침대 두 대가 있었고, 벽에 걸린 나무 팻말에는 "자연을 어머니처럼 사랑하세요"라는 문구가 새겨져 있었다. 배리가 계단 맨 위에 서서 재채기를 하고는 "난 자연 싫어"라고 내뱉었다.

앨런은 조그마한 욕실로 들어가서 이마에 감긴 붕대를 풀었다. 부상이 그리 심하진 않았지만, 살짝 만져보니 통증이 치밀어 눈살이 찌푸려졌다. 앨런은 온수를 틀어놓고 물이 따뜻해지는 동안 잠깐 밖으로 나왔다. 배리는 아래층에서 먼지 때문에 알레르기가 일어난다며 투덜거렸다.

앨런은 샤워를 한 뒤 깨끗한 옷으로 갈아입고, 붕대를 새로 감은 다음 침대에 누웠다. 잠을 자려고 했지만 정신이 말짱했다. 불면은 그를 꾸준히 괴롭히고 있었다. 앨런은 몸을 뒤척거리며 이런저런 기억들을 되짚으며 새다리 방갈로에서 벌어진 일을 해석하려 애썼다. 아래층의 부엌에서 배리가 달그락거리는 소리가 들려왔다. 침대가 지나치게 푹신했다. 이런 침대에서 누가 잠을 잘 수 있을까? 앨런은 베개를 고쳐 베고, 커튼 사이로 새어들어오는 늦은 오후의 햇살 속에서 천천히 숨을 쉬었다. 슬슬 하품이 나왔다.

앨런은 앨리스의 꿈을 꾸었다. 둘은 햇빛이 비치는 어느 낯선 도시의 거리를 걷고 있었다. 앨리스는 깔깔 웃으며 그의 손을 잡고 어디론가 이끌었는데, 어디로 데려가는지는 말하지 않았다. 앨런은 그녀와 함께 있어서 행복했다. 앨리스와 함께할 때면 늘 행복했으니까. 하지만 그 장소는 마음에 들지 않았고, 앨리스가 어디로 데려가려 하는 건지 좀 불안했다. 다 허물어져가는 건물들, 창문이 지저분한 아파트들, 차가 한 대도 없고 쓰레기만 널려 있는 길거리. 하지만 앨리스는 개의치 않는 듯 명랑하게 앞서 걸어가며, 앨런에게 소심하다고 놀리면서 자꾸만 손짓했다. 앨런은 인도 위에 흩어져 바람에 펄럭이는 신문지를 보고 한 장을 집어 들었다. 바스라질 듯 낡은 종이는 누렇게 변색된 상태였고, 기사들은 전혀 알아볼 수 없는 외국어로 되어 있었다. 고개를 들어보니 앨리스는 저 앞에서 계속 걷고 있었다. 거리가 너무 멀었다. 초조해진 앨런은 그녀를 뒤쫓아갔지만, 앨리스는 갈라진 포석들 위를 춤추듯 움직이며 자꾸만 멀어져갈 뿐이었다. 그녀가 무슨 노래를 흥얼거리고 있었는데, 정확히는 알 수 없지만 멜로디가 귀에 익었다. 친숙한 옛날 노래 같았다. 앨런은 전속력으로 달려 앨리스를 따라잡으려 했지만 점점 더 뒤처지기만 했고, 앨리스가 그를 돌아보고는 춤추듯이 한들거리며 그예 사라져버렸다. 그녀의 노랫소리만이 바람에 실려오고…… 그때야 비로소 앨런은 그 소리가 무엇인지 깨달았다. 그건 노래가 아니었다. 가사도 없고 멜로디도 없는, 규칙적인 소음이었다. 타이프 소리. 누군가가 미친 듯이 타자를 치는 소리.

앨런은 퍼뜩 눈을 떴다. 심장이 타들어갈 듯 펄떡거렸다. 어느새 밖은 어두워졌고 방갈로 안에는 불이 켜져 있었다. 앨런은 다시 꿈속으로 돌아가 앨리스를 따라잡고 싶었다.

"앨런, 괜찮아?"
앨런은 다시 눈을 떴다. 배리가 침대 맞은편에 앉아 있었다.

"괘, 괜찮아."

"너 코 골더라. 알고 있었어?"

"응. 앨리스가 얘기해줬어."

여전히 가슴이 쿵쾅거렸고, 옷은 땀으로 흠뻑 젖어서 축축했다. 앨런이 앨리스 얘기를 꺼내자 배리는 머쓱해진 표정이었다.

"아, 미안. 음……저기, 나 생각 좀 해봤는데."

배리가 재채기를 하고는 코를 닦으면서 말을 이었다.

"역시 경찰에 신고하는 게 좋겠어. 경찰에게 납치범을 만나달라고 해. 그게 경찰이 하는 일이잖아. 내 작가 고객들 중에 전직 FBI 요원이었던 사람이 있어. 글솜씨는 별로지만 이런 방면에는 일가견이 있지. 어때, 연락해볼까?"

앨런은 거울로 머리 부상을 살펴본 다음 탁자 위에 놓아둔 리볼버가 장전되어 있는지 확인했다.

"내가 알아서 처리할 거야."

"잘도 처리하겠다. 머리는 다치고, 계속 권총을 만지작거리면서 헛소리만 해대는데. 물론 네 이야기는 훌륭한 글감이긴 해. 하지만 소설과 현실을 헷갈리면 곤란해. 그러다간 납치범이 아니라 흰 가운 입은 의사들과 싸우게 될 거야."

손목시계를 보니 열한 시가 넘은 시각이었다. 곧 출발해야 했다. 러스티가 알려준 바에 따르면 연인의 봉우리는 자연 탐사로의 끝자락, 라디오 안테나 바로 밑에 있다고 했다. 라디오 안테나만 보면서 걸으면 길을 잃을 염려는 없다고 했지만, 어둠 속에서 거기까지 가려면 얼마나 오래 걸릴지는 알 수 없었다. 어쨌든 납치범보다 먼저 그곳에 도착하고 싶었다.

앨런은 계단을 내려갔다. 그러자 배리가 벌떡 일어나 따라왔다.

"이런 식으로 나올 거야? 대꾸할 가치도 없단 뜻이야?"

"할 말이 없어서 그래. 기분 나쁘다는 건 아니야. 내가 너라도 나를 미쳤다고 생각할 테니까."

배리는 앨런이 잘못될까봐 겁에 질려 있었다. 하지만 앨런이 무슨 말을 하더라도 그를 안심시킬 수는 없을 터였다. 앨런 자신도 솔직히 겁이 났지만, 어쩔 수 없었다. 그냥 가보는 수밖에. 이 순간은 마치 소설을 쓸 때와 비슷했다. 앨런은 집필에 들어가면 한 챕터 내내 손이 가는 대로 술술 써내려가곤 했다. 모순이나 장애물을 신경 쓰지도 않고, 결말을 어떻게 낼지 생각하지도 않고, 주인공이 이기게 할지 악역이 이기게 할지 고민하지도 않고, 그냥 내키는 대로 써나갔다. 그 챕터를 다 쓰고 나서야 내용을 되짚어보고 구성을 점검했다. 글을 쓰는 동안 발생하는 문제들을 일일이 고민하면 그 문제들에 잡아먹혀 아무것도 할 수 없게 되기 때문이다. 지금도 마찬가지였다. 앨리스를 되찾는 유일한 방법은 그저 '계속 나아가는' 것이다.

"나는 내가 해야 할 일을 하는 것뿐이야."

"남이 하는 말은 들리지도 않아? 앨런 웨이크는 앨런 웨이크가 원하는 것만 하고 살겠다 이거야?"

"배리, 선택의 여지가 없어. 앨리스를 찾으려면 어쩔 수 없다고."

배리는 천천히 고개를 끄덕였다. 그리고 "알았어"라고 대답하더니, 부랴부랴 부엌으로 들어갔다.

"그럼 뭐라도 먹고 가. 아까 너 자는 동안 관광 안내소에 들러서 먹을 것 좀 챙겨왔어. 네 꼴을 보니 며칠 째 아무것도 안 먹은 사람 같아서."

배리는 냉장고에서 땅콩버터, 잼, 식빵을 꺼내 조리대 위에 올려놓았다.

"'용을 잡으러 가려면 뱃속을 든든히 채워놓아야 한다'라고 우리 어머니가 늘 말씀하셨지."

"배리, 나는 용을 잡으러 가는 게 아니야."

배리는 식빵 세 장에 땅콩버터와 포도잼을 치덕치덕 발라 합친 뒤 대각 선으로 잘랐다. 그것도 딱 자기 어머니가 하던 방식일 것이다.

"6학년 때 이후로 이런 삼단 땅콩버터 샌드위치는 처음 먹어봐."

앨런은 샌드위치의 반을 덥석 베어 물고는 우적우적 씹었다. 잊었던 허 기가 뒤늦게 느껴지면서 죽을 듯이 배가 고팠다.

"진짜 맛있네."

배리가 우유를 한 잔 따라주었다.

"우유 마시면서 천천히 먹어. 목구멍에 들러붙을라. 너한테 하임리히 처 치(기도에 막힌 이물질을 제거하기 위해 실시하는 응급처치법.)까지 해주는 건 사 양이야."

"그런 식으로 목에서 땅콩버터가 튀어나오게 할 수는 없을 것 같은데."

앨런은 샌드위치를 눈 깜짝할 새에 해치우고 손가락까지 싹싹 핥았다.

"너무 걱정하지 마. 괜찮을 거야."

"너무 걱정하지 말라고? 가장 친한 친구인 네가, 약간의 뇌진탕 증세가 있는 상태로, 아내를 납치한 자를 만나러, 경찰도 동료도 없이 혈혈단신으 로, 한밤중에 산길을 걸어갈 텐데, 그 와중에 도끼로 네 머리를 날려버리 려는 미치광이들까지 날뛴다. 그래도 걱정하지 말라 이거지. 이 정도면 제 대로 요약한 거 맞지?"

앨런이 리볼버를 들어올렸다.

"내가 무장한 상태라는 점을 빠뜨렸잖아."

"앨런. 아까 안내소에 들렀을 때 러스티라는 그 관리원이랑 얘기했는데, 몇몇 캠핑객이 지난 이틀 새 실종됐대. 들었어?"

앨런은 몸이 싸늘하게 식는 기분이 들었다. 그는 여분의 탄환과 배터리를 주머니에 더 챙겨 넣었다.

"상관없어."

"예전에 주민들이 숲속에 곰을 잡으려고 설치해놓은 덫이 있대. 불법이지만. 대낮에도 잘 안 보이는데 밤에는 절대로 안 보일 거라고 하더라. 캠핑객들이 그 덫에 걸린 게 아닐까 싶대."

앨런은 어젯밤 벌목장에서 본 사냥꾼을 떠올렸다. 칼 스터키에게 살려달라고 애원하며 톱밥 깔린 땅에 쓰러져 몸부림치던 그 남자. 칼이 사냥꾼의 가슴에 도끼를 박아 넣던 순간 나던 소름 끼치는 소리도, 선금은 환불 불가라며 희희낙락 떠들던 칼의 목소리도. 칼이 사냥꾼을 난도질할 때 마치 칼을 부추기는 것 같은 까마귀 울음소리가 들렸던 것도 기억났다. 그 이후 반시간도 지나지 않아 그 사냥꾼은 칼 스터키와 같은 그림자 괴물이 되어 나타나서 앨런을 죽이려 들었던 것이다.

"부디 덫에 걸린 거였으면 좋겠군."

"뭐? 그랬으면 좋겠다고?"

"괴물이 되는 것보다는 다리가 부러진 채 덫에 붙들려 있는 편이 차라리 나으니까."

"그림자 괴물 말하는 거야?"

앨런은 고개를 끄덕였다. 배리가 또 재채기를 했다.

"시원하겠다."

"젠장, 이 동네에 오래 있다간 죽을지도 몰라. 나 지금 편두통도 장난 아니야."

배리가 요란하게 코를 풀고 관자놀이를 문질렀다.

"이 방갈로에 곰팡이가 있는 게 분명해. 포자, 꽃가루, 덩굴 옻나무……

모르지, 뭐가 있을지."

"몸 조심해. 문 잠그고 불 켜놓는 거 잊지 말고."

앨런은 삐걱대는 나무 바닥을 밟으며 현관문 쪽으로 발길을 옮겼다. 그러자 배리가 소파 위에 얹어놓았던 빨간 파카를 집어 들었다.

"기다려. 나 너랑 같이 가기로 마음먹었어."

"안 돼."

"이래라 저래라 명령하지 마. 난 숲이 무섭지 않아."

"아아, 천하의 배리 휠러가 숲이 무서울 리가 있겠어?"

"정말이야. 난 밤에도 지하철을 타고 다니고, 경찰들도 반드시 둘씩 짝을 지어 다니는 위험 지역에 아무렇지도 않게 내려서, 노점상에서 여유롭게 핫도그도 사먹는다고. 사우어크라우트랑 피칼릴리(사우어크라우트는 독일식 양배추 절임, 피칼릴리는 영국식 피클을 가리킨다.)까지 들어간 걸로 말야. 난 아무것도 겁내지 않아."

"네가 나보다 용감하다는 건 알아. 그래도 여기 남아 있어줘. 다른 사람을 데려오면 앨리스를 죽이겠다고 납치범이 협박했어. 그리고 만약 나한테 무슨 일이라도 생기면…… 내가 돌아오지 않으면 네가 브레이커 보안관에게 전화해서 상황을 설명해줘야 해."

배리가 앨런을 껴안았다.

"그럴 일은 없을 거야. 넌 분명 앨리스를 구해올 거야. 널 믿어."

"이거 지금 진지하게 사귀자는 뜻이야?"

"지랄한다."

배리가 앨런을 안았던 팔을 풀고 차 열쇠를 건네주었다.

"차 가져가."

"차는 없어도 돼. 연인의 봉우리까지 가려면 숲을 걸어가야 해. 그 길밖에 없댔어."

배리가 열쇠를 주머니에 도로 넣었다.

"그래, 너 잘났다. 하이킹 재밌게 하고 오라고. 난 괜찮으니까. 호러 영화 세트장 같은 숲속의 낡은 오두막집에 혼자 처박혀 있으니 아주 아늑하고 좋네. 참, 여기 화장실 변기도 영 시원찮더라."

앨런은 문을 열고 손전등이 제대로 작동되는지 확인했다.

"이따가 봐. 불 켜두고 있는 거 있지 말고."

"그럼. 집 잘 지키고 있을게. 누가 사슬톱으로 날 토막내 요리 재료로 쓰지 않게 말이야. 이야, 뉴욕 출판사 편집자들이 이 얘기 들으면 숨 나가게 웃겠는걸! 배리 휠러 퓌레라니!"

앨런이 밖으로 나가자 배리는 문을 닫아 잠갔다. 앨런은 방갈로 안의 불빛을 흘끔 돌아본 뒤, 어둠에 잠긴 숲을 향해 길을 나섰다.

새라 브레이커 보안관은 자신의 직감을 믿는 편이었다. 그 직감이 말하고 있었다. 나이팅게일이라는 저 FBI 요원은 신뢰할 수 없는 인간이라고. 단지 찌든 술냄새 때문만은 아니었다. 뽐내듯이 FBI 뱃지를 보여주는 태도, 자기 지위를 이용해 명령하는 행동, 질문에 대답을 요구할 때의 고압적인 표정 때문이었다. 그는 새라를 붙잡고 앨런 웨이크에 대해 꼬치꼬치 캐물었다. 앨런 웨이크는 어디에 있냐, 그 차 사고는 어떻게 된 일이냐, 그의 아내는 어디 있냐, 어째서 앨런을 그냥 놔줬냐, 기타 등등. 하지만 무슨 일로 조사를 나온 거냐는 그녀의 질문에는 아무 대답도 하지 않았다. 기껏해야 '연방 수사국 관할 임무'라는 답변이 전부였다.

CHAPTER 10

앨런은 방갈로에서 이어지는 오솔길을 따라 걸었다. 나무들 너머로 관광
안내소의 어렴풋한 빛이 보였다. 연인의 봉우리로 가려면 우선 관광 안내
소 뒤편으로 간 다음 거기서부터 자연 탐사로를 따라 끝까지 걸어야 했다.
납치범을 만나기까지는 아직 시간이 많이 남았다는 뜻이었다. 어둠 속에
서 까마귀 울음소리가 울려 퍼졌다. 그러자 마치 새들이 앨런의 머릿속에
서 까악거리는 것만 같은 날카로운 두통이 치밀더니, 발밑의 땅이 흔들리
기 시작했다. 처음에는 약한 진동이었지만 점점 더 심해지더니 급기야는
똑바로 서 있을 수도 없게 되었다. 앨런은 근처의 나무를 붙잡고 뺨이 나
무껍질에 쓸릴 만큼 딱 달라붙었다. 저편에 보이던 관광 안내소의 불빛이
깜빡거리다 꺼졌다.

휴대폰이 울렸다.

"여, 여보세요?"

수화기에서 배리의 목소리가 튀어나왔다.

"앨런! 지진, 지진이야!"

"그래. 거기 가만히 있어."

앨런은 현기증과 욕지기를 억누르며 말했다.

"뭐라고? 안 들려. 그……나봐."

"거기 가만히 있으…….."

전화가 끊겨버렸다. 또 지진이 일어날지 몰라 숲에 뛰어들기가 망설여졌다. 그냥 방갈로로 돌아갈까 생각하고 있는데, 그때 관광 안내소에서 사람 비명소리가 들려왔다. 앨런은 즉시 리볼버와 손전등을 꺼내들고 그쪽으로 달려갔다.

안내소 앞의 진입로가 온통 난장판이었다. 부서진 차 한 대가 도난 경보음을 왱왱 울리며 내리막길로 천천히 굴러가고 있었고, 러스티의 지프차는 안내소 건물 전면의 창문을 뚫고 안으로 반쯤 들어가 있었다. 보닛이 우그러져 있었지만 엔진은 여전히 돌아가는 상태였다. '엘더우드 국립공원 관광 안내소' 간판은 쪼개진 채 비스듬히 기울어져 있었다. 주차장에는 전신주에서 끊어진 전력 케이블이 허공에 흔들리며 불똥을 튀겼고, 공중전화 박스는 폭발이라도 일어난 듯 박살났으며 전화기가 안내소 건물 벽에 처박혀 있었다.

비명이 작아지더니 흐느끼는 소리로 변했다. 앨런은 손전등 불빛을 따라 천천히 걸어갔다. 부서진 유리 조각이 자그락자그락 밟히는 소리에 귀를 기울이며, 등 뒤를 몇 번이고 돌아보며. 안내소 로비로 들어가니 '뻐드렁니 찰리'라는 매머드 화석도 부서져 있었다. 몸체에서 떨어져 뒹구는 두 개골의 둥글게 휜 엄니가 희미하게 빛났다. 지도 판매대는 엎어졌고, 진열장도 다 쓰러져서 기념품이며 엽서가 사방에 흩어져 있었다. 그리고 어쩐지 썩은 고기에서 날 법한 악취가 풍겼다. 물속에서 게나 가재 따위에게 뜯어먹히다가 기슭로 떠밀려온 익사체 같은 비릿한 냄새가.

"여기 아무도 없어요?"

앨런이 외치자, 안쪽 어딘가에서 누군가가 대답했다.

"도, 도와줘요. 제발⋯⋯."

앨런은 가까이 다가갔다. 카페 안쪽 벽의 창문에 남자가 기대어 앉아 있었다. 앨런이 허겁지겁 달려가서 얼굴에 손전등을 비추자 남자는 손을 들어 올려 눈을 가렸다. 뒤편의 유리창에는 피가 튀어 있었고, 남자의 녹색 유니폼도 피로 물들어 있었다. 그가 옆에 놓인 피스톨을 잡으려는 듯 손가락을 꿈틀거렸다. 러스티였다.

"웨, 웨이크 씨?"

앨런은 몸을 굽히고 러스티의 몸을 살폈다. 출혈이 계속되는 듯 옷에 피가 점점 더 많이 번지고 있었고, 다리도 부러졌는지 이상한 각도로 비틀려 있었다.

"러스티, 어떻게 된 겁니까?"

"땅이 흔들리기 시작하더니⋯⋯."

러스티는 말을 끊고 복부를 부여잡았다. 손가락 사이로 피가 새어나왔다.

"지진인 줄 알았는데, 갑자기 제 차에 시동이 걸리는 거예요. 아무도 타지 않은 채로. 대체 무슨⋯⋯ 무슨 일이 벌어지는 거죠?"

앨런은 휴대폰을 확인해보았지만 신호는 잡히지 않았다.

"구급상자 어딨어요?"

"도끼를 든 벌목꾼이 공격했어요. 다짜고짜 도끼를 휘둘러대기에 총을 쐈죠. 근무 중에 총을 써본 건 이번이 처음이었어요. 그런데, 아무 소용이 없었어요. 어떻게 그럴 수가? 총으로도 안 죽으면 대체 어떻게⋯⋯."

러스티가 입술을 떨면서 흐느꼈다. 앨런은 창문에 손전등을 비춰보고 밖의 소리에 귀를 기울여보았다. 밖에는 아무도 없었다. 일단은 안심해도 될 것 같았다. 그런데 러스티가 자기 재킷에서 피에 푹 젖은 종이 한 장을 꺼냈다.

"웨이크 씨, 이해가 안 되지만…… 이걸 우연히 주웠는데, 여기에 적힌 글이 모두 사실로 벌어졌어요."

앨런은 종이를 펴보았다. 글씨가 피로 번져 있었지만 러스티의 이름은 또렷이 알아볼 수 있었다. '러스티는 최선을 다했지만', '그림자 괴물', '동요하지 않고', '그림자 괴물의 도끼가 날아왔다. 러스티는 비명을 질렀다' 등등의 글귀가 눈에 띄었다.

"무서워요…… 그놈이 돌아올까 무서워요."

"일단 처치부터 합시다. 구급상자가 어디 있죠?"

"웨이크 씨, 불 좀…… 불 좀 켜주세요. 제발."

"안 돼요. 전력 케이블이 끊어졌어요. 그래도 손전등이 있고 배터리도 넉넉히 갖고 왔으니 걱정하지 말아요. 괜찮을 겁니다. 응급 치료를 해드릴 테니 구급상자가 어딨는지나 말해요."

"치료를 한다고요?"

러스티는 피를 토해내며 헛웃음을 웃고는 로비 쪽을 가리켰다.

"사무실에, 선반에 놓여 있어요."

그는 이제 머리의 무게를 지탱하기도 힘든지 고개를 한쪽으로 떨어트렸다.

"로즈가 여기 있으면 좋을 텐데. 진작 말했어야 했어요. 로즈에 대한 내 마음을……."

앨런은 러스티의 어깨를 두드려주고 일어났다. 사무실로 들어가서 구급상자를 찾아 집어든 순간, 또 건물 전체가 우르르 흔들거렸다. 철제 캐비닛이 쓰러지는 바람에 앨런은 하마터면 그 밑에 깔릴 뻔했다. 그리고 밖에서 러스티가 울부짖는 소리가 들리더니 무슨 폭발이 일어났는지 건물이 쿵 흔들리면서 앨런은 책상에 나가떨어지고 말았다. 힘겹게 카페로 돌아갔을 때 러스티는 이미 사라지고 없었다. 바닥에 흥건한 핏자국뿐.

앨런은 우두커니 서서 그 핏자국을 내려다보았다. 러스티는 그에게 무섭다고, 곁에 있어달라고 했었다. 벌목꾼이 또 돌아올지도 모른다고. 그런데 앨런은 모든 걸 알고 직접 겪었으면서도 러스티를 혼자 남겨놓고 붕대나 찾으러 갔던 것이다.

문득 뒤에서 싸늘한 바람이 불어와 목덜미를 스쳤다. 뒤를 돌아보니 벽에 트럭이 드나들 만큼 커다란 구멍이 뚫려 있었다. 앨런은 부서진 벽 가장자리를 잡고서 조심스럽게 밖의 풀밭으로 걸어 나갔다. 부드러운 땅을 디디니 어쩐지 조금 위안이 되었다. 이제 러스티를 위해 할 수 있는 일은 아무것도 없었다. 어쩌면 애초부터 가망이 없었는지도 모른다. "치료를 한다고요?"라면서 고통스럽게 미소를 짓던 얼굴이 눈앞에 선했다.

풀밭을 따라 목조 대문으로 이어지는 오솔길이 보였다. 그 길이 연인의 봉우리로 가는 길일 터였다. 앨런이 걸음을 옮기려는데, 어딘가에서 기이하게 뒤틀린 목소리가 들렸다.

"낚시를 하려면 반드시, 공원 낚시 허가증을 구입하셔야 합니다!"

앨런은 소리가 난 곳을 돌아보았다. 지붕 위에서 얼굴이 어둠으로 뒤덮인 한 남자가 서성거리고 있었다. 남자가 양날도끼를 들어 올리며 말했다.

"자연물이나 역사적 유물을 공원 구내 밖으로 반출하는 것은 불법입니다!"

러스티였다.

"러스티…… 러스티, 이러지 말아요."

러스티가 지붕 위에서 뛰어내려 사뿐히 착지했다. 몸에 무게가 전혀 없는 것처럼 가벼운 움직임이었다.

"강가의 암석이나 숲속의 산딸기를 가져가는 것도 안 됩니다!"

앨런은 대문을 향해 뛰었지만 러스티가 가로막았다.

"산림 관리원의 지시를 늘 따라야 합니다."

러스티가 앨런에게 다가왔다. 앨런이 손전등을 비추자 러스티는 부리나케 팔로 얼굴을 가리면서 몸을 웅크렸다.

"미안해요. 혼자 두지 말았어야 했는데."

물론 러스티는 앨런의 말을 알아듣지 못했다. 그는 도끼를 휘두르는 것으로 화답해왔다. 앨런은 손전등 불빛을 계속 겨눈 채로 그에게 총을 쏘았다. 러스티의 내부를 잠식하고 온몸을 둘러쌌던 어둠이 빛을 맞아 분해되었다. 러스티는 잠깐 움찔했지만 다시 달려들었다.

"산림 관리원의 지시를……"

앨런은 연거푸 총을 쏘았다. 한때 산림 관리원이었던 그림자 괴물이 밤공기 속에 녹아들고 놈이 남긴 목소리만 허공에 메아리칠 때까지.

앨런은 주위를 둘러본 다음 리볼버를 장전했다. 탄창에 탄환을 재어 넣는 그의 손은 차분했지만 마음은 그렇지 못했다. 앨런은 이미 칼 스터키를 비롯해 여러 그림자 괴물을 죽였다. 그러나 그들은 앨런이 모르는 사람들이었던 반면, 러스티는 아니었다. 앨런은 러스티와 이야기를 나누었다. 오디어 식당에서 로즈에게 어설프게 추근대던 모습도 보았고, 러스티가 커피잔으로 입을 가린 채 로즈를 지켜보던 눈빛도 보았다. 이제 와서 돌이켜보면 아름다운 순간이었고, 나중에 소설에 활용할 만한 장면이었다. 또한 앨런은 러스티가 다친 개를 세심하게 치료해주고 달래는 것도 보았다. 그런 사람을 앨런이 죽인 것이다. 비록 그 괴물은 러스티의 빈 껍데기였을 뿐이라 해도, 이제껏 다른 괴물들을 죽였을 때와는 차원이 달랐다. 앨런은 눈을 문지르고 대문을 열어젖혔다. 아무리 눈물을 쏟아도 러스티를 되살릴 수는 없다. 이제는 앨리스를 찾는 일에만 집중해야 했다.

자연 탐사로를 따라 겨우 열 발짝쯤 걸었을까, 땅이 또 뒤흔들리면서 나무들이 뽑혀나갈 듯이 요동치고 숲 전체에 굉음이 울렸다. 그런데 그 모든 게 일순 뚝 그치고는 바람 한 점도 없이 조용해지는 것이었다. 앨런은 시계를 보고 길을 재촉했다. 자연 탐사로 주위에는 피크닉 테이블, 쓰레기통, 숲에 서식하는 동식물들을 안내하는 표지판, 현 위치가 표시된 커다란 지도판이 늘어서 있었다.

앨런은 계속 나아갔다. 지난 며칠간 그가 한 일이라곤 앨리스를 찾아 계속 나아간 것밖에 없는 듯했다. 그런데 가다 보니 저 앞에 무언가 이상한 게 보였다. 앨런은 고개를 갸웃하고 걸음을 늦추다가 이내 멈춰 섰다. 그리고 손전등을 길 저편에 비춰보았다.

그건 곰 덫이었다. 길옆 풀밭에 입을 쩍 벌린 덫의 뾰족뾰족한 톱니가 빛을 받아 번뜩거렸다. 숲에 곰 덫이 있다고 러스티가 경고했던 게 생각났다. 그걸 설치한 밀렵꾼들은 오래전에 죽었지만 덫들은 아직 남아 있으니 조심하라고. 덫은 아주 컸지만 쉬이 눈에 띄지 않아서, 손전등이 없었더라면 앨런도 아무것도 모른 채 걸려들었을 수도 있었다. 어찌어찌 덫을 열고 빠져나온다 해도 발목이 부러지는 건 막을 수 없었을 테고, 그랬다면 그림자 괴물의 만만한 먹잇감이 되었으리라. 앨런은 발끝으로 덫을 살짝 쳐보았다. 그러자 꺼림칙할 만큼 큰 소음과 함께 이가 콱 닫혔다.

안내소 바닥에 널브러져 죽어가던 러스티가 떠올랐다. 배를 움켜쥔 채 그에게 도와달라고 흐느끼던 러스티, 그리고 아무것도 도와주지 못한 자신. 어쩌면 그림자 괴물이 된 러스티를 죽여준 게 앨런이 그나마 줄 수 있는 가장 큰 도움이었는지도 모른다. 앨런은 고개를 돌리고 숲속의 소리에 귀를 기울였다. 그리고 손전등을 앞뒤로 휘휘 비추며 주의 깊게 걸어나 갔다.

바람에 나무들이 물결치듯 흔들렸다. 어둠은 가면 갈수록 짙어지면서 앨런을 바싹 따라오는 것 같았다. 앨런은 곰 덫 두어 개를 또 발견하고 무사히 피했다. 그중 하나는 수풀 속에 교묘히 숨겨져서 하마터면 보지 못하고 지나갈 뻔했다.

산등성이를 따라 지그재그로 올라가던 길이 절벽 가장자리에 있는 케이블카 승강장에서 끊어졌다. 케이블은 절벽 너머로 60미터쯤 뻗어 아래쪽에 설치된 또 다른 승강장에 닿아 있었다. '연인의 봉우리'라는 화살표 모양의 표지판이 그쪽을 가리키는 걸 보니 그리로 내려가야 할 듯했다. 케이블카에는 나지막한 난간 하나만 달려 있을 뿐 탑승자가 떨어지지 않도록 막아주는 보호 장치가 따로 없었고, 승강장 위에 붙어 있는 표지판이 '안전 주의. 장난치지 마시오'라고 경고하고 있었다. 앨런이 버튼을 누르자 케이블카가 삐걱거리며 천천히 다가왔다. 만약 배리가 같이 있었더라면 케이블카가 골짜기 밑바닥에 추락할 경우 소송을 걸어서 마을 전체를 빼앗아버릴 거라고 으름장을 놓았을 것이다.

케이블카에 타고 문을 닫자 차체가 위태롭게 요동쳤다. 그 박자에 맞추기라도 하듯 뱃속이 울렁거렸다. 앨런은 작동 버튼을 누르고, 케이블카가 덜컹덜컹 내려가는 동안 기둥을 꽉 잡았다.

까악!

위를 올려다보니 큰까마귀 한 마리가 퍼덕이는 소리도 없이 유유히 날아오고 있었다. 이윽고 십여 마리가 더 나타나 머리 위를 맴돌았다. 앨런은 조급한 마음에 버튼을 또 눌렀지만 그런다고 케이블카가 더 빨리 가지는 않았다. 까마귀들은 하늘의 별들을 가릴 만큼 점점 더 수가 많아지더니 빽빽하게 무리를 지었다.

까악! 까악! 까악!

까마귀 떼가 앨런을 향해 급강하했다. 놈들의 그림자가 앨런을 뒤덮고 날개가 그의 몸을 마구 때렸다. 앨런은 휙 피했지만 놈들은 또 덤벼들었고, 그중 한 마리가 앨런의 목덜미에 내려앉아 귀를 부리로 쪼았다. 즉시 피가 흘러나왔다. 앨런은 욕을 뇌까리며 까마귀들을 내쫓으려고 손전등을 비추었다가 깜짝 놀랐다. 불빛을 받은 까마귀들이 그림자 괴물과 마찬가지로 확 타오르더니 소멸되는 것이었다. 총을 쏠 필요까지는 없었기에 앨런은 손전등만으로 까마귀들과 싸워 여남은 마리를 죽였다. 그러나 놈들은 어디선가 자꾸만 더 몰려와 케이블카를 뒤덮고 밤을 더 짙은 암흑으로 채웠다.

그런데 케이블카가 드르르 떨리더니 멈춰 섰다.

케이블카는 골짜기 한가운데에서 가만히 매달려 있었다. 그러다가 움직임을 막던 뭔가가 풀렸는지, 다시 끼익거리면서 케이블을 타고 내려가기 시작했다. 앨런은 잔뜩 긴장한 채 기다렸다.

마침내 맞은편 승강장에 도착하긴 했지만, 케이블카가 바닥에 거세게 부닥치는 충격에 앨런은 안에서 튕겨나가고 말았다. 손전등과 리볼버를 떨어뜨리고 바닥 위를 데굴데굴 구르다가 멈춘 앨런은 잠시 그대로 누운 채 숨을 골랐다. 그러나 바람이 세차게 불어와서 더 누워 있을 수가 없었다. 앨런은 신음을 흘리며 무릎을 꿇고 앉았다. 옆에 떨어진 손전등을 집어 들었고, 그리고 리볼버는…… 보이지 않았다. 앨런은 패닉에 빠져 주위를 마구 둘러보았다. 천만다행히도 리볼버는 케이블카 옆에 떨어져 있었다. 정신이 혼미해서 똑바로 몸을 가눌 수가 없었기에 그는 엉금엉금 기어갔다. 그런데 케이블카 앞에 거의 다 왔을 때쯤, 누군가가 리볼버를 콱 짓

밟았다.

징이 박힌 낡은 부츠를 신은 그자는 리볼버를 걷어차 골짜기 밑으로 날려 버렸다.

앨런은 끈이 풀린 진흙투성이 부츠를 멍하니 쳐다보며 끈을 매줘야 한다는 생각을 하고 있다가 뒤늦게 고개를 들었다. 낫을 든 어떤 남자가 케이블카 옆에 서 있었다. 아마 이 국립공원의 보행로를 점검하는 작업반원인 것 같았다. 하지만 이제는 아니다. 그는 그림자에 잡아먹힌 괴물이었다.

그림자 괴물이 앨런에게 다가왔다. 날카로운 낫에 달빛이 반사되고 있었다. 앨런은 허둥지둥 손전등의 스위치를 찾았다. 그동안 그림자 괴물은 뭐라 웅얼거리면서 앨런의 앞에 멈춰 서고는 낫을 들어올렸다. 앨런은 손전등을 켜고 빛을 비추었지만, 놈을 뒤덮은 어둠을 걷어냈을 뿐 놈이 휘두르는 낫을 멈출 수는 없었다.

앨런은 하릴없이 두 팔로 머리 위를 가렸다. 그런데 어디선가 탕 하고 천둥 같은 소음이 들리더니 그림자 괴물의 몸이 아른아른 흐려지면서 뒤로 휘청거렸다. 또 한 번 뇌성이 울리고, 그림자 괴물은 폭발했다.

앨런은 뒤를 돌아보았다. 피스톨을 든 남자가 총구에서 연기를 내뿜으며 서 있었다.

돌풍이 불어오자 엘렌은 몸서리를 쳤다. 스웨터에 재킷까지 두둑이 껴입었는데도 너무 추워서 하늘의 별들이 쨍하다 못해 깨질 듯 보일 정도였다. 어쩔 수 없는 일이었다. 과학자가 되려면 실험 과정에서 생길 수 있는 모든 상황에 대비해야 하니까.

엘렌은 괴짜가 아니었다. 7학년 동급생들도, 심지어 어머니도 걸핏하면 그녀를 힐난하거나 이상한 눈초리로 보았지만, 엘렌은 그저 남들과 조금 다른 시선으로 세상을 볼 뿐이었다. 엘렌은 옛날부터 전해 내려오는 유명한 미스터리를 풀고 싶었다. '듣는 사람이 아무도 없는 숲속에서 나무가 쓰러진다면 과연 소리가 날까?'라는 질문의 해답을 찾고 싶었다. 그래서 이렇게 혼자 숲속에 들어와 귀마개를 꽂고 녹음기를 켜놓고 있는 것이다.

오리나무 가지들이 바람에 흔들려 손가락 뼈처럼 덜그럭거렸다. 엘렌은 귀마개를 더 깊이 꽂아 넣었다. 저 앙상한 오리나무들은 폭풍이 심할 때면 쉽게 부러지곤 했다. 녹음기를 켜놓고 나무가 쓰러지는 순간을 녹음하면, 자신이 듣지 못하더라도 나무가 쓰러지는 소음이 나는지 안 나는지 증명할 수 있을 것이다.

엘렌은 또 몸을 떨었다. 기온이 시시각각 내려가고 있었다. 폭풍이 치는 어두컴컴한 숲속에 있으려니 추울 뿐만 아니라 으스스했지만, 과학자가 되려면 용감해져야 한다. 그런데 나무들 사이에 언뜻 무언가가 보인 것 같았다. 엘렌은 고개를 휙 돌렸다. 그러나 거기엔 아무것도 없었다. 엘렌은 두 팔을 문지르며 체온을 높이려 애썼지만 냉기는 더욱 깊이 그녀 안으로 파고들었다.

바람이 매섭게 몰아치면서 나무들을 휘저었다. 나뭇가지가 와스스 부딪히는 소리가 너무 요란해서 귀마개를 꽂은 상태에서도 들릴 정도였다. 나무가 쓰러지는 소리가 귀에 들리는 건 아닐까? 그러면 실험이 실패할 텐데 어쩌지? 냉기가 안개처럼 들러붙어 온몸이 얼어붙는 것 같았다. 다 팽개치고 그냥 집으로 달려가고 싶어졌다. 엘렌은 무릎을 후들후들 떨면서 힘겹게 일어섰다. 이가 딱딱 부딪히고, 하얀 서리 같은 입김이 흘러나왔다. 방향을 가늠하려 했지만 여기가 어딘지 알 수 없었다. 낯익은 건 아무것도 없고, 모든 게 이상하게 어그러져 보였다. 심지어 하늘의 별들도 그랬다. 마치 하늘을 작동하는 장치가 중단된 것처럼……

CHAPTER 11

"멍청한 새끼. 그래도 오긴 왔군."

총소리 때문에 먹먹한 앨런의 귀로 그 남자의 말소리가 들려왔다. 앨런은 일어나서 남자를 마주보았다. 남자는 헐렁한 위장 무늬 바지에 사냥 조끼를 입고 '레드맨 스너프' 코담배 로고가 박힌 야구 모자를 쓰고 있었다. 남자가 9밀리미터 피스톨을 든 채 손짓했다.

"서둘러. 놈들이 더 몰려올 거야."

"뭐야, 당신?"

앨런은 저 남자를 본 적이 있었다. 하지만 어디서 봤는지 기억이 가물가물했다.

그때 숲속에서 또 그림자 괴물들이 튀어나왔다. 저마다 도끼와 쇠몽둥이를 들고 알아들을 수 없는 말을 웅얼거리고 있었다. 그러자 남자가 막대기 같은 것을 던졌다. 막대기는 그림자 괴물들의 발치에 박히더니 눈부신 섬광을 뿜으며 폭발했고, 섬광이 걷히자 놈들은 감쪽같이 사라지고 없었다.

"댁이 들고 다니는 그 손전등은 애들 장난감 아니야? 조명탄을 쓰라고."

남자가 앨런에게 작은 천 가방을 던져주고는 뛰기 시작했다. 앨런은 그를 뒤따라갔다. 근처에 강이 있는지 요란한 물소리가 들려왔다.

"당신도 놈들이 보이나?"

"당연하지. 꾸물대지 마. 놈들이 또 오고 있으니까. 아무래도 댁이 놈들을 끌어들이는 모양이야."

"대체 당신 누구야?"

"글쎄, 누구게?"

남자가 킬킬거리며 말을 이었다.

"난 삼십 분 동안이나 그놈들을 피하면서 이 산을 싸돌아다녔어. 꽤 위험한 순간도 몇 번 있었지. 어떤 새끼는 코끼리 대가리도 박살낼 만큼 큰 나무 망치를 들고 쫓아왔어. 조명탄을 두 개나 처맞고 나서야 죽더군."

이제야 그 남자가 누군지 기억났다. 브라이트 폴스로 오는 카페리에서 마주쳤던 수상쩍은 남자였다. 그러고 보니 전화로 들었던 납치범의 목소리도 그와 똑같았다. 앨런은 남자의 멱살을 틀어쥐었다.

"앨리스 어딨어?"

남자가 피스톨로 앨런의 턱 밑을 찌르고는 천천히 밀어냈다.

"예의 바르게 구셔야지."

앨런은 마지못해 멱살을 놓았다. 어느새 두 사람은 작은 폭포 앞에 도착해 있었다. 폭포 앞의 전망대에 '연인의 봉우리'라는 팻말이 붙어 있었다.

"자, 여기가 최후의 보루야. 폭포를 등지고 있는 게 좋을 거야. 안 그러면 놈들이 댁 등 뒤에서 어슬렁거릴 테니까."

"총이 없어!"

"닥치고 그냥 싸워. 그러면 서로 원하는 걸 얻을 수도 있을 테니."

앨런은 일단 전망대 위로 올라섰다. 세차게 흐르는 강물의 진동에 발판이 미세하게 떨리는 게 느껴졌다. 남자는 눈앞의 숲을 주시하고 있었다.

이윽고 나무들 뒤에서 그림자 괴물들이 떼 지어 쏟아져 나왔다. 저마다 털모자를 쓰고 밝은 색깔의 사냥 조끼에 말끔한 캠핑 장비들을 주렁주렁 달고 있었으며, 칼이니 곡괭이니 대형 해머 따위의 무기를 들고 있었다.

두 사람은 한 팀처럼 일사분란하게 움직였다. 앨런이 손전등으로 괴물을 비춰 어둠의 보호막을 파괴하면 옆의 남자가 피스톨로 쏘아 죽였다. 그러면서 남자는 이따금씩 탄창을 재빨리 갈아 끼웠고, 괴물이 너무 가까이 다가올라 치면 앨런이 조명탄을 점화하고 놈들에게 던졌다. 두 사람이 전망대 위에서 그림자 괴물들을 상대하며 치고 빠지기를 반복하는 동안 폭포는 쉴 새 없이 쏟아지고 있었다.

하지만 단지 폭포를 등지고 있는 것만으로는 안전을 보장할 수 없었다. 뒤에서 붕 하는 섬뜩한 소리가 들려오더니 날카로운 낫이 앨런의 뺨을 베고 지나간 것이다. 앨런은 뒤를 돌아보았다. 그림자 괴물 셋이 밑에서부터 올라와 전망대 난간을 기어 넘으려 하고 있었다.

"이봐! 여기!"

앨런은 놈들에게 손전등을 비추며 옆의 남자에게 소리쳤다. 그러나 한 놈이 해머를 남자의 등에 내던져 쓰러뜨리고 말았다. 앨런은 뒷걸음질을 치면서 남자를 붙잡고 일으켜 세웠다.

"총 쏴!"

그림자 괴물이 앨런에게 달려들었다. 거리가 너무 가까웠지만 앨런은 조명탄을 비틀어 점화할 수밖에 없었다. 눈이 멀어버릴 만큼 강렬한 빛이 솟구쳤다. 한바탕 눈보라에 휘말린 듯 아무것도 안 보이는 와중에 옆에서 남자가 뭐라 씨근거리면서 총을 쏘는 소리가 들렸다.

"머리를 살짝 잘라줬는데 어때, 마음에 드나? 스타일 죽이지?"

남자가 괴물들에게 소리치며 연신 총을 쏘았다.

"또 온다!"

앨런의 눈앞에 철제 삽을 든 덩치 큰 그림자 괴물 하나가 느릿느릿 다가오고 있었다.

"어떻게 좀 해봐, 작가 양반!"

앨런은 가방 안에 손을 넣었다. 이제 조명탄은 몇 개 남지 않았다. 옆의 남자가 전망대 위로 쿵쿵대며 올라오는 괴물을 향해 총을 쏘았지만, 어둠의 보호막이 너무 두터워서 아무 소용이 없었다.

"빨리!"

앨런은 조명탄을 점화하고, 눈부신 빛이 뿜어져 나오는 그 막대기를 괴물의 얼굴에 처박았다. 놈은 삽을 들어 올리던 자세 그대로 뜨거운 빛에 살라먹혀 분해되었다. 그리고 남자가 남은 괴물 셋의 머리를 연이어 쏘아 명중시키고 나자, 그림자 괴물들은 하나도 남김없이 소멸되었다.

두 사람은 땀에 푹 젖은 채 자신들의 헐떡이는 숨소리와 폭포 소리에 귀를 기울이며 잠시 가만히 서 있었다. 그러다가 남자가 난간에 기대어 축 늘어지면서 중얼거렸다.

"하하, 아주 재밌었어."

"대체 저놈들은 정체가 뭐지? 어디서 온 거야?"

"난들 아나."

"앨리스를 만나게 해줘."

"그래, 딱 그렇게 말할 줄 알았지."

남자가 씩 웃으며 말을 이었다.

"이 총격전에서 둘 다 살아남으리라는 것도 진작 알고 있었어. 왜냐고?

원고를 다 읽었으니까. 굉장해. 맥은 정말 굉장한 작가야. 이 작품은 그야 말로 엄청나고 무시무시한 영향력을 미칠 거야. 단지 당신 작품을 우리가 적절하게 편집해야겠지만."

"대체 무슨 헛소릴 하는 거야?"

"나머지 원고를 몽땅 내놔. 당장."

남자가 한 손을 내밀며 명령했다. 앨런은 냉랭하게 대답했다.

"이미 다 읽었다면서. 그럼 이제부터 내가 어떻게 할지도 다 알겠군. 어디 말해보시지."

남자의 얼굴에서 미소가 굳었다.

"표정을 보니 곤란한 모양이군."

"우린 모두 곤란한 입장이지. 특히 맥 아내가 말이야. 원고만 순순히 내놓으면 마누라를 돌려줄게. 그러고 나서 둘이 오붓하게 휴가 보내면 돼. 사슴 축제도 구경하고 말야."

"넌 아까 '우리'라고 했지. '우리가 적절하게 편집을 해야 한다'라고. 누구랑 같이 일하는 거지?"

폭포에서 물안개가 피어올라 남자의 몸을 에워쌌다.

"제법 똑똑하군. 하긴, 호락호락하지 않을 줄은 알고 있었지만."

앨런은 침착하게 마음을 가라앉히려 애썼다.

"원고를 정리하려면 시간이 더 필요해. 일주일."

"너무 길어. 이틀 주지. 만약 이틀 뒤에도 원고를 넘기지 않으면……."

남자가 피스톨을 만지작거리며 히죽 웃자 얼굴이 기괴하게 뒤틀렸다.

"차마 상상도 하기 싫은 일이 마누라에게 벌어질 거야."

앨런은 냅다 주먹을 날렸다. 얼굴에 주먹을 얻어맞은 남자가 뒤로 자빠졌다. 앨런이 다시 주먹을 들어 올리자, 남자는 재빨리 피스톨을 앨런에게 겨누고 격철을 당겼다. 피스톨을 쥔 손이 분노로 부들부들 떨리고, 입술은 터져서 피가 흐르고 있었다.

"나도 댁 원고가 우리에게 필요 없었으면 참 좋겠어. 진심이야."

앨런은 여전히 주먹을 틀어쥔 채 그를 노려보았다. 남자가 피스톨을 휘두르며 명령했다.

"물러서."

앨런은 움직이지 않았다.

"이틀 뒤 브라이트 폴스 탄광에서 만나. 시간은 정오다."

앨런은 아무 대꾸도 않고, 남자를 무릎으로 내리찍고서 그의 손에 들린 권총을 움켜쥐었다. 남자가 신음을 흘리며 다른 쪽 손으로 앨런을 후려쳤다.

"저리 꺼져!"

앨런은 넘어지면서도 아득바득 총을 빼앗으려 했고, 결국 남자와 엎치락뒤치락 몸싸움을 벌이게 되었다. 앨런은 찌든 담배와 시큼한 맥주 냄새가 풍기는 남자와 얼굴을 바싹 마주하고서 을렀다.

"앨리스를 돌려내."

남자가 머리로 앨런의 이마를 연이어 두 번 힘껏 들이받았다. 차 사고로 다친 부위에서 불쑥 통증이 솟았지만 앨런은 여전히 남자를 붙잡고서 총을 비틀었다. 그러다 총이 발사되어버렸다. 귀가 멀어버릴 것 같은 포성에 앨런이 움츠린 틈을 타, 남자는 그를 떨쳐내고 부리나케 도망쳤다. 남자가 수풀 속으로 절뚝절뚝 뛰어가며 소리쳤다.

"이틀이야, 웨이크!"

앨런은 천천히 일어났다. 귀가 먹먹했지만, 턱 한 쪽이 살짝 까졌을 뿐 몸 어느 부분도 총에 맞지는 않아서 다행이었다. 땅을 내려다보니 발치에 피스톨이 떨어져 있었다. 앨런은 총을 주워들고 탄창에 탄약이 들어 있는 것을 확인했다.

이마를 문질러 보니 피가 묻어나왔다. 이 악몽이 다 끝나고 나면 미식축구용 헬멧이라도 하나 장만해야겠다는 생각이 들었다.

앨런은 손전등에 새 배터리를 끼워 넣고 남은 조명탄 세 개를 손에 들었다. 길가에 서 있는 관광 안내 표지판이 눈에 띄었다. 지름 3미터는 족히 될 만큼 늙은 나무을 잘라낸 단면의 나이테에 중요한 역사적, 지역적 사건들을 표시해 놓은 표지판이었다. 나이테의 정중앙에는 '최초의 이주민이 미국에 정착'이라고 적혀 있었고, 바깥쪽으로 갈수록 후대의 사건들이 표시되어 있었다. 앨런은 손가락으로 나이테를 훑어보았다. 독립 선언, 링컨 암살, 2차 대전 종전, 그리고 맨 끝에는 '진도 7.1 지진에 콜드론 호수의 섬이 가라앉다'라고 적혀 있었다.

앨런은 몸서리를 쳤다.

아니, 그런데 몸이 떨린 게 아니었다. 땅이 흔들리고 있었다. 엄청난 바람 소리가 숲속에 메아리쳤고, 불현듯 머리가 아파왔다. 두개골이 깨질 것만 같은 격렬한 통증에 아무런 생각도 할 수가 없었다. 눈앞에 어둠이 펼쳐지더니 몸이 어디론가 떨어지는 느낌이 들었다.

앨런은 콜드론 호수에 떨어지고 있었다. 앨런의 몸은 검은 거울처럼 잔잔하던 수면을 부수고 물속 저 깊은 곳으로 빠져들었고, 점점 더 내려갈수록 싸늘한 물이 그의 귓가에서 웅웅거렸다. 호수 밑바닥에 새 다리 방갈로가 있었고, 그곳에 앨런이 있었다. 앨런은 서재에 앉아 타자기를 두드리는 중이었다. 더 빠르게, 빠르게, 미친 듯이 타자를 치며, '이틀, 이틀, 이틀'을 되뇌며.

앨런은 퍼뜩 눈을 떴다. 바람에 흔들리는 숲과 하늘의 별이 보였다. 후다닥 일어나서 주위를 둘러보니 다행히도 그림자 괴물은 없는 듯했다. 어쨌든 어서 이곳을 떠야 할 것이다. 앨런은 길을 따라 달려갔다. 계속 정신없이 달리다가, 옆구리가 욱신거려서 도저히 견딜 수 없게 되었을 때에야 걸음을 늦추었다. 아무리 둘러봐도 사방이 바람에 물결치는 나무들뿐이어서 길을 잃은 게 아닐까 슬슬 두려워졌지만, 얼마 뒤 관광 안내소를 가리키는 이정표를 보고 안심할 수 있었다.

거의 녹초가 되었을 때쯤, 누군가의 목소리가 들려왔다. 소리가 난 곳을 향해 조심스럽게 모퉁이를 돌아가 보니 그곳은 캠핑장이었다. 길옆에 텐트 세 개가 쳐져 있었고, 피크닉 테이블 주위로 각종 캠핑 장비들이 놓여 있었다. 앨런이 들은 목소리는 그 테이블 위에 놓인 휴대용 라디오에서 흘러나오는 지역 토크쇼 방송이었다.

"여기요! 아무도 없습니까?"

텐트들은 텅 비어 있었다. 앨런은 유심히 살펴보고서야 상황을 파악할 수 있었다. 휴대용 발판에 엽총 한 자루가 기대어져 있었는데, 호두나무로 된 개머리판에 사냥 장면을 묘사한 그림이 새겨져 있었다. 캠핑 장비들은 거의 쓴 적 없는 새것이었다. 고급 침낭, 값비싼 취사 용품, 냉동건조된 바닷가재 크림수프와 등심 채끝살, 16년 묵은 스카치 한 병이 눈에 띄었다. 아무래도 연휴를 맞아 남자들끼리 사냥 여행을 온 모양이었다. 하지만 사냥은 그저 핑계일 뿐이고, 사실은 아내 등쌀을 피해 놀러 왔던 것일 뿐이리라. 아까 마주쳤던 그림자 괴물 중 몇몇이 원래는 이 캠핑객들이었던 듯했다. 앨런은 라디오 쪽으로 주의를 돌렸다.

"여러분은 팻 메인과 함께하고 계십니다. 아까 말씀드렸듯이, 넬슨 박사님이 지금 저희 스튜디오에 나와 계십니다. 박사님, 사슴 축제 계획은 어떻게 되십니까?"

"계획? 저야 뭐 평소에도 별 계획 없이 사는 사람인데요!"

"하하하!"

"그래도 퍼레이드는 꼭 봐야겠지요. 그리고 파이 먹기 대회의 심사위원을 맡을 예정입니다."

앨런은 라디오를 끄고, 텐트를 뒤져 엽총의 탄약들을 찾아냈다. 그는 탄약을 주머니에 챙겨넣고 엽총을 어깨에 메고서 캠핑장을 떠났다. 방갈로를 향해 한 시간쯤 걸었을까, 휴대폰이 울렸다. 앨런은 계속 걸으면서 전화를 받았다.

"앨런! 드디어 전화가 되는군!"

"배리?"

"나 돌아버리기 일보 직전이야. 현관문 밖이 온통 새 떼로 득실득실해. 미친 새들이야. 꼭 히치콕 영화에 들어와 있는 것 같다고!"

아까 케이블카에서 앨런을 공격해 죽이려들었던 까마귀들과 똑같은 놈들인 듯했다. 그는 이제 숲을 거의 다 빠져나와 갈림길에 서 있었다. 오른쪽 길은 관광 안내소로 가는 길이었기에, 그는 방갈로로 이어지는 왼쪽 길로 꺾었다.

"안에 가만히 있어. 나 거의 다 왔어."

"앨런. 저 새들, 네가 말한 그 그림자 어쩌고 하는 좀비들이랑 똑같아. 이게 대체…… 혹시 네 광기가 나한테까지 옮은 거 아니야? 감기나 볼거리처럼?"

배리는 계속 목소리를 낮춰 속닥거리고 있었다.

"왜 이렇게 목소리가 작아?"

"내가 소리를 크게 내면 저 빌어먹을 새들이 난리를 쳐."

"곧 도착할 거야. 실내에 불 다 켜놓고 있어!"

앨런은 전화를 끊었다.

길 끝에 다다르자 방갈로가 보였다. 아직 주위는 어두컴컴했지만 지평선이 박명으로 물들어 있었고, 그 희미한 빛을 배경으로 방갈로 주위의 나무들에 온통 까마귀들이 올라앉아 있었다. 언뜻 봐도 수백 마리는 되어 보였다. 앨런이 다가가자, 놈들은 밤보다 더 어두운 날개를 퍼덕이며 그를 향해 급강하했다.

앨런은 손으로 눈가를 가렸다. 놈들이 너무 빽빽하게 몰려들어서 방갈로가 보이지 않을 정도였다. 앨런이 손전등을 휘두르자 빛에 노출된 몇 마리가 소멸되었지만 그런 식으로 일일이 처치하기에는 수가 너무 많았다.

"앨런! 이쪽이야!"

배리의 목소리가 들렸다. 앨런은 휘청거리다가 한쪽 무릎을 꿇고 주저앉았다. 까마귀 십여 마리가 까악 울부짖으며 얼굴을 할퀴어댔다. 요란한 날갯짓 소리에 귀가 멀어버릴 것만 같았다.

"앨런!"

앨런은 조명탄 하나를 꺼내서 점화했다. 눈부신 섬광 속에 까마귀들이 흔적도 없이 사라졌다. 앨런은 비틀거리면서 현관문 쪽으로 다가갔지만, 나무들에서 또 다른 까마귀들이 날아올라 허공에 모여들어 떼를 짓더니 한꺼번에 그에게 돌격했다. 폭격하듯이 내려오는 놈들을 향해 앨런은 조명탄을 또 하나 휘둘러 전멸시켰다.

한동안 보이지 않는 눈을 깜빡이며 잠시 서 있으려니 배리의 손이 그를 잡고 방갈로 안으로 끌어당겼다. 등 뒤에서 문이 탕 닫혔다.

"하아, 맙소사. 네가 거기서 꼼짝없이 허수아비가 되는 줄 알았어."

배리가 엉망으로 긁히고 부어오른 얼굴로 헐떡거렸다. 앨런은 너무 진이 빠져서 똑바로 서 있기도 힘들었다.

"허수아비? 허수아비는 새들을 겁 줘서 쫓아내려고 세우는 거잖아. 그 새들이 널 무서워하던?"

"뭐야, 지금 나한테 비유법 강의하는 거야?"

배리가 문득 걱정스러운 표정으로 앨런을 보았다.

"그 엽총은 또 뭔데?"

"이런저런 일이 있었어."

"다 얘기해봐. 대체 뭐가 어떻게 되고 있는 거지? 난 뉴욕 길거리에 쥐 떼처럼 들끓던 비둘기만 문제인 줄 알았더니만…… 저 까마귀들은 차원이 달라. 꼭 우리를 해치려는 것 같았잖아. 이거 미친 소리지, 앨런? 말도 안 되잖아. 안 그래?"

앨런은 묵묵히 엽총과 탄약통을 벽장 안에 집어넣고, 리볼버와 여분의 탄환을 재킷 주머니에 넣어두었다. 그동안 배리는 소파에 걸터앉아서 탁자 위에 놓인 맥주병을 집어 들었다. 그는 맥주병을 떨어트릴 뻔하다가 가까스로 붙잡고는 나지막이 중얼거렸다.

"이 동네, 소름 끼쳐."

앨런은 배리의 옆에 털썩 주저앉고는 배리의 손에서 맥주를 빼앗았다.

"그래, 마셔라, 마셔. 난 어차피 술 줄일 생각이었으니까."

앨런은 맥주 한 병을 단번에 들이켜고 옆에 던져놓았다. 그리고 트림을 한 번 한 뒤 눈을 감았다.

칼 스터키는 차고의 바닥에 침을 퉤 뱉고 머리를 흔들어서 거미
줄을 털어냈다. 방갈로 열쇠를 받아가기로 한 뉴욕 출신 관광객
부부는 여전히 감감무소식이었고, 그 외에도 요 며칠 동안 모든
게 어긋나는 느낌이었다. 한창 거미줄과 씨름하고 있는데, 불현
듯 뭔지 모를 섬뜩한 느낌이 뇌리를 스쳤다. 그는 고개를 들었다
가 그대로 뻣뻣하게 굳었다. 눈앞에 펼쳐진 어마어마한 공포를 감
당할 수 없어 사고가 마비된 것이다. 칼은 뒤늦게 비틀비틀 뒷걸
음질 치다가 오일 캔 하나를 쓰러뜨렸다. 검은 기름이 바닥에 엎
질러져 천천히 번져나갔다. 칼은 잠시 몸부림을 치며 저항했지만,
이내 한없는 어둠 속에 먹혀버렸다.

CHAPTER 12

앨런은 공책을 물끄러미 내려다보았다. 종이 맨 위에 제목과 이름을 적고 밑줄을 세 번 쳐놓았을 뿐, 벌써 네 시간 째 한 글자도 쓰지 못하고 있었다. 볼펜을 하도 꼭 쥐고 있다 보니 손가락에서 경련이 일어났고 머리는 지끈거렸다. 앨리스는 그가 창작력을 회복하기를 바라고 브라이트 폴스로 데려왔지만, 글을 써야만 앨리스를 구할 수 있는 절박한 상황에 몰렸는데도 그의 슬럼프는 도저히 극복될 기미가 안 보였다.

앨런이 영감이나 아이디어가 하나라도 떠오르기를 간절히 바라며 책상 앞에 우두커니 앉아 있는 동안에도, 시계는 째깍째깍 돌아가고 앨리스의 목숨은 시시각각 위태로워지고 있었다. 앨런은 책상 위에 놓인 구깃구깃한 종이들에 눈길을 던졌다. 그건 이제까지 앨런이 숲, 벌목장, 스터키 주유소에서 주웠던 원고 낱장들이었다. 그게 정말로 앨런 자신이 쓴 글일까? 앨리스가 납치되고 지난 일주일 동안 그 글을 썼는데 기억을 잃어버렸을 뿐인 걸까?

앨런은 이마의 혹을 문지르다가 사고 당시의 기억이 떠올라서 눈살을 찌푸렸다. 납치범이 몸값으로 요구한 게 원고뿐이라는 점이 미심쩍었다. 납치범은 어째서 이 소설을 그렇게도 중요하게 여길까? 딱히 소설을 좋아하는 사람 같지도 않았는데. 배후에 그자에게 지시를 내린 사람이 따로 있는 게 분명했다.

지난 2년간의 슬럼프를 통틀어 지금처럼 괴로운 순간은 처음이었다. 앨리스를 구하는 데 필요한데도 글이 써지지 않다니. 마감은 고작 이틀 뒤. 지금부터 단 이틀 만에 작품을 탈고하고 납치범에게 원고를 전달해야 하는 것이다.

그나마 혼자 원고에 집중할 수 있어서 다행이었다. 배리가 옆에 있었다면 뭐 필요한 거 없냐고 자꾸 캐물으면서 방해했을 것이다. 아까도 아스피린이니 치킨 수프니 커피를 갖다주겠다고 성화를 부리기에, 앨런은 그러지 말고 납치범의 인상착의와 일치하는 남자를 주민들에게 수소문이라도 해달라고 그를 마을로 보내버렸다. 그런 식으로 범인을 찾아내기는 너무 막막하겠지만, 그래도 브라이트 폴스는 워낙 작은 마을이라 주민들끼리 서로 다 아는 사이이니 어쩌면 실마리를 건질 수도 있을 것이다. 그래서 앨런은 배리가 차를 몰고 떠나는 모습을 창밖으로 지켜보며 안심했지만, 한편으로는 조금 불안하기도 했다. 그가 신뢰하는 유일한 사람이자 바깥 세계와의 연결고리인 배리가 떠나고 혼자 남은 셈이었으므로.

배리를 그런 식으로 쫓아낸 건 미안하긴 했다. 배리 역시 힘들 터였다. 아침에 같이 관광 안내소에 들렀을 때 배리는 적잖이 충격을 받은 눈치였다. 러스티가 그림자 괴물에게 난도질당한 자리에 피가 낭자했으므로. 물론 시신은 없었다. 그림자 괴물로 변해버린 러스티를 앨런이 죽여버렸으니까. 하지만 그 증거는 어디에도 없고, 단지 온통 난장판이 된 건물과 벽에 뚫린 커다란 구멍만 남아 있을 뿐이었다.

새라 브레이커 보안관은 옆구리에 손을 얹고서 그 구멍을 물끄러미 쳐다보고는 말라붙은 핏자국을 돌아보더니, 부관들에게 그곳을 범죄 현장으로 처리하라고 지시를 내렸다. 당연한 일이었다. 그렇게 피가 많이 흘렀다는 것만으로도 범죄가 벌어진 현장이라고 판단할 수밖에 없을 테니까.

안내소 직원들은 얼빠진 채 모여서서 수군거리며 여러 추측을 제시했다. 간밤에 일어난 지진 때문에 벽이 무너져서 러스티가 그 밑에 깔렸고 곰이 들어와서 시신을 물고 가버린 게 아니냐, 술 취한 벌목꾼이 적재기를 몰고 벽을 들이받아 실수로 러스티를 죽이고 시신을 은닉한 게 아니냐 등등. 어느 나이 많은 직원은 못된 악령의 짓이라고 주장하기도 했다. 어렸을 때 자신의 어머니가 해준 이야기에 따르면 숲에는 부주의한 사람들과 말썽 피우는 아이들을 잡아가는 악령이 살고 있다고 했다고. 씹는 담배를 입에 한가득 물고서 웅얼거린 그의 말에 사람들은 웃음을 터뜨렸고, 멀리건 부관은 매머드 화석이 살아 움직인 게 아니냐며 농담으로 받아치기도 했다. 하지만 앨런은 웃을 수가 없었다. 그 노인의 말이 황당무계한 소리로만 들리지 않았기 때문이다.

보안관은 앨런에게 어젯밤 무슨 수상쩍은 것을 목격하거나 이상한 소리를 들은 적 없냐고 물었다. 앨런은 너무 피곤해서 일찍 잠들었기 때문에 아무것도 모른다고 둘러댔다. 보안관이 그의 거짓말을 믿었는지는 알 수 없었다.

지난밤과 아침의 일을 돌이켜 생각하다 보니 하품이 나왔다. 너무 졸려서 자기도 모르게 입이 자꾸 벌어졌다. 그래도 앨런은 잠들지 않으려 안간힘을 썼다.

어느새 앨런은 타자기로 글을 쓰고, 타자기는 앨런으로 글을 썼다. 그는 새 다리 방갈로 안에서, 위층 서재의 책상 앞에 몸을 구부리고 앉은 채, 최대한 빠른 속도로 타자를 쳐나갔다. 그건 앨리스가 가져온 앨런 자신의 수동 타자기였다. 손가락이 욱신거리도록 한 타 한 타를 마구 두들기는 소리가 자기 자신의 숨소리처럼 친숙했다. 앨런은 글을 완성하겠다는 일념으로 미친 듯이 글을 쓰다가 문득 누군가의 기척을 느꼈다. 등 뒤에서 어떤 사람이 그가 쓰는 글을 들여다보고 있는 것 같았다. 하지만 앨런은 돌아보지 않았다. 돌아볼 수 없었다. 지금은 오로지 글에만 집중해야 했다. 손가락이 타자 위를 날아다녔다.

그때 어디선가 자동차 경적 소리가 들려 앨런은 화들짝 놀랐다. 누가 운전대 위에 몸을 누르기라도 하는 것처럼 요란한 소리가 길게 이어지고 있었다. 앨런은 눈을 비비고 주위를 둘러보고는 아연실색했다. 방금 전까지만 해도 분명 새 다리 방갈로에 있었는데, 그는 어느새 엘더우드 국립공원의 방갈로 거실로 돌아와 있었던 것이다. 목이 뻣뻣하고 어깨가 화끈거렸다. 창밖을 보니 배리가 차 운전석 안에서 앨런에게 손을 흔들어 보이고 있었다. 책상 위를 내려다보니 공책은 여전히 텅 빈 백지 상태였고, 그가 쥐고 있던 연필이 두 동강 난 채 놓여 있었다. 왈칵 울분이 치밀었다. 너무 화가 나서 울고 싶은 기분이었다.

가뜩이나 시간이 부족한데, 결국 아무것도 쓰지 못하고 오후를 날려 버렸다. 앨런은 씩씩거리면서 책상을 발로 걷어찼다. 그러자 맨 밑의 나무 서랍이 충격을 못 견디고 우지직 금이 가버렸다. 앨런이 서랍을 열었더니 손잡이가 뚝 부러졌다. 그런데 문제는 그게 아니었다. 서랍 안에 새로 쓴 원고 세 장이 차곡히 쌓여 있었던 것이다. 앨런은 떨리는 손으로 원고 뭉치를 집어 들었다.

배리는 다시 일어나서 몸의 먼지를 툭툭 털고 진열장을 살펴보았다. 작은 동네라고는 하지만, 브라이트 폴스 잡화점에는 그래도 있을 건 다 갖춰져 있었다. 삶은 콩 통조림들 옆에는 조명총이 들어 있는 상자가 있었지만 잠겨 있는 듯했다. 그런데 참 편리하게도, 바로 옆에 쇠지레 통이 있는 게 아닌가! 배리의 입에 미소가 번졌다. 그러고 보니 이건 영화에서 주인공이 철저히 무장을 할 때 흔히 나오는 장면이 아니던가. 배리는 그 배역에 충실하기로 마음먹었다.

배리가 방갈로 문을 박차고 들어왔다. 날씨가 꽤 더운데도 여전히 빨간 파카를 껴입고 있었다.

"앨런! 좋은 소식이야! 그 로즈라는 웨이트리스를 만났는데, 네 원고 낱장들을 주웠다더라고. 찾아와서 가져가래!"

"뭐? 그걸 어떻게 찾았대?"

"내가 어떻게 알아? 식당에 가보니까 손님들을 붙잡고 그 얘길 늘어놓고 있더라고. 그 아가씨 네 팬이라잖아. 네가 직접 물어봐."

앨런은 원고들을 도로 서랍 안에 넣으려다가 마음을 바꿔서, 세로로 길게 접어서 재킷 주머니에 집어넣었다. 그리고 배리를 따라 나가 차에 탔다.

"로즈 씨 주소는 받아놨어?"

"그럼. 이동주택 주차장에 산대. 얼마나 대궐 같은 집일지 기대되네."

"그런 식으로 비꼬지 마."

"흠, 그래. 우리에게 꼭 필요한 사람을 깔보면 안 되는 법이지."

배리는 주요 도로를 따라 차를 몰면서 앨런을 곁눈질했다.

"이 지역 신문을 뒤져서 정보를 많이 알아냈어. 지난 백 년 동안 브라이트 폴스에서 온갖 해괴한 일들이 벌어졌더군. 정말로 해괴해."

앨런은 손목시계를 확인했다. 몇 시간 뒤면 해가 질 터였다. 이제 그는 밤이 오는 게 무서워졌다.

"딱 '나이트 스프링스'에 나오는 동네 같다니까. 사람이 미스터리하게 죽는다든지, 새스콰치가 목격되었다든지……."

"납치 사건은?"

"그런 건 없었어. 하지만 실종 사건은 수두룩하더군. 주민들이 집을 나갔다가 안 돌아온다든지, 관광객들이 사라진다든지. 그런데 주목할 점은, 그런 사건들은 전부 콜드론 호수 주위에서 일어났다는 거야."

앨런은 앞유리 너머로 스쳐 지나가는 나무들을 똑바로 바라보았다. 누가 배를 후려친 것처럼 속이 뒤틀렸다. 그러거나 말거나 배리는 흥분해서 떠들었다.

"이 지역 원주민들은 콜드론 호수가 지옥으로 통하는 입구라고 생각했대. 네가 소설에 써먹기 제격인……."

배리는 말을 끊고는 어물거렸다.

"그러니까, 앨리스를 되찾고 나면 말야."

"운전이나 해. 그 원고를 찾아야 해."

"난 너를 도와주려 했을 뿐이야. 가는 길에 잡담이라도 하면 좋잖아."

앨런은 머리를 흔들었다.

"그래, 넌 정말로 큰 도움이 돼. 문제가 있는 쪽은 나지. 절대로 깨어날 수 없는 악몽 속에 들어와 있는 것 같아."

삼십 분 뒤 그들은 스파클링 리버 에스테이츠 주차장에 도착했다. 자갈 깔린 땅에 작은 트레일러 스무 대 가량이 흩어져 있었고, 대부분 지붕에 위성 방송 안테나가 달려 있고 문 옆에 바비큐 그릴이 놓여 있었다. 주차장을 둘러싼 말뚝 울타리는 흰색 페인트가 심하게 벗겨진 상태였고, 입구에 서 있는 미국 국기는 바람이 없어서 깃대에 축 늘어져 있었다. 여기 저기 널린 화물 운반용 목재 받침대, 낡은 타이어, 50갤런짜리 드럼통 따위도 보였다.

배리가 한쪽에 서 있는 쉐보레 차량 한 대를 고갯짓했다. 트레일러를 매달았던 갈고리가 여전히 들어 올려져 있었고, 차체는 녹이 슬어 있었다.

"가관이다. 개조 자동차 경주 대회 출신들이 죽으러 오는 곳이 여긴가?"

"음, 배리. 이런 얘기 미친 소리 같겠지만……."

"기가 막히는군."

주차장을 둘러보며 중얼거리던 배리가 한 손을 들어올렸다.

"아, 미안. 무슨 말 하려고 했어?"

"혹시 말야, 나중에 마을 잡화점에 들를 일이 생기면 거기에 조명총이 있을 거야."

"조명총? 숲에서 길 잃었을 때 쓰는 거 말야? 〈배트맨〉에 나오는 고담의 투광 조명등 같은 거?"

"그래, 그런 거. 조명총은 삶은 콩 통조림 옆에 진열되어 있을 거야. 상자가 잠겨 있긴 한데, 근처에 쇠지레가 있으니까 그걸로 상자를 열 수 있어."

"흠. 알았어. 잘 기억해둘게."

배리가 앨런의 팔을 두드렸다. 그때 앨런의 휴대폰이 울렸다.

"여보세요."

"웨이크 씨? 저 브레이크 보안관이에요. 실례지만 저희 서에 나이팅게일이라는 FBI 요원이 와 있어요. 당신을 만나고 싶다고……. 지금 서에 와주실 수 있을까요?"

"FBI요?"

앨런은 경찰이 개입할 시 앨리스를 죽이겠다던 납치범의 협박이 떠올라 더럭 걱정이 되었다.

"현장 수사 결과가 나올 때까지 기다리라고 하셨으면서……."

"제가 FBI 측에 연락한 게 아니에요. 나이팅게일 요원이 아무런 사전 고지도 없이 찾아온 겁니다."

"최대한 빨리 가겠습니다."

앨런은 전화를 끊자, 옆에서 대화를 듣고 있던 배리가 물었다.

"FBI가 연루되면 좋지 뭐."

"아니. 안 좋아."

"내가 손 좀 써볼까? 마피아도 감옥에서 꺼내준 변호사를 한 명 알아. 연락하면 즉시 비행기 타고 여기로 올 거야."

"됐어. 필요 없어."

"그래, 다들 그런 식으로 말하지. 감옥에 갇히기 전까지는."

앨런은 잠자코 차에서 내렸다. 시들어가는 화단에서 낙엽을 치우고 있는 한 중년 남자가 보였다. 그는 위장 무늬 바지를 입고 반팔 셔츠 위에 샛노란 조끼를 걸쳐 입고 있었다.

"실례합니다. 로즈 메리골드 씨의 트레일러를 찾고 있는데요."

남자가 갈퀴를 땅에 짚고 몸을 기댄 채 앨런을 쳐다보았다.

"로즈는 무슨 일로? 아, 그 작가 양반이로구먼. 로즈가 당신 사진을 식당에 세워놨었지."

"네, 제가 앨런 웨이크입니다. 그분이 사는 곳을 알려주실 수 있을까요?"

남자는 불룩 나온 올챙이배를 문지르며 생각에 잠기더니, 요란하게 헛기침을 하고는 침을 뱉었다.

"뭐, 괜찮겠죠. 로즈는 당신의 엄청난 팬이니까. 나야 소설 같은 건 잘 모르지만. 아무튼 난 랜돌프라고 하오. 이 주차장을 관리하는 사람이오."

"만나서 반갑습니다."

앨런과 배리가 동시에 말하자, 랜돌프가 킬킬거렸다.

"둘이 하나도 안 닮은 걸 보면 쌍둥이는 아닐 텐데."

랜돌프는 자기 농담의 반응을 기다리는 듯 뜸을 들였지만, 앨런도 배리도 웃지 않자 좀 실망한 눈치였다. 그는 갈퀴를 땅에 내려놓고 바지춤을 추슬렀다.

"그럼 나를 따라오시오."

남자가 절뚝거리며 주차장 뒤편으로 갔다.

"로즈는 좋은 아가씨라오. 집세도 제 날짜에 꼬박꼬박 내고. 여기 사는 여느 놈팡이들과는 격이 다르지."

남자가 걷는 속도가 너무 느려서 답답해진 앨런은 앞서 걷기 시작했다. 배리가 앨런의 옆으로 다가와서 말을 걸었다.

"아, 너 혹시 토머스 제인이라는 작가 알아?"

"어디서 들어본 것 같은데."

앨런은 기억을 더듬었다.

"옛날에 베스트셀러 작가였던 모양인데, 도서관을 뒤져봐도 책 한 권 안 나오더라고. 이상해. 그 호수의 섬을 소유했었다던데."

랜돌프가 끼어들었다.

"'잠수부의 섬' 말이군."

"네?"

앨런이 되물었다. 랜돌프는 멈춰 서서 기침을 하고는 말했다.

"토머스 제인이 갖고 있던 섬 말이오. 그걸 잠수부의 섬이라고 부르거든. 이 동네 어르신들 얘기로는, 그 토머스라는 양반이 잠수부였는데 호수 속을 탐사하기를 좋아했다고 하오. 그러다가 꼼짝없이 빠져 죽은 게지. 쯧쯧, 안 된 일이야. 그 호수는 보기보다 아주 깊어요. 거기 빠진 차나 사람이 얼마나 많은지 말도 못해. 심지어 섬까지 빠져버렸으니!"

앨런은 그 이름을 어디서 보았는지 기억이 났다. 새 다리 방갈로의 책장에 꽂힌 책들이 바로 토머스 제인의 저서였다. 앨런은 랜돌프의 팔을 붙잡았다.

"저기, 혹시 그 섬에 오두막집이 있었습니까? 집채가 나뭇가지 위에 얹혀 있는 오두막이요."

랜돌프가 앨런의 손을 슬쩍 떼어냈다.

"그건 나도 모르오. 나도 30년 전에 여기에 이사 온 사람이라, 토박이들 얘기를 주워들었을 뿐이지. 1970년에 호수 속의 화산이 터져서 섬이 가라앉았고, 토머스 제인도 그 안에 갇혀서 빨려들어갔다고, 그렇게만 들었소."

배리가 흥분해서 입을 열었다.

"앨런, 이거 갈수록 흥미진진해지는데. 바바라 재거라는 아가씨랑 토머스 제인이 연인 사이였어. 섬이 가라앉기 일주일 전에 그 여자가 먼저 호수에 빠져 죽었다더라고. 내가 말했지? 이 동네 진짜 으스스한 곳이라니까!"

랜돌프가 기침을 하고는 배리의 발치에 가래침을 퉤 뱉었다.

"하여간, 도시 사람들은 뭐든 순진하게 믿는단 말이지. 바바라 재거는 그냥 옛날 얘기에 나오는 귀신일 뿐이오. 엄마가 애한테 말 잘 들으라고 침대 머리맡에서 해주는 옛날 얘기 말이야. '할퀴는 할망구'나 '발톱 할머니'라는 별명으로도 불리는데, 그 귀신이 어둠 속에서 튀어나와 애들을 낚아챈다는 거요."

랜돌프가 배리를 향해 한 손을 휘두르며 와 하고 외치고는, 배리가 놀라서 펄쩍 뛰자 껄껄 웃어댔다. 배리가 씩씩거렸다.

"그런 장난은 재미없어요!"

랜돌프는 절뚝거리며 걸음을 옮겼다. 배리는 랜돌프의 눈치를 보더니, 앨런을 붙잡고 뒤에 남아 속닥거렸다.

"브라이트 폴스에서 일어난 이상한 일들에 대한 기사는 대부분 신시아 위버가 쓴 거였어."

"그게 누군데?"

"온종일 등불 들고 동네를 돌아다니는, 살짝 미친 할머니야. 그 할머니는 바바라 재거도 토머스 제인도 알고 있었다나봐. 그래서 두 사람이 죽은 뒤에 무슨 신경쇠약에 시달렸대."

앨런은 신시아 위버가 누구인지 깨달았다. 그는 자신의 기억과 새로 얻은 정보를 머릿속에서 재조합하며 말했다.

"배리, 나 그 할머니 만났었어. 이 마을에 온 첫날에, 오 디어 식당에서. 내가 칼 스터키를 만나 열쇠를 받으려고 복도로 들어가려 하니까, 거긴 어두우니 들어가지 말라고 경고하더라고. 하지만 나는 못 들은 척 그냥 들어갔는데…… 칼 스터키가 아니라, 검은 드레스를 입은 어떤 여자가 나오더니 나를 새 다리 방갈로로 보냈어."

"맙소사, 앨런."

그때 바로 옆에 있는 트레일러의 문이 열리더니, 맨발에 목욕 가운 차림인 어떤 여자가 그들을 내다보았다.

"랜돌프, 혹시 엘렌 봤어요?"

랜돌프는 고개를 저었다.

"제기랄."

여자가 욕을 뇌까리자 위스키와 담배 냄새가 물씬 풍겼다. 칙칙한 갈색 머리카락은 반쯤 핀으로 틀어 올린 채였고 반은 너저분하게 풀어헤치고 있었다.

"아까 일어나 보니 걔가 안 보이더라고요. 여태 안 돌아와요. 오늘 걔가 침대 시트 빨아야 하는 날인데."

"그거 하기 싫어서 내뺐나보지요. 도서관은 가봤소? 그 앤 도서관에서 살다시피 하잖소."

"네, 대단한 꼬마 과학자님이시죠. 아무튼 혹시 걔 보시면 당장 집으로 기어들어오라고 전해주세요. 정말이지 애들이란…… 섹스 좀 했다고 애가 덜컥 생기는 건 너무 심한 거 아니냐고요, 진짜."

바람이 불자 여자는 가운 자락을 여미면서 투덜거리고는 안으로 들어갔다. 랜돌프는 어깨를 으쓱하고 그 바로 옆의 트레일러를 가리켰다.

"로즈의 집은 여기요."

작고 아담한 트레일러였다. 문 앞이 화분들로 장식되어 있고 차양에 매달린 풍경이 바람에 딸랑거렸다. 로즈는 커피도 그렇게 맛있게 끓인다던데, 워낙 손이 야무진 여자인 듯했다.

"고맙습니다."

"말했듯이, 로즈는 착한 아가씨라오."

랜돌프는 그 자리에 그대로 서 있었다. 남자 둘을 로즈의 트레일러에 놔두고 떠나기 불편한 눈치가 역력했다. 어쨌든 앨런은 노크를 했다. 문이 열리더니 로즈가 멍한 눈으로 그들을 내다보았다.

"웨이크 씨. 오셨군요. 두 분, 들어오세요."

로즈가 랜돌프에게 괜찮다는 듯 손짓했다.

"혹시 무슨 문제라도 있으면 휘파람을 불어서 알려요."

랜돌프가 말하고 주차장 입구 쪽으로 천천히 발길을 돌렸다. 로즈는 앨런과 배리를 트레일러 안으로 안내하고 문을 닫아 잠갔다.

바바라 재거의 껍질을 덮어쓴 그 어둠은 수십 년 동안 자신의 집이자 감옥에서 잠들어 있었다. 굶주림과 고통에 사로잡힌 채, 어둠은 옛 시절의 영광을 꿈꾸며 잠을 설쳤다. 그 시인의 글을 통해 깊은 구렁에서 풀려났을 때 만끽했던 힘과 자유의 맛을 결코 잊을 수 없었다. 그 뒤에 록스타 형제들이 찾아왔을 때 깊은 잠에서 다시 깨어나긴 했지만, 그걸로는 부족했다. 그 음악가 형제만으로는 부족했다.

드디어 작가가 카페리를 타고 오는 기척을 느꼈을 때에야, 어둠은 완전히 눈을 떴다.

CHAPTER 13

로즈는 예의 그 빨간 유니폼 차림이었는데도, 왜인지 막 잠에서 깬 사람처럼 눈에 초점이 풀려 있었다.

"아, 웨이크 씨, 어서 오세요. 오셔서 정말 기뻐요."

"안녕하세요. 배리에게 들었습니다. 원고를 가지고 있다고 하셨죠?"

"배리?"

"하하, 제 이름을 그렇게 잘 기억해주시다니 기분 좋네요!"

배리가 농담을 했지만, 로즈는 한사코 앨런만 쳐다보면서 한 발짝 물러났다.

"원고? 아, 네. 그렇죠. 음, 일단 들어와서 앉으세요. 커피라도 좀 끓일게요."

로즈가 커피를 끓이러 간 동안 배리가 앨런에게 속닥거렸다.

"엄청 졸린가 본데. 에스프레소를 네 잔쯤 마셔야 정신을 차리지 않을까?"

트레일러 안은 비좁았지만 말끔하게 정돈되어 있었다. 작은 소파 위에는 쿠션들이 놓여 있었고, 거실 한쪽에는 조그마한 식탁이 놓인 아늑한 식사 공간이 마련되어 있었다. 진열장에는 여러 종류의 동물 봉제인형들이 꽉 들어차 있었다. 하지만 창문에 쳐둔 묵직한 커튼 때문에 햇살이 거의 들지 않아서 전체적으로 물속에 잠긴 것처럼 흐릿해 보였다. 배리가 하트 모양 쿠션을 옆으로 치우고 소파 위에 앉더니 투덜거렸다.

"너무 소녀 취향이라 숨 막혀."

"네?"

부엌에서 로즈가 그들을 돌아보았다.

"집이 참 아늑하고 좋다고요."

앨런이 대신 말하고 배리 옆자리에 앉았다. 재킷 주머니 안에 넣어둔 원고 뭉치가 바스락거렸다. 그걸 품에 갖고 있다고 생각하니 어쩐지 마음이 든든했다.

"고마워요. 러스티는 여기가 제가 틀어놓은 둥지 같다고 했었어요."

로즈는 여전히 잠이 덜 깬 눈으로 컵 두 개를 갖고 돌아왔다.

"트레일러 안에 들어온 건 처음이에요. 생각했던 거랑은 많이 다르네요. 깡통보다는 요트 안에 있는 것 같은 기분이라고 할까?"

신나게 떠들던 배리가 앨런의 표정을 보고 멈칫했다.

"왜? 내가 뭐 잘못 말했어?"

앨런은 로즈에게서 커피를 건네받으면서 말을 돌렸다.

"러스티 일은 유감입니다. 두 분이 가까우셨다고 알고 있어요."

"그렇죠. 러스티는 정말로…… 제 커피를 좋아했어요."

앨런은 배리를 흘끔 곁눈질했다. 로즈의 행동거지가 굉장히 이상했다. 트레일러 안을 둘러봐도 앨런에게 주려고 꺼내놓은 원고 같은 건 보이지 않았다. 아마 로즈는 이 기회를 최대한 이용해서 잡담을 나누며 시간을 끌고 싶은 것이리라. 나중에 페이스북에 자랑하기 위해 앨런과 함께 사진도 찍고 싶을 테고. 팬들이란 다 그런 식이었다. 하지만 상관없었다. 중요한 것은 원고를 돌려받아 납치범에게 넘기는 일이니까.

배리는 'I ♥ Teddy Bears'라는 문구가 박힌 머그컵을 내려다보고는 입김을 불어 식혔다. 그리고 한 모금 마시더니 로즈를 올려다보았다.

"와, 이거 진짜 맛있네요."

앨런이 쥔 머그컵은 꽃무늬였다. 앨런은 커피를 마시면서, 러스티가 이곳에서 로즈와 함께 이야기를 하고 커피를 마시며 얼마나 행복했을까 생각했다. 그림자 괴물이 되어 앨런을 죽이려들던 마지막 모습도 생각났다. 두 사람이 커피를 마시는 동안 로즈는 맞은편 의자에 앉아 치맛자락을 얌전히 정돈하고 있었다. 그녀의 뒤편 벽에는 앨런의 책 표지들과 잡지며 신문에서 오려낸 앨런의 사진들이 붙어 있었고, 구석에는 앨런의 전신사진으로 제작된 등신대 광고판이 또 하나 서 있었다. 식당에 있던 것과 똑같은 물건이었다. 로즈가 저걸 대체 몇 개나 갖고 있는 걸까? 아침을 차리면서 가끔 저 사진에게 말을 걸기도 할까? 그러면 저 사진이 그녀에게 대답하기라도 할까?

"여긴 무슨 앨런 웨이크 성당 같군요. 마음에 들어요."

배리가 커피를 홀짝거리며 말했다. 로즈는 어리둥절한 표정이었다.

"네? 저는……."

배리가 자기 입술을 꼬집는 시늉을 했다.

"미안해요. 혀가 말을 안 들어서 자꾸 헛소리가 나오네."

"로즈."

앨런이 입을 열었다.

"네에?"

"이제 원고를 받고 싶습니다만. 정말로 꼭 필요합니다."

로즈가 천천히 고개를 끄덕였다.

"당신이 원하는 게 뭔지 알아요."

"네?"

"뮤즈요. 당신에게 영감을 줄 뮤즈가 필요하신 거죠."

"뮤즈라고요?"

로즈가 의자에 더 깊이 기대어 앉으면서 말했다.

"할 일이 무척 많으신 분이잖아요. 그러니까 다른 사람에게 도움을 구하는 건 당연한 일이에요. 창피해하지 않으셔도 돼요. 마음을 열고, 타인을 받아들이세요."

앨런은 탁자 위에 머그컵을 내려놓았다.

"로즈?"

로즈가 자기 머리카락을 만지작거렸다.

"당신이 정말로 여기에 있다니…… 기분이 너무 이상해요. 작가 앨런 웨이크가 평범한 사람처럼 제 소파에 앉아 있다니."

앨런은 배리를 쏘아보았다.

"어이, 원고 같은 건 여기 없어. 시간만 낭비했잖아."

배리가 또 입술을 철썩 치고는 어물거렸다.

"어, 우리가 여기서 뭐 하고 있었지? 나……."

배리의 발음이 점점 어눌해지더니, 몸이 앞으로 휘청 기울면서 바닥에 엎어졌다.

앨런은 놀라서 일어났지만 균형이 잘 잡히지 않았다. 비틀거리다 보니 손에 뜨거운 커피가 튀었다. 화상을 입었을 게 분명한데 아픔이 느껴지지 않았고, 컵이 너무 무거워서 더 들고 있을 수가 없었다. 앨런은 컵이 천천히, 아주 천천히 카펫 위로 떨어지는 걸 멍하니 바라보다가 로즈에게 고개를 돌렸다.

로즈는 앨런을 지켜보고 있었다. 뭔가가 달라 보였다. 그녀의 이목구비 위에 그림자가 스멀거리고 있었고, 그녀의 눈은 텅 비어 있었다. 생기가 전혀 없는 눈이었다.

앨런은 배리를 데리고 여기서 나가고 싶었지만, 트레일러 안이 점점 더 어두워져서 아무것도 보이지 않았다. 싸워야 하는데, 문으로 달려가야 하는데, 문이 너무나도 멀리 있었다. 차라리 체력을 아끼는 편이 나을 것 같았다. 앨런이 소파 위에 털썩 주저앉자 어둠이 그를 미끄러지듯 지나가는 게 느껴졌다.

시간이 얼마나 흘렀을까, 멀리서 빛이 보였다. 별처럼 아주 조그마한 빛이었지만 빠른 속도로 그에게 닥쳐오고 있었다.

빛이 가까워지고 보니, 그건 일전에 카페리에서 낮잠을 자다가 꿈에 나왔던 바로 그 심해 잠수부였다. 살인마 히치하이커에게 쫓기는 악몽 막바지에 그 잠수부가 나타나서 어둠에 대해 경고했었다. 그때 앨리스가 앨런을 부드럽게 흔들어 깨우고, 브라이트 폴스에 거의 도착했다고, 기대했던 대로 정말 아름답다고 말했었다. 브라이트 폴스. 그렇다. 그리고 앨런과 앨리스는 호수의 작은 오두막집으로 가서……

앨런은 정신을 차리려고 안간힘을 썼지만 끈적끈적한 풀 속에서 헤엄치는 것처럼 힘겹기만 했다.

"놈이 바바라의 껍질을 쓰고 당신에게 접근하고 있어요. 나는 너무 약해서 막아줄 수가 없소."

잠수부가 앨런에게 빛을 비추며 말했다. 앨런은 깨어나려 애쓰며 중얼거렸다.

"난 노력하고 있어요. 최선을 다하고 있어요."

"알고 있소."

"앨리스…… 앨리스가 어디에 있는지 압니까?"

"당신은 불을 켜야 하오."

"쉽지가 않아요."

"반드시 불을 켜야 하오. 그 방법밖엔 없으니."

잠수부의 모습이 흐릿해지더니 완전히 사라졌다. 그리고 또 다른 게 눈에 들어왔다. 어둠 속에서 더 짙은 암흑을 두른 무언가가 다가오면서, 화물 열차와 같은 굉음이 울렸다. 앨런은 도망치려 했지만 물러설 곳도, 숨을 곳도 없었다.

어둠 속에서 검은 베일을 쓴 여자가 나타났다. 지난번에 식당에서 만났던 바로 그 여자였다. 그녀가 어둠을 공기처럼 들이쉬고 내쉬며 말했다.

"제가 당신과 사랑스러운 아내분을 꼭 만나러 오겠다고 약속했었지요."

"저리 가."

"당신이 시작한 일은 당신이 끝내야죠."

여자가 나지막한 목소리로 을렀다.

"날 가만 내버려둬."

"작품을 끝내세요. 반드시."

앨런은 잠수부가 불을 켜라고 몇 번이고 충고했던 것을 떠올렸다. 불을 켜야 했다.

"나를 기다리게 하면 안 돼요."

여자가 말했다.

앨런은 숨을 헉 들이켜며 눈을 떴다. 그는 로즈의 트레일러 침실 바닥에 누워 있었다. 실내는 어두웠지만 벽에 붙어 있는 영화배우 포스터들이 어렴풋이 보였다. 천장에는 유니콘과 별 모양의 모빌이 달려 있었다.

검은 베일을 쓴 여자가 미소를 지으며 그를 내려다보고 있었다. 그녀에게서 차디찬 바닷속의 해류 같은 암흑이 피어올랐다. 여자가 몸을 구부리고 앨런의 뺨을 부드럽게 어루만졌다. 앨런은 그의 앞에서 가물거리는 어둠을 보았다. 그런데 그게 다가 아니었다. 잠깐이나마 앨런의 안에도 어둠이 스며드는 감각이 느껴졌다.

"글을 써라."

여자가 명령했다.

앨런은 벌떡 일어서서 벽의 스위치를 눌렀다. 즉시 눈부신 전등빛이 쏟아졌다. 눈을 깜빡이고 다시 떠 보니 그는 방 안에 혼자였다. 앨런은 벽에 붙어서 트레일러 밖에서 들려오는 굉음에 귀를 기울였다. 창문이 덜컹거릴 정도의 진동과 함께 소음은 서서히 멀어져갔다. 화물 열차가 밤을 가로질러 전속력으로 달려가는 것 같았다. 그 열차와 함께 앨리스에 대한 희망도 멀어지고 앨런은 오로지 광기 한가운데에 남은 듯한 기분이었다.

여전히 어지러웠다. 앨런은 비틀비틀 거실로 걸어 나가서 천장의 형광등, 플로어 스탠드, 탁상 스탠드까지 모두 켰다. 할 수만 있다면 주차장 전체의, 아니 온 세상의 불을 다 켜고 싶은 심정이었다.

배리는 소파 위에 퍼드러져 있었다. 로즈는 부엌 구석에 웅크리고 앉아 무릎을 두 팔로 안은 채 몸을 앞뒤로 천천히 흔들고 있었다.

손목시계를 보니 자정이 넘은 시각이었다. 납치범과 만나기까지 열두 시간도 안 남았다는 뜻이었다. 이제는 원고를 손에 넣을 가망이 없었다.

이틀 안에 소설 한 편을 완성하라니, 애초에 불가능한 일이었다. 아무리 노력해도 한 단락조차 쓸 수 없었고, 로즈에게서 완성된 원고를 넘겨받는 것이 유일한 희망이었는데 그 희망마저 깨져버렸다. 사실 로즈의 말이 거짓이라는 건 처음부터 어느 정도는 짐작했지만, 앨런은 그게 사실이기만을 간절히 바랄 수밖에 없었다. 믿고 싶은 거짓말을 들으면 사람은 알면서도 속아 넘어가게 마련이다. 그래서 앨런은 로즈가 약을 탄 커피를 마시고 잠들어서 하루를 낭비하고 말았다.

앨런은 로즈를 돌아보았다. 그녀는 조용히 콧노래를 부르면서 몸을 흔들거리고 있었다. 로즈가 왜 그에게 수면제를 먹였을까? 러스티 일이 앨런의 탓이라고 여겨 복수하려고? 아니, 그걸 로즈가 알 리가 없다. 지금도 로즈는 아무것도 모르는 눈치였다. 그냥 모르는 정도가 아니라 아예 넋이 나간 사람 같았다.

"로즈?"

그러나 아무 대답도 돌아오지 않았다.

꿈속에서 만난 잠수부와 검은 베일을 쓴 여자가 떠올랐다. 마치 실제 같은 꿈이었다. 지금 당장 앨런이 마주치고 있는 현실만큼이나 생생했다. 아까 배리가 이야기해준 토머스 제인이라는 사람이 그 꿈과 관련이 있는 듯했다. 앨런과 같은 작가였던 그 사람은 잠수부이기도 했으며, 그가 바로 앨런 부부가 머무른 섬과 오두막집의 주인이었다고 했다.

앨런은 소파 위에 털썩 주저앉았다. 토머스 제인은 연인이었던 바바라 재거가 사망하고 얼마 뒤 콜드론 호수의 섬이 가라앉을 때 익사했다고 했다. 그런데 죽은 토머스가 앨런의 꿈에 나타나 어둠과 싸우도록 도와주려 한 것이다. 그러면 검은 베일을 쓴 여자는 누구였을까? 어디까지가 꿈이고 어디부터가 현실인지 종잡을 수 없었지만, 어쨌든 새 다리 방갈로로 앨런 부부를 안내했던 사람은 바로 그 여자였다.

배리가 신음을 흘렸다. 앨런은 그를 흔들었다.

"일어나. 여기서 나가야 해."

로즈는 여전히 웅크려 앉은 채로 눈을 내리깔고만 있었다.

납치범의 요구를 들어줄 방도가 없었다. 있지도 않은 원고를 넘겨줄 수는 없지 않은가. 브레이커 보안관에게 연락해야만 했다. 어젯밤에 만난 그 납치범의 인상착의를 알려주고, 그 납치범은 앨런 부부와 같은 카페리에 타고 있었으니 그를 목격한 사람이 누군가 또 있을 거라고 이야기하고, 도움을 요청해야 한다. 하지만 잠수부와 검은 드레스 차림의 여자에 대해서는 입을 다무는 게 좋을 것이다. 그런 얘길 하면 보안관은 앨런이 미쳤다고 확신할 테니까. 지난 일주일 동안의 기억이 없다는 점, 30년 전에 가라앉은 오두막집에서 머물렀다고 주장했다는 점 때문에 보안관은 이미 앨런의 정신 상태를 의심하고 있었다. 솔직히 앨런도 자신이 정녕 제정신인지 의심스러웠다. 확실한 것은 다만 앨리스가 납치되었다는 사실뿐이었다. 납치범의 협박 전화, 내일 정오에 만나기로 한 약속도 모두 보안관에게 털어놓자. 그러면 보안관과 함께 탄광에 가서 놈을 붙잡을 수도 있으리라. 이제 앨런에겐 잃을 것이 아무것도 없었다.

앨런은 배리를 더 세게 흔들었다.

"일어나라니까."

배리가 몸을 웅크리면서 코를 골기 시작했다.

"배리! 일어나!"

배리는 무언가 잠꼬대를 웅얼거릴 뿐 깨어날 기미가 안 보였다. 앨런은 머리를 절레절레 내저었다. 배리는 너무 무거워서 업고 갈 수도 없는데, 그렇다고 여기다 놔두고 갈 수는 없는 일이었다. 어떻게 해야 하나 고민하다 보니 트레일러 밖에서 봤던 외바퀴 손수레가 기억났다. 아까 들어오면서 그걸 보고 로즈가 정원 가꾸는 일에 쓰는 물건인가보다 생각했었지.

앨런은 배리의 양쪽 겨드랑이를 잡고 소파에서 끌어내렸다. 배리의 발이 카펫 깔린 바닥에 부딪히자 그의 입에서 신음이 흘러나왔다. 축 늘어진 배리의 몸뚱이를 질질 끌고서 문을 열고 계단을 내려가려니 벌써부터 땀이 났다. 그러다가 마지막 남은 계단에서 발을 헛디뎌 땅바닥에 나동그라지고 말았다. 배리는 계단 위에 널브러진 채 여유롭게도 드르렁 코까지 골았다. 앨런은 일어나서 셔츠에 묻은 솔잎을 툭툭 털고, 넘어질 때 땅에 부딪힌 뒤통수를 문질렀다. 그러고는 손수레를 계단 바로 앞으로 끌고 왔다.

배리를 손수레에 태우는 것도 여간 힘들지 않았다. 자꾸만 배리를 손에서 놓쳤다. 두 번째로 그의 몸이 땅에 떨어지자, 배리가 잠꼬대를 중얼거렸다.

"소송…… 소송을 걸어야 해."

네 번이나 시도한 끝에 겨우 배리를 수레 위에 눕힐 수 있었다. 앨런이 배리의 주머니에서 자동차 열쇠를 꺼내는 동안 그는 계속 잠꼬대를 했다.

"파란색 메르세데스…… 문을…… 문을 들이받으면 안 돼."

앨런은 손수레를 끌고 천천히 주차장을 가로질렀다. 바퀴에 공기가 많이 빠진 상태라서 잘 굴러가지 않았기에, 앨런은 온힘을 다해 수레를 억지로 밀고 나아가야 했다. 발밑에서 물웅덩이가 철벅거리고 입에서는 신음이 터져 나왔다. 그런데 바닥에 흙발자국이 찍힌 종이가 떨어져 있었다. 또 다른 원고 낱장이었다. 앨런은 내용을 재빨리 훑어보고 종이를 접어서 재킷 주머니에 쑤셔 넣었다. 다시 수레 손잡이를 들어 올렸을 때, 어디선가 사이렌 소리가 들려왔다.

근처 트레일러에서 랜돌프가 불쑥 튀어나오더니 손수레에 실린 배리를 보고는 손가락질했다.

"이봐, 댁들 가만두지 않겠어! 로즈는 착한 아가씨라고 내가 그렇게 일렀는데!"

앨런은 수레를 내려놓고 욱신거리는 등을 곧게 폈다.

"무슨 말씀이신지?"

"둘이서 한밤중이 되도록 로즈를 데리고 있었잖아. 무슨 짓을 한 건지 내가 모를 줄 알아?"

그때 밖에서 차 한 대가 끼익 소리를 내며 주차장 앞에 멈춰 섰다. 눈부신 전조등 불빛이 앨런을 비추고, 남색 정장을 입은 남자가 차에서 뛰어내리더니 주차장 문을 탕탕 두들겼다.

"문 열어!"

"그놈들 여기 있어요! 얼른 문을 열겠소!"

랜돌프가 소리치고는 보안 장치 쪽으로 절뚝절뚝 걸어갔다. 한편 밖에서는 또 다른 차 두 대가 진입로로 들어와 문 앞에 멈춰서고 있었다. 셋 모두 경찰차였다. 정장 차림의 남자가 앨런에게 뱃지를 내보이고는 피스톨을 겨누었다.

"FBI의 나이팅게일 요원이다."

"총은 왜 들이대는 겁니까?"

앨런은 한 발짝 물러섰다. 자신이 납치범에게서 빼앗은 피스톨을 갖고 있다는 데에 생각이 미쳤다. 몸수색을 당하기라도 하면 그 총을 어떻게 해명해야 할지 걱정이 앞섰다. 경찰차들의 문이 탕 닫히는 소리가 들리고, 차 지붕의 경광등이 번쩍거리며 밤의 어둠을 밝혔다.

"널 체포하겠다, 헤밍웨이!"

나이팅게일이 돌처럼 딱딱한 검은 눈으로 앨런을 노려보며 고함쳤다.

"헤밍웨이?"

앨런은 어이가 없어서 웃음이 나오려 했지만 나이팅게일의 험악한 표정을 보고 입을 다물었다.

"체포라니? 무슨 죄목으로?"

"네가…… 어, 손가락 하나라도 까딱했다간, 머리통을 날려버리겠다."

나이팅게일이 피스톨을 흔들어댔다. 말씨가 어눌한 게 영 신뢰가 가지 않았다. 배리가 깨어 있었다면 분명 "이건 좀 아닌 것 같은데"라고 했을 것이다.

"문 열라고!"

나이팅게일이 버럭 소리치자 맞춘 듯이 문이 끼익 소리를 내며 열렸다. 그는 주머니에서 허둥지둥 수갑을 꺼내다가 떨어트리고는, 욕을 뇌까리면서 도로 주우려고 허리를 굽혔다. 앨런은 재빨리 배리를 확인했다. 배리는 여전히 세상만사를 잊고 잠들어 있었다. 앨런은 즉시 주차장 뒤쪽으로 내달렸다.

경찰들이 쏘아대는 총소리를 뒤로 하고 전속력으로 달려가는데, 바로 옆에 놓여 있던 도자기 사슴 모형이 총을 맞아 펑 깨졌다. 간담이 서늘해졌다. 이건 정말 장난이 아니었다. 왜 체포하겠다는 건지는 몰라도 어쨌든 순순히 잡혀줄 수는 없었다. FBI든 뭐든 상관없었다. 무슨 일이 있어도 반드시 정오에 납치범을 만나야 했다.

"돌아와! 며, 명령이다!"

나이팅게일이 소리쳤다. 또 다시 탕 하는 총소리가 울려 퍼지는 순간, 앨런은 낮은 울타리를 뛰어넘어 숲속으로 달려 들어갔다. 삽시간에 주위가 어둠에 잠겼다. 등 뒤에서 그를 쫓는 경찰들의 발소리와 고함이 들려왔다. 이윽고 뭐라고 버럭버럭 고함을 치는 브레이커 보안관의 목소리가 끼어들었다. 그녀는 경찰차의 무전기를 통해 나이팅게일의 행동이 관할권 위반이라고 항의하고 있는 듯했다. 보안관과 FBI 요원이 각자의 권한을 두고 입씨름을 벌이는 동안 앨런은 뒤도 돌아보지 않고 달렸다. 배리를 놔두고 가서 미안했지만 그는 분명 알아서 잘 처신할 터였다. 그쪽 방면에 재주가 뛰어나니까.

숲속으로 깊이깊이 들어가다 보니 나뭇가지에 얼굴이 마구 긁혔다. 앨런은 필요한 물건들이 들어 있는 재킷 주머니를 어루만졌다. 손전등도 갖고 있었지만, 쓸 생각은 없었다. 그걸 켰다가는 그의 위치가 경찰들에게 발각되고 말 테니까. 눈이 어둠에 적응하면서 앞이 좀 보였기에 도망치는 데에는 무리가 없었다. 뒤에서 경찰들의 고함 소리, 브레이커 보안관이 그의 이름을 부르는 소리가 들렸다. 앨런은 더욱 속도를 높여 달렸다.

결국 앨리스를 구하는 일은 앨런 혼자 하는 수밖에 없었다. 이제까지 늘 그랬던 것처럼.

앨리스는 더 이상 비명을 지를 수도 없을 만큼 비명을 질렀다. 주변의 어둠이 살아 움직이고 있었다. 차갑고 축축한 어둠의 감촉이 피부에 와 닿고, 한없는 악의가 생생히 느껴졌다. 앨리스는 어둠 속에 갇힌 죄수 꼴이었다. 공포 때문에 정신이 무너져도 이상하지 않았지만, 단 한 가지가 그녀를 지탱하고 있었다. 앨런의 존재가 느껴졌던 것이다. 앨런의 기척이 들리고, 앨런이 쓰고 있는 글이 어렴풋이 보였다. 앨런 역시 앨리스를 감지하고 그녀를 구하려 애쓰고 있었다.

CHAPTER 14

"보인다! 저기!"

빛줄기가 어두컴컴한 숲속을 꿰뚫었다. 앨런은 나무 뒤로 숨고 자세를 낮췄다. 손전등의 불빛이 허공을 가르며 춤을 추듯 지나갔다.

"아, 잘못 본 것 같습니다."

나이팅게일이 부관에게 면박을 주는 소리가 들렸다.

"제기랄, 정신 똑바로 못 차리나? 흩어져! 이 근방 어디엔가 있을 거다."

"그런데 브레이커 보안관이……."

"그 여자가 뭐라든 신경 안 써. 지방 경찰보다 내 권한이 우선이다."

앨런은 숨을 죽인 채 수사팀이 수풀을 헤치며 가는 모습을 지켜보았다. 손전등 불빛이 점차 멀어지고, 총소리가 들렸다.

"그 자식 보이나? 안 보여?"

"대체 어디로 튀었지?"

앨런은 살금살금 발을 옮겨, 어디로 향하는지도 모르는 낯선 길을 따라 걸어갔다.

"발포 중지하시죠! 웨이크 씨를 체포할 근거가 없잖습니까!"

브레이커 보안관이 항의했지만, 나이팅게일은 그녀의 말을 무시하고 부관들에게 지시했다.

"찾아! 멀리 가진 못했을 거야."

앨런은 길에서 벗어나 가파른 비탈을 따라 내려갔다. 최대한 조용히 움직이고 싶었지만 무성히 자라난 덤불이 바스락거리는 소리를 막을 수는 없었다. 그래도 경찰들이 저렇게 시끄럽게 숲을 휘젓고 다니니, 이 정도로 작은 소리가 그들에게 들리지는 않을 터였다.

비탈을 다 내려가 보니 그곳은 작은 협곡의 밑바닥이었다. 맞은편의 바위투성이 비탈은 너무 가팔라서 그쪽으로 올라갈 순 없었다. 이 협곡을 따라 앞으로든 뒤로든 계속 나아가는 수밖에 없었다. 자칫 잘못하면 이 밑에서 꼼짝없이 포위당할 수도 있다는 뜻이었다.

가까운 곳에서 손전등 불빛이 흔들거렸다. 앨런은 바위에 등을 기대고 몸을 딱 붙였다.

"저기 뭔가 움직였다! 저 아래다!"

앨런은 소리 없이 욕을 뇌까렸다. 손전등 불빛들이 이쪽으로 다가오고 있었다. 아직 앨런을 직접적으로 비추지는 않았지만, 그들은 적어도 앨런의 대략적인 위치를 파악한 것이다.

조명총의 눈부신 섬광이 하늘을 갈랐다. 또 누군가가 조명총을 쏘자, 온 세상이 빛과 어둠의 강렬한 대비를 이루었다. 경찰들의 기괴한 그림자가 나무들을 획획 지나쳤다.

"저기 있다!"

앨런은 빛줄기들을 피하면서 어두운 곳으로만 달렸다. 조명총의 섬광이 점점 흐릿해졌다.

"조명 다시 쏴!"

"누구 조명탄 더 없어?"

나이팅게일이 윽박질렀다.

"없으면 가서 더 가져와! 내가 일일이 다 명령해야 하나!"

앨런은 그의 주변을 둘러싼 손전등 불빛들을 슬쩍 통과해 남쪽으로 향했다. 다행히도 비탈이 완만해지면서 골짜기와 나란히 나 있는 길이 나타났기에, 앨런은 그쪽으로 허겁지겁 올라갔다. 수풀 너머 고지대에서 경찰차가 번쩍거렸다. 경찰차는 사이렌을 울리면서 자갈길을 지그재그로 나아가고 있었다.

"어딨어?"

"얼른 잡아!"

조명탄 하나가 또 발사되었다. 하지만 이번에는 앨런이 있는 곳에서 거리가 꽤 떨어져 있었다. 엉뚱한 곳을 수색하고 있는 듯했다. 앨런은 이제 수월하게 어둠을 뚫고 내달릴 수 있었다. 그런데 별안간 이상한 굉음이 들려오더니 발밑의 땅이 흔들렸다.

"뭐야, 이건?"

나이팅게일의 고함에 이어, 무전기로 흘러나오는 듯한 누군가의 치직거리는 음성이 들렸다.

"으악! 이건 대체…… 도, 도와달라. 지원이 필요하……."

천둥 같은 소리가 숲 전체를 타고 흐르면서 나무들이 요동치더니, 경찰의 비명이 무전기에서 터져 나왔다.

"안 돼! 저리 꺼져, 꺼져! 꺼지라고!"

절박하게 울부짖는 그 섬뜩한 소리를 들으니, 러스티가 배에서 흘러나오는 내장을 움켜쥐고서 애원하던 기억이 앨런의 뇌리를 스쳤다.

"도와줘! 누가 도와줘! 제발!"

그 말과 함께 총소리가 연이어 들렸다. 누군가가 재빨리 방아쇠를 당겨 연속 사격을 하고 있는 듯했다. 그런데 이상한 점이 있었다. 그 총소리가 앨런 바로 위의 허공에서 들려온다는 점이었다.

갑자기 그의 머리 위에 거대한 그림자가 드리워졌다. 하늘의 달과 별을 가리는 그림자에 숲이 깊은 어둠에 묻혔고, 잠깐의 정적 뒤 하늘에서 웬 자동차 한 대가 뚝 떨어지는 것이었다. 엉망으로 부서진 경찰차가 앨런 바로 앞의 고속도로 바닥에 쾅 충돌하자, 앨런은 소스라치게 놀라 비명을 질렀다. 타이어가 터지고 앞유리가 박살나면서 날카로운 유리 파편들이 비처럼 우수수 쏟아졌다.

앨런은 차 안에 있을 경찰을 도와주려고 후닥닥 달려갔다. 차는 지붕이 찌그러지고 문이 모조리 활짝 열려 있었으며, 지붕의 경광등은 여전히 파란색과 빨간색 불빛을 미약하게 밝히고 있었다. 하지만 차 안에 사람이라곤 없었다. 대체 무슨 일이 벌어진 걸까. 경찰차를 공중으로 높이 들어 올려서 앨런이 있는 곳으로 집어던진 가공할 힘의 정체는 무엇일까. 그러고 보면, 이제껏 주웠던 원고 낱장들에도 이와 비슷한 내용이 있었다. 어둠의 힘이 자동차며 트랙터를 멋대로 움직이고, 50갤런짜리 드럼통을 마시멜로처럼 가볍게 던져버린다고.

앨런은 부서진 보닛 안의 라디에이터에서 쉭쉭거리며 뿜어 오르는 김을 멀거니 쳐다보았다. 한밤중에 재미 삼아 읽는 호러 소설의 내용이 브라이트 폴스에서 현실로 벌어지고 있었다. 원고 한 장 한 장이 전부 다.

경찰차의 무전기가 치직거렸다. 앨런은 흠칫 놀라 뒷걸음 쳤다.

"나이팅게일이다. 어떻게 된 건가?"

앨런은 무전기를 들었지만 아무 말도 하지 않았다.

"12번 대원, 응답하라."

앨런은 조용히 무전기를 내려놓았다. 나이팅게일은 옆 사람과 이야기하는 듯하더니 다시 무전으로 지시를 내렸다.

"전 대원은 들어라. 용의자는 이동주택 주차장 근처 숲속의 협곡을 따라 도망쳤다. 무장한 것 같으니 신중하게 접근하라."

"나이팅게일 요원, 여긴 브레이커 보안관입니다."

"말씀하시죠."

"대체 무슨 짓을 하는 거죠? 발포까지 하다니, 웨이크가 총을 갖고 있다는 증거도 전혀 없잖습니까."

"내가 결정한 일이오."

"아까 민간인 한 명이 총에 맞을 뻔⋯⋯."

"이봐요, 보안관. 나는 도주 중인 용의자를 추적하고 있소. 지금 입씨름이나 하고 있을 시간 없어요."

"그럼 시간을 만드시죠! 내 관할권의 주민들을 무턱대고 쏘아대는 걸 가만 놔둘 순 없어요!"

"나는 연방수사국 요원으로서 도망자를 쫓고 있을 뿐이오. 내 방법이 마음에 안 든다면 나중에 약속 잡고 따로 만나서 얘기하시오. 오버."

나이팅게일은 연결을 끊어버렸다. 그리고 무전기가 또 치직거리더니 다른 목소리가 흘러나왔다.

"보안관님, 저 손튼 부관입니다. 휠러와 로즈를 구류해놓았습니다. 조사해 보니 서로 싸운 건 전혀 아니고, 둘 다 술이나 약 같은 것에 취해서 정신이 없는 것 같습니다. 그런데 이런 증상을 보이는 사람이 이 둘뿐만이 아니에요. 보안관님, 그 나이팅게일이라는 요원 말입니다. 위스키 한 병을 물처럼 들이마시⋯⋯."

그때 숲 전체가 한바탕 흔들리면서 통신이 끊어졌다. 자꾸만 발생하는 이 소음과 진동이 초자연적인 어둠의 존재가 일으키는 현상이라는 점은 분명했다. 하지만 그 의도는 알 수 없었다. 놈이 앨런을 찾고 있는 것인지, 아니면 단지 숲을 뿌리까지 뒤흔들어 파괴하려는 것인지. 어쨌거나 앨런은 그곳을 떠나 숲을 헤쳐 나갔다. 그가 할 수 있는 일은 계속 나아가는 것 뿐이니까.

앨런은 최대한 높은 곳으로만 이동했다. 또 다시 골짜기 밑에 갇혔다가 FBI나 아니면 그보다 더 끔찍한 존재에게 꼼짝없이 붙잡힐까봐 겁이 났기 때문이다. 그는 탁 트인 하이킹용 길이 아닌, 그 옆에 동물들이 지나다니면서 생긴 좁다란 오솔길을 따라 걸었다. 이대로 쭉 가다보면 마을 반대편의 고속도로에 다다를 수 있기를 바랄 뿐.

숲우듬지 위로 우뚝 서 있는 망루가 보였다. 낮게 나는 비행기들이 부딪히지 않도록 경고하기 위해 망루 꼭대기에 설치된 조명등이 규칙적으로 반짝이고 있었다. 일단 저 탑에 올라가기만 하면 납치범을 만나기로 한 탄광이 어느 방향에 있는지 파악할 수 있을 것이다. 내일 정오에 납치범에게서 앨리스를 구해낸 뒤, 보안관을 만나서 FBI 문제를 수습해야 할 것이다. 앨런은 FBI 요원의 명령에 불응한 것 외에는 아무 잘못도 하지 않았다는 점을 확실히 밝히고, 보안관을 내세워 나이팅게일을 상대해야 한다.

앨런은 주머니 안에 든 피스톨을 어루만지며 마음을 다잡았다.

헬리콥터 한 대가 하늘을 맴돌며 탐조등으로 숲을 훑었다. 경찰들의 손전등 불빛도 근처에서 어른거리고 있었다. 앨런은 방향을 꺾어서 숲속으로 더 깊이 들어갔다. 한 손으로는 언제든 불을 켤 수 있도록 손전등을 쥐고 있었다.

어디선가 까마귀가 소리를 질렀다. 아파서 우는 게 아니라, 뭔가 기분이 좋은지 소름 끼치게 웃어대는 듯한 소리였다. 잠시 뒤 사람들의 비명과 총소리가 일제히 울려 퍼졌다.

"쏴! 쏘라고!"

"멈추질 않아!"

"튀어!"

어둠의 존재가 숲을 쿵 후려치자 커다란 나무들이 쓰러지면서 성냥개비처럼 산산조각 났다. 저편에서 혼겁해서 뿔뿔이 도망치는 수사대원들의 손전등 빛이 마구 흔들리고, 피스톨을 발사하는 섬광이 번뜩였다. 하지만 그래봤자 아무 소용도 없을 것이다. 앨런이 할 수 있는 일은 아무것도 없었다.

"아악, 도와줘! 도와줘!"

"안 돼!"

"저리 꺼져!"

어둠의 존재가 우렁차게 포효했다. 그러자 숲속을 밝히던 모든 불빛이 꺼져버렸다. 손전등, 탐조등, 조명탄, 전조등 가릴 것 없이, 하나씩 하나씩 깜빡거리다 꺼지고는 완벽한 암흑과 정적만 남았다. 앨런은 땅에 납작 엎드린 채 숨을 죽이고 있었다. 앨런이 그림자 괴물들을 끌어당기는 영향력이 있는 것 같다던 납치범의 말이 머릿속을 떠나지 않았다. 그 말이 부디 사실이 아니기를 바라며 앨런은 덜덜 떨었다.

잠시 뒤, 멀리 이동주택 주차장 부근에서 손전등 불빛들이 다시 켜지는 게 보였다. 수색팀은 일단 철수한 것 같았다. 숲에서 무슨 일이 일어난 건지는 정확히 몰라도 어쨌든 빠져나가야 한다고 판단한 듯했다. 하지만 앨런은 선택의 여지가 없었다. 잠수부의 말마따나 빛 속에 있어야만 안전하겠지만, 이제 저 빛의 세상에는 공권력이 휘두르는 새로운 위험이 도사리고 있었다. 체포당하지 않고 무사히 납치범을 만나려면 어둠 속에서 움직이는 수밖에 없었다. 앨런은 까마귀들의 날갯짓 소리가 들리지 않는지 신경을 곤두세우며 조심조심 걸었다. 가는 길에 두어 번 땅이 또 흔들렸지만, 앨런은 그때마다 잠시 기다렸다가 진동이 멈추면 다시 걸음을 옮겼다.

앨런이 망루의 관리소에 도착했을 때는 어느덧 지평선이 오렌지색으로 밝아오고 있었다. 앨런은 주위를 둘러본 다음 천천히 나무 계단을 올라갔다. 경계하느라고 천천히 움직이는 게 아니라, 너무 지쳐서 더 빨리 걸을 수가 없었다. 앨런을 쫓는 손전등 불빛이나 헬리콥터 같은 건 이제 눈에 띄지 않았다. 나이팅게일이 추적을 포기했을 수도 있겠지만, 브레이커 보안관이 그를 막았을 가능성이 더 높았다. 망루 꼭대기에서 10초마다 반짝이는 빨간 경고등을 제외하면 관리소는 어둠에 잠겨 있었다.

"아무도 없습니까?"

대답은 돌아오지 않았다. 좋은 징조인지 나쁜 징조인지 알 수 없었다. 열린 문 안으로 들어가 보니 사무소는 텅 비어 있었다. 전등을 켤까 했지만 그러지 않는 편이 좋을 듯했다. 자신이 여기 있다고 적들에게 친절하게 알려줄 필요는 없으니까.

벽에 쌍안경과 모자가 걸려 있고, 전기식 커피포트에 따뜻한 커피가 들어 있었다. 앨런은 커피를 한 컵 따라 마시고 구석의 작은 냉장고를 뒤져서 먹을거리를 찾아냈다. 빵에 땅콩버터와 잼을 바르고, 사과 한 알, 오트밀 쿠키 다섯 개, 오렌지 주스를 꺼내놓은 뒤 게걸스럽게 먹어치우기 시작했다.

책상 위의 라디오가 켜져 있었다. 볼륨을 높여보니 팻 메인의 '올빼미' 방송이 나오는 중이었다.

"KBF-FM입니다. 방금 밖에 나가서 신선한 공기를 마시고 왔는데요, 오늘 밤에는 집에 있지 않고 이렇게 여러분에게 이야기를 하고 있으니 다행이다 싶습니다. 이런 뒤숭숭한 날에는 잠이 통 오지 않거든요. 이불을 덮고 누워서 음울한 생각에만 사로잡힌 채 말똥말똥 깨어 있기 일쑤죠. 그러다가 깜빡 잠들기라도 하면 악몽도 종종 꾸고요. 이런 사람이 저뿐만은 아닐 것 같습니다. 듣자하니 몇 시간 전에 이동주택 주차장에서 무슨 소동이 벌어졌다고 하니까요. 총소리가 들렸다는 제보가 있었습니다. 벌써 축제 분위기에 젖어서 밤 늦게까지 밖에 나가 계신 분이 없으면 좋겠는데요. 모두 조심하셔야겠습니다. 여러분이 밤을 보내는 데에 제가 조금이라도 도움이 되기를 바랍니다. 마침 전화가 걸려왔네요."

앨런은 오트밀 쿠키를 꼭꼭 씹어 먹으려 노력하면서 라디오에 귀를 기울였다.

"팻, 저 월트 스나이더예요."

"무슨 일인가요?"

월트 스나이더라는 사람이 숨을 거칠게 몰아쉬며 말했다.

"이동주택 주차장에서 벌어진 사건에 대해선 아무것도 모르는데, 저도 도저히 잠이 안 와요. 대체 왜 그런지 살펴보려고 창밖을 내다보다가 전화를 걸었어요. 아, 술은 한 모금도 안 마셨습니다. 전 그저……."

"좀 곤란한 상황에 처하신 것 같네요."

"그러니까, 공기 중에 뭔가가 있어요. 모르겠어요? 무슨 일이 벌어질 거라고요."

"어떤 일이?"

"그건 저도 모르지만, 뭔가가 잘못된 게 분명해요. 느낄 수 있어요. 우리가 그걸 막을 수 있는 방법이라고는…… 음, 미안해요. 괴상한 얘기로 들린다는 거 알아요. 이만 끊을게요."

"미안하긴요. 괜찮습니다. 힘내세요, 월트."

전화가 끊기고 팻 메인이 말을 이었다.

"요즘 들어 이래저래 어수선하기는 하죠? 불안해하는 사람이 월트만은 아닐 겁니다. 저만 해도 공기 중에 어떤 께름칙한 기운이 감도는 것 같았으니까요. 아무튼 이쯤에서 잠깐 쉬었다가, 사슴 축제에서 가장 재미있는 부분이 무엇인지 이야기하도록 할까요? 저부터 먼저 말하자면, 전 블랙베리 파이 먹기 대회를 가장 좋아한답니다."

팻의 진행이 끝나고 철물점 광고가 나왔다. 톱날을 날카롭게 갈아주는 데에 특히 뛰어나다고 홍보하는 내용이었다.

앨런은 망루 안을 뒤져서 조명총과 조명탄을 찾아내 챙겼다. 그리고 자신이 먹은 음식과 가져간 물건의 목록을 종이에 적고, 값을 물어줄 테니 연락하라는 뜻으로 자신의 이름과 뉴욕의 전화번호를 써넣었다. 나이팅게일이 꼬투리를 잡을 여지를 만들고 싶진 않았다.

저쪽 벽의 무전 장치에서 치직거리는 소리가 나왔다.

"1팀 나와라. 여긴 브레이커 보안관. 보고하라, 오버."

앨런은 송화기를 들었다가 조용히 도로 내려놓았다.

"2팀, 응답하라. 보고하라, 오버."

보안관은 지치고 답답한 목소리였다.

"전원, 제발 응답하라, 오버."

"브레이커 보안관, 나 나이팅게일 요원이오. 어젯밤 지휘한 대원 대부분과 연락이 끊겼소. 수사팀을 꾸려 달랬더니, 순 머저리들만 골라서 붙여준 거요, 뭐요?"

앨런은 무전기를 꺼버리고 고개를 떨구었다. 아까 들었던 대원들의 날 카로운 비명이, 총을 맞아도 죽지 않는 적과 싸우며 도와달라고 외치던 절 박한 고함이 귓전을 쟁쟁 울리는 것 같았다. 그는 세면기로 가서 얼굴을 씻었다. 거울에 비친 자신의 모습이 놀랄 만큼 낯설었다.

책상 서랍 안에 지도가 있었다. 그걸 보니 여기가 어디인지, 탄광으로 어떻게 가야 하는지 헤아릴 수 있었다. 호젓한 뒷길과 하이킹 코스를 따라 이동해야겠지만, 날이 슬슬 밝고 있으니 등 뒤를 계속 돌아보며 긴장할 필 요는 없을 터였다.

앨런은 지도를 접어서 주머니에 넣고 손목시계를 확인했다. 시간은 충 분했다. 물집투성이가 된 발로 한참을 걷는 고생을 감수해야겠지만 어쨌 든 정오까지는 도착할 수 있을 것이다. 설령 기어가야 한다고 해도 반드시 납치범을 만날 작정이었다.

앨런은 출입문을 열고 밖으로 나갔다. 다리가 후들거려서 난간을 잡고 계단을 내려가야만 했다. 하늘에 해가 뜨고 있었다.

빌은 그의 오두막집 테라스에서 흔들의자에 앉아 해가 저무는 풍경을 바라보고 있었다. 배에서 꼬르륵 소리가 났다. 어렸을 때 남동생 티미가 술래잡기를 하다가 실종되었을 때가 기억났다. 그때는 적어도 저녁을 굶지는 않았는데. 티미가 실종되었을 당시 이웃 사람들은 밤중에 비명 소리가 들렸으며 핏자국이 발견되었다고 수군거렸지만, 빌은 그 녀석이 분명 길을 잃었거나 우물 같은 데에 빠졌을 거라고 주장했다. 티미는 워낙 조심성이 없었으니까. 아무 데나 무턱대고 뛰어들어 이것저것 파헤치고 다니기를 좋아하던 아이였다.

지금도 빌은 걱정하지 않았다. 이번에는 그의 아내인 클라라가 사라졌지만, 그는 별로 마음 쓸 것 없다고 생각했다. 클라라는 예전부터 늘 이 오두막집에서 살기 싫다고 불만이 많았다. 이웃집들과 너무 멀리 동떨어져 있어서 불안하다는 이유 때문이었다. 게다가 숲속에서 이상한 걸 봤다면서 한심한 질문을 빌에게 쏟아내기도 했다. 그러니 클라라가 불쑥 떠나버린 것은 전혀 이상한 일이 아니었다. 부엌 식탁 위에 미트 로프 재료가 놓여 있는 걸 보면 여느 때처럼 저녁 요리를 할 생각이었던 모양이지만, 충동적으로 집을 뛰쳐나갈 수도 있는 일이니까.

밤이 깊어갔지만 빌은 안으로 들어가지 않았다. 계속 흔들의자를 끄덕거리면서 앉아만 있었다. 빌은 어둠이 겹겹이 쌓이면서 시시각각 짙어져가는 과정을 지켜보는 게 좋았다. 동생이 실종된 뒤로 오랜 세월이 지났지만 그 아이가 그리웠던 적은 한 번도 없었다. 아내 역시 별로 그리워질 것 같지는 않았다. 아내가 만든 미트 로프는 종종 생각날 것 같긴 했지만.

CHAPTER 15

앨런은 비포장 벌목 도로 옆에 세워져 있는 브라이트 폴스 전력 회사의 픽업 트럭을 발견했다. 열쇠가 꽂혀 있는 걸 보니, 차 주인은 잠깐 근처 수풀에 오줌이라도 누러 갔다가 돌아오지 않은 듯했다. 앨런은 쉬기도 할 겸 십오 분쯤 기다렸지만, 차 주인이 나타나지 않았기에 그냥 트럭을 몰고 탄광으로 향했다. 차량 절도범으로 몰리는 것쯤은 지금 그에게 별 대수가 아니었다. 오래 걸은데다 수면 부족까지 겹쳐서 몹시 피곤했으므로 차가 절실히 필요했다.

탄광에 거의 도착했을 때 트럭의 연료가 다 떨어졌다. 트럭이 뒤로 밀려 나가기 시작해서 비상 브레이크를 밟아야 했다. 다시 시동을 걸어보려 했지만 털털거리는 소리만 날 뿐이었다.

앨런은 운전석에 앉아 초조하게 운전대를 손가락으로 두드렸다. 앞유리 너머로 탄광촌의 모습이 보였다. 언덕 꼭대기에 무너져가는 목조 건물들이 모여 있었다. 약속 시간까지는 아직 한 시간이 남았으니, 여기서부터는 충분히 걸어갈 수 있을 것 같았다. 출발하기 전에 트럭 안에 쓸 만한 물건이 없는지 뒤져보았다. 조수석 뒤에 고성능 손전등이 뒹굴고 있었다. 안에 들어 있는 배터리도 새 것 같았다. 이걸 쓸 필요가 없기를, 해가 지기 전에 앨리스를 구할 수 있기를 바랄 따름이었다.

한 시간 뒤면 납치범을 만날 것이다. 앨런은 피스톨의 안전장치를 풀었다 잠갔다 하면서 앨리스를 구할 계획을 궁리했다. 탄창 안에는 탄환이 열한 개 들어 있었다. 이 정도면 충분하고도 남았다. 어떻게 해서든 앨리스가 다치지 않고 돌아오도록 할 것이다.

이제 앨런은 원고에 적힌 이야기가 현실로 벌어지고 있다는 것을 믿지 않을 수 없었다. 그 원고가 파도처럼 앨런을 휘감고 깊디깊은 곳으로 끌어들이는 것만 같았다. 앨리스가 납치당하고, 배리는 유치장에 있을 테고, 앨런 자신은 FBI에게 쫓기는 도망자가 되었고, 밤만 되면 그림자 괴물이 어둠 속을 돌아다니면서 사람을 무자비하게 살해하려 들고. 이 모든 것이 현실처럼 너무나도 생생했다. 아니, 정말로 현실이 맞았다. 하지만 앨런이 보고 겪은 것을 전혀 모르는 바깥사람들이 보기에는 정신병원에 격리되어야 마땅할 만큼 심각한 정신병 증세로만 보일 것이다.

앨런은 앞유리 너머를 바라보았다. 금속처럼 번들거리는 초록색 잠자리 한 마리가 트럭 보닛 위를 맴돌고 있었다. 투명한 날개가 햇살 속에 반짝였다. 잠자리는 산들바람에 떠밀려 뒤로 약간 날려가더니 방향을 틀어서 열린 차창 안으로 들어왔다. 앨런은 꼼짝도 하지 않았다. 숨도 쉴 수 없었다. 그 아름답고도 기이한 곤충이 앨런의 얼굴 바로 앞에서 수천수만 개의 겹눈으로 그를 응시하는 것을 그저 지켜보기만 했다. 그러다가 별안간 잠자리는 휙 차창 밖으로 날아가 버렸다. 앨런은 머리를 흔들었다. 이 지역 주민이 "뉴욕에는 잠자리도 없소?"라고 묻는 목소리가 들려오는 듯했다. 사실이었다. 뉴욕에서는 벌레라고 하면 무조건 파리채로 때려 죽여야 하는 것 정도로 생각했고, 꽃이라는 건 꽃가게에 가야 있는 물건이라고 여겼다. 그런데 이제 앨런은 잠자리 한 마리를 갤러리에 걸린 작품이라도 되는 듯이 경이로운 시선으로 보게 된 것이다. 자신이 이렇게나 빨리 문명의 겉치장을 벗고 이 외딴 벽지의 새로운 현실에 적응하게 되었다는 게 놀랍기만 했다. 브라이트 폴스에 오기 전까지 도둑질 한 번 해본 적 없고, 연습장 밖에서 총을 쏴본 적도 없던 그가, 지금은 밤하늘 아래 폭포 옆에서 납치범과 맞붙어 쌈박질을 벌이고, 온갖 흉기를 들고 나타나는 괴물들을 서슴없이 쏘아 죽이는 사람이 되었다. 심지어는 러스티처럼 아는 사람의 껍질을 뒤집어쓴 놈까지도 자신의 손으로 죽이지 않았던가.

'북서부의 위대한 자연으로 돌아오세요!'

관광 안내 책자에는 그렇게만 적혀 있었다. 그 자연 속에서 관광객이 목숨을 걸고 혈투를 벌여야 한다는 언급은 전혀 없었다.

앨런은 간밤에 무슨 사건이라도 일어나지 않았을까 궁금해서 라디오를 켜보았다.

"팻 메인입니다. 아침 방송 진행자이신 지미 이건 씨가 나오지 않으셔서, 부득이하게 제가 여러분을 만나고 있네요. 지미, 이 방송 듣고 있다면 지금 어디 계신지 방송국으로 연락 주세요. 어쨌든 청취자 여러분, 넬슨 박사님과 이야기를 계속해볼까요?"

넬슨 박사가 거들었다.

"지미는 워낙 악동으로 소문났지요."

"그렇지요. 자, 우리가 어디까지 얘기했었죠? 우리에게 아주 특별한 사람에 대한 이야기를 하고 있었죠. 인생에 단 하나뿐인 소중한 운명의 연인 말입니다."

"하하, 그 얘기는 메인 씨 혼자만 하고 있었죠! 나는 그런 거 없다고 주장했고 말이죠. 그렇잖아요? 이 세상에 하나뿐인 운명의 상대가 존재한다는 건 분명 낭만적인 생각이긴 하지만, 그 상대를 만날 기회를 놓친다고 생각해봐요. 그러면 다시는 진정한 사랑에 빠질 수 없고, 영원히 불완전한 인간으로 남는 거 아닙니까. 으음, 그러면 너무 슬프잖아요? 솔직히 조금 유치하기도 하고요. 세상에 넘쳐나는 게 남자, 여자인데."

앨런은 라디오를 껐다. 넬슨 박사에게는 여자가 많을지 몰라도 앨런은 아니었다. 그에게는 오로지 앨리스뿐이었다.

앨런은 손목시계를 확인하고 트럭에서 내렸다. 좁은 길이 탄광까지 이어지고 있었다. 약속 시간보다 좀 더 일찍 가도 나쁠 건 없으리라. 납치범보다 먼저 도착한다면 앨런이 유리할 수도 있었다.

머리 위로 내리쬐는 햇볕이 뜨거웠다. 선글라스를 쓰고 있어서 다행이었다. 발걸음을 내디딜 때마다 땅에서 먼지가 풀풀 날리고 가끔 귀뚜라미들이 펄쩍 뛰어 도망쳤다. 마침내 도착했을 때는 온몸이 땀에 푹 젖어서 셔츠가 등에 들러붙을 지경이었다. 하지만 그래도 재킷은 벗지 않았다.

그곳은 수십 년 전에 버려진 듯한 폐광촌이었다. 햇빛에 하얗게 탈색된 판잣집들, 파손된 건물들, 위태롭게 기울어진 급수탑 따위가 황량하게 흩어져 있었다. 한때 철로가 놓여 있었을 자리에는 침목만 덩그러니 남아 있었고, 탄광촌 경계에 서 있는 풍차는 삐걱거리기만 했다.

제자리에 고스란히 있는 것은 하나도 없었다. 화물 열차 두 대는 오랜 세월 석탄은커녕 아무것도 싣지 못하고 땅바닥에 엎어진 채 방치되어 있었으며, 구석에 있는 녹슨 폐차 한 대는 타이어가 썩어서 없어지다시피 했다. 철로의 흔적을 따라가 보면 맨 끝에는 탄광 입구가 있었다. 테두리에 목재 기둥이 대어진, 산속으로 뚫린 거대한 구멍이었다.

앨런은 납치범을 기다리기에 적당한 곳을 찾아 서성거렸다. 자신은 납치범을 볼 수 있되 상대방은 자신을 볼 수 없는 장소가 필요했다. 발치에 있는 나무통 하나를 걷어찼더니 통이 굴러가는 소리가 무거운 정적을 깨뜨려줘서 숨이 좀 트이는 듯했다. 앨런은 탄광촌이 번성했던 시절의 풍경을 상상해보았다. 갱도를 들락날락하고 열차에 탄광을 싣는 광부들로 북적거리던 모습을.

그나마 가장 온전히 남아 있는 건물은 박물관이었다. '브라이트 폴스 탄광 박물관'이라는 간판 때문에 그곳이 박물관이라는 걸 알 수 있었다. 앨런은 그쪽으로 걸어가서 벽에 붙어 있는 안내판의 내용을 훑어보았다.

이 지역에는 옛날부터 정착민들이 살았지만, 브라이트 폴스 마을의 진정한 탄생은 1878년 브라이트 폴스 광업 회사가 설립되어 광산이 개발되면서부터 시작되었습니다. 그러나 1970년 발생한 콜드론 호수 밑의 화산 폭발 사건으로 갱도 대부분이 붕괴되거나 침수되고 말았습니다. 이 참사로 광부 32명이 목숨을 잃었으며, 일체의 채광 산업이 중단되었습니다. 현재 남아 있는 건물들은 대부분 유적으로 보호받고 있습니다.

이 박물관에 몸을 숨기고 있으면 그의 존재를 들키지 않고 납치범을 볼 수 있을 것 같았다. 앨런은 입구로 이어지는 계단을 올라갔다. 그런데 문득 뒤에서 어떤 소리가 들렸다. 앨런은 뒤를 휙 돌아보았다. 소리가 난 곳은 분명 갱도 입구 쪽이었다. 앨런은 주머니에 든 피스톨의 안전장치를 풀면서 입구로 걸어갔다.

"일찍 도착했군."

아무 대답도 없었다. 자신의 발에 자갈이 자그락자그락 밟히는 소리만 들려왔다. 앨런은 이상할 만큼 차분했다. 그 어떤 일도 각오가 된 기분이었다.

"기다리기가 좀이 쑤셨나보지? 앨리스는 데리고 왔나?"

"앨런?"

이런 상황은 미처 각오하지 못했다. 그건 앨리스의 목소리였다. 앨런은 말을 하려 했지만 입이 말라붙은 듯 목소리가 나오지 않았다. 함정이 분명했다.

"앨런? 너무 어두워…… 여기 너무 어두워."

앨리스의 목소리는 뭔가 이상했다. 하지만 앨리스인 것만은 분명했다. 절박한 음성이 갱도 안에서 메아리쳐 울리고 있었다. 그 어두컴컴한 갱도 바로 바깥의 빛 속에서 앨런은 우두커니 서 있었다. 저건 함정이다. 앨런을 탄광 안으로 끌어들이려는 수작일 것이다. 저 안에 뚫린 수많은 갱도들 중 하나에서 납치범이 숨어서 앨런을 기다리고 있는 것이다. 앨런은 움직이지 않았다. 놈을 밖으로 끌어내야만 앨런에게 유리했다.

앨리스의 목소리가 머릿속을 맴돌았다. 앨런이 정말로 여기에 있는지 확신하지 못하는 듯 말꼬리를 흐리며 그의 이름을 부르던 목소리. 앨런은 귀를 하도 곤두세우다 보니 머리가 멍했다. 겁에 질린 채 어둠 속에 갇혀 있을 앨리스가 상상되었다. 두 손을 등 뒤로 결박당한 채 더 깊은 터널 속으로 질질 끌려가는 앨리스가…….

"앨리스! 앨리스!"

대답은 없었다. 앨런은 입구 안으로 발을 들였다. 금세 서늘한 냉기와 어둠이 그를 둘러쌌다. 앨런은 트럭에서 주운 고성능 손전등을 켜고 내부를 훑어보았지만, 거친 돌벽이 빛을 흡수하기라도 하듯 시야는 여전히 어두침침했다. 울퉁불퉁한 바닥에 널린 탄광 부스러기 사이에 구겨진 껌 포장지가 눈에 띄었다. 발끝으로 슬쩍 건드리니 상표가 드러났다. 20, 30년 전에나 생산되던 껌이었다. 벽에 형광 페인트로 칠해진 듯한 낙서가 보였다.

'위험! 전기, 빛 없음. 갱도는 콜드론 호수로 이어짐.'

앨런은 갱도를 따라 걸어갔다. 광산 내부로 더 깊이 들어갈수록 갱도는 내리막이 되었고, 축축한 벽에서 흘러내린 물이 바닥에 고여 철벅거렸다.

"어서 나와. 원고를 가져왔다."

앨런은 멈춰 서서 기다렸다. 가만히 귀를 기울이고 있으니 드디어 더 깊은 곳에서 누군가의 목소리가 들렸다. 그 소리에 앨런은 심장이 떨어지는 듯했다. 조용히 흐느끼는 여자 목소리였다.

앨런은 미끈거리는 검은 물웅덩이를 철벅철벅 내딛으며 목소리가 나는 곳을 향해 나아갔다. 납치범이 무장을 했더라도 상관없었다. 앨런도 총이 있으니까. 함정에 걸려든다 해도 상관없었다. 중요한 것은 앨리스가 거기에 있다는 것뿐이었다.

갱도가 점점 좁아지면서 길이 구불구불하게 변했고, 바닥은 갈수록 미끄러워졌다. 그러다가 어느 순간 폭이 다시 넓어지더니 넓은 빈터 같은 공간이 나타났다. 거기서부터 갱도는 몇 갈래로 갈라져 있었다. 더 작은 갱도로 통하는 여러 구멍들이 보였고, 그중 한 입구의 앞에는 광석 운반용 수레가 엎어져 있었다. 앨런은 잠시 멈춰서 숨을 골랐다. 날카로운 것이 뇌를 후벼 파는 것처럼 심한 두통이 치밀고 입에서는 찝찔한 금속 맛이 느껴졌다.

앨런은 근처의 물웅덩이에 손전등 빛을 비춰보았다. 그 순간, 어둠 속으로 잠겨드는 앨리스의 모습이 언뜻 수면에 비쳐 보인 것 같았다. 이런 환각이야말로 명백한 정신병의 증상이었다. 인정하지 않을 수 없었다.

앨런은 눈을 비볐다. 욕지기가 치밀어 올랐다. 당장 여기서 나가야 한다는 건 알고 있었지만 나가고 싶지 않았다. 앨리스를 놔두고 나갈 순 없지 않은가. 입 안에서 역겨운 맛이 났다. 이제 보니 그건 금속 맛이 아니었다. 어둠의 맛이었다.

그때 수레 뒤에서 무언가가 움직였다.

"앨리스?"

수레 뒤편에서 나타난 것은 그림자 괴물이었다. 안전모를 쓰고 지저분한 작업복을 입은 광부가 곡괭이를 들고 서 있었다. 놈은 손전등 불빛에 눈을 찡그리더니 옆걸음을 쳐서 어둠 속으로 숨어들었다.

"앨리스, 나 여기 있어!"

앨런의 외침이 메아리치자, 더 깊은 굴속에서 박쥐 떼가 푸드덕 날아 나왔다. 깍깍 소리치며 몰려나오는 놈들의 세찬 날갯짓이 싸늘한 바람을 일으켰다. 그러더니 어둠 속에서 또 다른 그림자 괴물이 한 놈씩 모습을 드러냈다. 전부 닳아 해진 작업복 차림에 얼굴이 시커먼 석탄 가루로 얼룩진, 덩치 큰 광부들이었다. 저마다 흉터투성이 손으로 곡괭이며 삽이며 망치를 들고서 앨런에게 천천히 다가오고 있었다. 버팀대를 더 놓으라느니, 밑에 풍부한 광맥이 있다느니 하는 말을 중얼거리는 기괴한 음성을 듣고 있자니 차라리 박쥐 울음소리가 더 듣기 좋겠다는 생각이 들었다.

앨런은 물러나면서 손전등을 휘둘러 놈들과의 거리를 벌리려 애썼다. 하지만 괴물들을 뒤덮은 어둠이 빛을 받아 지글지글 끓기만 할 뿐 놈들은 움직임을 멈추지 않았다. 설상가상으로 갱도에서 더 많은 그림자 괴물들이 느릿느릿 걸어 나오고 있었다. 어슴푸레한 빛 속에 그들의 거대하고 위협적인 실루엣이 어른거렸다. 앨런은 뒷걸음질을 치다가 멈춰 섰다. 그리고 몸을 휙 돌려 내달렸다.

무언가가 씽 하는 소리를 내며 머리 옆을 스쳤다. 그림자 괴물이 집어

던진 곡괭이가 아슬아슬하게 비껴간 것이었다. 곡괭이가 바로 앞의 벽에 맞아 깡 하고 튕겨나가면서 허공에 불똥이 튀었다. 앨런은 돌아보지 않고 손전등 불빛에 의지하며 전력으로 뛰었다. 그런데 뒤에서 또 묵직한 물건이 날아와 앨런의 등을 강타했다. 고꾸라지는 순간 손아귀에서 손전등이 날아가 물웅덩이에 처박히고 말았다.

얕은 물에 빠진 손전등의 불빛이 서서히 흐릿해졌다. 그 옆에는 기름투성이의 커다란 몽키 스패너 하나가 뒹굴고 있었다. 앨런은 옷이 흠뻑 젖었지만, 몸의 왼쪽 전체가 마비된 듯 감각이 없어서 축축한지 어떤지 잘 느껴지지도 않았다. 그가 힘겹게 일어섰을 때 손전등은 완전히 꺼지고 말았다.

앨런은 한 손으로 앞을 더듬으며 나아가면서 다른 한 손으로는 주머니를 뒤져 자신이 원래부터 갖고 있던 손전등을 꺼냈다. 등 뒤에서 그림자 괴물들이 그르렁거리는 소리가 점점 더 가까워지고 있었다. 앨런은 황급히 손전등 스위치를 켰다.

빛 속에서 그에게 대형 해머를 휘두르는 그림자 괴물의 모습이 드러났다. 앨런이 가까스로 피하자, 놈이 휘두른 해머가 허공을 붕 가르고 벽을 후려쳤다. 얼마나 세차게 휘둘렀던지 해머를 맞은 바위벽이 쪼개질 정도였다. 앨런은 괴물의 얼굴에 손전등을 비춰서 어둠의 보호막을 없앤 뒤, 머리를 겨누고 총을 쏘았다. 가까운 직사거리였기에 한 발도 빗나가지는 않았지만 놈은 세 발이나 맞고서야 완전히 소멸되었다.

뒤이어 그림자 괴물들이 더 몰려왔지만, 이제는 거리가 좀 떨어져 있어서 도망칠 기회가 있었다. 앨런은 물이 흥건한 갱도 바닥을 철벅철벅 디디며 전속력으로 내달렸다. 가쁜 숨이 터져 나왔다. 마침내 탄광 입구로 뛰쳐나간 그는 눈부신 햇살이 비치는 자갈 바닥 위에 몸을 던졌다.

앨런은 땅에 널브러진 채로 부리나케 총을 들어 올리며 입구를 돌아보았다. 물론 쫓아 나오는 놈은 아무도 없었다. 앨런은 욱신거리는 등을 가누며 천천히 일어나 앉아 가쁜 숨을 가다듬었다. 그때 휴대폰이 울렸다.

"아니, 대체 뭐 하는 짓이야? 원래부터 멍청한 거야, 아니면 일부러 그러는 거야?"

수화기로 납치범의 웃음소리가 흘러나왔다. 앨런은 주위를 둘러보았지만 납치범은 어디에도 보이지 않았다.

"정말로 경찰도 동료도 없이 혼자 오다니, 착하기도 하지. 잘했어. 약속대로 앨리스의 목숨은 살려주지."

앨런은 숲 쪽으로 고개를 길게 뺐다. 납치범이 수풀 속에 쭈그려 앉아 고성능 쌍안경으로 자신을 주시하고 있지 않을까 싶어서였다.

"지금 어디 있는 거야? 앨리스는?"

"원고는 가지고 왔나?"

"물론."

앨런은 주머니에서 원고 뭉치를 꺼내 흔들어 보였다. 지금까지 이곳 저곳에서 주워 모은 십여 장일 뿐이었지만, 납치범이 그 사실을 알 리 없었다.

"앨리스를 풀어줘야만 원고를 넘기겠어."

수화기에서 침묵이 감돌았다. 앨런은 어서 거래하고 싶어서 속이 타들어 갔지만 애써 참았다. 그가 너무 절박하게 매달리면 주도권이 상대에게 넘어갈 수 있었다.

"좋아. 그렇게 하지."

앨런은 원고 뭉치를 주머니에 집어넣었다.

"그럼 이제 나와."

납치범이 비열하게 낄낄거렸다.

"피곤해 보이는군, 웨이크. 글 쓰느라 잠도 못 잤나보지?"

"이건 내 작품 중에서도 역대 최고야. 가져가라고."

"나중에. 지금 당장은 처리할 일이 있어. 오늘 밤 자정에 거래하지."

"웃기지 마. 더는 못 기다려. 지금 당장 거래해."

"댁은 작가지, 신이 아니야. 닥치고 시키는 대로 해. 자정에 거울 봉우리
Mirror Peak에서 만나. 나한테 줄 원고랑 마누라한테 줄 꽃다발도 갖고 오
라고."

앨런이 뭐라고 따지기도 전에 전화가 뚝 끊겼다. 앨런은 휴대폰을 힘껏
내동댕이쳐서 박살내고 싶은 충동을 삼켜야만 했다.

거울 봉우리로 향하는 구불구불한 오솔길을 올라가기 시작했을 때는
달이 막 뜨고 있었다. 저 너머에는 숲과 산의 아름다운 풍경이 펼쳐져 있
었다. 표지판에 따르면 '숨 막히도록 근사한 경치를 감상할 수 있는 곳'이
라던데, 과연 그랬다. 너무 힘들어서 숨을 제대로 쉴 수가 없었으니까. 달
이 뜬 덕분에 손전등의 배터리를 조금이라도 아낄 수 있어 다행이었다.

긴 하루였다. 브라이트 폴스에 도착한 이후로는 매일이 길게 느껴졌지
만 오늘은 특히 그랬다. 앨런은 납치범과 통화한 뒤 지도를 꺼내 거울 봉
우리의 위치를 파악해두고, 햇빛이 비치는 맨바닥에 드러누워 몇 시간 동
안 잠을 잤다. 잠깐만 눈을 붙이려고 했지만, 저녁이 되어 공기가 서늘해
졌을 때에야 잠에서 깰 수 있었다.

다섯 시간이나 등반을 했더니 어지럽고 배가 고팠다. 이제 조금만 더 가

면 된다고 되새기며 버티고 있었다. 아까 개울을 발견해서 찬물을 손으로 실컷 떠 마신 덕분에 목은 마르지 않았다. 개울물은 찝찔한 구리 맛이 났고 아마도 박테리아와 기생충이 가득했겠지만 그런 건 아무래도 상관없었다. 이전까지는 앨런의 심기를 불편하게 했던 것들이 지금은 아무렇지도 않았다. 슬럼프로 인한 무력감도, 출판사와의 갈등도, 멍청한 세상에 대한 분노도, 그 무엇도. 앨리스를 잃고 나니 오로지 그녀를 찾는 일만이 머릿속을 가득 채웠다. 앨리스를 되찾기 위해서 납치범을 협박하거나 총을 쏴야 한다면 주저하지 않고 그렇게 할 작정이었다. 나중에 법적 문제에 휘말리더라도 배리가 좋은 변호사를 구해줄 테고, 어떤 처벌이 내려져도 기꺼이 감수할 것이다.

거울 봉우리 정상이 얼마 남지 않았다. 앨런은 발길을 재촉했다. 작은 협곡 위를 가로지르는 다리를 건너갈 때, 숲에서 어마어마한 굉음이 터져나오면서 나무가 쪼개지고 바위가 박살났다. 하지만 앨런은 멈칫하지도 않고 나아갔다. 커브길을 한 번 돌자 드디어 거울 봉우리의 전망대가 나왔다. 그는 십여 미터 아래에 호수가 내려다보이는 바위 절벽 꼭대기에 올라서 있었다.

앨런은 넋을 잃고 전망대 난간으로 다가갔다. 콜드론 호수는 마치 거대한 검은 거울 같았다. 잔잔한 수면에 밤하늘의 별들이 선명하게 비쳤다. 그 넓은 호수에서 새 다리 방갈로와 '잠수부의 섬'이 있었던 지점이 어디인지 앨런은 분명히 알아볼 수 있었다.

그런데 그 부근에 웬 붉은 빛이 눈에 띄었다. 보트에 달린 불빛 같았다. 누군가가 보트를 몰고 앨런이 있는 쪽으로 다가오고 있는 게 분명했다. 사방이 쥐 죽은 듯 고요했고, 아주 작은 소리도 절벽에 메아리쳐 확대되었다. 정적 속에서 누군가의 발소리가 들려왔다.

"웨이크? 당신인가?"

납치범의 목소리였다. 오솔길 쪽에서 들려왔는데, 어쩐지 겁에 질린 어조였다.

"웨이크?"

앨런은 주머니에서 총을 꺼냈다.

"여기 있다."

"안 돼! 오지 마!"

"무슨 소릴 하는……."

앨런의 말은 또 다시 천지를 쾅 하고 울리는 굉음에 묻혀버렸다. 사나운 돌풍에 나무들이 와스스 울부짖는 가운데 납치범이 애원하는 소리가 들려왔다.

"제발…… 제발!"

앨런에게 하는 말은 아닌 것 같았다. 앨런은 손전등을 켜고 납치범의 목소리가 나는 곳을 향해 걸어갔다. 등 뒤에서 바람이 그를 떠다밀듯이 거세게 불어닥쳤다. 가만히 서 있었다면 앞으로 넘어져 굴렀을 정도로 어마어마한 돌풍이었다.

"죄송해요, 부인! 살려주세요! 우리가 부인을 방해하고 있는 줄은 꿈에도 몰랐어요! 제 고용주도, 저도 몰랐다고요. 맹세해요! 정말 몰랐어요!"

모퉁이 하나를 돌자 호수가 내다보이는 관측대가 나타났다. 그곳에서 납치범이 검은 베일을 쓴 여자에게 굽실거리며 빌고 있었다. 납치범은 지저분한 사냥 재킷과 청바지 차림이었고, 파란 야구 모자 밑으로 기름에 떡진 머리가 삐져나와 있었다.

"시, 실수였어요. 고의로 그런 게 아니라고요! 실수였단 말예요!"

납치범의 얼굴에 눈물이 줄줄 흘러내렸다.

"이봐! 지금 뭐하는 거야!"

앨런이 소리쳤지만 납치범도 검은 베일을 쓴 여자도 들은 척하지 않았다. 앨런이 거기에 있는 줄도 모르는 것 같은 태도였다. 호수에서 검은 연기 같은 바람이 불어와 세 사람 주위로 빙빙 휘몰아쳤다. 납치범의 모자가 벗겨져 데굴데굴 굴러갔다.

"웨이크의 아내는 저희가 데리고 있지 않아요. 어디 있는지도 모르고요! 그냥 웨이크에게서 원고를 받아내려고 꾸민 일이었는데……."

납치범이 무릎을 꿇고 여자의 드레스 자락을 부여잡으며 엉엉 울었다.

"이제 그만둘게요! 웨이크를 두 번 다시 건드리지 않을게요! 그를 데려가세요!"

앨런은 관측대 가장자리로 다가갔다. 검은 바람에 재킷이 펄럭거리면서 급기야 그의 몸이 떠오르기 시작했다. 앨런은 다급히 난간을 붙잡았지만 그 바람에 손전등을 손에서 놓쳤고, 손전등은 바닥 위를 굴러가다가 결국은 절벽 밑으로 떨어지고 말았다. 불빛이 허공을 가로질러 저 시커먼 호숫물로 첨벙 빠지는 광경을 바라보며 앨런은 자기 몸의 일부가 떨어져나가기라도 한 것처럼 비명을 질렀다. 섬이 있던 위치에서 반짝이던 보트의 붉은 불빛은 여전히 이쪽을 향해 다가오고 있었고, 그러는 동안에도 바람은 점점 더 강해져서 앨런은 온 힘을 다해 난간을 부여잡고 떨어지지 않으려 안간힘을 써야 했다.

"제발!"

납치범이 울부짖자, 검은 드레스를 입은 여자가 깔깔 웃었다. 폭풍이 맹렬히 부는데도 그 웃음소리는 조용한 방 안에서 나는 것처럼 또렷하게 들려왔다. 한편 호수의 보트는 믿을 수 없을 만큼 빠른 속도로 다가왔고, 이제는 타륜 앞에 앉은 남자의 형체까지 보였다. 그 남자가 누구인지 알 것 같았다. 아마 그 잠수부일 것이다. 카페리와 로즈의 트레일러에서 그랬듯이, 이번에도 앨런을 구해주려고 나타난 것이다.

앨런은 총을 집어넣고 마지막 하나 남은 조명탄을 꺼냈다. 어둠에 대항할 무기는 빛밖에 없을 뿐더러, 보트에 탄 저 남자에게 신호를 주고 싶었기 때문이다. 그러자 검은 드레스의 여자가 앨런을 돌아보았다. 그 반짝이는 눈동자를 마주하니 어둠 속에서 스르르 움직이며 공격할 틈을 노리는 짐승이 연상되었다. 여자의 주위로 어둠이 넘실거리며 드레스 자락을 나부끼고 하늘의 달과 별을 가리는 광경을 앨런은 공포에 질린 채 쳐다보았다. 여자의 검은 베일이 점점 더 길어지더니 온몸을 미라처럼 휘감고 있었다.

미친 듯이 휘몰아치는 폭풍 속에 납치범이 비명을 지르면서 관측대 밖으로 나가떨어졌다. 허공에서 빙글빙글 돌던 그의 몸은 마침내 까마득한 암흑 속으로 사라지고, 그가 남긴 울음소리만이 사방에 메아리쳤다. 앨런은 악착같이 난간을 붙잡았지만 더 이상은 버틸 수 없었다. 마침내 조명탄을 비틀어 점화한 순간, 손가락이 풀리면서 몸이 공중에 붕 떠올랐다.

떨어져 내리는 시간이 한없이 길게 느껴졌다. 어둠이 그를 가지고 놀면서 조롱하고 있는 것만 같았다. 마침내 콜드론 호수의 수면에 부딪혔을 땐 풍덩 소리조차 나지 않았다. 얼음장처럼 차가운 물이 입속으로 밀려들면서 앨런은 자신이 도망쳐 나왔던 어둠과 다시 결합되는 것을 느꼈다. 그와 함께 떨어진 조명탄은 밝게 타오르면서 앨런과 나란히 물속으로 가라앉고 있었다. 근처에서 보트 엔진이 털털거리는 소리가 들렸다.

저 밑, 조명탄의 불빛이 어렴풋이 닿는 곳에 앨리스가 있었다. 앨리스가 앨런을 향해 손을 뻗었다. 하지만 검은 드레스의 여자가 앨리스를 휘감고 더 깊은 곳으로 끌어내렸다. 앨리스가 몸부림을 치며 여자의 검은 베일을 찢자 그 너머의 얼굴이 드러났다. 그것은 히죽 웃고 있는 새하얀 해골이었다.

앨런은 앨리스에게 다가가려 했지만 조명탄 불빛이 꺼지고 말았다. 이제는 어둠밖에 남지 않았다. 그는 차갑고 축축한 밤 속으로 한없이 빨려 들어갔다.

얼마나 오랜 시간이 지났을까, 섬뜩할 만큼 강렬한 빛이 확 솟아나 어둠을 몰아냈다. 고개를 돌려보니 한 남자가 그에게 손을 내밀고 있었다.

앤더슨 농장에 광기가 몰려온 것은 1976년이었다. 그들이 제조하
는 밀주의 재료 중에서도 가장 자극적인 성분은 희한하게도 콜드
론 호숫물이었다. 그것만 마시면 앤더슨 형제는 신이 된 기분이
들었다. 오딘은 눈을 뽑아내는 망상에 잠겨 웃음을 멈추지 못했
다. 토르는 번개를 잡겠다며 벌거벗은 채 망치를 들고 들판을 뛰
어다니면서 고함을 질러댔다. 그뿐만이 아니었다. 그들이 만든 음
악에는 강력한 힘이 있었다. 깊은 은신처에 잠들어 있던 아주 오
래된 무언가가, 음악을 통해 깨어나고 있었다.

CHAPTER 16

시간이 천천히 흘러갔다. 엎질러진 꿀이 오르막으로 서서히 번지는 것처럼 느리디느린 속도로. 앨런은 반드시 완수해야만 하는 중대한 임무를 손에서 놓친 채 돌이킬 수 없이 뒤처지고 있는 느낌이 들었다. 그 임무가 정확히 무엇인지는 기억나지 않았다. 무엇이었을까.

눈을 뜨려고 했지만 눈꺼풀이 너무 무거워서 움직여지지 않았다. 앨런은 자기 자신을 다그쳤다.

'포기하면 안 돼. 내가 포기하면 무슨 끔찍한 일이 벌어질지 몰라.'

앨런은 이불을 꽉 틀어쥐고서 온 힘을 다해 억지로 눈을 떴다.

침대 옆에 앨리스가 서 있었다. 앨리스가 몸을 구부리며 부드럽게 미소 지었다. 앨런은 그녀의 이름을 부르려 했지만 발음이 이상하게 어그러졌다.

"여보, 괜찮아. 악몽을 꿨을 뿐이야."

"앨리스."

앨런은 사막을 헤매는 사람이 '물'이라는 단어를 말하는 것처럼 앨리스를 불렀다.

"정말…… 정말 보고 싶었어."

앨런이 손을 뻗자, 앨리스의 형체가 흐물흐물 녹아들더니 다른 사람으로 변했다. 그 자리에 서 있는 건 앨리스가 아니었다. 하트먼 박사였다.

하트먼은 예의 그 말쑥한 차림새였다. 아랫단이 접힌 바지와 깃을 푼 셔츠를 입고, 캐시미어 카디건의 가죽 단추를 만지작거리고 있었다. 매끈한 얼굴은 별 특징도, 표정도 없이 단조로웠다. 꼭 아이비리그 교수나 휴가 나온 변호사 같은 인상이었지만, 콧등에 붙인 반창고가 그 말끔한 인상을 다소 죽이고 있었다. 하트먼이 의례적인 미소를 지으며 앨런을 뜯어보았다.

"기분은 좀 어떻습니까?"

앨런은 주위를 둘러보았다. 아담하고 깨끗한 병실이었다. 침대에 누운 앨런은 팽팽하게 당겨진 이불을 덮고 두 손을 이불 위에 포개고 있었다. 책상 위에는 전동 타자기와 타자 용지가 놓여 있었고, 창문으로 비쳐드는 햇살 속에 떠다니는 미세한 먼지들이 보였다. 반짝이는 먼지에 자꾸만 주의가 쏠리면서 머리가 멍해졌다. 힘겹게 정신을 차리고 문 쪽을 돌아보니 문간에 또 다른 남자가 서 있었다. 빳빳한 푸른 바지와 흰 재킷을 입은, 레슬러처럼 우락부락한 체격의 남자였다. 하트먼 박사가 그 남자를 고갯짓하며 말했다.

"이쪽은 버치 간호사라고 합니다. 아까 웨이크 씨가 또 발작을 일으키셔서 버치가 제지했지요. 저는 진정제를 놓을 수밖에 없었고요."

"뭐, 뭐라고요?"

앨런은 여전히 비몽사몽인 상태로 되물었다.

"침착하세요. 전 하트먼 박사입니다. 웨이크 씨, 당신은 제 진료소의 환자고요. 여기 입원하신 지 꽤 됐어요. 아내분의 사망에 따른 충격 때문에 정신질환이 일어난 상태라서요."

앨런은 머리를 흔들었다.

"말도 안 돼."

"아아, 사실이랍니다. 저도 진심으로 유감입니다."

"아아, 그럴 것 같진 않은데요."

앨런은 빈정거리며 받아쳤지만 또 정신이 가물거렸다. 깨어 있기가 여간 힘들지 않았다.

"괜찮습니다. 무리하지 말고 그냥……."

하트먼의 목소리가 앨리스로 바뀌었다.

"편하게 쉬어, 앨런."

앨런은 다시 눈을 감고 어둠 속에 빠져들었다.

어둠 속에서 쾅 하는 천둥소리가 들려왔다. 그 소리에 앨런은 화들짝 놀라 눈을 떴다. 그는 여전히 병실의 침대였고, 실내는 아까보다 어둑했다. 일어나 앉아서 정신을 가다듬고 있으니 현기증이 조금 가라앉았다. 그래도 병원 측에서 그에게 환자복을 입히지는 않았는지, 앨런은 자신의 옷을 입고 있었다. 검은 후드티, 스포츠 코트, 검은 바지. 앨런은 조심스럽게 침대에서 나와 바닥에 내려섰다. 발가락의 감각이 둔했다.

하트먼에게 들은 이야기가 한 마디 한 마디 떠올라 머리가 아득해졌다. 생각을 할 수도, 무언가에 초점을 맞출 수도 없었다. 앨런은 비틀거리며 책상 앞으로 다가갔다. 타자기 옆에는 백지만 쌓여 있을 뿐 원고 낱장 같은 건 없었다.

창밖을 내다보니 위치가 꽤 높았다. 3층 정도 되는 것 같았다. 관광 안내 팸플릿에서 콜드론 레이크 진료소 건물의 사진을 본 기억이 떠올랐다. 콜드론 호숫가에 세워진, 천장에 통나무 대들보가 있고 벽은 울퉁불퉁한 소나무 재목으로 된 커다란 목재 건물이었다. 앨런은 병실 문 쪽으로 다가가서 손잡이를 돌려보았다. 하지만 잠겨 있었다. 문을 탕탕 두들겼더니, 밖에서 문이 열리고 하트먼 박사가 나타났다. 옆에는 버치 간호사라는 거구의 사내를 대동하고 있었다.

"깨셨군요. 어떠십니까, 아까보다 좀 나은가요?"

"난 괜찮습니다. 항상 그 고릴라를 데리고 왕진 다니십니까?"

"하하, 참 재밌는 농담이군요."

하트먼이 매끈한 두 손을 맞잡고 문지르며 말을 이었다.

"웨이크 씨가 제게 반감을 느끼시는 건 당연합니다. 사실, 당신이 저를 전혀 의심하지 않는다면 그게 더 걱정스러운 일일 거예요. 그러니 당신을 탓할 생각은 없습니다."

앨런은 말없이 하트먼을 빤히 노려보았다. 하트먼은 잠시 앨런의 시선을 마주보다가 눈을 깜빡였다.

"저랑 같이 가실까요? 그 사이에 잊어버리신 것들이 있는 듯하니 같이 기억을 하나하나 되짚어봅시다. 진료소도 둘러보고, 바람도 쐴 겸 산책을 좀 하면 한결 기운이 나실 겁니다. 자, 따라오세요."

앨런은 어쩔 수 없이 하트먼을 따라 복도를 걸어갔다. 버치 간호사는 두 사람의 뒤를 따랐다.

"저는 치료 과정의 일환으로 환자들의 창조력을 고취하려 노력하고 있습니다. 제 전문 분야가……."

"예술가 치료 전문이죠. 알아요."

"네, 잘 기억하시는군요. 우리가 함께 노력하면 웨이크 씨의 문제를 반드시 해결할 수 있을 겁니다. 협조하시겠습니까?"

하트먼이 앨런의 재킷 어깨에 묻은 보풀을 살짝 떼어내면서 물었다. 앨런은 아무 말도 하지 않았다. 뒤에서 들려오는 버치 간호사의 묵직한 발소리가 귀에 거슬렸다. 하트먼이 한숨을 쉬었다.

"당신은 한 가지 상상에 빠졌다가 깨어나면 현실을 기억해내기 힘들어하는 경향이 있습니다. 그때마다 핵심적인 사항들을 즉각 짚어드려야 혼란을 줄일 수 있더군요. 그러니 가장 중요한 것부터 먼저 말씀드리겠습니다. 아내분은 사망했습니다."

하트먼이 발걸음을 멈추고 두 손을 들어 올렸다. 앨런이 무슨 반박이라도 하기 전에 물리치려는 듯이.

"고통스러우시겠지요. 잘 압니다. 하지만 나아지려면 이 사실을 받아들이셔야 해요."

앨런은 창밖의 콜드론 호수를 내다보았다. 늦은 오후의 햇살 속에 흰 파도가 이는 걸 보니 날씨가 험한 모양이었다. 물 위에 보트라고는 한 척도 없었다.

"웨이크 씨?"

앨런은 하트먼을 믿지 않았다. 단 한 순간도 믿은 적이 없었다. 하지만 약기운이 덜 가셨는지 머리가 멍했다. 신경안정제와 항우울제를 섞은 듯한 그 약은 타인의 암시를 수동적으로 받아들이게 하는 효과가 있는 듯했다. 앨런은 하트먼의 모든 말을 부인하고 반박하고 싶은 욕구를 삼켰다.

"앨리스 웨이크는 익사했습니다. 당신은 그 사실을 차마 인정할 수 없었고, 엄청난 죄책감에 시달렸지요. 그래서 환각, 망상장애, 빛과 어둠에 대한 강박에 빠지게 되었습니다."

하트먼이 가지런한 이빨을 내보이며 웃었다.

"여느 예술가들과 마찬가지로, 당신도 다소 나르시스트 기질이 있지요.

세상 모든 게 앨런 웨이크를 중심으로 돌아간다고 생각하는 겁니다. 그렇지요? '나, 나, 나' 하고요. 자의식이 꽤 강한 편이지요. 지금은 그 자의식이 매우 거대한 수준으로 발전한 거라고 보시면 됩니다. 당신은 자신의 소설이 현실에 직접적인 영향을 미친다는 정교한 환상을 만들어냈어요. 아내가 납치당했으며 초자연적인 어둠의 힘이 당신을 가로막고 있다는 환상을. 그럴 만도 하지요. 아내분께서 이 세상에 없다고 생각하는 것보다는 납치당해서 어딘가에 살아 있다고 생각하는 편이 훨씬 나으니까요. 그렇지요?"

앨런은 자기도 모르게 고개를 끄덕였다. 다리가 후들거렸다.

"그리고 아내의 죽음 앞에서 아무것도 하지 못하는 무력한 상태보다는, 소설을 씀으로써 아내를 구할 수 있다고 믿는 편이 훨씬 낫겠지요. 충분히 이해할 만한 일입니다. 소중한 사람을 잃어버린 절망 앞에서 그런 환상은 매우 유혹적일 수밖에 없으니까요. 당신이 그 환상을 현실이라고 믿었다 해서 잘못은 아니에요. 하지만 웨이크 씨는 신이 아니기에 그 환상을 현실로 만들 수는 없지요. 다만 웨이크 씨가 매우 뛰어난 작가라는 건 사실입니다. 거기에 만족하셔야 합니다. 아내분도 그러기를 원하실 거예요."

앨런은 벽에 기대서서 이마를 문지르며 현기증이 멈추기를 기다렸다. 이 혼란과 메스꺼움보다 더욱 괴로운 것은, 자신이 마음 한구석에서는 하트먼의 말을 믿고 있다는 것이었다.

"고통스러우실 거예요. 하지만 그 고통은 웨이크 씨가 나아지고 있다는 의미입니다."

하트먼은 복도 끝의 유리문을 열고 앨런을 밖으로 데리고 나갔다. 그곳은 콜드론 호수의 아름다운 풍경이 한눈에 내다보이는 석조 테라스였다. 거울 봉우리 뒤편에 시커먼 먹구름이 끼어 있었다. 번개까지 번쩍거리는 걸 보면 한바탕 폭풍우가 퍼붓고 있는 듯했다. 하트먼은 테라스 바닥에 설치된 커다란 황동 해시계 옆에 멈춰 섰다.

"그러니 아내분을 제외하면, 웨이크 씨가 브라이트 폴스에 머무시는 동안 사망한 사람은 아무도 없다는 걸 아셔야 합니다."

하트먼은 호수에서 일어나는 파도를 바라보았다. 그런데 호수의 풍경이 반사되는 하트먼의 눈동자에서 어떤 감정이 엿보였다. 그건 공포였다.

"폭풍이 오는 것 같군요. 이상하군요. 오늘 일기 예보에 그런 말은 없었는데…… 음, 뭐 상관없지요."

왠지는 몰라도 하트먼은 폭풍을 두려워하고 있었고, 그러면서도 아무렇지 않은 척 숨기고 있었다. 그걸 깨닫자 앨런은 문득 최면에서 깨어난 듯한 기분이 들었다. 잠깐이나마 하트먼의 말이 사실일지도 모른다고 생각했다는 게 어처구니없었다. 앨리스가 죽었다니. 그림자 괴물, 검은 드레스의 여자, 새 다리 방갈로, 그 모든 것이 앨런의 마음이 만들어낸 상상의 산물이라니. 그럴 리가 없다는 걸 앨런은 너무나도 잘 알고 있었다.

하트먼은 진료소의 본관으로 통하는 또 다른 문으로 앨런을 안내했다. 그곳은 커다란 로비였다. 천장 높이 대들보가 보이고, 벽은 사슴뿔이나 박제한 사슴 머리로 장식되어 있었다.

"처음 도착하셨을 때 저 박제들을 보고 감탄하셨는데, 기억나시나요?"

앨런이 아무 대꾸도 않자 하트먼은 어깨를 으쓱했다.

"제가 직접 잡은 것들이랍니다. 워낙 사냥을 좋아하거든요."

로비에서는 빼빼 마른 남자가 혼자 숨바꼭질을 하고 있었다. 이곳저곳 가구 뒤로 획획 몸을 숨기면서 혼잣말을 중얼거리더니, 앨런과 하트먼이 지나갈 때 근처 탁자 뒤에서 불쑥 튀어나와 소리쳤다.

"왁! 잡았다! 둘 다 잡았다!"

남자가 그들에게 손가락질을 했다.

"에머슨, 조용히 계세요."

"딱 잡았다니까!"

"네. 그렇네요."

앨런이 농담조로 그의 말을 받았다. 그러자 남자는 잠깐 만족스러운 표정을 짓더니, 앨런에게 으르렁거렸다.

"나는 악몽 같은 존재야. 나를 두려워하는 게 좋을걸. 한밤중에 나랑 마주치면 큰일 나. 명심하라고."

"에머슨, 제발. 웨이크 씨는 안 그래도 힘겨운 상황이에요."

"알았어! 알았어, 미안, 미안, 미안."

에머슨이 앨런을 보고는 "우왁!"하고 소리치더니 후다닥 도망쳐 탁자 스탠드 뒤에 숨었다. 하트먼은 앨런을 이끌고 로비를 걸어가면서 말했다.

"저 환자분도 많이 나아진 거랍니다."

"그런 것 같네요."

"저분은 그, 비디오 게임을 만드는 분이에요. 물론 게임을 예술이라고 할 수는 없지만 그 분야에도 약간의 창조력은 필요하니까요. 그래서 저분에게도 제 치료 요법이 효과가 있답니다."

하트먼이 닫힌 이중문을 가리켰다.

"저건 사무소 입구예요. 직원들만 출입 가능한 구역이지요."

하트먼은 로비 맞은편을 지나가던 덩치 큰 여자 간호사에게 고개를 끄덕여 인사하고는 말을 이었다.

"병실에 타자기가 있는 걸 보셨지요? 당신은 치료의 일환으로 글을 쓰고 있었답니다. 다시 글을 쓸 마음이 들면, 언제든 그걸로 쓰시면 됩니다."

"좋아요. 제가 예전에 쓴 글을 볼 수 있을까요?"

하트먼은 지체 없이 대답했다.

"물론이죠. 웨이크 씨가 다시 글을 써서 진전을 보이면, 그때 다시 이야기합시다."

하트먼은 앨런을 식당으로 안내했다. 벽에는 다음과 같은 안내판이 붙어 있었다.

'콜드론 레이크 진료소에 어서 오세요! 가족 및 친구가 방문할 때는 꼭 사전에 연락해서 약속을 잡도록 하세요. 치료 및 창작 일정에 지장을 주지 않기 위함이니 양해 바랍니다.'

그 옆에는 하트먼의 저서 홍보 포스터가 붙어 있었다.

『예술가의 딜레마』: 베스트셀러『창조적 순환』을 쓴 에밀 하트먼 박사의 신간. 특허를 받은 획기적인 치료법 '관계 요법'과 '순환 요법'에 대하여 하트먼 박사가 직접 설명합니다! 현재 전국 서점에서 절찬리 판매 중.'

작은 탁자에 마주 앉은 백발의 노인 두 명이 눈에 띄었다. 브라이트 폴스에 온 첫날 식당에서 마주쳤던 노인들이었다. 그들은 직접 만든 듯한 '나이트 스프링스' 보드게임을 하는 중이었다. 어느 마을의 지도가 그려진 판 한가운데에 작은 흰색 말 두 개가 놓여 있고, 그 주위를 여러 개의 검은 말이 둘러싸고 있었다.

"이분들은 오딘 앤더슨, 토르 앤더슨이라고 합니다. 형제 사이죠. 70, 80년대에 '아스가르드의 옛 신들'이라는 이름의 헤비메탈 밴드를 했었어요. 북유럽 신화에 몹시 심취해서 이름도 그렇게 개명한 거지요. 밴드가 해산한 뒤에는 이 근방 농장으로 이주했답니다."

앨런은 두 노인에게 손을 흔들었다.

"다시 뵈어서 반갑습니다."

안대를 하고도 이상할 만큼 말쑥해 보이는 오딘이 새파란 눈으로 앨런을 쳐다보았다.

"류머티즘 때문에 죽을 지경이야. 아, 태풍이 오는군. 무지막지한 폭풍이야."

"자네를 어디서 봤는지 기억이 나네. 코코넛 노래를 틀어줬었지?"

토르가 흰 수염을 잡아당기며 말하고는, 플라스틱으로 된 장난감 망치로 탁자를 연신 두들겨댔다. 그때마다 낡은 탁자에서 삐걱거리는 소리가 났다. 하트먼 박사가 그들을 마저 소개했다.

"두 분은 치매가 상당히 진행된 상태입니다. 저희가 잘 보살펴드리고 있지만, 그 이상 치료할 방법은 없다고 봐야지요. 로큰롤 가수 시절의 생활 방식이 기억에 강하게 남아서 그런 행동을 되풀이하시는 것 같습니다."

그때 요란한 천둥소리와 함께 창문이 흔들렸다. 짙은 구름이 몰려오면서 밖이 캄캄해지고 있었다.

"거 봐! 무지막지한 폭풍이 온댔지!"

오딘이 소리치자, 토르가 또 장난감 망치로 탁자를 통통 두들겼다.

"내가 천둥을 불러왔거든!"

전등이 잠깐 꺼지더니, 깜빡거리면서 다시 켜졌다. 밖에서 번개가 번쩍 내리쳤다. 하트먼은 걱정스러운 표정으로 주위를 두리번거렸다.

"왜 그러십니까?"

하트먼은 앨런의 말을 못 들은 것처럼 딴청을 부렸다.

"저, 죄송하지만 이만 가봐야겠습니다. 전기에 문제가 생긴 모양이니 확인을 해봐야겠어요. 일단 웨이크 씨는 방에 돌아가셔서 글을 한번 써보시면 좋겠군요. 그게 최선의 방법이니까요."

앨런은 황급히 떠나는 하트먼의 뒷모습을 지켜보았다. 버치 간호사는 하트먼을 따라가지 않고 남아 문간을 가로막고 서 있었다.

"저 간호사놈 머리를 망치로 후려치고 싶구먼."

토르가 탁자를 계속 내리치면서 그렇게 뇌까리더니 앨런을 휙 돌아보았다.

"그 작자는 우리 비밀을 캐내려고 안달이지만, 그래봤자 아무 소용도 없어. 우리처럼 미치지 않았으니까."

토르가 벌떡 일어나더니 180센티미터나 되는 거구를 흔들며 춤을 췄다. 오딘이 맞장구를 쳤다.

"아무렴. 미치는 건 필수지. 이런 미친 세상을 이해하려면 같이 미치지 않으면 안 되니까. 안 그래?"

앨런은 고개를 끄덕였다.

"최근 들어본 말 중 가장 정상적인 이야기군요."

토르가 앨런의 등을 철썩 때렸다.

"토머스! 자넨 참 괜찮은 친구야. 이봐, 오딘. 이 친구 맘에 들지 않나? 우리 농장으로 보내야겠어."

그들은 앨런을 토머스 제인으로 착각하고 있었다. 같은 작가라서 그렇게 보이는 모양이었다. 앨런은 굳이 그 오해를 바로잡지 않기로 했다. 토르는 노인 치고는 힘이 굉장히 셌다. 등을 한 대 맞으니 숨이 턱 막힐 정도였다.

"앤더슨 농장! 우리의 발할라(북유럽 신화에 나오는, 오딘을 위해 싸우다가 전사한 전사들이 머무는 궁전이다.) 궁전으로!"

오딘이 외쳤다.

토르는 버치 간호사를 흘끔 곁눈질하고는 앨런에게 속닥거렸다.

"우리는 모든 일을 기록해놨어. 그걸 통해 지금까지 무슨 일들이 있었는지 대번에 알 수 있지. 속성 코스 같은 거야. 그 메시지를 찾아보게."

오딘이 주머니에서 접힌 종이 한 장을 꺼내 앨런에게 건네주었다.

"자, 이건 선물이야. 그 자식들이 못 가로채게 내가 잘 숨기고 있었지. 계속 품에 넣고 있느라 두드러기가 돋았지만 말이야."

종이를 펴보니, 그건 소설의 한 페이지였다. 『출발』의 또 다른 원고였던 것이다. 앨런은 오딘의 새파란 눈동자를 돌아보았다.

토르가 고개를 끄덕였다.

"하트먼에게 들키지 않게 조심해, 토머스. 그나저나, 자네 가진 술 좀 있나?"

"아뇨. 있었으면 좋겠네요. 그런데 여기서 술 마셔도 되는 겁니까?"

"자네 운 좋은 줄 알게. 우리 농장에 아주 특별한 술이 잔뜩 있거든. 우리가 현지에서 조달한 재료로 직접 빚은 거야. 약이나 다름없지. 그걸 마시면 말이야, 머리가 맑아진다고. 예컨대 달빛처럼 머릿속에 묻어놨던 기억을 밝혀주지."

토르가 앨런이 입은 스포츠 코트 팔꿈치에 덧대어진 가죽 패치를 툭툭 쳤다.

"이게 뭐야, 팔꿈치에 가죽 패치를 붙이다니? 스타일이 영 별로군. 로큰롤 스타일이 아니잖아."

"토머스가 정신이 없어서 그래. 분명 바바라 재거가 이 친구도 괴롭힌 게지. 그 빌어먹을 마녀가!"

앨런은 두 노인을 번갈아 보았다.

"바바라 재거? 혹시 검은 드레스를 입은 여자 말입니까?"

오딘이 바닥에 침을 퉤 뱉었다.

"그래. 그 여자 말이야."

"그 마녀가 내 천둥을 빼앗아 갔어. 자네도 바바라한테 뭘 뺏겼지, 그렇지?"

"맞아요."

"저 호수는 예술가에게 힘을 준다네. 오로지 예술가에게만!"

오딘이 어두운 표정을 지으며 말을 이었다.

"음악가, 작가, 시인, 화가…… 바바라는 예술가라면 닥치는 대로 접근한다네. 그리고 예술가가 만들어내는 걸 몽땅 비틀어서 망가뜨려놓지. 램프 할머니한테 물어보면 얘기해줄 거야. 그 작가가 어떻게 됐는지."

토르가 앨런을 노려보았다.

"바바라가 자네를 이용했겠지. 자넨 당하기만 했고. 그 여자가 들어오도록 고분고분 문을 열어준 게지. 안 그래?"

"아뇨. 무슨 문을 열었다는 겁니까?"

"에이, 이미 살짝 열어놨구먼."

오딘의 말에 토르가 벌컥 화를 냈다.

"그래서 토머스한테 마저 활짝 열어젖히라고 부추기는 거야, 지금?"

"저기, 두 분, 정확히 무슨 이야기를 하시는 겁니까?"

오딘이 다시 장난감 망치로 탁자를 두들기면서 말했다.

"호수 근처에 우리가 지어놓은 농장이 있어. 힘이 깃든 곳이지. 그게 우리가 원하는 거야."

토르가 성긴 수염을 손가락으로 쓸었다.

"거기서 파티도 많이 열었지. 자네도 거기 가봐야 해. 자네가 거기서 직접 파티를 열라고."

"전 이만 갈게요. 나중에 뵙겠습니다."

앨런이 돌아서서 걸어가자 토르가 그의 등에 대고 말했다.

"진지하게 하는 말이야. 꼭 가보게."

토르와 오딘이 또 서로에게 뭐라고 왁왁거리며 말다툼을 벌이기 시작했다. 앨런은 잠자코 걸어가면서 생각에 잠겼다. 직원 외에는 출입 금지라던 사무실에 가봐야 할 것 같았다. 하트먼이 그의 원고를 그곳에 숨겨놨을 테니까. 우선 열쇠부터 찾아야 할 것이다.

창밖에서 번개가 내리쳤다. 버치 간호사가 앨런을 가로막고 말을 걸었다.

"웨이크 씨, 글을 한번 써보시겠습니까? 방에 타자기가 마련되어 있습니다."

그때 다부진 체격에 철사처럼 뻣뻣한 갈색 머리카락을 가진 여자 간호사가 걸어왔다. 옷에 달린 명찰을 보니 싱클레어라는 이름이 새겨져 있었다.

"버치, 앤더슨 형제를 데려가야겠어요. 폭풍이 불면 유독 난리를 피우잖아요."

또 번개가 번쩍 내리치자 실내 전체가 새하얀 빛으로 물들었다. 그러자 오딘과 토르가 늑대처럼 울부짖었다.

"웨이크 씨, 여기 계세요. 저분들 먼저 챙겨드리고 오겠습니다."

버치가 그렇게 말하고 싱클레어와 함께 허둥지둥 앤더슨 형제에게로 걸어갔다.

"옛 신의 자손들! 어둠을 징벌하는 빛!"

오딘이 고래고래 노래를 불렀다.

"두 분 다 진정하세요. 이제 방으로 돌아가야 해요."

싱클레어 간호사가 말했지만, 토르는 들은 척도 않고 "옛 신의 자손들"이라고 외치면서 망치로 탁자를 후려쳤다. 그러자 탁자가 우지끈 부서지면서 나무 한 조각이 떨어져 나왔다.

앨런은 그 광경을 보고 아연실색했다. 자기 눈을 도저히 믿을 수가 없었

다. 아까까지만 해도 분명히 플라스틱 장난감에 불과했던 토르의 뿅망치
가 어느새 나무 손잡이가 달린 작은 해머로 변해 있었던 것이다. 밖에서는
폭풍이 휘몰아치면서 호수가 거친 바다처럼 파도치고 있었다. 창문들이
덜컹덜컹 흔들렸다.

"토르, 망치 내려놓으세요."

"왜, 어디 한번 직접 빼앗아보시지?"

토르가 해머를 들어 올리며 말했다.

"대체 저 해머는 어디서 구한 거람?"

버치가 짜증을 부리자, 싱클레어는 고개를 절레절레 저었다.

"나도 모르죠. 저기, 토르 어르신. 제발 그 해머 좀 내려놓으시겠어요?
그러다 사람 다치겠어요."

토르가 해머를 휘둘렀다.

"아하, 이제야 '어르신'을 붙이는구먼."

"내려놔요. 어서. 미련한 짓 좀 작작하라고요."

"아, 그럼. 내려놓아야지. 그렇고말고."

토르가 싱클레어의 머리를 향해 해머를 흔들어댔다. 오딘은 번갯불이
번쩍번쩍 비치는 실내를 마구 뛰어다니면서 "미친 형제가 무섭지, 그치?"
라며 고함을 질러댔다. 토르는 또 다시 탁자를 해머로 내리치며 소리쳤다.

"로큰롤!"

버치가 딱딱하게 굳은 얼굴로 말했다.

"토르, 그거 당장 내려놔요. 안 그러면 성인용 기저귀가 터지도록 엉덩
이를 흠씬 패줄 테니까."

"안 되겠어요, 버치. 진정제 좀 놔줘요."

싱클레어가 말했다.

"뭐, 진정제? 처녀여, 묠니르(북유럽 신화에 나오는 무기로, 천둥신 토르가 쓰는 망치를 뜻한다.)의 맛을 보아라!"

토르가 불쑥 덤벼들어 싱클레어의 머리를 후려쳤다. 픽 하는 소리에 앨런은 반사적으로 움찔 눈을 찡그렸다. 싱클레어가 바닥에 널브러지자, 오딘이 낄낄대며 노래를 불렀다.

"쓰러졌다네! 기절했다네!"

토르가 버치에게 덤벼들었지만, 버치는 이미 부랴부랴 도망치고 있었다.

"잘 가게나! 고맙네, 또 오게!"

토르가 해머를 번쩍 들어 올리며 함성을 질렀다.

"컴백 공연이다!"

앨런은 싱클레어에게 다가가서 맥박을 확인했다. 옆머리에 벌써 혹이 부풀어 오르긴 했지만 맥도 제대로 뛰었고, 숨도 쉬고 있었다. 앨런은 일단 안심하고 그녀의 주머니를 뒤져 열쇠 꾸러미를 꺼냈다. 그걸 본 토르가 희희낙락 소리쳤다.

"토머스 제인이 탈옥한다네!"

"토머스! 여길 나가고 나면 농장으로 가보게. 파티를 열어!"

"탈옥! 탈옥!"

앨런은 직원 외 출입금지 구역으로 뛰어가서 문에 열쇠를 하나씩 꽂아 보았다. 두 번째 열쇠로 잠금장치가 풀렸다. 안에는 긴 복도가 뻗어 있고 양옆으로 문들이 늘어서 있었다. 앨런은 가장 먼저 보이는 방문부터 열어 보았다.

토머스 제인은 이 공포를 일으킨 것을 모조리 없애야 한다는 걸 알고 있었다. 심지어 자기 자신까지도. 그가 세상에 풀어놓은, 죽은 연인의 탈을 뒤집어쓰고 지금도 그를 바라보고 있는 어둠의 존재를 소멸시키려면 오로지 그 방법밖에 없으니까. 하지만 아무리 최선을 다해도 언젠가 그놈은 다시 깨어나고야 말 터였다. 그래서 토머스는 자신과 자신의 작품이 모두 사라진다는 내용으로 소설을 마무리 지었지만 만약의 상황에 대비한 보험은 마련해두었다. 그가 신발 상자에 넣어둔 물건은 모두 고스란히 남아 있도록 한 것이다.

CHAPTER 17

"그래서 어쩌다가 여기까지 오게 됐는데?"

앨런이 물었을 때, 배리는 셔츠에 묻은 먼지를 툭툭 털고 있었다. 노란 실크를 바탕으로 폭발하는 화산과 파인애플 무늬가 들어간, 보고만 있어도 눈이 아플 만큼 요란한 하와이안 셔츠였다.

"경찰들이 이동주택 주차장에서 나를 체포했다가 금방 풀어줬어. 보안관은 미안하다며 몇 번이고 사과했지만 그 FBI 요원은 진짜 쓰레기더라."

"내가 경찰이라도 널 체포했겠어. 그 셔츠는 딱 마피아 스타일이잖아."

"뭐야, 이건 고전적인 디자인이라고."

배리가 툴툴거리고는 말을 이었다.

"아무튼 경찰한테서 풀려난 뒤에, 하트먼이라는 그 개자식한테 연락이 왔어. 네가 여기 있으니 찾아와서 데려가라 하더라고. 그래서 왔더니 웬 깡패 둘이 날 두들겨 패고 여기다가 가둬버린 거지."

"난 하트먼의 사무실을 찾던 중이었어."

"아, 거기? 옆옆 방이 그 새끼 사무실…… 야, 같이 가!"

앨런은 즉시 복도로 뛰어나갔다. 하트먼 박사의 명패가 붙어 있는, 화려하게 장식된 나무문이 보였다. 안 그래도 그리 밝지 않은 전등이 자꾸만 깜빡거리면서 점멸했다. 앨런은 어두침침한 빛 속에서 열쇠꾸러미를 잘그락거리며 맞는 열쇠를 찾아 사무실 문을 열어젖혔다.

"여기서 얼른 나가자. 이제 어두운 건 딱 질색이야."

배리가 속닥거렸다.

"잠깐만 기다려."

하트먼의 사무실은 널찍하고 격조 있는 방이었지만, 지나치게 말끔하게 정돈되어 있어서 앨런의 취향에는 맞지 않았다. 탁자 양옆에는 갈색 가죽 의자 두 대가 정확히 대칭으로 마주 놓여 있었고, 벽에 걸린 그림들은 정확히 수평을 이루고 있었다. 길쭉한 책상에는 처방전을 적는 노트와 그 위에 비스듬히 놓인 몽블랑 만년필 외에는 아무것도 없었다. 완벽주의자의 천국인 셈이었다.

커다란 창문은 석조 테라스와 콜드론 호수를 면하고 있었다. 어둠 속에서 출렁거리는 수면이, 폭풍 구름으로 들끓는 하늘이 보였다.

"여기서 뭘 찾는 건데?"

책상 서랍을 뒤지는 앨런에게 배리가 물었다. 앨런은 맨 아래 서랍에서 자신의 총, 손전등, 원고까지 모두 찾아냈다.

"이거."

앨런은 원고 뭉치를 배리에게 보여주었다. 원고는 상태가 들쭉날쭉했다. 진흙투성이인 것도 있고, 구깃구깃한 것도 있고, 타자기에서 막 뽑아낸 듯 깨끗한 종이도 있었다. 그 대부분은 물에 젖어서 눅눅했다. 그걸 보면 앨런이 원고를 품에 넣은 채 호수에 빠졌던 일도 사실인 게 분명했다. 앨런은 엄지로 종이를 한 장 한 장 넘겨보았다. 그가 갖고 있던 낱장들이 빠짐없이 있었을 뿐더러, 처음 보는 것까지 추가되어 있었다. 양이 꽤 많았다. 내용을 어서 읽어보고 싶어 좀이 쑤셨다.

"일이 다 해결되고 뉴욕으로 돌아가고 나면 그 원고를 책으로 낼 수 있을 거야. 어쩌면 영화화 판권까지 팔릴지도 모르지."

"나는 앨리스를 찾고 싶을 뿐이야. 이제 나가자."

"잠깐만."

한쪽 벽 전체를 차지한 책장을 훑어보고 있던 배리가 앨런에게 손짓했다. 책장 선반 하나는 하트먼의 저서로 꽉 차 있었고, 그 옆 선반에는 상담 녹음 자료인 듯한 카세트테이프들이 빽빽이 꽂혀 있었다. 배리는 테이프의 라벨에 적힌 환자 이름들을 손으로 훑더니 그중 하나를 꺼내 앨런에게 건네주었다. 라벨에 단정한 글씨체로 '앨리스 웨이크'라고 적혀 있었다.

앨런은 손바닥 위에 놓인 테이프를 내려다보았다. 기껏해야 민들레 한 송이 정도의 무게일 텐데도 사뭇 묵직하게 느껴졌다. 앨리스가 하트먼에게 치료를 받았단 말인가? 앨리스가 이곳의 환자였다고? 머리가 띵했다. 정말로 자신이 정신병에 걸린 게 아닐까 또다시 의심스러워졌다. 아니면 지금 그는 무슨 사고를 당해 병원에 누워 있고 이 모든 건 의식불명 상태에서 꾸고 있는 꿈이 아닐까? 그런데 테이프에 적힌 날짜를 보니, 앨런 부부가 뉴욕을 떠나기 전에 녹음된 것으로 되어 있었다. 그 단순한 사실에 앨런은 마음이 놓였다. 하트먼은 단지 앨런을 치료하기 전에 사전 조사 차원에서 앨리스와의 통화 내용을 녹음했던 것이다.

전등이 또 깜빡거렸다.

선반에 꽂힌 테이프 사이에 또 낯익은 이름이 눈에 띄었다. '나이팅게일 요원'. 이동주택 주차장에서 앨런을 뒤쫓으며 총을 쏘았던 그 FBI 요원의 이름이었다. 배리가 그걸 보고는 코웃음을 쳤다.

"그래, 정신과 치료가 필요한 사람은 이쪽이지! 이 작자는 내가 너랑 아는 사이라는 이유만으로 나를 유치장에 처넣으려 했다고!"

앨런은 두 테이프와 함께 책장 맨 위에 있던 휴대용 카세트 플레이어까지 꺼내 챙겼다. 내용은 나중에 짬이 날 때 들어도 되리라. 그런데 사무실을 나가려고 문손잡이를 잡았을 때, 문득 벽에 걸린 사진에 눈길이 갔다. 진료소 직원들이 다 함께 테라스의 해시계 옆에 모여서 찍은 단체 사진이었다. 그중 앨런이 너무나도 잘 아는 얼굴이 하나 끼어 있었다.

"왜 그래?"

배리가 묻자, 앨런은 사진 속 하트먼 박사의 옆에 서 있는 사내를 손으로 두들겼다.

"이 남자, 아는 사람이야."

그는 바로 납치범이었다. 정확히 말하자면 납치범이 아니었지만. 그는 앨리스를 데리고 있다는 거짓말로 앨런을 꼬여냈었고, 이제는 어둠의 존재에게 휩쓸려 사라졌다. 그가 어둠 앞에서 애걸복걸하던 마지막 모습이 기억났다. 앨런은 사진 밑에 적힌 이름을 확인했다. 그자의 이름은 벤 모트였다.

"그래? 누군데?"

배리가 물었다.

"별 것 아니야. 뭐가 어떻게 된 건지 대충 알 것 같아. 나중에 말해줄게."

그때 문이 벌컥 열리고 하트먼이 뛰어들어 오더니, 두 사람을 보고는 깜짝 놀라 비명을 질렀다.

"웨, 웨이크 씨, 놀랐습니다. 휠러 씨, 만나서 반갑군요."

하트먼은 겨우 목소리를 되찾았지만 여전히 덜덜 떨고 있었다. 앨런과 배리 때문에 겁을 먹은 건 아닌 듯했다.

"여기 들어오시면 안 됩니다. 이건 윤리적으로나 법적으로나 명백한 사생활 침해일 뿐만 아니라, 웨이크 씨의 회복에도 지장이 생겨요. 우리는 서로를 신뢰해야……."

"댁이 무슨 짓을 했는지 다 알아. 벤 모트 말이야."

앨런은 화가 나서 살갗이 이글이글 타오르는 것만 같았다. 그런데 하트먼은 천연덕스럽게 되물었다.

"네? 모트?"

앨런은 피스톨을 꺼내 하트먼의 무표정한 얼굴에 총부리를 쑤셔 박았다. 그 힘에 하트먼은 뒤로 확 떠밀려서 책상에 부딪혔다.

"한 번만 더 거짓말해보시지. 자, 해봐. 어서."

하트먼은 얼굴이 땀으로 번들거렸지만 짐짓 대수롭지 않은 척했다.

"웨이크 씨, 그렇게 연극적으로 행동할 필요는 없어요. 함께 이 문제를 풀어봅시다."

"문제는 너 혼자 알아서 풀어."

앨런은 총을 한 치도 움직이지 않았다.

"너무 감정적이군요. 모르시겠습니까? 당신의 창조적 재능과……."

하트먼이 셔츠 깃을 손으로 쥐어뜯으며 말을 이었다.

"제 특별한 기술을 결합하면, 엄청난 결과물을 만들 수……."

번개가 번쩍 내리치더니, 귀청이 떨어질 듯한 뇌성과 함께 진료소 건물이 온통 뒤흔들렸다. 천장의 전등이 점멸하다가 픽 꺼졌다. 호수에서는 천둥보다도 더 큰 굉음이 흘러나오고 있었다. 앨런은 그림자가 뚝뚝 흘러내리는 사무실의 유리창 밖에서 어둠의 존재가 안으로 비집고 들어오는 것을 똑똑히 보았다.

앨런은 배리를 사무실 밖으로 떠밀고 자신도 뛰쳐나간 다음 문을 닫았다. 안에 갇힌 하트먼이 비명을 지르며 문짝을 탕탕 두들겼지만, 앨런은 체중을 한껏 실어서 온몸으로 문을 막아섰다. 사무실 안에서 점점 더 커져가는 괴성과 함께 하트먼의 소름끼치는 비명이 울려 퍼졌다. 거울 봉우리에서 모트가 질렀던 비명과 똑같은, 절대적인 공포와 고통이 뒤섞인 소리였다. 그러다가 그 모든 소리가 뚝 멈추고 사무실 안에는 정적만 감돌았다.

앨런과 배리는 어둑한 로비로 걸어나갔다. 전등이 모두 꺼진 건물 안에 창밖의 노을이 비쳐서 실내 전체가 피를 흘리는 것처럼 시뻘겋게 물들어 있었다. 간헐적으로 발전기가 웅웅대는 소리와 함께 전등이 가물거리며 켜졌다가 다시 꺼지곤 했다. 아래층의 유리가 와장창 깨지는 소리가 들렸다. 누가 가구를 창문에 집어던지기라도 한 것 같았다. 그리고 울음소리, 욕하는 소리, 기도하는 소리, 앓는 소리. 인간이 아닌 듯한 기괴한 음성까지 들려왔다.

"내…… 내년 휴가는 다른 데로 가자."

배리가 우물거렸다.

"저거 조심해."

앨런은 층계참에 고인 끈적끈적한 검은 액체 같은 것을 가리켰다. 황혼의 빛 속에서 번들거리는 그 액체는 계단을 따라 천천히 흘러내리고 있었다.

"저게 뭔데?"

"몰라. 알고 싶지도 않고."

앨런은 액체를 밟지 않도록 조심하며 계단을 내려갔다. 그러면서 손전등을 켜보고, 불이 들어오는 것을 확인한 뒤 다시 껐다. 배리는 왜 그러냐고 묻지 않았다. 앨런이 배터리를 아끼는 이유를 배리도 잘 알고 있었던 것이다.

진료소 로비는 아수라장이 되어 있었다. 천장에 그림자가 일렁거리고, 환자들이 뛰어다니며 난동을 부리고, 가구들이 일제히 허공에 두둥실 떠 있었다. 소파나 장식장 같은 무거운 것들도 솜사탕이라도 된 듯이 가볍게 날아다녔다. 그 광경을 바라보며 배리가 경악한 목소리로 말했다.

"앨런, 앨런, 너도 저게 보여? 웅?"

앤더슨 형제는 로비 한가운데에서 긴 백발을 휘날리며 뛰어놀고 있었다. 열정적으로 노래를 부르고 있었지만 가사는 알아들을 수 없었다. 한편 버치는 바닥에 고인 시꺼먼 액체에 발이 들러붙은 듯 옴짝달싹 못하고 서서 울부짖다가 털썩 주저앉았다. 귀에서 피가 새어나오고 있었다. 어두워서 명확히 보이지는 않았지만, 그 검은 액체가 서서히 버치의 다리를 타고 올라가는 것 같았다.

배리는 베란다로 통하는 이중문을 열려고 했으나, 2인용 안락의자 한 대가 휙 날아와 그를 밀어뜨렸다. 앨런은 자신에게 날아오는 작은 대리석 탁자를 잽싸게 피했다. 탁자는 앨런이 서 있던 자리에 떨어져 쾅 충돌했다.

"이쪽으로!"

앨런이 로비 맞은편의 다른 문을 가리키며 배리를 불렀다. 배리는 황급히 달려오다가 우뚝 멈춰 섰다. 철제 캐비닛 한 대가 계단을 굴러 내려와 그에게 똑바로 날아오고 있었던 것이다. 앨런이 부리나케 손전등을 켜서 캐비닛에 비추자, 그것은 점차 느려지더니 배리의 코앞에서 멈췄다. 배리는 붉은 불빛 속에서 천천히 돌고 있는 캐비닛을 멀거니 쳐다보며 중얼거렸다.

"앨런, 앨……."

앨런이 손전등 불빛을 계속 비추자, 캐비닛은 번쩍 섬광을 일으키더니 빛 속에서 분해되어 사라졌다. 배리는 심호흡을 하면서 배리를 따라 걸어 갔다.

"여기 마음에 안 들어. 사무소에 갇혀 있을 때도 싫었지만, 지금은 정말로……."

구석에 있는 텔레비전이 앨런의 눈길을 사로잡았다. 깜빡이는 화면은 친숙한 장면을 보여주고 있었다. 스터키 주유소의 텔레비전으로 보았던, 오두막집 안에서 타자기를 치고 있는 남자의 뒷모습이었다. 이제야 그 남자가 누구인지 분명히 알 수 있었다. 그건 앨런 자신이었다.

"앨런, 뭐 보는 거야?"

앨런이 텔레비전의 볼륨을 높이자, 미친 듯이 두들기는 타자 소리와 함께 남자의 목소리가 흘러나왔다.

"내 머릿속에 그림자가 있다. 오로지 글에만 집중할 뿐, 그 외에는 모든 것이 흐릿하다. 나는 이 오두막집에 갇혀 있다. 밖은 늘 어둡다."

"앨런, 빨리 나가자!"

배리가 채근했지만 앨런은 기묘하게 무기력한 느낌에 휩싸였다.

"끔찍한 실수를 저지른 것 같다. 놈은 내게 거짓말을 했다. 나를 이용해서 자기가 원하는 이야기를 얻어낸 것이다."

"이봐!"

배리가 앨런을 옆으로 떠밀었다. 도자기로 된 우산꽂이가 아슬아슬하게 앨런의 옆을 스쳐 날아갔다. 텔레비전이 치직거리더니 꺼졌다.

"고, 고마워, 배리."

앨런은 퍼뜩 정신을 차렸다. 가구들은 이제 의식을 가지고 살아 움직이는 것처럼 빠른 속도로 요동치고 있었다. 카우치, 안락의자, 탁자, 책장이 실내를 빙빙 돌면서 소용돌이쳤다. 앨런은 자신을 꿰뚫어버릴 기세로 날아오는 화분 받침대와 플로어 스탠드를 손전등으로 해치우면서 겨우 로비 맞은편의 문에 도착했다. 그런데 커다란 장식장이 문 앞에 쾅 떨어져서 출구를 가로막았다. 손전등 불빛을 장식장에 비춰보았지만 이번에는 소파가 날아와 그 위에 겹쳐졌다. 저걸 다 없애는 건 도저히 불가능해 보였다.

"앨런! 이제 어쩌지?"

맹렬한 폭풍의 소음 속에서 배리가 소리쳤다. 그의 하와이안 셔츠가 깃발처럼 펄럭거리고 있었다.

"계속 가! 나는 다른 출구를 찾아볼게!"

디젤 오일 같은 농밀한 암흑이 계단으로 줄줄 흘러내려와 실내를 어둠으로 채우고 있었다. 앨런은 날아다니는 가구와 그의 다리를 휘감으려 드는 카펫을 피하면서 달리다가, 마루 판자 사이로 스며 나온 검은 액체를 밟고 말았다. 그 즉시 온몸의 뼈가 흐물흐물해지는 것처럼 힘이 빠져나가는 느낌이 들었고, 두개골이 쪼개질 듯한 두통이 치밀었다. 무엇보다도 끔찍한 점은 머릿속에서 들려오는 목소리였다. 가지 말라고, 여기 가만히 있어달라고 애원하는 앨리스의 목소리였다.

앨런은 힘겹게 발을 떼어내 검은 액체에서 겨우 벗어났다. 긴장이 풀려서 비틀거리며 쓰러질 뻔했지만, 간신히 자세를 똑바로 가다듬고 다시 걸어갈 수 있었다. 그게 정말로 앨리스의 목소리일 리가 없었다. 어둠에 있으라고 부추기는 음성을 믿어서는 안 된다.

노을빛이 희미하게 사그라지고 있었지만 아직은 손전등 없이도 수월하게 움직일 수 있었다. 앨런은 마침내 밖으로 통하는 작은 옆문에 이르렀다. 문을 벌컥 열어젖히고 돌계단을 뛰어내리자, 등 뒤에서 유리창들이 더 이상 바람을 버티지 못하고 와장창 부서졌다.

"앨런! 내 차를 찾았어!"

배리가 진료소의 보안 철책 밖에 서서 앨런을 기다리고 있었다. 철책에는 튼튼한 잠금 장치가 되어 있는 듯했다.

"주차장은 반대쪽이야. 미로를 통해서 그쪽으로 나와! 차 대고 있을 테니까!

배리가 말하는 미로란 정원에 설치되어 있는 오락용 시설을 뜻했다. 환자들을 위한 레크리에이션이랍시고 만들어놨겠지만, 그건 허울 좋은 구실에 불과했다. 하트먼은 환자가 복잡한 미로를 헤매며 온갖 좌절과 공포와 무력감에 시달림으로써 자신에게 더욱 의존하기를 바랐던 것이리라. 앨런은 미로의 입구 앞에 이르러서 정말로 저길 들어가야 하나 망설였다. 산울타리로 된 벽의 높이가 적어도 2미터는 되어 보였다.

"별로 안 어려워! 금방 빠져나올 수 있어!"

배리가 외쳤다.

"어차피 선택의 여지가 없지."

앨런은 중얼거리고 진료소 건물을 돌아보았다. 어둠은 지붕과 발코니까지 온통 뒤덮고 벽을 타고 흘러내리고 있었다. 앨런은 각오를 다지고 미로로 뛰어들었다.

미로 안은 황혼의 빛도 잘 들지 않아 손전등을 켜야만 했다. 배터리가 많이 닳았는지 불빛이 약했다. 앨런은 방향 감각을 유지하려고 애쓰면서 미로를 나아갔다. 처음 나온 갈림길에서 오른쪽으로 꺾고, 그 다음엔 왼쪽으로 꺾었다.

바람이 잦아들고 사방이 조용해졌다. 이제 들리는 소리라고는 앨런의 발에 자갈이 자그락자그락 밟히는 소리와 자기 자신의 거친 숨소리뿐이었다. 미로는 관리가 제대로 안 되어 있어 상태가 너저분했다. 산울타리는 무성하게 가지를 뻗쳤고, 바닥에는 자갈 틈새로 잡초가 자라 있었고, 회색 판석들은 금이 가 있었으며, 구석진 곳마다 쓰레기가 굴러다녔다. 앞으로 나아가던 앨런은 별안간 수풀과 맞닥뜨렸다. 손전등을 비춰보니 산울타리 벽이 가로막고 있었다. 막다른 길이었던 것이다.

앨런은 온 길을 되돌아가다가 처음 나온 교차로에서 다른 길로 꺾었다. 바닥에 손수레 하나가 엎어져 있었다. 거기에 실린 화분들은 모두 시들어 쪼글쪼글해져 있었다. 어딘가에서 사람 해골이 튀어나와도 이상하지 않을 것 같았다. 어떤 환자가 이 미로에 들어왔다가 영영 탈출하지 못하고 죽어서 뼈만 남지는 않았을까 생각하며, 앨런은 모퉁이를 돌았다.

또 막다른 길이었다.

침착해지려고 애썼지만 쉽지 않았다. 마음속에서 자꾸만 당혹감이 치밀었다. 그는 잠시 손전등을 끄고 자신을 타일렀다. 괜찮다고, 충분히 빠져나갈 수 있다고, 무서워하면 안 된다고. 공포에 휘둘려 이성을 잃으면 미로를 이리저리 뛰어다니다가 지쳐 쓰러지고 말 거라고. 온갖 난관을 헤쳐왔는데 고작 여기서 쓰러질 순 없다고. 공포를 곱씹는 건 나중에 해도 늦지 않았다. 웅크려 누워서 엄지손가락을 빨며 담요를 달라고 징징거리는 짓은 나중에 여유가 생기면 실컷 하자. 앨리스를 되찾고 나면.

고개를 들어보니 어슴푸레한 달빛이 비치고 있었다. 앨런은 주위를 둘러보며 어느 길로 갈지 고민했다. 그때 어디선가 빵 하는 자동차 경적 소리가 세 번 울렸다. 앨런은 씩 미소를 지었다. 배리가 밖에서 차를 대고 그에게 방향을 알려주고 있었다.

앨런은 경적 소리가 들려오는 방향으로 나아가려 최선을 다했다. 하지만 어쩐지 같은 자리를 뱅뱅 도는 기분이었다. 그는 왼쪽으로 한 번 꺾었다가 다음번엔 오른 쪽으로 꺾었다.

시간 감각이 둔해졌다. 얼마나 오래 이곳을 헤맸는지 가늠이 되지 않았다. 게다가 정말로 이상한 점이 있었다. 자갈길을 밟는 자신의 발소리가 메아리쳐 울리고 있었던 것이다. 이런 공간에서 메아리가 생기다니, 말도 안 되는 일이었다.

걷다가 멈추고, 또 걷다가 멈추면서 소리를 확인해보았다. 정말로 발소리가 이중으로 들리고 있었다. 하지만 메아리 때문에 생기는 현상이 아니라는 것을 앨런은 이내 깨달았다. 발소리에 이어 틈틈이 그르렁거리는 소리가 들려왔기 때문이다. 적이 그를 뒤쫓고 있었다. 이런 당연한 걸 진작 눈치채지 못하다니. 앨런은 손전등을 켜고 피스톨을 꺼내든 뒤 달렸다.

빵빵빵!

경적 소리가 가까운 곳에서 들려왔다. 조금만 더 가면 출구가 나올 듯했다. 앨런은 오른쪽으로 꺾은 다음 다시 오른쪽 길로 돌았다. 그러다가 깨진 도자기에 발을 헛디뎌 고꾸라지고 말았다. 얼굴을 바닥에 처박고 엎어진 그의 손에서 손전등이 떨어져 굴러갔다.

"텔레비전을 보는 건 좋지만 채널 가지고 싸우면 안 됩니다!"

산울타리 벽 너머에서 기괴한 음성이 들려왔다. 발음이 일그러진 그 목소리의 정체가 무엇인지 앨런은 잘 알고 있었다. 그는 손전등을 찾아 손만 움직여서 바닥을 더듬거렸다. 최대한 조용하게 움직이려 했지만 자갈이 손에 닿으면서 시끄럽게 잘그락거렸다.

"아침엔 약 두 알을 드세요. 그래야 하루 종일 조용하고 고분고분해지니까요."

목소리가 이동하는 걸 들어보니, 놈은 산울타리 벽을 사이에 두고 앨런이 가던 방향으로 나란히 움직이고 있었다. 하지만 그 길은 막다른 길이라는 걸 앨런은 알고 있었다. 도망칠 시간은 있을 듯했다. 앨런은 용기를 내서 엉금엉금 기어 다니며 본격적으로 손전등을 찾아보았다.

"지금 침대 밖으로 나와서 뭐하는 겁니까? 하트먼 박사님이 아주 실망하실 거예요!"

어느새 놈의 목소리는 머리 위에서 들려오고 있었다. 마침 손에 닿은 손전등을 부리나케 움켜쥔 앨런은 위를 향해 빛을 쏘았다. 산울타리 위에 있던 그림자 괴물이 펄쩍 뛰어올라 앨런의 앞에 쿵 떨어졌다. 놈은 뭔지 모를 흉기를 손에 들고 있었다. 앨런은 손전등을 휘둘러 놈이 뒤집어쓴 어둠을 태우면서 그게 뭔지 유심히 살폈다.

"저녁에는 세 알입니다. 그러면 아기처럼 깊이 잠들 수 있지요."

버치 간호사의 몸을 뒤집어쓴 괴물이 정원 가위를 들고 있는 모습을 똑똑히 본 순간, 손전등이 픽 꺼졌다. 당황한 앨런은 손전등을 손바닥에 마구 후려쳤다. 그림자 괴물이 가위를 철컹거리면서 한 걸음씩 다가왔다.

"몸부림치지 마세요!"

철컹, 철컹, 철컹.

"우린 모두 친구입니다. 이것도 치료의 일부랍니다."

철컹, 철컹, 철컹.

절박해진 앨런은 더욱 세차게 손전등을 두들겨댔다. 그러는 동안 괴물이 가윗날을 철컹거리는 소리와 자갈을 밟는 소리가 바로 코앞까지 다가왔다.

온 힘을 다해 손전등을 픽 내리치자 비로소 불이 들어왔다. 앨런은 재빨리 불빛을 버치의 얼굴에 들이댔다. 즉시 어둠이 걷히면서 놈은 눈살을 찡그렸고, 앨런은 빛 속에서 아른거리며 작아져가는 버치의 얼굴에 총을 쏘았다. 세 번째 총알을 맞자 놈은 반짝이는 먼지로 분해되어 공기 중에 흩어졌다. 그걸 보니 아침에 깨어났을 때 병실의 햇살 속에 떠돌던 먼지들이 생각났다. 하트먼은 지금쯤 어디에 있을까. 그도 그림자 괴물이 되었을까?

빠아아아앙!

요란한 경적 소리에 앨런은 화들짝 정신을 차리고 걸음을 재촉했다. 그런데 등 뒤에서 또 누군가의 기척이 느껴졌다. 이번엔 한 명이 아니었다. 앨런은 오른편으로 난 길을 따라 전력으로 뛰어갔다.

빵빵빵.

등 뒤에서 산울타리 벽을 뛰어넘으며 우왕좌왕하는 그림자 괴물들의 소리가 들려왔다. 앨런은 마지막 모퉁이를 한달음에 돌아서 미로를 뛰쳐나갔다. 출입문 너머에 주차장이 보였다. 배리가 차 안에서 손을 흔들고 있었다.

빠아아앙.

앨런은 조수석 문을 뜯어낼 기세로 거칠게 열어젖히고 안에 올라탔다. 배리가 액셀러레이터를 밟고 차를 빼는 동안 앨런은 헐떡거리면서 숨을 골랐다. 그런데 목덜미가 어쩐지 근질거리는 느낌이 났다. 앨런은 뒤를 획 돌아보았다.

그림자 괴물 하나가 미로의 출구에 서서 차를 쳐다보고 있었다. 아니, 앨런을 쳐다보고 있었다. 너무나도 짙은 암흑을 두르고 있어서 얼굴을 알아볼 수는 없었지만, 그 시선만큼은 분명히 느껴졌다. 배리가 차를 몰고 주차장을 빠져나가는 동안에도 그 그림자 괴물은 제자리에 가만히 서 있었다. 세상 모든 시간을 다 가진 것처럼 여유만만한 태도로.

토머스 제인이 바바라 재거에게 반하는 데에는 오랜 시간이 걸리지 않았다. 그녀는 젊고 아름답고 생기가 넘쳤다. 한 번도 행복한 적 없었던 토머스의 삶을 바바라는 별 노력 없이도 송두리째 바꾸어놓았다. 그랬다. 토머스는 난생처음으로 행복했다. 그녀가 하는 모든 일이 그에게는 지금까지 있는 줄도 몰랐던 퍼즐의 한 조각처럼 경이롭게 보였다. 그리고 무엇보다도 바바라 덕분에 그는 탄탄하고도 예리한 글을 쓸 수 있었다. 바바라는 토머스의 뮤즈였다.

CHAPTER 18

거센 폭풍우가 몰아쳤다. 와이퍼가 바쁘게 움직이며 앞유리에 쏟아지는 폭우를 간신히 닦아냈다. 좁은 도로의 양편으로 나무들이 스쳐 지나가고, 전조등의 불빛이 어둠 속을 터널처럼 꿰뚫었다.

"앨런, 우리 제발 '브라이트 폴스였습니다. 안녕히 가세요!' 표지판 있는 길로 가면 안 될까?"

"정말로 집에 가고 싶어?"

배리는 고개를 저었다. 빨간 파카를 도로 껴입은 그는 평소보다 덩치가 왜소해 보였다.

"아니. 농담이야. 여기 온 이후로 졸도할 만큼 무서웠던 적이 한두 번이 아니었지만, 그 어느 때보다도 내가 살아 있다는 실감이 들기도 해."

"그래, 그게 바로 내 악몽이야."

앨런은 이어폰을 꽂고 하트먼의 사무실에서 가져온 테이프를 듣고 있었다. 그는 이어폰을 빼고 카세트 플레이어를 차 스피커에 연결했다.

"웨이크 부인, 남편분이 어떤 문제를 겪고 계신가요?"

하트먼이 가식적인 목소리로 물었다.

"생활이 점점 엉망이 되어가요. 파티에 쏘다니고, 밤에는 잠을 못 자고, 항상 화가 나 있고……."

앨런은 스피커를 껐다.

"모트가 협박 전화를 걸었을 때 이걸로 나를 속였던 거야. 앨리스에게 전화를 바꿔줬던 게 아니라, 이 테이프에 녹음된 목소리를 들려줬을 뿐인 거지."

길가 나무 잎사귀가 우수수 떨어져 도로 위로 날렸다. 전조등 불빛 속에서 춤을 추는 낙엽들은 뿌옇게 흐려져 보였다. 온도 차이 때문에 앞유리 안쪽 면에 물기가 맺히고 있었다. 배리는 나지막이 욕을 뇌까리며 물기를 닦아냈다.

앨런은 원고를 꺼내 들었다.

"원고에 새로 추가된 부분들이 있는데, 여기에 꽤 많은 정보가 들어 있어. 들어봐."

앨런은 한 장을 펼쳐 들고 소리 내어 읽었다.

"'어둠의 존재는 철저히 비인간적인 존재이지만, 인간의 탈을 쓰고 인간처럼 지능적인 방식으로 사고했다. 그래서 그 식당 안에서 최대한 어두운 복도를 골라 자리를 잡았으며, 약간의 어렴풋한 빛이 비쳐들어도 고통을 참아낼 수 있었다. 곧 작가가 이 부분을 수정해주기를 바라며, 어둠의 존재는 자신이 힘을 발휘할 수 있는 장소로 작가를 유인했다.'"

앨런은 거기까지 읽고 배리를 돌아보았다.

"어떻게 된 건지 이해가 돼? 원래 앨리스랑 나는 칼 스터키의 방갈로에서 묵기로 했었어. 그런데 식당에서 검은 드레스를 입은 여자가 나한테 일부러 엉뚱한 열쇠를 주고, 새 다리 방갈로로 유인한 거야. 현재는 존재하지도 않는 장소로 말야. 거기가 바로 어둠의 존재가 힘을 발휘할 수 있는 곳이란 얘기지. 그러니까 앨리스를 데리고 있는 건 하트먼이나 모트가 아니라, 바로 그 어둠의 존재라는 뜻이야."

"음, 그래. 이해돼."

배리가 앨런을 곁눈질하며 물었다.

"그런데 그 검은 드레스 입은 여자는 누구야? 존 딜린저를 경찰에 밀고한 여자(1930년대 악명 높은 미국의 은행 강도 존 딜린저를 애너 세이지라는 매춘부가 FBI에 밀고한 사건을 뜻한다.)도 검은 드레스였지, 아마?"

"그 여자는 빨간 드레스지. 배리, 나 지금 농담 따먹기 할 기분 아니야."

"알았어, 알았어. 나도 딱히 센트럴 파크에서 산책하는 기분으로 이러는 건 아니야. 그냥 긴장을 좀 풀려고 했을 뿐이지."

앨런은 어깨를 으쓱했다.

"아무튼 그게 다가 아니야. 그 여자는 로즈의 트레일러에서도 내 앞에 나타났었고, 모트를 콜드론 호수로 던져버리기도 했어. 그 여자의 이름은 바바라 재거야."

"바바라 뭐?"

"토머스 제인이라는 작가가 사랑한 여자, 바바라 재거."

"아아, 기억난다. 마을 사람들한테 들은 적 있어. 40년 전 콜드론 호수의 섬이 가라앉기 직전에 호수에 빠져 죽었다고."

앨런은 고개를 끄덕였다.

"맞아. 그런데 지금 돌아온 거지."

앨런은 진흙으로 얼룩진 원고 한 장을 꺼내 소리 내어 읽었다.

"'바바라 재거의 껍질을 덮어쓴 그 어둠은 수십 년 동안 자신의 집이자 감옥에서 잠들어 있었다. 굶주림과 고통에 사로잡힌 채, 어둠은 옛 시절의 영광을 꿈꾸며 잠을 설쳤다. 시인의 글을 통해 깊은 구렁에서 풀려났을 때 만끽했던 힘과 자유의 맛을 결코 잊을 수 없었다. 그 뒤에 록스타 형제들이 찾아왔을 때 깊은 잠에서 다시 깨어나긴 했지만, 그걸로는 부족했다. 작가가 카페리를 타고 오는 기척을 느꼈을 때에야 비로소 어둠은 완전히 눈을 떴다.'"

"괜찮은걸. 좋은 글감인 것 같아. 하지만 그 '출발'이라는 제목은 좀 애매한데. 음, '저 어두운 곳에서'는 어때?"

앨런은 벌컥 짜증을 냈다.

"지금 그게 중요한 게 아니잖아. 어둠이 바바라 재거의 '껍질'을 뒤집어썼을 뿐이지, 바바라 자체가 어둠은 아니라고. 어둠의 존재가 인간 세상과 소통하기 위해 바바라의 몸을 빌렸다는 거야. 그 어둠을 최초로 깨운 시인은 아마 토머스 제인인 것 같아. 그리고 두 록스타는……."

앨런은 호흡을 가다듬고 천천히 말하려 애썼다.

"두 명의 록스타는 앤더슨 형제를 뜻하는 게 분명해. 전직 헤비메탈 밴드였다는, 하트먼의 진료소에 있던 노인네 말이야."

"그 영감들은 미치광이라며?"

"그게 그 사람들 잘못이야? 만약 네가 어둠의 존재의 손에 떨어진다면, 미치지 않고 배길 수 있겠어?"

번개가 번쩍 내리쳤다.

"아무튼 이 원고는 단순한 소설이 아니야. 여기에 적힌 이야기가 현실에서 그대로 벌어지고 있어. 그렇다면 앨리스는 납치당한 게 아니라, 호수 밑의 어둠에 산 채로 갇혀 있는 게 분명해."

앨런은 또 다른 페이지를 꺼내 읽었다.

"'앨리스는 더 이상 비명을 지를 수도 없을 만큼 비명을 질렀다. 주변의 어둠이 살아 움직이고 있었다. 차갑고 축축한 어둠의 감촉이 피부로 와 닿고, 한없는 악의가 생생히 느껴졌다. 앨리스는 그 어둠 속에 갇힌 죄수 꼴이었다.'"

배리가 앨런을 흘끔 돌아보았다. 그들을 집요하게 따라오는 듯한 쾅 하는 천둥소리에 차체가 흔들렸다. 앨런은 점점 더 격앙된 목소리로 글을 읽어나갔다.

"'공포 때문에 정신이 무너져도 이상하지 않았지만, 단 한 가지가 그녀를 지탱하고 있었다. 앨런의 존재가 느껴졌던 것이다. 앨런의 기척이 들리고, 앨런이 쓰고 있는 글이 어렴풋이 보였다. 앨런 역시 앨리스를 감지하고 그녀를 구하려 애쓰고 있었다.'"

앨런은 배리를 올려다보았다.

"나는 앨리스를 찾을 수 있어. 반드시 찾을 거야."

배리는 엄지로 운전대를 툭툭 두들겼다.

"앨런, 나는 널 정말 좋아하고, 나만큼 네 작품을 존경하는 사람도 없어. 잘 알지? 그러니까 오해하지 말고 들어. 너, 네 능력을 좀 과신하는 거 아니야?"

"아니. 이건 전부 내 작품에 달린 문제야. 늘 그랬듯이."

그들을 둘러싼 어둠이 이 대화를 엿들을 것만 같아서, 앨런은 배리에게 몸을 기울이고 낮게 말했다.

"나뿐만이 아니야. 어떤 예술가든 이 지역에서 작품을 만들면 그 작품의 내용이 그대로 현실이 된대. 콜드론 호수에 깃들어 있는 어떤 힘 때문에 그렇다나봐. 그런데 정말 심각한 문제는, 어둠의 존재가 작품을 멋대로 비틀어서 악용한다는 거야. 하트먼이 예술가들만 전문적으로 치료하는 병원을 차린 것도 그래서야. 예술가들을 데려다 놓고 자신이 그 힘을 쥐락펴

락 휘두르려 한 거지."

"뭐, 하트먼의 계획은 결국 실패로 끝났잖아. 그때 하트먼이 사무실에 갇혔을 때 났던 소리를 생각하면……."

배리가 몸서리를 치며 말을 흐렸다.

"동정할 필요 없어. 하트먼과 모트 때문에 내가 시간을 얼마나 낭비했는데. 그리고 진료소에 있던 환자들 모두가 오랜 세월 이용당했어. 그 둘은 비참하게 죽어도 싸."

"그렇긴 한데, 네가 호수에 빠져서 어둠에 끌려들어 갈 때 구해준 사람이 하트먼이야. 하트먼이 그 얘기를 나한테 엄청 떠벌이더라고. 고마워하라는 거겠지."

"웃기지 말라 그래. 단지 나를 이용하려고 구해줬을 뿐이잖아. 하트먼은 어둠의 존재에 대해 익히 알고 있었지만, 그게 얼마나 강한지는 미처 예상 못했던 모양이야. 그래서 주제 파악도 못하고 욕심 부리다가 그 꼴이 난 거지."

앨런은 흥분으로 얼굴이 벌겋게 달아올랐다.

"어둠의 존재는 예술가들을 이용하고 있어. 토머스 제인, 앤더슨 형제, 그 다음은 나. 놈은 내 원고를 이용해서 이 지역의 모든 걸 집어삼키고 있다고. 사람도, 물건도, 그 진료소까지도. 진료소에서 앤더슨 형제들은 내게 그 사실을 알려주려고 안간힘을 썼어. 오랜 세월 하트먼에게 온갖 약을 주입당한 탓에 말로 설명하진 못했지만, 대신 자기들 농장에 숨겨놨으니 내게 찾아서 읽어보라고 하더라고. 그러니 그 농장으로 가서 메시지를 찾아봐야겠어."

"그 영감님들이 언제 진료소를 빠져나가서 거기다가 메시지를 남긴 거지?"

"하트먼이 그분들을 자유롭게 풀어놓다시피 했거든. 처음 내가 이 마을에 도착했을 때도 그 영감님들은 식당에서 노닥거리고 있었어. 앤더슨 형제들은 어둠의 존재에게 이미 이용당할 대로 이용당해서 창조력이 고갈된 상태라, 하트먼에게는 별 쓸모가 없었던 거야. 그러니까 멋대로 하게 내버려둔 거지."

배리가 한숨을 쉬었다.

"알았어. 그럼 거기로 가보지 뭐. 길이나 알려줘. 나도 시골 농장은 예전부터 가보고 싶었어. 베이컨과 달걀이 어디서 나오는지 궁금해."

"아직도 내가 미쳤다고 생각해?"

"아, 그럼. 미쳐도 단단히 미쳤지. 하지만 그 장단에 맞춰주고 있는 나도 덩달아 미쳐가는 것 같아."

"말 되네."

전조등 불빛이 깔린 도로 한복판에 무언가가 있었다. 아스팔트 위에 형체를 알아볼 수 없게 엉망진창으로 눌어붙은 털과 핏덩이는 마치 동물 시체 같았다. 배리는 이를 악물고 운전대를 돌려서 피해갔다.

"공식적으로 하는 말인데, 너 이번에 나한테 엄청 신세지는 거야. 잘 알아두라고."

"공식적? 법적으로 문제 삼겠다는 거야? 변호사 데려올까?"

"이번 일은 내가 에이전트로서 너한테 해줘야 하는 일의 범위를 훌쩍 넘어섰다는 얘기야. 네 인세에서 15퍼센트 받는 것만으로는 턱도 없지."

배리는 짐짓 심각한 어조로 말했지만, 입가에 스멀스멀 떠오르는 미소를 감추고 있었다.

"그러니까 이 일이 다 끝나고 나면 일광욕 침대나 한 대 사줘. 난 그거 가지고 초신성으로 가서 살 거야. 어둠의 존재이니 그림자 괴물이니 하는 건 발도 못 들이는, 1년 365일 대낮처럼 환한 별에서 말이지."

"좋아. 그 정도는 해주지."

앨런은 잠시 머뭇거리다가 말을 이었다.

"배리, 고마워. 같이 있어줘서."

"됐어. 앨리스를 구하고 나면 내가 얼마나 좋은 친구인지 얘기나 좀 잘 해줘. 그러면 내가 너희 집에 찾아가도 그렇게 노골적으로 싫어하는 표정은 안 짓겠지."

"'구하고 나면'이 아니라 '구한 뒤에'야. 반드시 구할 테니까."

"갑자기 오프라 윈프리라도 된 것처럼 긍정 정신, 도전 정신 불태우지 좀 말아줄래? 너랑 전혀 안 어울리거든."

"알아."

"야, 농담이야. 지금이 훨씬 보기 좋아. 자아비판에 빠져 있는 것보다는."

"자아비판은 할 필요가 없지. 나에 대한 비판은 여기 다 녹음되어 있으니까."

앨런이 카세트 플레이어를 틀었다. 앨리스의 목소리가 흘러나왔다.

"생활이 점점 엉망이 되어가요. 파티에 쏘다니고, 밤에는 잠을 못 자고, 항상 화가 나 있고…… 게다가 글을 전혀 쓰지 못하고 있어요. 몇 시간이고 가만히 앉아서 점점 좌절감에만 빠지고 있죠."

앨런은 빨리감기를 눌렀다가 뗐다.

"대하기가 쉽지 않으실 거예요. 앨런은 박사님 말을 절대로 안 들으려 할 게 뻔해요. 제 평생 앨런처럼 고집스러운 남자는 못 봤어요."

앨런은 정지 버튼을 눌렀다. 배리는 도로에만 시선을 고정한 채 입을 열었다.

"그래, 네가 '올해 최고의 남편상' 수상감은 아니라는 건 잘 알겠어. 그런데 뭐? 그게 중요해? 게다가 네가 고집불통이라서 오히려 잘 된 거지. 안 그랬으면 진작에 앨리스를 찾는 걸 포기하고 내 충고대로 경찰에게 모든 일을 맡겼을 테니까. 여느 남편 같았으면 그냥 집에 들어앉아서 커피나 마시면서 경찰한테 연락이 오기를 기다리고만 있었겠지."

배리는 앨런을 돌아보았다.

"하지만 너는 지금 여기서 싸우고 있어. 나도 마찬가지고. 중요한 건 그거야."

"맞는 말이야."

앨런은 차 지붕을 쉴 새 없이 두드리는 빗소리에 귀를 기울였다. 그 소리에 마음이 조금은 편안해지는 듯했다. 차는 이제 앤더슨 농장으로 향하는 샛길로 접어들고 있었다.

"그냥 좀 피곤해서……."

"으악!"

배리가 별안간 비명을 지르면서 브레이크를 콱 밟았다. 도로변의 언덕에서 커다란 바윗덩어리들이 굴러 내려오고 있었던 것이다. 운전대를 있는 힘껏 움켜쥔 배리의 손마디가 순식간에 새하얗게 물들었다.

"꽉 잡아!"

앨런은 차 문 위의 손잡이를 붙잡았다. 끼익 하는 소리와 함께 차는 수상 활주라도 하듯 빗길 위를 미끄러졌고, 차 옆면에 부딪힌 가드레일이 불똥을 튀기며 부서지자 차는 도로 밖으로 튕겨 나갔다.

"앨런!"

차가 골짜기 밑으로 굴러떨어지는 동안 앨런은 조수석의 안전띠에 매인 채로 이리저리 부딪혔다. 그 와중에도 재킷 주머니 안에 원고 뭉치를 집어넣고 피스톨과 손전등을 확인하는 것은 잊지 않았다. 그 행동은 이제

거의 본능으로 굳어져 있었다. 차가 나무 한 그루를 쾅 들이받으면서 앞유리에 금이 가자 입에서 절로 비명이 터져 나왔다. 그와 마찬가지로 운전석에서 정신없이 흔들리던 배리의 몸이 그와 맞부딪히자 배리가 으악 하고 비명을 질렀다.

차는 비탈에 자라난 수풀을 헤치면서 점점 더 빨리 굴러갔다. 조수석 문의 잠금장치가 부서져 문짝이 활짝 열리고, 나뭇가지들이 좌석 안으로 뚫고 들어와 앨런의 살갗을 할퀴어댔다. 앨런은 바닥에 떨어트린 손전등을 집어 들었다.

"배리, 뛰어내려!"

"뭐? 어디로?"

"아무데나!"

안전띠가 풀리는 느낌이 나자마자 앨런은 차 밖의 어둠으로 몸을 날렸다. 수풀을 뚫고 데굴데굴 굴러가다가 마침내 나무에 부딪혀 멈추었고, 앨런은 힘겹게 일어나 앉아 손가락과 발가락을 움직여보았다. 부러진 데는 없는 듯했지만 얼굴이 얼얼하고 온통 진흙투성이였다. 코를 쟁기 삼아 땅을 갈아엎은 것만 같았다. 빗물이 머리카락과 목을 타고 줄줄 흘러내렸고, 머릿속은 웅웅 울렸다. 그리고 등 뒤에서는 차가 계속 굴러가는 요란한 소음이 들려왔다.

"배리!"

대답 대신 천둥이 쾅 하고 계곡을 울렸다. 앨런은 천천히 일어서면서 온몸에서 치미는 통증에 얼굴을 찡그렸다. 옷을 흠뻑 적시는 폭풍우 속에서 앨런은 주위를 둘러보았다.

"배리? 어딨어?"

여전히 대답은 없었다.

그런데 저 밑으로 굴러떨어진 차에서 빵빵거리는 경적이 들려왔다. 울창한 나무에 가려 차의 모습은 보이지 않았다. 소리가 난 방향으로 헐레벌떡 내려가 나뭇가지를 젖히니 후미등의 흐릿한 불빛이 보였다.

"배리!"

경적 소리가 뚝 멎었다.

토비는 익숙한 냄새를 맡았다. 토비와 늘 같이 놀아주고 간식도 주곤 했던 그 남자의 냄새가 분명했다. 토비는 반가워서 꼬리를 흔들며 멍멍 짖었다. 그런데 어디선가 또 다른 기분 나쁜 냄새가 느껴져, 토비는 달려가다 말고 우뚝 멈춰 서서 으르렁거렸다. 기분 나쁜 냄새는 그 남자한테서 나고 있었다. 토비가 어마어마한 공포를 느낀 바로 그 순간, 도끼가 토비의 머리를 깨부쉈다.

CHAPTER 19

앨런은 차의 붉은 후미등 불빛이 보이는 쪽을 향해 비탈을 내려갔다. 최대한 조심조심 내려가려 애썼지만, 젖은 낙엽에 발이 미끄러지는 바람에 엉덩방아를 찧고 말았다. 바위와 수풀 위를 쭉 미끄러져 내려가다가 마침내 절벽 가장자리에서 멈췄을 때, 앨런은 일어나 앉아 피가 섞인 침을 퉤 내뱉었다. 부츠도 머리카락도 진흙과 빗물에 젖어 엉망이었다. 이 꼴로 다음 책 표지 사진을 찍으면 딱이겠다 싶었다. 야외 스포츠를 좋아하는 남자가 신나게 즐기고 있는 모습 정도로 보이지 않을까. 하늘을 올려다보니 폭풍우가 조금 잦아들면서 달과 별이 구름 사이로 얼굴을 내밀고 있었다. 절벽 저 아래로 밑바닥이 보였고, 차는 거기에 떨어져 있었다. 그곳에서 앨런의 이름을 부르는 목소리가 들려왔다.

"앨런?"

"배리! 살아 있었구나!"

배리가 차 옆으로 불쑥 튀어나왔다.

"앨런! 아아, 다행이야! 배리는 진짜 무서웠어. 네가 그림자 괴물로 변해서 배리를 덮치려 드는 줄 알았어!"

"한 번만 더 3인칭으로 자기 자신을 표현하면 널 목 졸라 죽이겠어."

앨런은 절벽 밑을 내려다보았다. 차는 보닛이 땅에 처박힌 채였고, 라디에이터에서 연기가 피어오르고 있었다. 15미터 정도의 높이였지만 절벽이 너무 가파르고 험해서 저 밑까지 내려가는 건 불가능해 보였다.

"앨런, 괜찮아?"

"목숨은 붙어 있어."

"또 구사일생으로 살았네. 우리는 아무래도 살 운명인가 봐."

배리가 농담조로 말했다.

"영화에서 인물들이 죽기 직전에 가장 많이 하는 대사지."

"여기까지 내려올 수 있겠어?"

앨런은 귀에 낀 진흙을 긁어내며 고개를 저었다.

"어림도 없지. 일단 넌 무기부터 챙겨. 트렁크 뒤져보면 아마 비상 조명탄이 있을 거야. 렌터카에는 흔히 구비되어 있으니까. 손전등도 있는지 살펴보고."

배리가 트렁크를 뒤지는 동안 기다리다 보니 번개가 내리쳤다. 그 섬광 속에서 멀리 들판에 둘러싸인 농장의 헛간과 곡식 저장고의 윤곽이 보였다.

"앨런, 손전등 찾았어!"

배리가 손전등을 켜고 트렁크 안을 비추더니 또 뭔가를 꺼내 들었다.

"대박!"

"뭔데?"

"조명총이야! 조명탄도 여섯 개나 있어. 굉장한데? 연약한 도시 사람들이 시골 벽지에서 길 잃어버릴까 걱정돼서 신호탄 삼아 쏘라고 마련해준 건가?”

“그 렌터카 회사 자주 이용해야겠네.”

배리는 조명총으로 온갖 액션 배우 같은 포즈를 취하면서 차 주위를 맴돌며 까불거렸다.

“이제 손전등 꺼. 배터리 닳아.”

배리가 손전등을 껐다.

“이제 어쩔까?”

“앤더슨 농장으로 가야지. 농장은 여기서 정확히 동쪽에 있어.”

“뭐야, 너 전생에 탐험가 마젤란이었어?”

앨런은 자기도 모르게 피식 웃었다. 배리의 유머는 전염성이 있었다.

“아아, 농장이 보이는군. 별로 멀진 않은 것 같아. 너는 저기까지 어떻게 가려고?”

앨런은 주위를 둘러보았다. 골짜기를 따라 구불구불 뻗어 있는 길이 보였다. 그게 얼마나 멀리까지 이어질지는 알 수 없었지만, 어차피 다른 길은 없었다.

“알아서 찾아갈게. 걱정하지 마.”

“걱정? 내가 걱정하는 것처럼 보여? 나는 세상의 왕이야!”

배리가 가슴을 두드렸다.

“배리, 너 머리 다쳤냐?”

“머리뿐이겠어? 팔, 다리, 어깨 전부!”

“겁을 완전히 상실한 걸 보니 뇌진탕이라도 일어난 것 같은데?”

“겁내봤자 좋을 거 없으니까. 불안해하는 건 관두고 그냥 이 모험을 즐기기로 결심했어. 우리는 네 소설 속에 들어와 있는 거잖아. 스릴 있는 꿈을 꾸는 거나 마찬가지지. 소설 속의 영웅은 절대 죽지 않으니까!”

"배리, 내 말 잘 들어. 이건 네가 생각하는 그런 꿈이 아니야. 어둠의 존재가 모든 걸 바꿔버린다고 말했잖아. 우리 둘 다 안전하지 않다고."

그런데 배리가 근처를 돌아보고는 엉뚱한 데를 쳐다보며 물었다.

"앗! 앨런, 너야? 어떻게 내려왔어?"

"배리, 난 아직 여기 있어."

"빌어먹을. 애, 앨런…… 불안하지 않다는 말 취소야."

배리가 손전등을 켜더니 버럭 소리쳤다.

"저리 꺼져!"

배리가 불빛을 비춘 곳에는 그림자 괴물이 있었다. 청바지와 빨간 사냥 조끼를 입고 손에 쇠지레를 든 놈은, 손전등의 불빛을 피해 물러나더니 배리의 주위를 슬금슬금 맴돌았다.

"앨런, 이제 어떡하지?"

"죽여."

"어, 이런 상황은 영 마음에 안 드는걸."

"우린 영웅이라면서? 조명총을 쓰라고!"

그림자 괴물이 쇠지레를 들어 올리며 배리에게 다가왔다. 배리는 헐레벌떡 조명총을 켜려다가 떨어트리고는 비명을 질렀고, 그때 괴물이 달려들어 배리의 머리를 향해 쇠지레를 휘둘렀다. 아슬아슬한 순간 조명총을 주워든 배리는 놈의 가슴에 직격으로 광선을 발사했다. 그러자 괴물은 즉시 폭발하고 허공에 흩날리는 무수한 불똥만 남았다.

"아싸! 앨런, 봤어? 봤지?"

배리가 환호성을 지르며 지그춤을 췄다.

"그래. 잘 봤어."

"난 놈들이 무섭지 않아. 놈들이 나를 무서워해야지! 나는 배리 휠러, 그림자 괴물 사냥꾼이다!"

앨런은 조명총을 휘둘러대는 배리를 보며 미소를 지었다.

"한 방에 한 놈씩 처치하는 거야. 감히 우리를 무시하다니, 뉴요커가 열 받으면 얼마나 무서운지 똑똑히 보여주지!"

"너무 우쭐대지 마라. 그러다 도끼가 머리에 박히는 수가 있어."

"흠, 그런 상상은 별로 유쾌하지 않은걸."

"더 몰려오기 전에 얼른 움직여. 이따가 농장에서 만나자고."

배리가 춤을 멈췄다.

"더 몰려온다고?"

"그놈들은 늘 무리지어 다니거든."

앨런의 말이 끝나기가 무섭게 배리는 부리나케 동쪽으로 뛰어갔다. 앨런도 내리막길을 따라 나아갔다. 처음에는 절뚝거렸지만 뛰다 보니 차차 걸음이 안정되었고, 십오 분쯤 지나자 옆구리가 아파와서 뜀박질을 멈추고 걷기 시작했다. 달빛이 비치는 길바닥이 비에 젖어 질퍽거리고 재킷에 말라붙은 진흙이 파충류 허물처럼 떨어져 내렸다. 땅이 서서히 낮아지면서 앨런은 아까 배리가 있던 골짜기 밑바닥과 같은 고도에 이르게 되었다. 그때까지 그림자 괴물은 한 놈도 나타나지 않았다.

그런데 어느 순간 눈앞에 밝은 빛이 나타났다. 흐릿해져가는 빛 속에서 웬 우주복 차림의 남자가 공중에 뜬 채로 앨런에게 다가오고 있었다. 아니, 우주복이 아니었다. 안면 유리판이 달린 구리 잠수종을 머리에 눌러 쓴 걸 보니, 구식 심해 잠수복인 것 같았다. 잠수부는 종이 한 장을 길바닥에 떨어트렸다. 엷은 빛을 내며 땅 위에 흩날리는 그 종이는 『출발』의 원고가 분명했다.

"나는 이 낱장들을 적절한 때 적절한 장소에 놓아두고 있소."

"당신이? 왜죠?"

"이야기의 전개를 알려주고 싶어서."

"당신이 누구인지 이제 알겠군요. 앨리스와 내가 묵었던 그 오두막집의 주인이죠? 당신이 바로 토머스……."

잠수부가 깜빡이는 빛 속에서 홀연히 사라졌다.

"제인."

그가 바로 토머스 제인이었다. 앨런과 같은 작가였다는 토머스 제인이, 히치하이커에게 쫓기는 악몽부터 시작해서 지금까지 내내 앨런을 도와주고 있었던 것이다. 앨런은 바닥에 떨어진 종이를 집어 들고 손전등을 켜서 내용을 읽어보았다.

토머스 제인은 이 공포를 일으킨 것을 모조리 없애야 한다는 걸 알고 있었다. 심지어 자기 자신까지도. 그가 세상에 풀어놓은, 죽은 연인의 탈을 뒤집어쓰고 지금도 그를 바라보고 있는 어둠의 존재를 소멸시키려면 오로지 그 방법밖에 없으니까. 하지만 아무리 최선을 다해도 언젠가 그놈은 다시 깨어나고야 말 터였다. 그래서 토머스는 자신과 자신의 작품이 모두 사라진다는 내용으로 소설을 마무리 지었지만 만약의 상황에 대비한 보험은 마련해두었다. 그가 신발 상자에 넣어둔 물건은 모두 고스란히 남아 있도록 한 것이다.

앨런은 원고를 두 번 거듭해서 읽은 뒤 주머니에 집어넣었다. 그 글이 구체적으로 무슨 뜻인지 토머스가 직접 설명해주면 좋을 테지만, 그는 다시 나타나지 않을 것 같았다. 토머스가 어둠의 존재에게 이용당해서 글을 쓴 것까지는 분명했다. 하지만 어떻게 그 글 속에서 자신을 제거했다는 걸까? 그리고 신발 상자 안에 보관해두었다는 '보험'이란 무엇일까? 앨런은 머리를 흔들고 길을 재촉했다. 브라이트 폴스에서 어둠 속에 우두커니 서서 생각에 잠기는 것만큼 위험한 짓은 없었다.

삼십 분쯤 더 가니 숲은 끝나고 농장 외곽의 평지가 나왔다. 앨런은 주요 건물들로 곧장 이어지는 자갈길을 따라 부랴부랴 걸어갔다. 길가에 파란색 픽업트럭 한 대가 세워져 있었다.

"거기 누구 있습니까?"

그런데 가만 보니 트럭의 보닛이 들려올라가 있고, 타이어 하나는 바람이 빠져 있었다. 앨런은 걸음을 늦추고 트럭 옆에 뒹굴고 있는 또 다른 타이어를 물끄러미 내려다보았다. 운전자는 타이어를 교체하다가 어둠의 존재에게 당한 게 분명했다. 트럭 안을 들여다보니 대시보드에 사진 한 장이 붙어 있었다. 오렌지색 사냥 모자를 쓴 남자가 시호크스 미식축구팀 운동복 차림의 깡마른 사내아이와 함께 나란히 서 있는 사진이었다.

머릿속에 너무나도 많은 생각이 떠올라 주체할 수가 없었다. 앨런은 유리창에 머리를 기대고서, 배리가 죽인 건 이 차를 운전하던 사람이 아니라 그의 껍질을 쓴 괴물일 뿐이라고 되새겼다. 앨런 자신도 칼 스터키를 죽인 게 아니라고. 하지만 그렇게 생각해봐도 마음이 편해지지 않았다. 앨런은 트럭에서 물러나다가 다시 뒤를 돌아보았다. 앞좌석 뒤에 놓여 있는 엽총이 눈에 띄었다. 펌프 연사식 산탄총이었고, 탄약통도 네 개나 있었다. 앨런은 주저 없이 그것들을 챙기고, 대시보드에 붙어 있는 사진을 마지막으로 일별한 다음 농장으로 향했다.

곡식 저장고 근처에서 푸른 불빛이 번뜩였다. 구름은 걷혔지만 공기는 아직 정전기로 가득한 듯, 마른 들판 위에 번갯불이 번쩍거렸다. 드넓은 옥수수밭은 꺾인 옥수숫대들만 남아 황량했고, 그 한가운데에 허수아비가 홀로 우뚝 서서 달빛을 받고 있었다. 그걸 보니 괜히 섬뜩한 기분이 들었다. 앞으로 일광욕 침대에서 살겠다던 배리의 말은 농담이었겠지만, 앨런은 아마도 평생토록 밤마다 불을 켜놓고 잠들게 되리라.

자갈길은 앤더슨 형제의 사유지로 통하는 대문 앞에서 끝났다. 그 옆의 그늘 속에는 거대한 수확기 한 대가 버려져 있었다. 수확기의 바퀴는 진흙땅에 파묻혀 있고 표면에는 녹이 잔뜩 슬어 있었다. 앨런은 재빨리 대문 앞으로 다가가서 사유지 안으로 뛰어들려 했다. 그때 수확기가 우르릉 소리를 내며 시동이 걸렸다.

앨런은 대문에 등을 바짝 기댔다. 수확기가 그늘 '속'에 있다고 생각하다니, 정신을 어디다 빼놓고 다니는 건가 싶었다. 수확기는 그 자체로 그늘이었다.

수확기는 배기관으로 디젤 연기를 내뿜으며 움직이려 했지만, 걸쭉한 진흙밭 속에서 바퀴가 빠져나오지 못하고 끼익거리며 신음을 흘렸다. 앨런은 손전등을 켜서 수확기의 표면에 비추었다. 그러자 불빛에 노출된 부분의 어둠이 걷혔다.

수확기가 엔진을 윙윙 가동하며 시커먼 연기를 뿜어댔다. 바퀴가 헛돌면서 진흙덩이들이 주변으로 튕겨 나갔다. 금방이라도 앨런을 덮칠 것 같았지만, 그는 물러서지 않고 끈질기게 손전등을 비추었다. 이내 수확기는 섬광을 일으키며 폭발해 흔적도 없이 사라졌다.

순식간에 사방이 고요해졌다. 그 정적 속에서 누군가의 목소리가 들려왔다. 배리의 고함소리였다.

공중에 펑 하고 섬광이 솟아올랐다. 배리가 들판 한가운데의 무대 위에 올라서서 조명총을 휘두르며 빛을 쏘아대고 있었다. 허공에 떠올랐던 불꽃들이 서서히 가라앉자, 그림자 괴물 십 수 명이 무대 위로 기어오르려 하는 광경이 또렷이 보였다. 저마다 갈퀴, 도끼, 삽 따위로 무장한 상태였지만 배리가 일으킨 빛의 홍수 속에서 삽시간에 타들어 가 소멸되었다. 배리가 앨런 쪽을 돌아보고는 비상용 조명탄을 켜서 자유의 여신상 같은 포즈로 들어올렸다.

"이쪽이야, 앨런!"

앨런은 무대를 향해 달려갔다. 그건 북유럽과 헤비메탈 테마로 화려하게 장식된 무대였다. 비바람에 닳아빠지긴 했지만 무대 가장자리에 기타, 검, 방패, 전투용 도끼 모양의 장식물이 붙어 있었고, 무대 위에는 '아스가르드의 옛 신들'이라는 글자가 새겨져 있었다. 조명과 믹싱보드로 연결된 튼튼한 발전기도 있었다. 앤더슨 형제는 어둠의 존재에게 정신이 잠식당하기 전까지 이곳에서 정기적으로 공연을 열었던 모양이다. 앨런은 삐걱거리는 나무 계단을 한달음에 뛰어올랐다. 배리가 불이 다 꺼진 조명탄을 내던지고는 앨런의 등을 철썩 쳤다.

"앨런! 무사히 도착했군!"

"장관을 놓칠 수는 없지."

허공에 남은 마지막 불빛들이 스러져갈 때, 어둠 속에서 어기적거리며 걸어오는 그림자 괴물들이 보였다. 번개가 하늘을 번쩍 밝혔다.

"또 온다. 준비해."

"뭐? 또?"

배리가 조명총을 팽개쳤다.

"이제 조명탄은 다 떨어졌는데."

앨런은 그림자 괴물들이 무대 양편의 계단으로 다가오는 것을 지켜보며 수를 헤아렸다. 다섯, 여섯, 일곱…… 총 여덟이었다. 놈들은 안전모와 '헤이스 벌목'이라는 로고가 박힌 데님 점프수트 차림이었고, 사슬톱으로 무장한 덩치 큰 한 놈을 뺀 나머지는 양날도끼를 들고 있었다.

"딱 이런 장면이 나오는 영화 본 적 있는데. 결말이 좀 마음에 안 들더라고."

배리가 빠져나갈 곳을 찾아 두리번거렸다.

앨런은 타이어를 갈다가 어둠에 잡아먹힌 사냥꾼을 생각했다. 주유소 벽에 걸린 신문 스크랩 사진 속에서 웃고 있던 칼 스터키를, 로즈에게 마음을 고백하지 못한 걸 후회하던 러스티를, 그리고 어둠 속에 홀로 갇혀 있을 앨리스를 생각했다.

조명탄의 불꽃은 모두 꺼지고, 어슴푸레한 달빛만 비치는 어둠 속에서 그림자 괴물들이 계단을 올라왔다. 가장 먼저 무대 위로 올라온 놈은 사슬톱을 든 거한이었다. 놈이 사슬톱을 작동시키자 윙 하는 소리가 터져 나왔다.

"앨런. 이제 어쩌지?"

앨런은 배리에게 손전등을 던져주고, 자신은 어깨에 멘 산탄총을 들고 슬라이드를 당겼다. 철컥 하는 소리가 자장가처럼 편안하게 들렸다.

"싸워야지."

배리가 그림자 괴물에게 손전등 불빛을 비췄다. 앨런이 총을 쏘자, 놈은 비틀거리면서 사슬톱을 휘둘러 앨런 바로 앞의 바닥을 내리찍었다. 나무 바닥이 케이크처럼 순식간에 절단되었다. 놈은 총을 두 발 더 맞고도 죽지 않고 바닥에서 톱을 뽑아들어 또 공격하려 했다. 앨런은 윙윙 돌아가는 사슬톱의 바람이 느껴질 만큼 놈에게 가까이 다가가, 얼굴을 정확히 겨누고 방아쇠를 당겼다. 그제야 비로소 놈은 섬광 속에 분해되어 사라졌다.

또 다른 그림자 괴물들이 무대 양편으로 올라오는 동안 앨런은 총을 재장전하고, 배리는 앨런 옆에 딱 붙어 섰다. 그때 근처 헛간에 번개가 내리

꽂혔다. 헛간에 달려 있던 풍향계가 박살나는 소리에 앨런이 들판 쪽을 퍼뜩 내다보니, 거기에도 그림자 괴물들이 있었다. 곡괭이, 삽, 해머를 든 괴물들이 두셋씩 무리를 지어 무대 쪽으로 다가오고 있었다.

"젠장."

배리가 욕을 뇌까렸다.

"진정해."

"그럼, 그럼. 진정해야지."

말은 그렇게 했지만, 배리는 이가 딱딱 부딪혀서 발음이 뭉개지고 있었다.

"왼쪽."

배리가 오른쪽을 돌아보았다.

"왼쪽이라니까!"

앨런이 소리를 버럭 지르자 배리는 부리나케 왼쪽으로 몸을 돌려 손전등을 비췄다. 불빛에 노출된 그림자 괴물에게 앨런은 가까이 다가가서 총을 쏘았다. 놈은 즉시 소멸되었다.

"좋았어!"

배리가 소리쳤다.

앨런이 후다닥 배리 옆으로 돌아왔을 때, 오른편에서 몰려오던 그림자 괴물 셋 중 한 놈이 도끼를 내던졌다. 도끼는 빙빙 회전하면서 앨런의 머리 위로 날아갔다. 잘못했으면 그대로 머리통이 박살났을 아찔한 순간이었다. 배리가 손전등 불빛을 비추자, 앨런은 놈에게 재빨리 총을 갈겨 일격에 해치웠다.

앨런과 배리는 앤더슨 형제의 무대 위에서 춤을 추듯이 일사불란하게 움직이며 괴물들을 하나하나 처치했다. 진짜 아스가르드의 신들이 나타난다 해도 그들보다 더 잘 싸우지는 못했을 것이다. 아니, 그들은 이미 최후의 전투에서 패배하지 않았던가. 북구 신화에 따르면 토르와 오딘을 비롯한 신들은 용감무쌍하게 싸우지만 결국 죽게 된다고, 숙적인 거인족이 아스가르드를 차지해 그들을 모조리 살육한다고 알려져 있다. 앨런과 배리도 지금까지는 잘 버티고 있지만 앞으로 어떻게 될지 모르는 일이었다. 만약 탄약이 바닥나고 손전등의 배터리가 다 닳을 때까지 그림자 괴물들이 꾸역꾸역 몰려든다면, 두 사람은 결국 놈들의 도끼와 망치와 온갖 흉기에 난도질당하고야 말 터였다.

"잠깐만. 아이디어가 떠올랐어."

배리가 앨런에게 손전등을 건네고는 무대 뒤편으로 뛰어갔다.

"배리! 어디 가는 거야?"

그림자 괴물들이 기를 쓰며 계단으로 올라오고 있었다. 앨런은 산탄총에 탄약을 다시 재어 넣으며, 혹시 배리가 그냥 혼자 도망쳐버린 게 아닐까 생각했다. 설령 그렇더라도 그를 탓할 생각은 없었다.

벌목꾼의 형상을 한 그림자 괴물이 무대로 올라와 가로톱을 휘둘렀다. 앨런이 양손으로 손전등과 총을 능숙하게 조준해 놈을 처치하는데, 무대 뒤에서 배리의 목소리가 들려왔다.

"거의 다 됐어!"

"거기서 뭐하는데?"

앨런은 그렇게 고함치면서 또 다른 그림자 괴물 두 놈을 한꺼번에 해치웠다. 그러자 기다렸다는 듯이 뒤이어 또 괴물들이 몰려왔다. 수가 너무 많았다. 이런 식으로는 한도 끝도 없을 터였다.

그때 발전기에서 시커먼 디젤 연기가 뿜어 나오더니, 무대 조명 장치에 환한 빛이 들어왔다. 그러자 무대 위에 있던 그림자 괴물들이 일제히 사방으로 흩어졌다. 배리가 앨런의 옆으로 뛰어오면서 외쳤다.

"빛이 있으라!"

그 말에 대답이라도 하듯, 스피커에서 쿵쾅거리는 음악 소리가 터져 나왔다. 앤더슨 형제의 헤비메탈 음악이 농장 전체에 울려 퍼지기 시작했다.

"배리. 정말 다시 봤어."

앨런이 감탄했다.

"전천후 중개업자 배리 휠러에게 불가능이란 없다!"

배리가 우렁차게 외치더니 믹싱 보드로 달려가서 스위치를 조작했다. 그러자 무대에서 연출용 불꽃들이 분수처럼 뿜어 오르고, 눈부신 스포트라이트가 켜졌다. 들판을 휩쓰는 휘황찬란한 조명 속에 수많은 그림자 괴물들이 썰물 빠지듯 소멸되었다.

"로큰롤!"

배리의 외침과 함께 전력이 뚝 끊겼다. 불이 꺼지고 음악이 멈췄다.

"콘서트가 너무 짧군."

앨런이 조용히 중얼거렸다. 배리는 허둥지둥 믹싱 보드의 전선들을 뽑아내고, 피복이 벗겨진 구릿줄들을 비비 꼬았다.

"쥐가 전선을 쏠아서 그런가봐. 어디 보자, 앰프를 연결할 방법이 분명 있을 텐데. 나 대학 시절에 펑크 밴드 매니저 한 적 있어. 몰랐지? 타이어 여분도 없이 밴 하나 달랑 타고 미국 투어를 돌기도 했다고."

그림자 괴물들이 들판을 가로질러 다가오고 있었다. 배리가 전선을 만지작거리는 동안, 앨런은 산탄총의 총신에 손전등을 대고 믹싱보드 옆에 놓여 있던 테이프로 둘둘 감아 고정시켰다. 그리고 달빛에 번뜩이는 도끼를 쳐든 그림자 괴물을 노려보며 손전등을 켜고 산탄총의 슬라이드를 철컥 당겼다.

"천천히 해, 배리. 전혀 급할 것 없으니까."

"다그치지 좀 마!"

배리가 전선들을 믹싱 보드에 꽂자 플러그에서 불똥이 팍 튀었다. 배리는 흠칫 놀라 뒤로 물러났다. 들판에서 떼 지어 다가오는 그림자 괴물들은 번뜩이는 번개에 반사되어 실제보다 더욱 거대해 보였다. 마치 엄청나게 큰 쇠지레들이 살아 움직이는 것 같았다. 앨런은 애써 침착한 목소리로 물었다.

"에디슨 씨, 뭐 진전 좀 있어?"

배리는 아무 대꾸도 없이 믹싱 보드만 붙잡고 씨름했다. 결국 그림자 괴물 한 놈이 무대 위로 올라왔고, 앨런은 그 순간을 놓치지 않고 총을 쏘았다. 산탄총에 손전등을 붙인 것은 과연 탁월한 선택이었다. 어둠의 보호막을 파괴하는 빛과 괴물의 몸을 산산조각 내는 탄환이 합쳐져 그림자 괴물을 강타하자, 놈은 사족도 못 쓰고 원자 단위로 분해되었다. 앨런은 무대 위를 뛰어다니면서 괴물들을 몇 놈 더 없앤 다음, 배리 쪽으로 후다닥 돌아와 재장전을 했다. 그리고 배리의 머리에 곡괭이를 꽂으려 하던 그림자 괴물에게 가까스로 총을 쏘아 명중시켰다.

뒤늦게 등 뒤를 돌아본 배리는 그림자 괴물이 반짝이는 먼지로 변해 사라지는 걸 보고 앨런에게 고개를 끄덕였다. 그리고 전선 연결 작업에 집중했다.

무대 반대편에서 괴물들이 또 몰려오고 있었다. 하지만 앨런은 바로 옆까지 접근한 놈들을 상대하는 데만도 급해서 그쪽을 신경 쓸 겨를이 없었다. 도끼가 그의 머리를 붕 스쳐 날아가 무대 뒤편의 목조 틀에 처박혔다. 앨런은 끊임없이 움직여 적들을 몰아내면서 배리에게 시간을 벌어주었다.

드디어 무대 앞쪽의 조명이 켜졌다. 가장 가까운 거리에 있던 괴물들이 즉시 사라졌다. 배리가 흥분해서 소리쳤다.

"좋았어! 몇 분만 기다려, 앨런. 저놈들을 한 방에 싹 쓸어버릴 테니까!"

앨런은 조명이 비치는 곳을 방호벽 삼아 숨어서 총을 재장전했다. 탄약을 주입구에 집어넣는데 총구에서 새어나오는 뜨거운 열기가 느껴졌다.

불이 꺼지더니 또다시 들어왔다.

"빌어먹을. 회로 차단기가 하도 오래돼서 맛이 갔어."

배리가 미친 듯이 믹싱 보드 뒤에서 손을 놀렸다. 그러나 불이 또 꺼졌다. 배리가 겁에 질려 소리쳤다.

"대체 어떻게 해야 하지?"

호리호리한 체격의 그림자 괴물 셋이 앨런에게 덤벼들었다. 앨런은 산탄총 한 방으로 셋을 한꺼번에 처치하려 했지만, 놈들은 그전에 재빨리 흩어져서 날렵한 몸놀림으로 치고 빠지듯 움직였다. 모두 회색 작업복 차림이었고 묵직한 스패너를 들고 있었다. 이 지역의 공공 정비를 맡은 작업반 하나가 몽땅 어둠에 잡아먹힌 모양이었다. 앨런은 한 놈씩 격파해나갔지만, 결국 마지막 남은 세 번째 놈에게 스패너로 어깨를 가격당하고 말았다. 오른쪽 어깨가 일시에 마비되는 강렬한 고통에 앨런은 총을 떨어트릴 뻔했다.

"배리! 나 밀리고 있어!"

앨런은 총을 고쳐 잡고 왼손으로 방아쇠를 당겼지만 조준이 빗나갔다. 그러는 동안에도 그림자 괴물들은 하염없이 꾸역꾸역 무대 위로 올라오고 있었다. 설상가상으로 손전등을 총신에 붙여놓은 테이프가 열 때문에 그을리고 있었다. 금방이라도 손전등이 테이프와 함께 떨어질 것 같았다.

"배리! 서둘러!"

앨런의 얼굴을 향해 시퍼런 낫 하나가 날아왔다. 간신히 피하긴 했지만 그때 손전등이 바닥에 떨어졌고, 부딪힌 충격 때문인지 불까지 픽 꺼지고 말았다. 앨런은 되는대로 산탄총만 가지고 가장 가까운 곳에 있는 그림자 괴물 하나를 쏘아보았지만 아무 효과도 없었다.

그림자 괴물들이 게걸스럽게 앨런에게 달려드는 바로 그때, 무대가 일순 환하게 밝아졌다. 파란색과 빨간색의 조명등, 눈부신 순백색의 스포트라이트, 맨 꼭대기에 달린 커다란 탐조등까지 모조리 빛을 발했다. 그러자 괴물들은 꽃이 급속도로 시들어가는 것처럼 일제히 흔들거리며 쪼그라들다가 마침내 펑 하고 폭발했다. 반짝이는 먼지들이 흩날리는 무대 위에 헤비메탈 음악이 최고 볼륨으로 터져 나오면서 강렬한 기타 듀엣이 밤공기를 가르고 퍼져나갔고, 무대 뒤편에서는 음악과 완벽히 박자를 맞추며 불꽃이 분수처럼 솟아올랐다. 방금 전까지만 해도 그림자 괴물로 뒤덮여 있던 들판이 이제는 텅 비어 있었다.

격하게 절정으로 치달아가는 음악에 맞추어 배리가 정열적으로 기타를 치는 시늉을 했다.

"앨런! 끝내주는데! 이렇게 근사한 건 난생처음이야!"

배리가 기타리스트 흉내를 내며 무대 위를 종횡무진 누볐다. 녹초가 된 앨런은 무대 위에 털썩 드러누워 하늘을 밝히며 천천히 떨어져 내리는 불꽃을 올려다보았다.

나이팅게일은 앨런이 가지고 다니던 원고 뭉치를 검토했다. 서로 연결되지 않는 낱장들을 모아놓은 불완전한 원고였지만, 그것만으로도 충분했다. 나이팅게일 자신을 포함해서 다른 사람들의 이름이 거기에 적혀 있었기 때문이다. 나이팅게일은 떨리는 손으로 원고를 한 장 한 장 넘기면서 이것이 곧 증거라고 확신했다. 그의 추측이 틀림없이 옳았다. 무슨 뜻인지 이해할 수 없는 부분이 대다수이긴 했지만, 그 소설에 적힌 내용이 사실로 벌어지고 있다는 것만은 분명했다. 나이팅게일이 소설을 읽으면서 휴대용 술병을 꺼내들 때, 소설 속의 인물인 나이팅게일 역시 휴대용 술병을 꺼내든다고 묘사되어 있었다. 정신이 아찔해진 것은 취기 때문이 아니었다.

CHAPTER 20

배리는 앨런의 옆에 나란히 앉았다. 두 사람의 지친 얼굴 위로 푸른 조명이 쏟아졌다. 무대의 불꽃은 몇 분 전에 꺼졌지만 헤비메탈 음악은 계속 나오고 있었다. 부서진 옥수숫대가 널린 들판에는 말 없는 허수아비만 듬성듬성 서 있을 뿐 그림자 괴물은 다시 나타날 기미가 없었으나, 어쨌든 앨런은 만약에 대비해 총을 재장전해두었다. 손전등은 배터리가 다 떨어졌는지 불이 켜지지 않았다.

"이따가 농가에 들어가면 새 배터리를 찾아봐야겠어."

앨런은 리볼버에 탄환이 들어 있는 걸 확인하고 배리에게 넘겨주었다. 하지만 배리는 설레설레 고개를 젓고 무대의 불빛이 닿지 않는 먼 곳의 어둠을 내다보았다.

"앨런, 지금까지는 정말 운이 좋았던 거야. 이건 미친 짓이야. 보안관에게 연락하는 편이 낫겠어."

"아, 그거 좋은 아이디어로군. 하지만 이런 적을 상대하는 일은 보안관의 직무에 포함되지 않을 것 같은데."

앨런은 벌떡 일어나서 말을 이었다.

"취객들이 싸운다거나 부부끼리 부엌칼을 가지고 난투를 벌이는 상황이라면야, 브레이커 보안관은 분명 말끔하게 문제를 해결해주겠지. 하지만 그림자 괴물, 어둠의 존재, 호수 속에 갇혀 있는 앨리스…… 이런 걸 신고하라고? 무리야. 아, 그러고 보니 FBI의 나이팅게일 요원도 있었지."

앨런은 하트먼의 사무실에서 챙겨온 카세트 플레이어를 꺼냈다.

"이걸 들어봐. 나이팅게일이 하트먼에게 너에 대해 묻는 내용이야."

"뭐? 나?"

앨런은 재생 버튼을 눌렀다.

"허, 허튼 소리 집어치워요."

나이팅게일이 불분명한 발음으로 어물거렸다.

"나는 배리 휠러를 쫓고 있었고, 그가 갈 곳이라면 여기밖에 없소. 그렇다는 건 웨이크도 여기 있다는 뜻이지."

"나이팅게일 요원, 이곳은 엄연히 사유지입니다. 제 환자들을 괴롭히도록 허락할 순 없습니다."

"아하, 내가 영장을 가져와도 그렇게 말할 수 있을까? 그러면 당신의 그 소중한 환자들이 어떻게 생각할까?"

"당신의 강력한 권한이 두려워 실로 몸 둘 바를 모르겠군요."

"이봐, 잘나신 의사 선생. 내가 이 대문을 부수고 들어가서 댁을 패도 그렇게 입을 나불거릴 수 있을 것 같아?"

"나이팅게일 요원, 이 대화는 녹음되고 있으니 말조심하는 게 좋을 겁니다. 그리고 나는 법이 어떻게 돌아가는지도 모르는 변변찮은 시골뜨기가 아닙니다. 당신이 판사를 통해 정식으로 영장을 발부받는다면야 나는 기꺼이 협조할 겁니다. 하지만 영장이 없잖습니까. 이 이상 대화하고 싶거든제 변호사와 얘기하십시오."

앨런은 카세트 플레이어를 껐다.

"아무래도 나이팅게일 요원이 우리를 도와주러 여기까지 달려올 것 같지는 않은데. 그 작자는 나를 총으로 쏘려고 했다고."

배리는 빨간 파카를 부스럭거리며 일어섰다.

"그럼 이제 어쩌자는 거야?"

"어쩌긴, 원래 계획대로 해야지. 앤더슨 형제의 집으로 가서 내 앞으로 남겨진 메시지를 찾아봐야 해."

배리는 근처의 농가를 내다보고는 체념조로 말했다.

"그래. 거기서 배터리를 구할 수 있을지도 모르지."

"좋아. 우선은 헛간부터 가보자. 트럭이라도 있으면 이따 나가는 길에 타고 가게."

앨런이 무대에서 내려가자 배리가 허둥지둥 따라왔다.

"그나저나, '아스가르드의 옛 신들' 말인데, 정말 좋은 밴드던걸."

"다시는 내 앞에서 기타 치는 시늉하지 마."

"너야말로 내가 그랬다는 얘기 어디 가서 하지 마."

앨런은 총을 기타 잡듯이 들고 배리를 흉내 냈다.

"무지 재밌네."

배리가 짐짓 무표정한 얼굴로 투덜거렸다.

헛간은 전통적인 구조로 지어진 널찍한 목조 건물이었다. 앤더슨 형제가 선명한 보라색 페인트로 칠해놓은 듯했지만, 이제는 비바람에 닳아서 검푸른 멍처럼 탁한 색깔로 변해 있었다. 문의 경첩이 녹슬어서 빡빡했기에 두 사람이 힘을 합쳐 겨우 열 수 있었다.

벽을 더듬어 스위치를 켜자 전등이 켜졌다. 앨런은 눈앞에 펼쳐진 광경에 깜짝 놀랐다. 헛간 안에 자동차는 없고, 온갖 음향 장비와 무대 시설들만 가득 널려 있었던 것이다. 이런 장비들을 다 돌리려면 발전기 가지고는 어림도 없었을 텐데. 앤더슨 형제는 전력 회사에 사용료를 직접 지불할 만큼 돈이 넉넉했던 모양이었다. 심지어 실물 크기의 바이킹 배 모형까지 서까래에 사슬로 묶여 있었다.

"우와. 그 사람들 정말로 바이킹 문화에 흠뻑 빠졌었나봐. 이것들 좀 봐."

배리가 뿔 달린 투구를 만지작거리며 말하자, 앨런은 심드렁하게 대꾸했다.

"시크하군."

배리가 헛간 안을 둘러보는 동안 앨런은 작업 공간을 뒤졌다. 엄청난 장비가 수두룩했지만 그중 앨런의 관심을 끈 건 단지 배터리로 작동하는 전기식 등불 두 개였다. 가솔린이 들어 있는 소형 버너도 있었지만, 그걸 들고 가봤자 괜히 힘만 들 것 같았다. 아주 가까운 거리의 적을 상대할 때가 아니면 별 도움도 안 될 것이다. 아까 무대에서 그림자 괴물 셋을 상대하다가 그중 한 놈에게 스패너로 맞았던 일이 떠올랐다. 그때 앨런이 느꼈던 것은 단지 얻어맞은 고통만이 아니었다. 차갑고 섬뜩한, 영혼을 빨아들이는 것 같은 공허감에 사로잡혔었다. 그걸 떠올리니 지금도 절로 몸서리가 쳐졌다. 다시는 그렇게 가까운 거리에서 그림자 괴물을 상대하고 싶지 않았다.

"앨런!"

배리의 고함 소리에 앨런은 반사적으로 버너를 떨어트리고 산탄총을 움켜잡았다. 하지만 배리는 공포가 아니라 흥분에 젖어 있었다.

"이리 와서 이것 좀 봐!"

"뭔데?"

앨런이 걸어가자 배리가 뿌듯한 표정으로 옆을 가리켰다. 거기에는 복잡한 구리 관과 유리병들로 둘러싸인 커다란 구리 탱크가 놓여 있었고, 한쪽 구석에는 옥수수자루가 금방이라도 무너질 듯 위태롭게 쌓여 있었다. 안에 쥐가 잔뜩 들어 있을 것만 같았다. 앨런은 가까이 다가가서 구리관을 만져보았다.

"이게 뭐야?"

"이게 뭐냐고? 증류기잖아! 넌 나보다도 심각한 도시 촌놈이로군."

"증류기? 위스키 만드는 거?"

"그냥 위스키가 아니지. 이건 밀주를 만드는 데 쓴 거라고."

배리가 투명한 액체가 든 유리병을 건넸다.

"마셔봐."

앨런은 고개를 저었다.

"미쳤어? 독이나 마찬가지일 거야."

배리는 술을 한 모금 삼켰다. 그러더니 목을 움켜잡고 눈을 굴리면서 경련을 일으키기 시작했다.

"배리?"

배리가 눈을 뜨더니 키득키득 웃고는 술병을 내밀었다.

"맛이 아주 좋아. 한번 마셔보라니까."

앨런은 마지못해 한 모금 마시고는 숨을 헉 들이켰다.

"완전히 라이터 기름 맛이잖아."

"그래, 끝내주지?"

앨런은 배리에게 등불 하나를 건넸다.

"이거나 챙겨. 이제 농가로 가보자."

"알았어. 하지만 이 술도 가져가야겠어."

배리는 또 한 모금 맛을 보고는 앨런을 따라 헛간을 나서면서 계속 떠들었다.

"최고의 음악가들이 밀주 제조 솜씨까지 최고라니. 인간문화재 감이야."

"러시모어 산(미국 사우스다코타주에 위치한 산봉우리로, 가장 위대한 미국 대통령 4인의 얼굴이 조각되어 있는 것으로 유명하다.)에다가 앤더슨 형제 얼굴도 새겨달라고 정부에 건의해보든가."

배리가 술을 쭉 들이켜고는 손목에 흘러내린 것까지 말끔하게 핥아 먹었다.

"그런 걸로는 돈이 안 벌리잖아. 이건 리얼리티 쇼로 제작하면 딱이야. 제안서만 잘 쓰면 눈 깜짝할 사이에 팔려나갈걸."

농가의 문은 열려 있었다. 앨런은 현관에 들어서서 등불을 비춰보았다. 벽에 붙어 있는 반쯤 벗겨진 록밴드 포스터, 거실에 놓인 가구들 외에는 아무런 수상쩍은 것도 보이지 않았다. 앨런은 불을 켜고 안으로 들어갔다.

"안전한 곳이야."

"당연히 안전하겠지. 왜 아니겠어?"

배리가 비꼬는 어조로 대꾸하면서 거실의 플로어 스탠드, 부엌 전등, 복도 전등까지 다 켰다. 거실에는 고급스럽고 오래된 가구들이 갖춰져 있었다. 버터처럼 부드러운 빛깔의 갈색 가죽 소파, 소파 등받이에 걸쳐진 노란색 캐시미어 담요, 소나무 재목으로 된 흰색 책장, 크리스털 탁자. 벽난로 위에는 잎사귀 모양으로 조각된 황금 테두리로 둘러싸인 앤틱 벽걸이 거울까지 걸려 있었다. 원목 마룻바닥에는 이란풍의 회색 카펫이 깔려 있었는데, 앨런은 뉴욕의 상점에서 그 비슷한 카펫을 3만 달러에 팔던 걸 본 적이 있었다. 텔레비전 역시 최신식 평면 스크린이 아니라 구식 브라운관 모델이었고, 컴포넌트 오디오에도 아이팟 도크 같은 건 없었다.

한쪽 벽에는 가로 20센티미터에 세로 25센티미터짜리 컬러 사진들이 붙어 있었다. 앤더슨 형제가 전 세계에서 공연한 콘서트 사진이었다. 형제는 바이킹 투구, 털 조끼, 허벅지까지 올라오는 가죽 부츠 차림으로 V자 모양의 기타를 연주하며 무대를 활보하고 있었다. 한 사진에서는 클럽이 아니라 야외의 대형 공연장에서 붉은 조명을 받으며 수많은 관객 앞에서 공연하고 있었다. 앨런은 오 디어 식당에서 두 형제를 처음 만났을 때를 기억했다. 토르였는지 오딘이었는지는 잘 기억이 안 나지만 어쨌든 둘 중 하나가 주크박스의 '코코넛' 노래를 틀어달라고 앨런에게 부탁했고, 앨런이 마지못해 주크박스에 동전을 집어넣자 그들은 무척이나 행복한 표정을 지었었다. 그때 그들에게 더 잘 해줬더라면 좋았을걸 하는 후회가 들었다.

"좋은 집이네. 그리고 딱히 버려진 집 같지도 않아. 얼마 전까지만 해도 누가 있다 간 게 분명해."

배리가 부엌의 조리대에 쌓여 있는 그릇을 가리켰다.

"그 어르신들, 내킬 때면 정신병원을 뛰쳐나와 여기 왔던 모양이야."

앨런은 계단의 전등을 켜고 2층으로 올라가 보았다. 위층에는 침실 세 개가 있었고, 그 어디에도 그림자 괴물은 없었다. 앨런은 침실들을 뒤져보았지만 앤더슨 형제가 남긴 편지 같은 건 눈에 띄지 않았다. 창밖을 내다보니 무대 옆의 발전기가 아직도 연기를 내뿜고 있었고, 텅 빈 들판에 헤비메탈 음악이 쿵쿵 울려 퍼지고 있었다. 마치 관객이 모두 떠난 뒤에도 계속되는 콘서트 현장을 보는 듯했다. 앨런은 침실의 불을 모두 켜놓고 아래층으로 내려갔다.

"찾았어?"

배리가 소파에 앉아 술병의 뚜껑을 열면서 물었다. 앨런은 고개를 젓고 부엌으로 들어갔다. 배리가 틀어놓은 라디오에서 팻 메인의 목소리가 흘러나왔다.

"고정 청취자분들은 잘 아시겠지만, 저는 밤늦게까지 일하는 사람이죠. 하지만 그런 사람이 저뿐만은 아니랍니다. 멀리건 부보안관, 손튼 부보안관이 바쁜 일정을 쪼개서 스튜디오에 나와주셨네요. 두 분, 어떠십니까, 요즘 많이 바쁘시죠? 사슴 축제가 코앞이니까요."

배리가 앨런에게 소리쳤다.

"어이, '사슴 축제'라는 말이 나올 때마다 술 한 모금씩 마시는 게임이라도 할까?"

라디오에서는 멀리건의 목소리가 나왔다.

"네, 꽤 바쁘긴 합니다."

손튼의 목소리가 이어졌다.

"사실 축제가 아니라 다른 문제 때문에 좀 골치예요."

"그런데 수사중인 사건이라서 자세히 말씀드릴 순 없어요."

멀리건이 재빨리 손튼의 말을 무마하자, 손튼이 뒤늦게 덧붙였다.

"네, 그렇죠. 그냥, 음…… 사슴 축제 말고도 여러 일거리가 있다는 뜻입니다."

배리가 밀주를 한 모금 꿀꺽 들이켜곤 외쳤다.

"나왔다! 사슴 축제!"

팻이 물었다.

"예년과 비교하면 어떻습니까? 제가 느끼기에는 그럭저럭 평화로운 것 같지만, 아무래도 사슴 축제가 다가오면 사람들이 많이 거칠어지는 편이죠?"

"사슴 축제!"

배리가 또 술을 마셨다.

"장난 아니에요. 올해는 정말이지 온갖 말썽이 일어났습니다. 기물 파손, 싸움, 치안 방해…… 실종 사건도 유난히 많고요."

앨런은 부엌 조리대와 서랍을 모조리 뒤져보았지만 쪽지는 보이지 않았다. 앨런은 거실로 나가서 책상이나 벽난로 선반을 살펴보았다.

"흐음, 그렇군요. 해가 갈수록 사슴 축제가 더 난폭해지는 걸까요? 예전보다 사람들이 술을 더 많이 마시는 것 같긴 합니다. 젊은 사람들도 말이죠. 그리고 다들 일찍부터 축제 분위기에 들뜨는 것 같아요."

배리가 라디오를 향해 술병을 들어 올리며 말했다.

"그림자 괴물을 빼놓으면 안 되지. 그게 축제 분위기에 한몫한다고."

"그건 그래요. 하지만 정말 이상한 점은, 요즘 말썽을 일으키는 분들은 대개 중년의 성인들이라는 겁니다. 오히려 젊은 친구들은 조용한 편이에요."

멀리건이 말했다.

"그나마 다행스러운 일이네요. 두 분, 들러주셔서 감사합니다. 순찰하러 가실 시간이겠지요? 모쪼록 몸조심하시고요."

"예, 감사합니다."

"감사합니다."

멀리건과 손튼이 인사를 했다. 인터뷰가 끝나기가 무섭게 배리가 앨런을 향해 소리쳤다.

"앨런, 들었어? 팻 메인이 '사슴 축제'를 네 번이나 말했어!"

앨런은 거실 한가운데에 서서 한숨을 쉬었다.

"아니야. 한 번은 부보안관이 한 말이었어."

"네 번 맞다니까. 앨런, 주변에 신경 좀 쓰고 살아."

"너 너무 많이 마셨어."

배리가 술병을 물끄러미 쳐다보았다.

"세상에, 이 양반들 술에다가 대체 뭘 넣은 거지?"

"비타민이랑 미네랄을 가득 넣었겠지."

"아하! 기분이 좋아질 만도 하네. 자, 너도 비타민 좀 먹어! 비타민이 모자라면 괴혈병에 걸린다고."

배리가 술병을 건네며 또 권했다. 앨런은 주저하다가 결국 한 모금 마셨다. 먼젓번처럼 목구멍이 타들어 가듯 독하게 느껴지지는 않았다.

"네 말이 맞는 것 같군."

"그럼. 난 언제나 옳으니까."

앨런이 한 모금 더 마셨다.

"그래, 나도 들었어. 분명 '사슴 축제'라고 했어."

"네 번이나 말이지."

배리가 키득거렸다.

앨런은 길게 쭉 들이켜고 술병을 높이 들어 올렸다.

"네 번이나."

"사슴 축제, 사슴 축제, 사슴 축제."

배리가 게슴츠레한 눈으로 앨런을 쳐다보았다.

"아, 내가 너무 시끄럽게 떠드나?"

앨런은 서글프게 말했다.

"앤더슨 형제가 남긴 쪽지가 분명 있을 줄 알았는데……."

"그러게. 노망난 퇴물 록스타들의 말도 믿을 수가 없다니, 세상에 믿을 사람 하나 없네."

앨런은 배리 옆자리에 털썩 걸터앉아 술병을 넘겨주었다. 배리는 리모

컨으로 텔레비전을 틀었다. 보름달이 뜬 어느 으스스한 마을을 배경으로 '나이트 스프링스'라는 프로그램 로고가 화면에 나타났다.

"나이트 스프링스! 우와, 옛날 생각나네. 야, 내가 저 시리즈에 너 넣어 줬던 거 기억 나? 네가 저걸로 프로 작가로 데뷔한 거잖아."

"제작진 명단에 이름도 제대로 못 올렸는데 뭐. 그래도 커리어의 출발점이 되긴 했지."

"돈도 받았잖아. 안 그래?"

배리가 술병을 앨런에게 넘겨주며 말했다.

"돈이야 받았지."

"하하, 방금 '고마워, 네 덕분에 데뷔했어'라고 한 거지? 별 말씀을. 아, 저거 혹시 네가 쓴 에피소드야?"

앨런은 에피소드의 제목이 내레이션으로 나오는 걸 듣고 고개를 저었다.

"아니야."

"아쉽군."

배리가 텔레비전을 껐다.

"네가 쓴 에피소드도 재방송되는지 확인해봐야겠어. 재방송료를 확실히 챙겨야 하니까. 내 고, 고갱이 돈을 떼먹히는 일은 절얼대로 있어선 안 되지. 암!"

"고갱?"

"고객, 고객! 야, 나 취했다고 놀리는 거야? 내가 너보다 훨씬 더 많이 마셨으니 당연한 거야!"

앨런은 술병을 빼앗아서 보란 듯이 쭉 들이켰다. 하지만 배리는 앞의 허공을 쳐다보며 혼잣말을 중얼거리고 있었다.

"솔직히 나 아직 무서워."

"나도 그래."

"그래, 그럼 다행이네. 우리 콤비에서 내가 겁쟁이 역할을 맡는 건 싫으니까."

"콤비? 뭐야, 우리가 슈퍼히어로라도 돼?"

앨런이 피식 웃었다.

"그랬으면 좋겠군. 슈퍼히어로는 뭐든 거뜬히 해내니까."

배리는 술을 마시다가 셔츠에 흘리고 말았다.

"하지만 그러면 우스꽝스러운 옷을 입어야 하잖아."

"타이즈 같은 거 말이지? 딱 질색이군. 하지만 망토는 괜찮아. 나한테 아주 잘 어울릴 거야."

"아닐 것 같은데."

배리가 휘청거리면서 일어서더니 소파 등받이에 걸쳐져 있던 캐시미어 천을 목에 묶었다. 그리고 천을 망토처럼 휘날리며 거실을 뛰어다녔다.

"아, 그렇네. 정말 잘 어울려. 하지만 난 지금 취한 상태니까, 멀쩡한 사람한테 보여주고 물어보는 게 더 나을 거야."

"하지만 말이야, 설령 내가 슈퍼히어로라고 해도 한밤중에 숲에 들어가진 않겠어. 차라리 입에 날고기를 물고 상어 수족관에 뛰어들고 말지."

배리는 몸을 가누지 못하고 비틀비틀 뒷걸음을 치다가 바로 옆의 오디오를 내려다보았다.

"앨런! 이것 봐. 턴테이블이야. 레코드판도 있어!"

앨런은 그쪽에 관심이 없었다. 그는 곰곰이 생각에 잠긴 채 중얼거렸다.

"앤더슨 형제는 대체 왜 편지를 남겼다고 알려주었을까?"

배리가 턴테이블을 켜고 레코드판 위에 바늘을 올려놓은 뒤 소파로 돌아와 앉았다. 스피커에서 노래가 흘러나왔다.

'밤 때문에 미쳐버린 빛의 여인을 찾아라, 밤 때문에 미쳐버린 빛의 여인을 찾아라.'

"오, 멜로디가 귀에 쏙쏙 들어오는걸."

앨런은 술병으로 손을 뻗었다.

'밤 때문에 미쳐버린 빛의 여인을 찾아라.'

배리가 소파 등받이에 머리를 기대고는 웅얼거렸다.

"앤더슨 형제는 편지를 남겼다고 말한 적 없어."

"분명 그렇게 말했어."

"아니야. 아까 차에서 네가 그랬잖아, 앤더슨 형제가 메시지를 남겼다고."

"그래, 내 말이 그 말이잖아."

'밤 때문에 미쳐버린 빛의 여인을 찾아라.'

앨런은 벌떡 일어나 배리의 팔을 꽉 움켜쥐었다.

"넌 천재야!"

"이제야 그걸 깨달았군."

배리가 술을 한 모금 마시더니 흐리멍덩한 눈으로 앨런을 쳐다보았다.

"그런데 내가 정확히 뭘 했는데?"

앨런은 말없이 턴테이블을 가리켰다.

'밤 때문에 미쳐버린 빛의 여인을 찾아라.'

"흠, 나는 네가 앤더슨 형제의 음악을 안 좋아하는 줄 알았는데."

"가사 말이야. 노래 가사를 들어보라고! 그 형제는 우리에게 빛의 여인을 찾으라는 메시지를 전하고 싶었던 거야. 일명 '등불 할머니', 신시아 위버 말야! 그 할머니는 젊었을 때 토머스 제인을 사랑했었어. 어둠의 존재에 대해서도, 어둠이 토머스 제인에게 무슨 짓을 했는지도 다 알고 있다고. 그분에게 물어보면 놈을 무찌를 방법을 알려줄지도 몰라!"

배리가 고개를 끄덕였다.

"그렇군. 나는 천재야."

"신시아 위버를 찾으러 가야겠어."

앨런은 발을 옮기려 했지만 다리가 후들거려 말을 듣지 않았다.

"조금만 있다가 출발하자."

"음, 한참 있다가 출발하자."

앨런이 소파에 털썩 주저앉자 턴테이블의 바늘이 튀었다.

'그대의 사랑을 자유롭게 하려면 마녀의 오두막집 열쇠를 찾아라. 밤 때문에 미쳐버린 빛의 여인을 찾아라, 그리하여 운명을 바꿀 수 있으리.'

앨런은 가사를 유심히 듣고 나서 중얼거렸다.

"신시아 위버가 그 방갈로 열쇠를 갖고 있나봐. 앨리스를 구할 방법도 알고 있고. 그래, 앤더슨 형제는 정말로 메시지를 남겼던 거야."

"앤더슨 형제를 위하여!"

배리가 술을 한 모금 마시고 앨런에게 병을 넘겨주었다.

"앤더슨 형제를 위하여!"

앨런도 술을 마시고 배리에게 돌려주었다.

"빛 속에 머물자."

앨런은 배리가 넘겨준 술병을 받아들고 들이켰다.

"빛 속에 머물자."

'그대의 사랑을 자유롭게 하려면 마녀의 오두막집 열쇠를 찾아라. 밤 때문에 미쳐 버린 빛의 여인을 찾아라, 그리하여 운명을 바꿀 수 있으리.'

배리가 하품을 했다.

"노래 정말 죽이네."

"뭐랄까, 들으면 들을수록 귀에 착착 감겨."

배리가 앨런에게 다시 술병을 넘겨주었다. 앨런은 술을 천천히 홀짝거리면서 나지막이 말했다.

"앨리스가 그리워. 너무 그리워서 속이 쓰릴 정도로."

"그래. 그럴 거야."

"더 잘 해줄걸. 늘 성질만 부렸던 게 후회돼."

"나도 록스타였으면 좋을 텐데. 정말 멋졌을 거야."

"앨리스를 구하고 나면 앞으로 노력할 거야. 난 달라질 거야."

"하지만 내가 이제 와서 록스타가 되기엔 너무 늦은 것 같아. 이런 몸으로 록커라니, 지나가던 개가 웃겠지."

앨런은 빙빙 돌아가는 레코드판을 멀거니 바라보았다. 아주 오랫동안 그렇게 쳐다보며 앉아 있었던 것 같았다. 끝없이 되풀이되는 음악 속에서 회전목마를 타는 듯한 기분이었다.

"앨런? 앨런?"

"응. 말해."

"앨런, 다음번엔 내가 산탄총 쏴도 돼? 놈들을 싹 날려버리고 싶어."

"그럼, 배리. 네가 산탄총 써."

"넌 영웅이야. 네가 무대에서 총을 휘두르는 걸 동영상으로 찍어놨어야 하는 건데."

"나는 영웅이 아니야. 나는 작가야."

배리가 또 하품을 했다.

"나 잠깐만 눈 좀 붙일게. 그래도 되지?"

"나한테 슬럼프 같은 건 없어. 앞으로 1년에 열 권씩 쓸 거야. 최소한 열 권. 그리고 전부 베스트셀러가 될 거야."

배리가 눈을 감았다.

"아무렴, 그래야지. 글 쓰는 동안 망 좀 잘 봐줘."

자기도 모르게 입이 벌어졌다. 앨런이 퍼뜩 눈을 떠보니 레코드판은 여전히 빙빙 돌아가고 있었다. 음악 소리와 배리가 코 고는 소리가 흐르는 거실은 더없이 밝고 안전하게 느껴졌다.

"망은 잘 볼게. 걱정하지 마."

앨런은 하품을 하고 눈을 감았다.

로즈는 노부인이 어떻게 자신의 트레일러로 들어왔는지 알지 못했다. 게다가 그녀는 어딘가 이상했다. 노부인은 이를 내보이며 미소를 지었지만 어쩐지 웃는 표정으로 보이지 않았다. 노부인이 로즈의 뺨을 손가락으로 훑으며 "예쁜 아이야"라고 말하자, 로즈는 똑바로 서 있으면서도 잠에 빠진 것처럼 정신이 몽롱해졌다. 얼음장처럼 차갑고 음산한 목소리가 귓가에 들려오더니, 이윽고 모든 게 검은색과 회색 크레파스로 그려진 듯한 세상이 눈앞에 펼쳐졌다. 로즈는 흑백으로 된 꿈속 세상에서 길을 잃었다.

그 노부인은 로즈의 모든 소망을 현실로 이루어 주겠노라고 약속했다. 로즈를 앨런 웨이크의 뮤즈로 만들어 주겠노라고. 그래서 로즈는 얼굴이 얼얼할 만큼 활짝 미소를 지었고, 두 사람이 마실 커피에 수면제를 잔뜩 타 넣었다. 그러나 마음속 깊은 곳에서는 공포로 비명을 질렀다.

CHAPTER 21

앨런은 아무것도 보이지 않았다. 눈에 뵈는 게 없을 만큼 취한다는 게 이런 거구나 싶었다. 술에 취한 적은 전에도 여러 번 있었다. 아니, 사실 앨런은 지나치게 자주 취하곤 했다. 하지만 미치광이들이 만든 밀주를 마시고 취하기는 생전 처음이었다. 다시는 이런 짓을 하지 말아야겠다는 생각이 들었다.

그런데 여기는 어디일까?

앨런은 서 있었고, 왠지 몰라도 귀가 웅웅거릴 만큼 몹시 화가 나 있었다. 원래 항상 화가 나 있는 편이니 새삼 이유를 따질 것도 없긴 했다. 주위는 뿌연 잿빛 안개가 자욱했고, 손을 뻗어보아도 아무것도 만져지지 않았다. 배리와 함께 레코드판을 들으면서 밀주를 퍼마셨던 것까지는 기억이 났다. 앤더슨 형제의 자작곡이 녹음된 그 낡은 레코드판이 바로 앨리스를 구할 방법을 알려주는 열쇠였다. 하지만 그 형제가 직접 빚은 술이 앨런의 정신을 어딘가 먼 곳으로 보낸 것이다.

안개의 장막 너머에서 빛이 가물거리더니 무슨 소리가 들려왔다. 사람의 목소리였다. 아주 작았지만, 앨런은 분명히 알아들을 수 있었다. 그건 앨리스의 목소리였다.

"앨리스!"

그런데 그녀의 이름을 부르는 자신의 목소리는 험악했다. 안도감과 애틋함이 아닌, 오히려 정반대에 가까운 감정이 묻어나왔다.

"제기랄, 앨리스. 나한테 간섭하지 마!"

아니다. 그가 이런 말을 했을 리 없었다. 아니, 하지 말았어야 했다. 안개가 엷어지자 어떤 사람이 눈앞에 서 있었다.

"날 그냥 내버려두라고!"

하고 싶지 않은 말이 또 다시 입에서 튀어나왔고, 속에서는 금방이라도 폭발할 것처럼 부글부글 끓어오르는 분노가 느껴졌다. 안개 너머에서 앨리스가 완전히 모습을 드러냈다. 앨리스는 앨런을 올려다보며 말했다.

"앨런, 나는 그냥 도와주고 싶었을 뿐이야."

앨런은 당장 앨리스를 부둥켜안고 키스하고 싶었다. 하지만 몸은커녕 입도 마음대로 움직일 수 없었다.

"내가 언제 도와달라고 했어?"

앨리스는 눈물을 흘리면서도 꿋꿋하게 앨런을 마주보며 또박또박 말했다.

"앨런, 그건 당신의 문제야. 내 문제가 아니라고."

주위를 둘러보니 그곳은 새 다리 방갈로의 위층 서재였다. 브라이트 폴스에 도착한 첫날밤으로 돌아온 것 같았다. 창가에 있는 토머스 제인—당시에는 몰랐지만—의 책상 위에 앨런의 구형 수동 타자기가 놓여 있었다. 앨리스가 그를 기쁘게 해주려고 뉴욕에서 몰래 가져온 깜짝 선물이었다. 앨리스는 그가 스트레스와 유혹으로 가득한 도시 생활에서 벗어나 새로운 환경에서 새로운 마음으로 작업하기를 바랐다. 작품 활동만이 아니라 두 사람의 관계에서도 이번 여행이 새출발이 되기를 바란 것이다. 그런데 앨런은 타자기를 보니 기쁘기는커녕 화만 치밀었다. 늘 그런 식이었다. 이 기적이고 거만한 성격 탓에, 앨리스의 행동이 자신을 조종하려 드는 걸로 느껴져서 또 욱하고 폭언을 쏟아내고 말았다. 그래서 앨리스를 어둠 속에 혼자 남겨두었고, 앨리스는 비명을 질렀고, 앨런이 허겁지겁 방갈로로 돌아갔을 때는 이미 너무 늦었던 것이다.

하지만 그 모든 일을 바로잡을 기회가 비로소 찾아왔다. 앨런은 부부싸움을 그만두고 앨리스와 함께 이곳을 떠나기로 작정했다.

"앨런, 당신과 싸우는 건 이제 진력이 나."

앨리스가 말했다.

"당신은 아무것도 몰라. 내가 어떤 문제에 시달리고 있는지 당신은 전혀 모른다고!"

"그럼 말해주면 되잖아."

하지만 앨런은 도저히 마음먹은 대로 행동할 수가 없었다. 과거의 사건을 다시 체험하고 있을 뿐, 과거의 자기 자신을 막을 수는 없는 듯했다. 자신이 저지른 실수들을 가만히 지켜보기만 해야 하는 악몽을 꾸고 있는 것 같았다. 그래도 어쩌면 이 꿈을 통해 그날 밤의 진실을 기억해낼 수 있을지도 모른다.

앨리스가 그의 손을 잡았다.

"앨런, 말해줘. 당신이 무엇 때문에 괴로운지 알고 싶어. 도와주고 싶어."

그 순간 앨리스의 따스한 피부의 감촉이 선명하게 느껴졌다. 과거의 그녀와 불현듯 접촉한 느낌이었다. 앨런은 앨리스의 손을 꼭 맞잡고 입을 열어 용서를 구하려 했지만, 그 생생한 감각은 금세 사라져버렸다. 과거의 앨런은 앨리스를 뿌리치고 계단을 쿵쿵 내려갔다. 현재의 앨런은 과거의 자신에게 투명한 밧줄로 연결된 것처럼 질질 이끌려 방갈로 밖으로 따라나가는 수밖에 없었다. 달빛이 비치는 다리 위를 걷던 과거의 앨런은 문득 멈춰서더니 자조적인 웃음을 터뜨렸다.

그때 방갈로에서 앨리스의 비명이 울려 퍼졌다. 비명 소리는 호수에 비치는 달빛처럼 아른거리며 공기 중에 번져나갔고, 그와 동시에 방갈로의 불빛이 모두 꺼졌다. 앨런은 즉시 방갈로를 향해 달려갔다. 낡아빠진 나무 판자에 금이 갈 만큼 힘껏 발을 내딛었지만, 아무리 달리고 또 달려도 방갈로는 점점 더 멀어지기만 했다.

'너무 늦었어. 애초에 검은 드레스 입은 여자를 만나지 말아야 했어. 존재하지도 않는 방갈로의 열쇠를 받지 말았어야 했다고.'

현재의 앨런은 과거의 자신에게 그렇게 말해주고 싶어서 애가 탔다.

"앨런, 당신 어딨어?"

"앨리스, 기다려! 금방 갈게! 안에 가만있어!"

앨런이 소리쳤다. 현재의 그가 느끼는 절박함이 너무나도 강렬했던지, 과거의 앨런의 목소리에서도 그 감정이 그대로 묻어나왔다.

반딧불이들이 비밀 신호를 보내듯 빛을 깜빡거리며 날아다녔다. 앨런은 정신이 자꾸 산만해졌다. 이러다가 발을 헛디뎌서 저 깊은 호수에 빠지기라도 하면…….

"제발, 제발."

앨리스가 애원했다.

"앨리스, 나 가고 있어! 발코니로 나가지 마!"

하지만 너무 늦었다. 이미 늦었다는 걸 앨런은 누구보다도 잘 알고 있었다.

"안 돼! 오지 마!"

앨리스가 날카롭게 외쳤다.

앨런은 비틀거리면서도 계속 달렸다. 마침내 다리를 다 건너서 잠수부의 섬에 발을 디디자, 땅이 이상하게 푹푹 꺼지는 느낌이 들었다. 어쩐지 께름칙한 기분이었지만 어쨌거나 앨런은 계단을 뛰어올라 현관문을 벌컥 열었다.

"앨런!"

앨리스의 비명이 메아리치는 가운데, 썩은 나무가 우지끈 부러지고 무언가가 물에 풍덩 빠지는 소리가 들렸다. 허겁지겁 2층 발코니로 올라가 보니 난간이 부러져 있었다.

"앨리스!"

앨런은 앨리스를 찾아 호수를 내려다보았다. 그러나 수면에 비친 별들 사이를 느릿느릿 맴도는 반딧불이 한 마리만 보일 뿐이었다. 평생 본 것 중 가장 슬프고 외로운 광경이었다. 그런데 수면 너머로 무언가가 눈에 띄었다. 짙은 색깔의 어떤 형상이 물속으로 깊이 빠져들고 있었다. 앨리스가 분명했다. 앨런은 지체 없이 호수로 뛰어들었다. 그러나 아무리 전력으로 헤엄쳐도 앨리스는 훨씬 더 빠른 속도로 잠겨들었고, 결국 깊은 어둠 속에 사라져 보이지 않게 되었다.

원래 앨런이 기억하는 사건은 여기까지였다. 앨리스를 구하러 호수에 뛰어들었던 것까지만 기억이 났다. 그 뒤에 정신을 차려보니 그는 교통사고를 당한 상태였고, 스터키 주유소로 가기 위해 숲으로 들어갔다가 처음으로 원고의 낱장을 찾아냈던 것이다.

현기증이 일었다. 앨런은 허둥지둥 헤엄쳐 올라가서 수면 위로 머리를 내밀고 가쁜 숨을 몰아쉬었다. 다리 위로 올라가 힘없이 주저앉은 그는 몸서리를 쳤다. 앨런은 꿈에서도 앨리스에게 닿을 수 없었다. 앨리스를 구하지 못했다.

그런데 다리가 우르릉 떨리더니 앞뒤로 흔들거리기 시작했다. 호수 밑에서부터 시작된 진동으로 수면에 파문이 일고 있었다. 앨런은 휘청거리며 일어나 다리를 건너갔다. 발밑의 나무 널판들이 삐걱거리며 신음했고, 호수에서는 비치볼만큼 커다란 공기방울이 부글부글 올라와 달빛 속에서 새까맣게 번뜩였다. 섬에 이르러 털썩 주저앉았을 때 방갈로의 발코니에 누군가가 보였다. 검은 드레스를 입은 여자, 바바라 재거가 호수처럼 차가운 눈동자로 그를 응시하고 있었다.

바바라의 얼굴을 한 그 어둠은 지금까지 내내 앨런을 따라온 것 같았다. 식당에서 처음 만났을 때부터, 아니, 어쩌면 그전부터. 그녀는 이 모든 일을 꾸며놓고 지금도 앨런의 꿈속으로 들어와 그를 지켜보고 있는 것이다. 바바라가 계단을 걸어 내려와서 앨런의 옆에 다가섰다. 검은 베일이 휘날리면서 일그러진 맨 얼굴이 언뜻 드러났고, 몸에서는 두꺼비와 썩은 고기 냄새가 풍겼다.

"저 방갈로를 보아라. 창문 너머에 누가 있는 게 보이지 않느냐? 아마 네 아내겠지. 너의 소중한 앨리스는 호수에 빠진 게 아니라, 지금도 저 안에서 어둠 속에 홀로 갇혀 있는지도 몰라."

앨런의 눈앞에서 어둠이 가물거렸다.

"서둘러라, 이 멍청한 녀석! 뭘 기다리고 있는 게냐?"

앨런은 엉거주춤 일어섰다.

"앨리스?"

"서둘러!"

바바라의 손톱이 그의 살갗을 움켜쥐고 끌어당겼다. 바바라가 자신을 조종하고 있다는 것을 앨런은 잘 알고 있었지만, 앨리스가 그를 기다리고 있다는 것 역시 사실이었다. 그래서 앨런은 방갈로로 뛰어갈 수밖에 없었다.

바바라가 미소를 지으며 그를 따라갔다.

방갈로 안은 창문으로 새어드는 달빛 외에는 어두컴컴했다. 앨런이 불안하게 주위를 두리번거리자, 바바라가 그의 곁에서 속삭였다.

"너의 소중한 앨리스는 이 집 어딘가에 있을 거야. 위층의 서재에 있을까? 그래! 거기가 분명해. 지금 올라가서 네가 한 못된 말들을 사과하는 게 어떨까? 정말로 미안하다고, 다시는 그러지 않겠다고 말하면 돼. 그리고 가볍게 웃어넘기고 잊어버리면 되는 거야."

달빛도 스며들지 않는 짙은 어둠이 벽을 감싸고 있었다. 앨런은 황급히 위층으로 올라갔다. 침실을 먼저 확인했지만 앨리스는 보이지 않았다. 앨런은 무거운 발걸음으로 천천히 서재로 향했다. 만약 앨리스가 서재에도 없다면, 이 집에 없다면, 어디에 있을까?

"앨리스?"

앨런은 텅 빈 서재에 우두커니 서서 앨리스의 이름을 불렀다. 바바라가 어둠 속에서 앨런을 노려보며 말했다.

"앨리스는 여기에 없다. 해피엔딩이라는 게 정말로 있을 거라고 생각했느냐?"

바바라가 녹슨 침대 스프링처럼 삐걱거리는 목소리로 깔깔 웃어댔다.

"네 소중한 앨리스는 죽었다. 네가 버리고 떠났기 때문에 물에 빠져 죽었단 말이다. 지금쯤이면 호수 밑바닥에 누워서 눈은 퉁퉁 붓고 입술은 시퍼렇게 변한 채 지렁이와 게에게 뜯어먹히고 있겠지. 다 네 잘못이야. 너 때문에 앨리스가 죽은 거라고. 앨리스는 단지 네가 글을 쓸 수 있도록 도와주려고 했을 뿐인데 너는 그녀를 내쳐버렸어. 차라리 직접 죽여주지 그랬느냐? 그 가엾은 여자에게는 그편이 더 행복했을 게다."

앨런은 책상에 기대서서 흐느껴 울었다.

"쉿. 내 말 잘 들어라."

바바라가 앨런의 머리카락을 쓰다듬었다. 꼭 해초가 머리에 엉기는 것 같은 감촉이었다.

"아직 희망은 있어. 콜드론 호수는 아주 특별한 곳이거든. 여기서는 무엇이든 네 마음대로 바꿀 수 있지. 앨리스는 네가 글을 쓰기를 원했지? 넌 그녀의 바람대로 글을 쓰면 돼. 그것만이 앨리스를 되찾을 유일한 방법이야."

방 안이 점점 캄캄해지면서 어렴풋한 달빛마저 사라져갔다.

"나는 앨리스를 네 품에 돌려줄 수 있어. 네가 기억하는 그 모습 그대로 말이야. 원래의 앨리스보다 더 좋은 여자를 원한다면, 그것도 얼마든지 가능해. 내가 도와주지. 너는 다만 앨리스가 돌아온다는 내용의 글을 쓰면 되는 거야. 이곳에서 너 같은 예술가들은 전지전능한 존재야. 네가 쓴 글이 모두 현실로 이루어질 거야. 모든 걸 원래대로 되돌릴 수 있어. 어떠냐, 멋지지 않느냐? 너는 아주 운이 좋은 작가야."

사방에 어둠이 자욱하게 깔렸다. 현재의 앨런은 이게 모두 꿈이라고, 현실이 아니라 과거의 기억일 뿐이라고 되새기려 안간힘을 썼다. 어둠의 존재는 앨런을 괴롭히기 위해 이곳으로 데려왔겠지만, 놈이 미처 예상하지 못한 부분이 있었다. 앨런이 사무치는 절망과 상실감 속에서도 애써 과거의 자신과 거리를 유지하며 상황을 객관적으로 파악하고 있다는 것. 이제야 앨런은 브라이트 폴스에 도착한 첫날밤에 무슨 일이 일어났는지 완전히 기억해냈다. 그는 바바라의 꼬임에 넘어가서 원고를 쓰게 된 것이다.

원고는 바바라에게 주기로 약속한 앨리스의 몸값인 셈이었다.

과거의 앨런이 고개를 끄덕였다.

"그래, 좋아. 글을 쓰겠어. 모든 걸 되돌릴 거야. 앨리스를 되찾을 수만 있다면 뭐든지 당신이 하라는 대로 할게."

앨런은 타자기 앞에 앉아서 글을 써나갔다. 타자를 치는 소리가 방 안에 천둥처럼 울려 퍼졌다. 지난 며칠 동안 끝없이 그의 귓가에 들려왔던, 이 제는 의식하지도 못할 만큼 익숙해진 바로 그 소리였다.

그렇게 내리 일주일 동안 앨런은 어둠의 존재가 만들어낸 악몽 속에 갇 힌 채, 글을 쓰는 것만이 앨리스를 구할 방법이라 믿으며 『출발』을 써나갔 다. 바바라의 탈을 쓴 어둠은 그의 공포를 부추기며 자신이 더욱 강력해지 는 이야기를 쓰라고 속삭이고 또 속삭였다. 앨런은 밤을 새다시피 하며 미 친 듯이 글을 썼고, 원고는 나날이 책상 위에 수북이 쌓여갔다.

그렇게 소설 한 권이 거의 완성되었을 때쯤, 앨런은 너무 지쳐서 타자기 위에 풀썩 엎어져버렸다. 바바라가 앙상한 손가락으로 쿡쿡 찌르며 어서 글을 마저 쓰라고 재촉했지만 앨런은 쉽사리 깨어나지 못했다.

그런데 바바라가 문득 머리를 갸웃하더니 방 안을 둘러보았다.

현재의 앨런은 잔뜩 긴장해서 숨을 죽였다. 그가 바바라를 지켜보고 있 다는 걸 들켰을까봐 노심초사하고 있는데, 별안간 호수에서 우르릉 하는 소리가 나더니 사방을 뒤덮은 어둠이 흔들리는 게 느껴졌다. 그러자 바바 라는 어딘가로 홀연히 사라졌다. 과거의 앨런은 주위의 변화를 알아차리 지 못하고 여전히 글에만 몰두하고 있었다.

그때 창밖에 밝은 빛이 나타나더니 발코니로 천천히 미끄러져 들어왔 다. 현재의 앨런은 그 빛의 정체가 무엇인지 잘 알고 있었다. 토머스 제인. 히치하이커에게 쫓기는 꿈속에서 그를 구해주었던 바로 그 잠수부였다.

잠수부가 앨런의 바로 옆까지 다가와 말했다.

"당신이 원한 대로, 당신을 자유롭게 할 빛을 가져왔소."

"네. 제가 그렇게 썼죠."

비로소 뭐가 어떻게 된 건지 이해가 됐다. 과거의 앨런은 어둠의 존재가 머릿속에 심어놓은 암시에 사로잡힌 채 그 명령에 고분고분 따르고 있었지만, 절박하게 글을 쓰는 와중에도 자신이 무슨 흉계에 걸려든 건지는 알아차릴 수 있었다. 그래서 앨런은 자신을 철저히 감시하는 바바라의 눈을 피해 소설 속에 일종의 탈출구를 마련해두었다. 그가 소설을 완성하기 전에 방갈로 안으로 빛이 들어와서 자신을 해방시켜준다는 내용을 넣은 것이다. 토머스 제인은 너무 멀리 떨어져 있고 약한 존재여서 앨런을 직접적으로 도와주지는 못했다. 하지만 어둠이 온 세상을 집어삼킨다는 이 호러 소설의 끔찍한 결말을 막기 위해서는 빛이 필요했다.

"당신은 이제 가야 하오. 내가 여기 있다는 걸 놈이 알아차릴 거요."

밖에서 어둠의 존재가 울부짖으며 창문을 거칠게 두들겨댔다. 타자기 앞에서 곯아떨어졌던 과거의 앨런이 그 소리에 놀라서 퍼뜩 눈을 떴다.

토머스가 빛 속에서 손을 내밀어 책상 위의 원고를 집어 들었다.

"놈은 오래전에 바바라의 껍질을 훔쳤소. 나는 그놈이 바바라가 아니라는 걸 알고 있었지만, 정말로 그녀가 돌아왔다고 믿고 싶었지."

그때 서재의 창문이 시커멓게 변하더니 먼지로 변해 흩어졌다. 그곳에 바바라 재거가 서 있었다. 바바라가 검은 드레스 자락을 나부끼며 앨런에게 성큼성큼 다가왔다.

"영리한 잔꾀를 부렸군. 네가 감히!"

바바라의 눈은 텅 비어 있었다. 눈알이 아예 없이 눈구멍만 뻥 뚫려 있는 그 어둠 속을 들여다보았다가는 영원히 거기서 헤어나지 못할 터였다.

빛이 결코 닿을 수 없는 깊디깊은 어둠으로 빨려 들어갈 것이다. 그래서 앨런은 그녀의 눈을 마주보지 않으려 안간힘을 썼다.

"영리할 뿐만 아니라 의지도 꽤 강하고 말이야."

바바라가 키득키득 웃으며 두 손을 마주 비볐다.

"독창적이기까지 해. 그래, 너의 존재를 처음 느꼈을 때부터 네 뛰어난 재능은 익히 알고 있었지. 아아, 너와 내가 힘을 합치면 아주 재미나게 놀 수 있을 게야."

"그에게서 떨어져."

토머스가 끼어들었다.

바바라가 토머스를 노려보았다.

"토머스, 당신은 죽었어. 잊어버린 거야?"

빛이 가물거리며 점멸했지만, 토머스는 단호히 맞섰다.

"너는 바바라가 아니야. 처음부터 아니었어."

바바라의 검은 드레스 자락이 폭풍이라도 부는 것처럼 거세게 펄럭거렸다. 토머스가 몸을 떨면서 말했다.

"앨런, 어서 여길 빠져나가시오."

"가다니, 어딜! 너는 글을 써야 해!"

바바라가 다그쳤다.

앨런은 비틀거리며 계단을 내려가 방갈로를 뛰쳐나갔다. 뒤를 돌아보니 서재에 토머스가 밝혀놓은 빛이 환하게 커졌다가 다시 흐릿해지고 있었다. 호수가 사납게 출렁거리면서 육지로 향하는 목조 다리를 부수기 시작했다. 앨런은 전력으로 내달려 진입로에 세워져 있는 렌터카에 올라타고 시동을 걸었다. 손이 부들부들 떨렸다.

일주일 동안 서재에 처박혀서 글만 쓴 탓에 몸이 정상이 아니었다. 눈을 제대로 뜨고 있을 수도 없었다. 액셀러레이터를 너무 거칠게 밟아대서 차가 좁은 길을 마구잡이로 달려 나갔다. 길바닥에 깔린 자갈들이 바퀴에 튀어 날아가는 게 언뜻 보였다. 이렇게 빨리 달리면 위험했지만, 뒤에서 그를 쫓아오고 있을 존재가 두려워서 도저히 속력을 늦출 수 없었다.

잠깐 존 사이에 차가 갓길로 휙 틀어졌다. 앨런은 정신을 퍼뜩 차리고 운전대를 돌려 차를 바로잡았다. 곧 그에게 벌어질 일이 무엇인지 알고 있었다. 그런데 정확히 기억나지 않았다. 기억해내야 하는데…….

토머스 제인이 생각났다. 그는 앨런을 돕기 위해 엄청난 대가를 치러야 했을 것이다. 토머스는 자신이 시달려온 악몽에 더더욱 깊이 빠져드는 위험을 감수하고 어둠의 존재에게서 앨런을 빼내준 것이다.

눈꺼풀이 너무 무거웠다. 너무 무거워서 눈을 뜰 수 없었다. 그때 차가 도로를 벗어나 가드레일을 들이받았다. 차가 둑 너머로 굴러떨어지는 동안 손잡이를 꽉 붙들고 있노라니, 뒤늦게 그가 잊어버린 것이 무엇인지 기억이 났다.

그랬다. 바로 이 사고가 모든 일의 시작이었다. 이제 몇 분 뒤면 앨런은 망가진 차 안에서 아무것도 모른 채 깨어날 것이다.

차가 나무를 들이받는 순간 앨런은 운전대에 머리를 찧었다. 눈을 살짝 떠보니, 그곳은 차 안이 아니었다. 한밤중의 도로도, 숲속도, 스터키 주유소도 아니었다. 그 사고는 며칠 전에 벌어진 일이었다.

앨런은 지금 앤더슨 형제 집의 거실에 있었다. 창밖으로 부드러운 아침 햇살이 새어들었고, 배리는 바닥의 카펫 위에 널브러진 채 코를 골고 있었다. 그 옆에 굴러다니는 빈 술병이 보였다. 새 다리 방갈로, 바바라 재거, 토머스 제인에 대한 기억이 머릿속에 가득해 속이 메스꺼워졌다. 단지 술김에 꾼 개꿈이었더라면 좋겠지만 그건 모두 사실이었다. 앨런은 눈을 감고 중얼거렸다.

"내가 쓴 거야. 내 잘못이야."

"잘 아는군, 웨이크."

낯선 목소리에 앨런은 화들짝 눈을 떴다. 한 남자가 그에게 총을 겨누고 있었다.

"그건 전부 네 잘못이야. 이제 그 대가를 치르게 될 거야."

앤더슨 농가에 차를 세웠을 때 월터는 마음이 놓였다. 그 술만 마시면 모든 걸 잊어버릴 수 있을 터였다. 앤더슨 형제는 정신병원에 갇혀 있으니 한두 병쯤 없어지더라도 눈치채지 못할 것이다. 그런데 현관문 앞에 어떤 남자가 서 있었다. 월터는 그 남자가 누구인지 잘 알고 있었다.

월터는 즉시 차를 돌려 그곳에서 도망쳤다. 하지만 부질없는 짓이었다. 눈앞의 도로가 뿌옇게 흐려졌을 때에야 월터는 자신이 울고 있다는 것을 깨달았다.

CHAPTER 22

앨런은 브라이트 폴스 감방의 창살을 꽉 붙잡고 속에서 치밀어 오르는 두려움을 삼켰다. 밖에서는 해가 뉘엿뉘엿 지고 있었다. 중심가에서 사람들이 북적거리고 아이들이 뛰어놀고 차가 빵빵 경적을 울리는 소리가 들려왔다. 모두가 이제부터 무슨 일이 닥칠지 꿈에도 모른 채 사슴 축제로 한껏 들떠 있었다.

앨런은 손마디가 하얗게 질리도록 창살을 힘껏 부여잡았다. "해피엔딩이라는 게 정말로 있을 거라고 생각했느냐?"라고 잔인하게 묻던 바바라 재거의 모습이 머릿속을 떠나지 않았다. 사실 앨런은 해피엔딩을 믿어왔다. 무언가를 조종하고, 책임지고, 승리하는 데에만 익숙해져 있었으니까. 물론 반드시 어둠을 무찌르고 앨리스를 되찾을 것이다. 앨리스에게 사과하고, 지난 과오들을 바로잡고 새로 출발할 것이다. 그리고 오래오래 행복하게 살 것이다. 이야기는 늘 그런 식으로 흘러가지 않던가? 그런데 정말로 그렇게 흘러갈까? 앨런은 불안감에 못 이겨 주먹으로 창살을 쾅 때렸다.

배리가 유치장 침대 위에서 몸을 뒤척이며 코를 골았다. 드르렁거리는 소리가 콘크리트 바닥과 회색 돌벽에 울려 퍼졌다. 앤더슨 형제의 농가에서 나이팅게일에게 체포당했을 때, 배리는 물을 달라고 사정해서 벌컥벌컥 들이켜고는 차 안에서 빨간 파카 차림 그대로 곯아떨어졌다. 꼭 거대한 토마토 같은 꼴이었다. 보안관서에 도착해 나이팅게일이 두 사람을 차에서 끌어내자 배리는 곧장 유치장으로 걸어 들어가서 또 잠들었지만, 앨런은 숙취로 머리가 깨질 듯 아프긴 해도 변호사를 요청할 정신은 있었다. 하지만 나이팅게일은 변호사를 만나게 해주지 않았다. 브레이커 보안관도 만날 수 없었다. 그녀는 지난 24시간 동안 일어난 수많은 실종 사건을 수사하느라 눈코 뜰 새 없이 바쁘다고 했다. 그 실종자들을 마지막으로 목격한 사람이 앨런인 줄은 전혀 모르는 것 같았다.

원고는 모두 압수당했다. 앨런은 나이팅게일이 총을 들이대는데도 한사코 원고를 빼앗기지 않으려고 몸싸움을 벌였지만 소용없었다. 나이팅게일은 취기가 덜 가셔서 몸도 제대로 못 가누는 앨런의 발을 걸어 쓰러뜨리고는 손으로 후려치기까지 했다. 모욕감으로 화가 울컥 치밀었지만 무엇보다도 원고를 빼앗겼다는 게 분했다. 그건 지난 며칠 동안 여기저기서 모은 불완전한 낱장들에 불과했는데, 그나마 앨런은 아직 다 읽지도 못한 상태였다. 그 소설 전체가 어떤 이야기일지, 브라이트 폴스에 어떤 영향을 미칠지 짐작도 할 수 없었다.

앨런은 자기 침대에 털썩 걸터앉았다. 감방에 창문이라고는 벽 높이 난 창살 달린 창문 하나뿐이었지만, 그것만으로도 밖에 땅거미가 지고 있음은 충분히 알 수 있었다. 큰길에서 차 한 대가 빠르게 지나갔다.

인터콤에서 치직거리는 소리가 났다. 팻 메인이 라디오 방송을 통해 곧 시작될 축제 소식을 알려주고 있었다. 저 사람은 도대체 잠을 언제 자나 싫었지만, 앨런으로서는 고마운 일이었다.

"이웃 마을에서 많이들 와주시는 것 같습니다. 올해 축제에는 그 어느 때보다도 많은 관광객이 몰릴 것 같은데요. 작년 워터리 마을의 순록 축제의 기록을 깰 수 있을지 기대되는군요. 신사 숙녀 여러분, 혹시 사슴 축제가 뭐가 그렇게 중요하냐고 묻는 분이 있다면, 저는 이렇게 답해드리고 싶습니다. 바로 우정과 단합 때문이라고요. 내일부터 신나는 축제가 시작되겠지만 오늘 밤까지는 꼭 참고 설레는 마음으로 기다려봅시다."

두뇌를 꿰뚫는 날카로운 통증에 앨런은 숨을 헉 들이켰다. 이렇게 심한 숙취는 처음이었다. 두 손으로 머리를 감싸 쥐고 몸을 흔들다가 고개를 들어보니, 유치장 안에 신시아 위버가 들어와 있었다.

신시아는 앨런을 못 알아보는 것 같았다. 아니, 자기가 어디에 있는지도 의식하지 못하는 눈치였다. 그녀는 방풍 등불을 들고 구부정한 자세로 서 있었다. 앨런은 흐릿한 눈을 깜빡였다.

"위, 위버 어르신?"

신시아는 아무 대꾸도 없이 슬그머니 주위를 둘러보았다. 등불의 불빛이 얼굴에 드리워졌다.

"그건 나한테 있네. 때가 되면 누가 그걸 받으러 올 거라고 들었거든. 아무렴. 토머스가 그렇게 말했으니까. 아니, 그렇게 썼으니까."

신시아가 등불을 높이 들어 올렸다.

"열쇠는 보험 같은 거야. 내가 할 일은 그걸 빛 속에 안전하게 지키는 거지. 그래서 늘 빛 속에 보관하고 있어."

"위버 어르……."

앨런이 입을 열자 신시아는 감쪽같이 사라졌다. 앨런이 지끈거리는 관자놀이를 문지르고 있는데, 배리가 또 뒤척거리더니 부스스 일어나 앉았다.

"으으…… 입에서 석탄 맛이 나. 아니, 광부 신발 맛인가? 앨런, 초강력 아스피린이랑 링겔주사가 필요해. 지금 당장."

배리가 감방 안을 둘러보았다.

"뭐야, 여기 감옥이야?"

"그래. 고급 호텔은 예약이 꽉 찼다는군."

배리가 신음을 흘렸다.

"대체 우리가 무슨 죄를 지었길래? 그림자 괴물들을 죽여서? 아, 우리가 정말로 그놈들을 죽이긴 한 거지? 그건, 그건 꿈이 아니었던 거야……."

배리가 배를 움켜잡더니 비척비척 변기로 걸어가서는 우웩 소리를 내며 토했다. 그가 변기를 부여잡고 토하는 동안 앨런은 고개를 돌리고 있었다. 배리는 옷소매로 입을 문질러 닦고 물을 내렸다.

"내가 두 번 다시 술 마시나 봐라."

"어제는 앤더슨 형제 특제 밀주를 판매하고 싶다고 하더니만. 프로 미식축구 경기에 광고까지 낼 거라면서?"

"내가 그랬나?"

배리는 머리를 쓸어 넘기며 고개를 주억거렸다.

"음, 그때는 그게 좋은 아이디어 같았어."

"신시아 위버를 만나야겠어. 그 사람이 바로 그 노래 가사에 나오는 '빛의 여인'이야."

"아, 기억나. 대낮에도 등불 들고 돌아다니는 할머니 말이지? 미친 여자인 줄 알았는데."

"아마 이 마을에서 가장 제정신인 사람일걸."

앨런이 말하다 말고 손을 들어올렸다.

"쉿!"

나이팅게일과 브레이커 보안관이 복도를 걸어오며 옥신각신 다투는 소리가 들렸다.

"나이팅게일, 대체 무슨 일을 벌이는 거죠? 아무 이유도 없이 사람을 체포하다뇨. 웨이크 씨를 심문하지도 않았잖아요!"

"먼저 읽어야 할 자료가 있었소. 아주 흥미로운 자료였지."

나이팅게일이 지나치게 큰 소리로 딱딱거렸다.

앨런은 감방 문으로 다가가서 목을 길게 뺐다. 복도 저편에서 나이팅게일이 보안관에게 원고 뭉치를 꺼내 보이고 있었다.

"지난주에 정보를 들었을 때부터 딱 이럴 줄 알았지. 그래서 그날 당장 여기까지 비행기를 타고 날아온 거요. 이번 기회를 놓치면 다시는……."

나이팅게일이 앨런의 시선을 알아차리곤 입을 다물고 저벅저벅 걸어왔다. 그는 지난번에 보았을 때와 똑같은 구겨진 검은 정장 차림이었다. 커피 얼룩이 밴 넥타이는 풀려 있었고, 눈은 잔뜩 충혈된데다 부어 있었으며, 입에서는 술 냄새가 풍겼다.

"모든 문제의 장본인께서 여기 계시는군. 여기 모든 증거가 확보된 상태다. 연방 요원을 살해하려 한 음모까지 포함해서 말이야. 넌 이제 여기서 못 나가. 알아들었어?"

나이팅게일이 앨런에게 손가락질을 하고는 원고 뭉치를 흔들어 보였다.

"나이팅게일 요원, 당신 상사와 이야기하고 싶습니다."

브레이커 보안관이 제지하자, 나이팅게일이 휙 돌아보았다.

"아, 그럼. 나를 못 믿을 만도 하지. 나만 해도 내 동료를 믿지 않았으니까. 핀 요원은 내 목숨을 몇 번이나 구해줬지만, 어둠이니 그림자니 하는 횡설수설을 쏟아낼 때는 죄다 헛소리라고만 생각했어. 그래서 나는 핀에게 휴가나 좀 다녀오라고 했지."

"이미 FBI 측에 정식으로 요청을 넣었어요. 당신의 행동은 도무지 프로답다고 볼 수 없습니다."

"그거 우습군. 나도 핀에게 똑같은 말을 했으니까. 네 행동은 프로답지 않다고. 너는 연방 수사국 요원이라고. 쉬어야 한다고 말이야."

브레이커가 나이팅게일의 어깨에 손을 얹었다.

"나이팅게일 요원, 당신은 취했어요."

"나는 핀이 실종되기 전까지 술을 입에도 댄 적이 없는 사람이오."

나이팅게일이 그녀의 손을 떨쳐내고는 손등으로 코를 문질렀다.

"핀도 마찬가지였소. 술이라곤 한 방울도 입에 대지 않는 녀석이었다고. 우리가 술집에서 늘 소다수만 시키니 다른 요원들이 우리를 '의로운 형제들'이라고 부르면서 놀릴 정도였소. 그런데 핀이 어둠이니 뭐니 미친 소리를 지껄이기 시작하면서부터……."

그때 우르릉 하는 진동과 함께 감방의 전등이 깜빡거렸다. 앨런은 격렬한 두통에 머리를 부여잡고 신음을 토해냈다.

"앨런?"

배리가 그를 부르는 소리가 들렸지만 앨런은 대답할 수 없었다. 그의 눈앞에 잔잔하고 새까만 콜드론 호수의 풍경이 선명히 펼쳐지고 있었다. 호수에서 웅 하는 소리가 일었고, 그 밑으로 토머스 제인이 깊이 잠겨드는 모습이 보였다. 토머스는 손에 무언가를 들고 있었다. 자세히 보니 그건 전기 스위치였다. 앨런이 어린 시절 어둠을 물리치는 부적 삼아 갖고 있던 장난감, '똑딱이'. 토머스가 저걸 왜 갖고 있지? 어둠 저편에는 새 다리를 쌓아놓은 것 같은 나무뿌리 위에 얹힌 오두막집이 있었다. 그 오두막집 창문 너머에 앨리스와 바바라 재거가 보였다. 바바라가 앨리스의 손목을 움켜쥐고 있었고, 앨리스는 그 손아귀를 떨치려고 몸부림을 치다가 앨런의 존재를 알아차리고 고함을 질렀다. 하지만 목소리가 나오지 않았다. 그녀의 입에서는 검은 공기방울만 부글부글 끓어올라 수면으로 천천히 올라갔다.

"앨런, 왜 그래? 무섭게."

"웨이크 씨! 왜 그러세요?"

보안관이 앨런을 흔들었다. 앨런은 멍한 상태로 그녀를 올려다보았다. 그는 무릎을 꿇고 주저앉아 있었고, 브레이커는 걱정스러운 표정으로 옆에 서 있었다. 열린 감방 문 밖에서는 나이팅게일이 그를 노려보고 있었다.

"뻔한 수작이지. 여기서 탈출하려고 무슨 꿍꿍이를 부리는 거요."

먼젓번보다 더 크고 깊은 진동이 울리더니 복도의 전구들이 일제히 펑 터졌다. 나이팅게일이 있는 복도는 즉시 캄캄한 어둠에 잠겼지만, 감방 안은 그래도 창문으로 새어드는 가로등 불빛 덕분에 어렴풋이 앞이 보이긴 했다. 브레이커가 앨런을 일으켜 세우면서 말했다.

"웨이크 씨, 저는 당신의 말을 믿을 겁니다."

"보안관. 웨이크는 감방 안에 있어야 하오. 그래야 더 이상 해를 끼치지 못할 거요."

나이팅게일이 앨런에게 피스톨을 겨누며 을렀다. 브레이커가 나이팅게일을 노려보았다.

"총 내려놓으세요."

"웨이크가 여기서 나갈 유일한 방법은, 이미 죽은 내 동료……."

나이팅게일이 말을 끊더니 눈을 휘둥그레 떴다.

"잠깐. 그러고 보니……."

나이팅게일은 갖고 있던 원고 뭉치를 뒤져서 한 장을 꺼내들었다. 그러고는 총을 여전히 앨런에게 겨눈 채, 그 내용을 소리 내어 읽었다.

"'나이팅게일은 사태가 걷잡을 수 없이 돌아가는 것을 느꼈다. 그래도 총은 확실히 조준할 수 있었다. 그는 쏠 각오가 되어 있었다. 그의 죽은 몸뚱이에 그 일이 벌어지게 하리라고 결심했다.'"

나이팅게일은 앨런과 어두운 복도를 번갈아 흘끔거리고는 마저 읽어나갔다.

"'그런데 어쩐지 망설여졌다. 이것과 똑같은 장면이 원고에 적혀 있었다는 게 기억났기 때문이었다. 기시감에 사로잡힌 나이팅게일은 자신의 존재가 순전히 소설 속의 등장인물이라는…….'"

종이를 쥔 나이팅게일의 손이 덜덜 떨렸다.

"'이 모든 일이 누군가가 쓴 소설 속의 이야기라는 생각에 공포에 휩싸였다. 그때 뒤에서 그 기괴한 존재가 나타나…….'"

어둠의 존재가 귀청을 찢을 듯이 큰 소리로 울부짖었다. 놈은 순식간에 나이팅게일을 넘어뜨려 그의 몸을 질질 끌고 나갔다. 앨런, 배리, 브레이커가 서로를 쳐다보았을 때는 나이팅게일의 비명 소리조차 희미해지고 그가 떨어트린 원고 낱장들만 바닥에 천천히 흩날리고 있었다.

그래도 아직 승산은 있다는 생각에 새라는 비로소 긴장을 풀었다. 그런데 어디선가 날카로운 굉음이 들려왔다. 마치 기타 앰프에서 나오는 되먹임 소리 같았다. 그걸 들으니, 배리 휠러가 간밤에 앨런과 함께 무대에서 로큰롤의 신들처럼 그림자 괴물들을 무찔렀다고 이야기했던 게 기억나서 피식 미소가 나왔다. 그러나 그 미소는 금세 얼어붙고 말았다. 밤의 어둠 속에서 수백 마리의 까마귀들이 튀어나왔기 때문이다.

까마귀 떼가 날개를 퍼덕이며 헬리콥터 날개에 몰려들었다. 기체가 기우뚱 흔들리더니, 제어판에 불이 들어와 새라가 이미 알고 있는 사실을 경고했다. 헬리콥터가 추락하고 있다고. 옆자리에서 배리가 비명을 질렀다. 앨런은 입을 꽉 다문 채 그녀를 마주보고 있었다.

CHAPTER 23

"세상에, 이게 무슨……."

고요해진 감방 안에 브레이커 보안관의 목소리가 메아리쳤다. 어둠 속에서 원고 낱장들이 희끗한 눈발처럼 흩날렸고, 복도 저편에는 육중한 보안 출입문이 낡아빠진 대문처럼 앞뒤로 마구 흔들리고 있었다. 어둠의 존재가 나이팅게일을 낚아채서 박차고 나가버린 바로 그 문이었다.

"방금 그건 대체 뭐죠?"

브레이커가 물었다.

"일단 불이 필요합니다."

앨런이 원고 낱장들을 주우면서 그렇게 대답했을 때, 또 요란한 굉음이 건물을 뒤흔들었다. 밖에서는 거리를 지나가는 소방차의 사이렌 소리가 들려왔다.

"아, 아주 밝은 불이요. 무지 밝은 불빛."

배리가 더듬거렸다.

"사무실에 손전등이 있어요. 웨이크 씨 소지품도 거기에 다 보관해뒀

고요."

"앨런이라고 부르세요. 친구들은 다 앨런이라고 불러요."

"전 새라예요."

"저는 배리예요. 저 기억해요? 아, 좀 기다리라고요!"

배리가 두 사람을 따라 허둥지둥 복도로 걸어 나왔다. 밖에서 누군가의
고함 소리가 들렸다. 앨런에게는 너무나도 익숙한 소리였다. 이웃이나 친
구나 동료에게 공격당하는 사람이 대체 왜 그러냐고, 자신이 뭘 잘못했냐
고 묻는 절박하고도 혼란스러운 비명 소리. 새라가 그 사람을 구해주러 가
야 하나 망설이는 것 같기에, 앨런은 그녀의 어깨를 붙잡고 말없이 고개를
저었다. 새라는 자신이 손쓸 수 있는 상황이 아님을 납득한 듯했다.

어쨌든 새라의 사무실로 가려면 유치장 건물을 나가야 했다. 문을 열고
밖으로 나가보니 엄청난 바람에 쓰레기통이며 신문 가판대가 길바닥을
굴러다니고 있었다. 어둠의 폭풍은 종이 쓰레기며 신문지를 갈기갈기 찢
어버리고, 쉭 하는 소리와 함께 모든 걸 허공으로 빨아올렸다. 피크닉 테
이블, 20퍼센트 할인가에 톱날을 갈아주겠다는 내용의 금속 광고판, 심지
어는 우체국 앞의 주차 미터기까지 격렬하게 흔들리다가 바닥에서 뽑혀
나가 철근이며 콘크리트 덩어리를 주렁주렁 단 채로 날아갔다.

앨런과 새라는 벽에 밀어붙여지고 배리는 바닥에 나동그라졌다. 그때
하늘에서 소방차 한 대가 뚝 떨어져 길 한복판에 추락했다. 타이어가 터지
고, 앞유리가 박살 나 보닛 위로 우수수 쏟아지고, 팡파르라도 울리는 듯
한 맹렬한 사이렌 소리가 터져 나왔다. 차체는 시커먼 어둠에 뒤덮여 있어
서 원래 무슨 색깔이었는지 알아볼 수도 없을 정도였다.

앨런은 첫날 앨리스와 함께 숲속에서 보았던 컨버터블 승용차가 생각
났다. 나무 한 그루에 차축부터 지붕까지 꿰뚫려 있던 그 차를 보고, 앨런

과 앨리스는 그 차가 어쩌다가 그렇게 되었을지 온갖 추측을 주고받았었다. 바로 그때 방갈로 열쇠를 팽개치고 브라이트 폴스를 떠났어야 했는데.

"앨런, 얼른 와요."

바람이 잦아든 틈을 타 사무실 건물 앞으로 건너간 새라가 앨런을 불렀다. 앨런은 머리를 웅웅 울리는 소방차 사이렌 소리를 뒤로 하고 발을 옮겼다.

새라가 들어가자마자 전등 스위치를 켰지만 역시 불은 들어오지 않았다. 그녀는 우선 책상 서랍에서 손전등을 꺼내 앨런에게 던져주고, 자신과 배리 몫의 손전등을 찾아 이곳저곳을 뒤졌다. 그동안 앨런은 천장에 손전등을 비추어서 약한 불빛이 실내 전체에 반사되도록 했다. 배리는 새라에게서 손전등을 받자마자 자기 얼굴에 비추고서 산소 호흡기라도 단 듯 숨을 헐떡거렸다. 새라는 캐비닛에서 앨런의 엽총과 리볼버를 꺼내주었다.

"자, 이제 말해보세요. 이곳에서 정확히 무슨 일이 벌어지고 있는 거죠?"

앨런은 심호흡을 했다.

"나이팅게일을 데려간 그놈은 초자연적인 존재입니다. 호수 속에 살고 있는 강력한 괴물이죠. '어둠의 존재'라고 불러요."

"어둠의 존재라고요?"

앨런은 새라가 자신을 비웃을 줄 알았지만, 그녀는 앨런의 말을 문자 그대로 받아들이는 듯했다. 앨런은 고개를 끄덕이고 말을 이었다.

"놈은 어둠을 이용해서 사람이나 물건을 조종합니다. 마을 주민들도 여럿 당했어요. 그렇게 어둠에게 조종당하는 사람을 '그림자 괴물'이라고 불러요. 그 괴물들은 어둠의 보호막에 덮여 있기 때문에, 총이든 뭘로든 그냥 공격하기만 해서는 절대로 죽지 않습니다. 반드시 빛으로 그 어둠을 제거해야 죽일 수 있죠."

"그래서 손전등이 필요하다고 한 거로군요. 빛과 총이 둘 다 있어야 적을 상대할 수 있다는 거죠?"

배리가 여전히 얼굴에 손전등 불빛을 비추면서 입을 열었다.

"아, 당신도 어젯밤 우리 활약을 봤어야 했어요. 앤더슨 형제 농장의 무대를 우리가 완전히 점령했다고요. 나는 불꽃과 조명을 쏘아올리고 앨런은 그림자 괴물들을 쳐부수고, 완전히 로큰롤의 신들 같았다니까요."

새라가 앨런을 돌아보고는 미소를 지었다.

"로큰롤의 신?"

앨런은 민망함에 얼굴을 붉혔다.

"직접 보셨더라면 좋았을 겁니다."

배리가 손전등을 든 손으로 기타를 치는 시늉을 했다. 불빛이 마구 움직이면서 새라의 가슴에 달린 보안관 뱃지가 번뜩거렸다. 그때 밖에서 왱왱거리던 사이렌 소리가 뚝 멎었다.

"배리, 당신 도움이 필요해요."

"얼마든지."

새라는 책상의 잠긴 서랍을 열고 수첩 하나를 꺼내더니 배리에게 건네주었다.

"저는 두꺼비집을 확인하고 올 테니까, 그동안 거기 명단에 적힌 사람들에게 연락 좀 넣어주세요. 내가 메시지를 전해달라고 했다고, '나이트 스프링스'라고만 말하면 돼요. 그러면 그 사람들이 무슨 뜻인지 알아들을 거예요."

"나이트 스프링스? 드라마 제목을 암호로 쓰나보군요."

배리가 수첩을 들여다보았다.

"프랭크 브레이커? 이분은 가족인가요?"

"제 아버지예요."

"이 명단, 무슨 비밀 결사 같은 거예요?"

배리가 물었지만 새라는 이미 밖으로 나가고 없었다.

"흠, 꽤 리더십 있는 아가씨네."

배리는 명단에 적힌 사람들에게 전화를 걸어서 '나이트 스프링스'라는 메시지를 전했다. 대개는 상대방이 대번에 알아듣지 못해서 암호를 반복해서 말해야 했지만, 모두가 그 의미를 묻거나 따지지 않고 재깍 전화를 끊었다. 오 분 뒤 새라가 돌아왔다.

"전기는 안 되겠어요. 두꺼비집이 완전히 숯덩이가 됐어요."

앨런이 말했다.

"신시아 위버를 찾아야 합니다. 그분이 어둠의 존재를 막을 방법을 알고 있어요."

"배리, 연락 돌렸어요?"

"네. 이거 재밌는데요. 암호라니, 첩보 드라마 속에 들어온 것 같은 느낌이에요."

새라는 피식 웃고는 엽총에 탄약을 집어넣으면서 앨런에게 물었다.

"위버 어르신이 뭘 어떻게 도와준다는 거죠?"

앨런은 어깨를 으쓱했다.

"그건 모르겠어요."

배리가 대신 설명했다.

"앤더슨 형제가 우리에게 메시지를 남겼거든요. '빛의 여인'이 대답을 알고 있을 거라고, 자기들 자작곡에 가사를 그렇게 붙였더군요."

새라가 잠깐 눈썹을 치켜세우더니 엽총 장전을 계속했다.

"미친 소리처럼 들리겠죠. 알아요. 하지만……."

새라가 앨런의 말을 끊었다.

"제가 열 살 때, 아버지가 딱 한 번 제게 정말로 화가 나셨던 적이 있어요. 그때 저는 위버 아주머니를 놀리는 노래를 지어서 흥얼거리고 있었죠. '위버, 위버, 미치광이 노파, 어둠에 잡아먹힐까봐 두려워한다네'라고요. 그걸 들은 아버지는 굉장히 화를 내시며 저를 앞에 앉히고는 말씀하셨어요. 위버 어르신은 브라이트 폴스의 그 누구보다도 주의 깊은 분이라고, 그리고 자신이 아는 것들을 사람들에게 알려주려고 노력한다고. 그 이야기를 대부분의 사람들이 듣기 싫어한다고 해서 그분 잘못은 아니라고요."

새라는 장전을 끝내고 슬라이드를 당겼다. 철컥 소리가 메아리쳤다.

"그것만으로도 전 제가 잘못했다는 걸 알 수 있었죠. 자, 그럼 최대한 빨리 가봐야겠군요. 그분이 어둠의 존재를 무찌를 방법을 알고 있다면……."

밖에서 경찰차 한 대가 데굴데굴 굴러와 건물 벽에 쾅 부딪혔다. 천장 널판에서 부스러기가 떨어져 내렸지만, 새라는 아무 일도 없었다는 듯 태연하게 말을 이었다.

"위버 어르신은 오래된 발전소에 살아요. 오래전부터 그랬죠. 불법 거주이긴 하지만, 그걸 가지고 뭐라고 항의하는 사람은 없었어요. 설령 누가 항의를 했다고 해도…… 법을 적용할 때와 일반 상식을 적용할 때를 구분하는 것이 경찰 일의 절반이다, 아버지는 종종 그렇게 말씀하셨지요."

새라가 한 손으로 엽총을 가뿐히 들어서 총구가 바닥을 향하도록 내려뜨렸다.

"구조 헬리콥터를 타고 위버 어르신을 만나러 가야겠어요."

"조종할 줄은 아세요?"

"그거 많이 어려울까요?"

"앨런, 그 농담 하나도 안 웃겨. 새라, 비행기 조종하는 법 알기는 아는 거죠, 그쵸?"

새라는 앨런과 함께 사무실 밖으로 나섰다. 배리가 부랴부랴 그들을 따라갔다.

브라이트 폴스 시내는 온통 아수라장이었다. 카니발과 토네이도가 동시에 휩쓸고 지나간 자리 같았다. 박살난 차량, 부서진 유리, 쓰레기가 사방에 가득했다. 쓰러진 소화전에서 온수가 펑펑 솟구쳤고, '사슴 축제!'라고 적힌 현수막은 축 늘어져 땅에 닿았으며, 통나무들이 젠가 게임을 하다가 무너진 막대기처럼 마구잡이로 흩어져 있었다. 중심가의 한쪽 끝은 뒤집힌 트럭 한 대에 가로막혔고, 다른 쪽 끝에는 사슴 축제 퍼레이드용 차량이 인도를 가로질러 세워져 있었다. 보안관서 건너편에서는 차에 치여 부서진 주 전력 공급 콘센트에서 불똥이 튀어 젖은 길바닥에 떨어지며 치직거렸다.

새라가 근처의 한 서점을 가리켰다.

"이쪽이에요. 저 가게 옆으로 꺾으면 지름길이 나와요. 거기로 가서 헬리콥터를 타면 돼요."

세 사람은 신문지며 잡다한 쓰레기가 날리는 좁은 골목길을 뛰어가서 맞은편 대로로 빠져나갔다. 그 구역의 전기는 아직 끊기지 않았는지 가게 대부분은 불이 켜진 채였다. 그들이 오 디어 식당의 어슴푸레한 불빛 속을 지나가는데, 어둠의 존재가 또 다시 울부짖는 소리가 울려 퍼졌다. 괴성이 점점 더 커져가는 가운데 길모퉁이 뒤에서 캠핑용 픽업트럭 한 대가 나타났다. 짙은 어둠에 뒤덮인 그 트럭은 세 사람을 향해 똑바로 돌진하고 있었다. 배리는 그걸 보고 길 한복판에서 딱딱하게 얼어붙었다. 앨런이 배리를 식당 쪽으로 확 밀쳐낸 순간, 트럭은 아슬아슬하게 그들을 스쳐 지나가 다른 차를 들이받고 멈춰 섰다.

라디에이터의 연기가 쉭쉭 올라오는 픽업트럭 안에서 그림자 괴물이 나왔다. '나는 사슴 축제에서 살아남았다'라는 문구가 박힌 티셔츠와 청바지를 입은 근육질 사내였다. 괴물은 목수용 연장 벨트를 어깨에 걸치고 한 손으로 장도리를 든 채, 경련하는 듯한 몸놀림으로 새라를 향해 다가왔다.

"가정집 수리 출장 갑니다. 껌값으로 해드려요."

"톰?"

새라가 엽총을 들어 올려 그림자 괴물에게 겨누었다.

"톰 이건 씨, 당장 그 장도리 내려놔요."

"배수구가 막혔나요? 천장에서 물이 새나요?"

그림자 괴물이 장도리를 든 채로 계속 다가왔다.

"톰! 내 말 안 들려요? 톰!"

새라는 그림자 괴물이 휘두른 장도리를 가까스로 피했다. 그때 앨런이 손전등 불빛으로 괴물을 비춰서 어둠을 태우자, 장도리를 든 놈의 손이 덜덜 떨렸다. 앨런은 즉시 다른 한 손으로 총을 쏘았다. 엽총을 한 손으로만 쏘려니 반동 때문에 떨어트릴 뻔했지만, 그림자 괴물은 무사히 처치할 수 있었다.

새라는 그림자 괴물이 홀연히 사라져 버린 자리를 멍하니 쳐다보았다.

"그, 그 사람은 톰 이건이에요. 겨우 3주 전에도 제 집 현관문을 고쳤죠. 실력이 별로이긴 하지만, 그래도……."

"그건 톰이 아닙니다. 이봐요, 새라! 그건 톰이 아니에요. 알겠어요?"

새라는 고개를 끄덕였다.

"알아요."

한편 어마어마한 괴성은 하염없이 커져만 갔다. 배리는 살짝 열려 있는 식당의 문 안쪽을 들여다보았다. 로즈가 가져다둔 앨런 웨이크 등신대 광고판이 문 옆에 서 있었고, 뒤편에 있는 자판기와 주크박스에서 따스한 불빛이 번지고 있었다.

"여긴 안전해. 들어가자."

배리가 문을 열어젖히고 모두를 안으로 들여보냈다. 그때 밖에서 덤프트럭 한 대가 시끄럽게 달려오는 소리가 들렸다. 모두가 황급히 몸을 웅크리고 창밖을 내다보니, 그 트럭에는 도끼며 사슬톱 따위를 든 그림자 괴물 넷이 타고서 주위를 두리번거리고 있었다. 누군가를 아니, 앨런 일행을 찾고 있는 듯했다. 세 사람은 바닥에 가만히 엎드린 채 트럭이 지나가는 것을 지켜보았다.

"도, 돌아올지도 몰라."

배리가 속닥거렸다.

새라가 옆에 엎드린 앨런을 돌아보곤 물었다.

"아까 당신이 한 말, 무슨 뜻이에요?"

"무슨 말이요?"

"아까 그랬잖아요. 어둠의 존재라고 '부른다', 그림자 괴물이라고 '부른다' 라고. 그런 이름을 누가 붙인 거죠?"

앨런은 주크박스의 붉은 불빛이 비치는 새라의 눈을 물끄러미 마주보다가 헛기침을 했다.

"내가 붙인 것 같아요."

새라가 머리를 갸웃했다.

"최근 브라이트 폴스에서 일어나는 사고들, 그건 대부분 저 때문에 일어난 일입니다."

앨런은 재킷에서 원고를 꺼내 보이면서, 앤더슨 형제의 농가에서 꾼 꿈을 비롯해 자신이 아는 모든 것을 털어놓았다. 어둠의 존재가 앨리스를 인질로 잡고서 앨런에게 어둠의 힘을 더더욱 강력하게 만드는 소설을 쓰도록 조종했다고.

"이 모든 게 당신의 소설 때문에 생긴 일이란 말예요?"

"앨런은 정말 뛰어난 작가죠. 천재예요."

배리가 끼어들었다.

"배리, 너는 내 최고의 친구야. 하지만 내 재능에 대해서는 좀 닥쳐줘."

새라는 곰곰이 생각에 잠겼다.

"그 사람들이 모두 어둠에 먹혔다면 아내분을 찾은 뒤, 모든 걸 원래대로 되돌리는 글을 쓰면 되지 않을까요?"

"그게 가능할지 모르겠군요."

"로즈는 어떻게 된 거죠? 로즈는 톰 이건처럼 괴물로 변하진 않았어요. 하지만 트레일러에서 발견된 이후 계속 상태가 이상해요."

"아마 신시아 위버와 같은 경우인 것 같습니다. 어둠이 그들을 삼켜버린 게 아니라, 건드리기만 한 거죠. 좀 다른 방식으로 이용한 거예요. 로즈는 배리와 나를 트레일러로 끌어들일 수단으로 이용당했지요. 신시아 위버는……."

앨런은 자신의 사진이 박힌 광고판을 올려다보며 생각에 잠겼다. 평면이라는 것 말고는 앨런과 완벽히 똑같은 이미지가 그를 마주보고 있었다. 앨런은 고개를 설레설레 저었다.

"사실 저 역시 어둠의 존재에게 접촉당한 셈입니다. 브라이트 폴스에 도착한 이후부터."

새라는 불안한 표정으로 엽총을 꽉 거머쥐었다.

"괜찮아요. 나는 그래도 아직까지는 제정신입니다."

"기억을 잃어버린 그 일주일 동안 어둠의 존재에게 이용당했다는 말이죠?"

"그렇죠. 내가 원고를 써야만 어둠의 존재가 살 수 있으니까. 놈이 원하는 건 나예요. 나는 이 거대한 수레바퀴를 계속 굴리는 데에 꼭 필요한 존재인 겁니다. 내가 사라진다면 이 마을은 원래대로 돌아올 거예요."

"머리 숙여."

배리가 다급히 속삭였다.

아까 그 덤프트럭이 식당 앞으로 돌아오고 있었다. 트럭이 지나갈 때마다 가게들의 전면 판유리가 와장창 깨졌다. 오 디어 식당의 유리창마저 박살나는 순간 세 사람은 손으로 머리를 덮고 웅크렸다. 잠시 뒤 앨런이 고개를 살짝 들어보니 덤프트럭은 길 저편으로 멀어지고 있었다.

"어서 헬리콥터를 타야겠어요."

새라가 말했다.

"뒷문으로 나가죠. 이착륙장은 여기서 멀지 않아요."

그들은 조심조심 테이블 사이를 가로질러 뒷문 쪽으로 걸어갔다. 배리는 가다 말고 도넛이 들어 있는 플라스틱 용기 앞에 멈춰 서서 뚜껑을 열고 눈치를 보았다.

"뭐야, 그렇게 보지 말라고. 하루 종일 아무것도 못 먹었단 말이야. 내 혈당치가…… 음, 아무튼 간에."

배리가 도넛을 꺼내 몇 입 베어 먹고, 나머지는 주머니에 쑤셔 넣은 뒤 두 사람을 따라갔다. 그러다가 바닥 타일에 흩어진 유리 파편들을 밟고 미끄러지고 말았다. 배리가 주크박스에 몸을 쿵 부딪히자 파카 주머니에서 손전등이 빠져나와 바닥 위를 굴러갔고, 주크박스 바늘이 레코드판을 긁어대면서 시끄러운 소음을 내더니 스피커에서 옛날 히트곡이 터져 나왔다.

밖에서 덤프트럭이 부리나케 식당 앞으로 돌아오고 있었다.

"도망쳐!"

앨런이 소리쳤다. 배리는 "아, 내 손전등……"이라며 신음했지만 손전등을 주우려 돌아가지는 않았다. 새라가 뒷문을 열고 두 사람을 먼저 내보낸 다음 전속력으로 달렸다.

"저쪽 길로! 한 블록만 더 가면 넓은 공터가 나올 거예요."

그때 한바탕 굉음이 울려 퍼지더니 트럭 두 대가 길 양편으로 들어와 그들을 포위하듯 막아섰다. 두 트럭을 뒤덮은 시커먼 어둠이 안개처럼 새어나와 밤을 더욱 어둡게 만들고 있었다.

"안 되겠어. 잡화점을 뚫고 나가요!"

새라의 고함은 휘몰아치는 폭풍 속에 반쯤 묻히고 말았다. 앨런은 잡화점의 부서진 문으로 먼저 뛰어 들어가 배리와 새라를 들여보낸 뒤, 출입구를 막아서고 망을 보았다. 트럭을 타고 온 그림자 괴물들이 도끼며 쇠지레를 들고서 이쪽으로 다가오고 있었다. 새라는 잡화점의 중앙 복도를 가로질러 뛰어갔다. 판매대에 진열된 비행기 조립 모형, 인형, 크리스마스 장식물, 문고판 책, 기념품 티셔츠 등이 어둠에 묻혀 있었다. 앨런은 계산대 위에 놓인 휴대용 텔레비전에 눈길이 갔다. 전력이 끊겼으므로 당연히 꺼져 있었지만, 앨런은 혹시나 싶어서 전원을 켜보았다. 그러자 오두막집에서 글을 쓰는 작가의 모습이 화면에 나타났다. 미친 듯이 타자기를 두드리는 앨런 자신의 모습이.

내레이션이 흘러나왔다. 그건 앨런의 목소리가 아니었지만 꽤 닮은 음성이었다.

"내가 쓰고 있는 소설은 앨리스를 구하지 못할 것이다. 이것은 호러 소설이다. 앨리스도, 나도, 이 마을 사람들도 모두 죽을 것이다. 어둠은 자유롭게 풀려날 것이고, 그 무엇으로도 막을 수 없을 것이다."

"앨런, 서둘러요!"

새라가 잡화점의 뒷문에 이르러 소리쳤다. 하지만 앨런은 텔레비전 화면에서 눈을 뗄 수 없었다.

"나는 나 자신을 소설 속에 등장시켰다. 이제 나는 주인공이다. 그것이 앨리스를 구할 유일한 방법이다. 나는 다른 등장인물들과 마찬가지로 이야기의 전개에 휘둘릴 것이다. 호러 소설에서는 주인공이 성공할지, 살아남을 수 있을지 알 수 없는 법이다. 그는……."

"앨런! 빨리!"

앨런은 정신을 차리고 새라에게 달려갔다.

"배리는?"

"네? 같이 있는 거 아니었어요?"

잡화점의 어둠 속 어딘가에서 부스럭거리는 소리가 나더니, 바로 옆 복도에서 배리가 얼굴을 불쑥 내밀었다. 그런데 배리는 무슨 장식을 목에 잔뜩 두르고 있었다. 마치 하와이 사람들이 쓰는 화환 같았다.

그때 앞문 쪽에서 거구의 그림자 괴물이 나타났다. 놈이 곡괭이를 들어올리며 그들에게 달려들었다. 앨런이 허둥지둥 손전등을 켜려고 만지작거리는 동안 새라가 총을 겨누고 놈을 세 차례 쏘았다. 물론 아무 효과가 없었다.

"앨런?"

새라가 앨런을 재촉했다. 하지만 손전등 불빛이 깜빡거리다가 꺼져버렸다.

"당신 손전등 줘요. 어서!"

새라는 다시 덤벼드는 그림자 괴물에게 총을 쏘았지만 어둠이 탄환을 삼켜버렸다. 앨런은 재빨리 새라의 손전등을 낚아챘다. 그런데 스위치를 켜기 직전, 주위가 갑자기 빨간색, 초록색, 노란색, 하얀색의 알록달록한 빛으로 환하게 밝아졌다. 그 빛에 정통으로 노출된 그림자 괴물이 주춤거리며 물러나자, 새라가 그 틈을 놓치지 않고 놈에게 총을 쏘아서 말끔히 해치웠다.

"호호호! 메리 크리스마스!"

배리가 고함을 지르며 춤을 췄다. 현란한 불빛이 번쩍번쩍 빛나면서 도난 감시용 거울들에 반사되어 실내 전체를 밝혔고, 다른 그림자 괴물들은 입구에서 들어오지 못하고 발이 묶였다. 앨런은 얼이 빠진 채 배리를 쳐다보았다. 이제 보니 배리가 목에 감은 건 화환이 아니었다. 크리스마스 전구 장식을 칭칭 감고 있었던 것이다.

"모두 모두 메리 크리스마스!"

배리가 배터리 한 꾸러미를 들어 보이며 문 밖의 그림자 괴물에게 손가락질을 했다.

"어서 들어오렴, 얘야! 배터리 작동식 산타의 무릎에 앉아보아라!"

앨런은 배리를 지나쳐 뒷문으로 빠져나갔다. 콘크리트 이착륙장 한구석에 헬리콥터가 세워져 있었다. 새라가 조종석에 올라타서 이륙 준비를 하는 동안, 앨런과 배리는 헬리콥터 앞을 막고 나란히 섰다.

"크리스마스 전구라니!"

"축제 분위기에 들떠서 말이야."

앨런은 주위의 건물들에서 하나둘씩 나타나는 그림자 괴물들을 둘러보았다.

"아아, 물론. 나도 그래. 당장이라도 색종이 조각이랑 풍선을 왕창 뿌리고 싶은 심정이야."

앨런은 가장 가까운 곳에 있는 그림자 괴물에게 손전등을 비췄다. 불빛이 약해서 별 효과가 없는 듯했다. 총을 쏘아보았지만, 역시 아무 소용도 없었다. 앨런은 꾸준히 다가오는 그림자 괴물들을 바라보며 짐짓 여유롭게 농담을 던졌다.

"새라, 천천히 출발하죠. 언제 이륙하든 아무 상관없어요."

"조금만 기다려요! 지금 하고 있다고!"

새라가 소리쳤다.

엔진에 시동이 걸리더니 다시 꺼졌다. 배리가 붉은빛과 초록빛 속에서 웅얼거렸다.

"그럼 그렇지. 호젓한 길에 주차한 차에서 사랑을 나누던 커플에게 갈고리를 든 살인마가 다가오는데 차는 시동이 안 걸린다. 괴물에게 쫓기는 여자가 문을 열고 들어가려 하는데 자물쇠에 맞는 열쇠를 찾을 수가 없다. 아아, 이런 시나리오야 말로 할로윈의 전통 아니겠어요?"

그림자 괴물이 휘두르는 도끼가 배리의 머리 위를 붕 지나갔다.

"제기랄. 전통 따윈 딱 질색이야."

배리가 헬리콥터를 흘끔 돌아보았다. 새라가 조종 장치와 부산히 씨름을 하고 있었다.

"보안관님, 우리가 지금 어떤 상황에 처한 건지 솔직하게 말해주시죠?"

어둠의 폭풍이 마을 전체를 휩쓸면서 나뭇가지들이 부러져 나가고, 그림자 괴물들은 음산하고 낮은 음성으로 조리 없는 말들을 중얼거리며 거리를 꾸준히 좁혀왔다. 그중 노란색 안전모를 쓴 괴물이 커다란 해머로 길바닥을 쾅 내리치자 아스팔트 덩어리들이 튕겨 나갔다.

엔진에 우르릉 시동이 걸리더니 또 꺼져버렸다.

"새라!"

앨런이 소리쳤을 때, 마침내 완전히 시동이 걸리면서 헬리콥터 날개가 천천히 돌아가기 시작했다. 날개가 점점 더 빨리 돌아가는 걸 보고 앨런은 가슴을 쓸어내렸다.

"너부터 타."

앨런은 그림자 괴물들에게 손전등을 비추며 시간을 벌었다. 배리는 앨런에게 먼저 타라며 사양했지만, 그림자 괴물이 내던진 스패너가 그의 어깨를 스치고 날아가면서 전구알이 박살나자 배리는 혼비백산해서 조종석에 올라탔다.

새라가 헬리콥터의 탐조등을 켰다. 그 강력한 섬광만으로도 해머를 든 그림자 괴물 하나가 흔적도 없이 사라졌다.

앨런도 조종석에 올라타고 손잡이를 단단히 붙잡았다. 새라가 다급히 기체를 공중으로 끌어올렸다. 비스듬히 기울어진 채 날아가던 헬리콥터가 송전선과 충돌할 뻔했지만 다행히도 새라가 간신히 방향을 틀었다.

배리의 목에 휘감긴 크리스마스 조명이 조종석의 플라스틱 덮개에 번쩍번쩍 반사되고 있었다. 보다 못한 앨런이 손을 뻗어서 스위치를 꺼버렸다.

"야, 왜 그래."

배리가 투덜거렸다.

유유히 하늘을 가로지르는 헬리콥터 밑으로 마을의 광경이 펼쳐졌다. 길거리는 온통 부서진 유리 파편으로 반짝거렸고, 교차로마다 망가진 차들이 시커먼 연기를 내뿜으며 불타고 있었다.

"앨런, 당신이 이 사태를 해결해야 돼요. 어떻게 해서든 책임을 지라고요."

새라가 엉망진창이 된 마을을 내려다보며 말했다. 앨런은 저 멀리에 보이는 발전소를 응시했다. 모든 창문에 불이 환하게 켜져 있어서 마치 발전소 건물 전체가 활활 타오르는 것만 같았다.

"일단 저기까지 데려다주기만 해요. 그때부터 생각해볼 테니까."

모트는 스터키의 방갈로를 전부 체크했지만 거기에 웨이크 부부가 머무른 흔적은 없었다. 날이 어두워졌을 때에야 그는 콜드론 호수 근처의 길가에 주차된 웨이크 부부의 차를 발견할 수 있었다. 희한한 일이었다. 왜 여기로 온 거지? 길을 잘못 들었나? 차는 벌써 몇 시간 째 거기에 세워진 상태였는데 웨이크 부부의 모습은 어디에도 보이지 않았다. 짜증이 치민 모트는 옛날에 잠수부의 섬으로 이어졌던 다리의 썩은 잔해를 툭툭 걸어찼다. 하트먼이 이 소식을 들으면 실망할 터였다.

CHAPTER 24

새라는 숲 우듬지를 스치며 덜컹덜컹 날아가는 헬리콥터의 균형을 최대한 다잡으려 애썼다. 엔진의 소음이 시끄럽게 귓가를 울렸지만, 셋은 비좁은 조종실에 바싹 끼어 앉아 있었기에 목소리를 높이지 않아도 서로의 말을 들을 수 있었다. 그림자 괴물들에게서 마침내 벗어나 안도한 그들은 기분이 들뜬 나머지, 여유롭게 농담까지 주고받으며 모든 것이 끝나기라도 한 것처럼 회포를 풀었다. 새라마저도 철두철미한 프로의 면모를 벗고, 총을 쏴도 그림자 괴물이 죽지 않았을 때 느꼈던 공포와 절망에 대해 털어놓았다.

"분명 총에 맞았는데도 아무렇지도 않게 계속 다가오는 거예요."

새라가 그 말을 몇 번이고 되풀이했다.

앨런은 몸을 등받이에 푹 기댄 채 그 순간을 그저 조용히 만끽했다. 그림자 괴물들이 제 아무리 양날도끼, 지렛대, 해머, 낫을 들고 날뛰어도 결국 하늘을 날아오를 수는 없는 것이다. 비로소 안전해졌다는 실감에 졸음이 몰려올 만도 했지만, 희열 때문인지 피로조차 느껴지지 않았다.

"제가 가장 짜릿했던 순간이 언제였게요?"

조그마한 보조석에 웅크려 앉은 배리가 여전히 크리스마스 전구를 목에 칭칭 감고서 말했다.

"철물점 옆을 지나갈 때였어요. 끊어진 송전선이 길바닥에 늘어져서 불꽃을 샤워기처럼 내뿜는데 우린 그걸 막 뚫고 나아갔잖아요. 용광로 속을 지나가는 것 같더라고요."

"그렇죠. 좀비로 들끓는 용광로 말예요."

새라가 맞장구를 쳤다.

"아아, 좀비!"

배리가 멍한 표정으로 두 팔을 뻗고는 "죽여야 한다…… 뇌를 먹을 테다……"라면서 좀비 흉내를 냈다. 그러자 새라는 웃음기를 거두고 제어판에 주의를 돌렸다.

"아, 너무 리얼했나?"

"중요한 건 지금 우리가 여기 있다는 거야."

앨런이 말했다.

지상을 뒤덮은 어둠에 드문드문 구멍이 뚫린 것 같은 빛이 보였다. 헛간이며 가정집에 밝혀진 불빛들이었다. 거기에 있는 사람들은 지금쯤 시내에서 무슨 일이 벌어지는지 꿈에도 모른 채 안전하게 잠들어 있으리라. 무지하기에 행복한 꿈을 꿀 수 있는 그들에게 앨런은 질투마저 느꼈다. 새라는 고속도로를 지나가는 자동차의 헤드라이트 불빛 위로 나란히 헬리콥터를 몰다가 방향을 틀어 발전소로 향했다.

배리는 파카 주머니에서 반쯤 먹은 도넛을 꺼내 새라와 앨런에게 먹으라고 권했다. 둘 다 웃으면서 사양하자, 배리는 어깨를 으쓱하고 혼자 모두 먹어치웠다.

"체력을 보전해야지."

배리가 손가락을 쪽쪽 빨면서 말했다.

"보조석 밑에 캔커피도 몇 개 있어요. 더블 에스프레소 앤 크림."

"농담이죠?"

앨런은 좌석 밑으로 손을 뻗어서 더듬었다. 매끌매끌한 캔이 만져졌다.

"아, 진짜였군요."

앨런은 캔커피를 세 개 꺼내서 하나를 배리에게 던져줬다.

"앨런 웨이크 선생님, 브라이트 폴스에도 조금이나마 문명은 있답니다.
캔커피, 수돗물, 심지어 위성 방송시설도 있는걸요."

"생각이 짧았군요. 미안해요."

"별 말씀을."

앨런은 커피를 따서 새라에게 건넸다. 헝클어진 머리 때문인지 그녀의
얼굴이 유난히 지쳐 보였다. 새라가 캔을 받아서 한 모금 길게 들이켜고는
한숨을 내쉬었다.

"아아, 좀 살겠네."

앨런은 그녀를 물끄러미 바라보다가 고개를 돌렸다.

그들은 몇 분 동안 말없이 커피를 마시며 카페인을 연료 삼아 충전했다.
그러면서 지난 몇 시간 동안 일어난 일들을, 구사일생으로 위기를 넘긴 순
간들을 돌이키며 마음을 추슬렀다. 앨런은 적어도 자신만은 어떤 위기가
닥쳐와도 죽지 않을 것 같다는 생각이 들었다. 어둠의 존재에 대해 많이
알고 나니, 그놈은 앨런이 죽기를 원하지 않는다는 확신이 들었기 때문이
다. 놈은 앨런을 산 채로 묶어두고 싶어 하는 듯했다. 만약 또 어둠에게 사
로잡히게 된다면, 앨런은 이런 식으로 소설 속에 탈출구를 마련해 교묘히
빠져나오지 못할 것이다. 그때는 정말로 영원히 새 다리 방갈로에 갇혀서

어둠의 존재가 원하는 글만 써야 하는, 죽느니만 못한 신세가 되고 말 것이다.

지형은 갈수록 험해졌다. 지상에는 들쭉날쭉한 나무들, 여기저기서 튀어나온 절벽이며 바위만 있을 뿐 집도 도로도 더 이상 보이지 않았다. 다만 바람에 펄럭거리는 텐트 몇 채가 눈에 띄었다. 그걸 보니 사냥꾼이나 낚시꾼의 형상을 한 그림자 괴물들과 마주쳤던 기억이 떠올랐다. 그들이 저 깊은 숲속에서 야영을 하다가 봉변을 당한 걸까? 집에서 그들을 기다리는 가족이 있을까?

"뉴욕에서 사는 건 어때요? 좋은가요?"

새라가 침묵을 깨고 물었다. 배리가 주저 없이 대답했다.

"최고죠."

"나쁘지 않아요. 하지만 나름대로의 위험이나 단점은 있죠. 어디나 마찬가지지만."

앨런은 그렇게 말하면서 투명한 헬리콥터 덮개에 비친 자신의 얼굴을 보았다. 살이 5킬로그램은 빠진 듯 초췌한 몰골이었다.

"뉴욕도 여기처럼 길을 잃기 쉬워요. 어디로 가려 했는지 까먹고 헤매기 십상입니다."

"그래도 그림자 괴물은 없겠죠."

"네. 그런 건 없죠."

배리가 끼어들었다.

"하수관에 돌연변이 알비노 악어가 산다는 소문은 있어요. 저는 안 믿지만."

"돌연변이 악어라뇨?"

앨런이 설명했다.

"한때 뉴욕 사람들이 플로리다에 휴가 가서 애완용 악어를 사오는 게 유행이었거든요. 그런데 한 달쯤 지나서 휴가 분위기도 다 끝나고 보니, 악어가 징그러워 보이고 영 싫증이 났다는 겁니다. 그래서 그냥 변기에 넣고 물을 내려버렸다는 거죠."

"쏴아아!"

배리가 물 내리는 소리를 흉내 냈다. 앨런은 그를 흘끔 쏘아보고는 이야기를 계속했다.

"어쨌든 그 악어들이 하수관에 흘러들어가서 지금까지 행복하게 살고 있다, 뭐 그런 얘기예요."

"아아, 나는 뉴욕을 사랑해."

배리가 덧붙였다.

"한 번도 안 가보셨나요?"

앨런이 새라에게 물었다.

"네."

"언제 한번 들르세요. 저랑 앨리스가 같이 구경시켜드릴 테니."

"말씀은 고마워요. 하지만 그럴 기회가 있을지…… 실은 저희 아버지가 원래 뉴욕에서 경찰로 일하시다가 여기로 이주하셨거든요. 그래서 뉴욕에서 겪은 사건사고를 제게 많이 이야기해주셨어요. 저는 아버지가 딱 알렉스 케이시 같다고 놀리곤 했죠."

"아, 제 책을 읽으셨나요?"

"그럼요. 무척 뛰어난 작가라고 생각해요. 비유를 좀 많이 쓰긴 하지만요. 아, 그리고 기술 고증 면에서 자문을 받으셔야겠던걸요. 알렉스 케이시가 리볼버를 쓰면서 안전장치를 푼다는 묘사를 읽고 저랑 아빠랑 얼마나 웃었는지 몰라요."

"요즘 독자들은 무섭다니까. 다 평론가 같아요."

"그냥 당신 곤란하게 하려고 하는 말이에요."

새라가 짓궂게 웃으며 말을 이었다.

"어쨌든 아버지 얘기를 듣고 나니, 뉴욕에 가보고 싶다는 생각은 별로 안 들어요. 아버지도 거길 그리워하지는 않는 것 같았고요."

"이해합니다. 어쨌든 여기는 아름다운 곳이죠. 적어도 낮에는요."

새라는 말없이 미소를 지었다. 그러자 배리가 나서서 화제를 바꿨다.

"만약 우리 일을 영화로 만든다면 내 역할은 누가 연기하는 게 좋을까요?"

"배리, 너 입가에 도넛 잼 묻었어. 할리우드 감독이 널 클로즈업하기 전에 얼른 닦아내는 게 좋을걸."

앨런의 말에 배리가 새끼손가락으로 잼을 닦아내더니 그대로 입에 집어넣고는 빨아먹었다.

"그, 누구더라? 필립 세이무어……."

"새라, 배리 장단 맞춰주지 말아요."

하지만 배리는 앨런을 무시하고 신나게 떠들었다.

"필립 세이무어 호프먼이요? 좋은 배우죠. 하지만 그 사람은 뚱뚱하잖아요. 나는 살짝 살집이 있는 건강한 체격이죠. 그러니까 그보다는……."

헬리콥터가 하강기류에 부딪혀 크게 요동치자 배리가 숨을 헉 들이켰다. 걷잡을 수 없이 낙하하던 기체가 나무 우듬지에 닿기 직전, 새라가 겨우 조종간을 부여잡고 고도를 높였다. 배리는 두 손으로 머리를 감싸 쥐고 신음을 흘렸다.

"으, 토할 것 같아."

"새라, 뭐 이상 있는 거 아니죠?"

앨런이 물었다.

"괜찮아요. 그래도 아무거나 단단히 붙잡고 있어요. 이상 기류나 돌풍이 심해서 많이 덜컹거릴 테니까."

"어디 안전한 곳에 착륙하고 싶으시면 그냥……."

새라가 앨런을 휙 노려보았다. 앨런은 그 서슬에 입을 다물 수밖에 없었다. 앨리스가 가끔 짓곤 했던, 절로 주눅이 들게 하는 싸늘한 표정이었다.

"제 말은, 걸어서 발전소로 갈 수도 있으니 좀 멀리 내려도 괜찮다는 겁니다."

하지만 새라는 여전히 딱딱한 표정이었다.

"나는 내빼려는 게 아니라……."

"앨런, 나는 이 군의 보안관입니다. 이 지역에 사는 주민 사천 명의 안전을 책임질 의무가 있어요. 실직자가 자살하지 않도록 설득하고, 아내와 아이들을 구타하려 하는 남자를 막기도 하고, 멋있는 등산용 파카만으로 눈사태나 크레바스까지 헤쳐나갈 수 있다고 믿는 뜨내기 관광객들이 산에 못 들어가게 막기도 하죠. 말썽을 일으키는 사람들은 체포하고, 정신을 차린 사람들은 풀어주고요."

"새라."

"이곳 사람들은 제 소관이에요. 제게는 세상에서 가장 좋은 사람들이고요. 저는 전문대학에서 법률 집행을 전공한 부보안관 열두 명과 함께 힘을 합쳐 이 지역의 평화를 지켜왔어요."

새라가 앨런을 돌아보았다. 계기판의 붉은 불빛이 그녀의 얼굴 위에 문신처럼 아로새겨져 있었다.

"당신이 나타나기 전까지는요."

세 사람 사이에 정적이 흘렀다. 차가운 밤공기를 휘젓는 날개와 요란한 엔진 소리만이 침묵을 메우는 가운데, 배리가 빨간 파카를 잡아당기면서 웅얼거렸다.

"음, 그 등산용 파카 얘긴 좀 무안한데요. 크레바스가 정확히 뭔지는 모르겠지만, 하여튼 전 위험한 덴 절대 안 들어갈 거라고요."

앨런과 새라는 웃음을 터뜨렸다. 새빨간 파카 차림의 배리는 볼 때마다 사람의 허를 찌르고 웃게 만드는 힘이 있었다.

"뭐야, 뭐가 웃겨?"

배리는 자기 말이 왜 웃긴지 뻔히 알고 있었다. 둘 사이의 긴장을 풀어주려고 일부러 던진 말이면서 짐짓 모른 척하고 있는 것이다. 앨런과 새라도 그의 배려를 잘 알고 있었기에 내심 고마워했다. 새라는 앨런과 거의 맞닿을 만큼 머리를 가까이 기울이고 부드럽게 말했다.

"미안해요."

"괜찮습니다. 맞는 말이니까요. 제가 나타나기 전까지는 무척 좋은 마을이었겠죠."

"그럼요. 정말 멋진 곳이었죠. 하지만 완벽한 낙원은 아니었어요. 원래부터 실종 사건은 잦은 편이었거든요. 식탁에 저녁을 차려놓고 별안간 사라진 사람들, 길가에 차를 대놓고 영영 나타나지 않은 운전자들. 저는 그 사람들이 그냥 운이 나빴거나, 갑자기 삶에 싫증나서 떠난 거라고만 생각했어요. 하지만 이제는……."

앨런은 점점 가까워지는 댐과 어둠 속에서 환하게 불을 밝힌 발전소를 내려다보았다.

"제가 최대한 바로잡을 겁니다. 할 수 있는 일은 뭐든지 할게요. 약속해요."

"저 역시 호수 속에 있다는 어둠의 존재를 막고 싶어요. 그리고 당신의 아내를 무사히 구출해낼 거예요."

앨런이 고개를 끄덕였다. 배리가 끼어들어서 명랑하게 떠들었다.

"앨리스를 만나면 분명 좋아하실걸요. 앨리스도 당신처럼 굉장히 터프한 성격이거든요. 좋은 쪽으로 말예요. 앨리스는 저를 약간 탐탁찮아하긴 하지만, 아무튼 두 분은 죽이 척척 맞을 거예요."

"그래요? 어서 빨리 만나보고 싶네요."

새라가 발전소 쪽을 가리켰다.

"저기 송전선들 보이죠? 변전소예요. 좀 더 가서 근처의 강가에 착륙할게요. 거기라면 공간도 넓고, 전선도 없으니 안전할 거예요."

그때 하늘의 달을 휙 스치고 지나가는 그림자가 있었다. 앨런은 헬리콥터 위를 올려다보았다.

"아, 저건……."

"왜 그래요?"

"뭐야, 앨런? 무슨 문제야?"

"확실히 보진 못했지만 우리 위에 까마귀 떼가 날아다니는 것 같은데요."

앨런은 조종석의 투명한 덮개에 얼굴을 누르고 하늘을 유심히 내다보았다.

"점점 더 몰려들고 있어요. 수가 엄청나요."

"까마귀요? 지금 새 때문에 걱정하시는 거예요?"

배리가 목에 두른 크리스마스 전구의 불을 켜면서 말했다.

"걱정할 수밖에요. 예전에 저 까마귀들이랑 한판 붙은 적이 있는데, 장난 아니었어요. 비둘기가 음식 찌꺼기 달라고 들러붙는 그런 차원이 아니었다고요."

앨런은 계속 망을 보면서 말했다.

"배리 말이 맞아요. 새라, 아무래도 지금……."

까마귀 떼가 헬리콥터를 향해 급강하했다. 그중 몇 마리가 육탄 돌격을 하듯이 몸을 부딪으며 딱딱한 부리로 플라스틱 덮개를 쪼아댔다. 앨런은 움찔했고, 새라는 욕을 뇌까리며 사방에서 날아드는 까마귀들을 피하려고 고도를 낮추었다.

"꽉 잡아요!"

또 다른 까마귀 떼가 엔진 덮개를 덮치며 프로펠러에 뛰어들었다. 검은 깃털들이 마구 흩날리며 사위를 가렸고, 엔진이 덜덜거리며 힘겹게 동력을 유지했다. 배리가 목에 두른 전구알들을 만지작거리면서 노래를 읊조리듯 중얼거렸다.

"이건 곤란해. 이건 곤란하다고. 난 새가 싫어. 새가 싫어. 새가 싫어."

앨런은 헬리콥터의 탐조등을 켜서 앞에서 똑바로 날아오는 까마귀 떼 한 무리를 몽땅 전멸시켰다. 하지만 까마귀들은 양옆으로도 덤벼들었고, 기어이 몇 마리가 조종석의 틈을 비집고 들어와 세 사람의 얼굴과 손을 할퀴어댔다. 조종간을 잡고 진땀을 흘리고 있는 새라의 머리에 한 놈이 앉아 머리카락을 물어뜯으려 하기에, 앨런은 손전등을 비춰서 놈을 없앴다.

새라는 놈들을 따돌리기 위해 오른쪽으로 급선회했다. 하지만 까마귀들은 숲에서 끝없이 쏟아져 나와 헬리콥터를 또다시 따라잡았다. 수천 마리가 하늘을 빽빽이 채웠다. 새라는 조종간을 끝까지 밀어붙여 전방을 향해 최고 속력으로 비행했다. 그러자 까마귀들이 뒤로 서서히 멀어져갔다. 이번에야말로 겨우 놈들을 앞지르나 싶었는데, 또 다른 방향에서 날아든 까마귀들이 꼬리 회전날개로 돌진했다. 놈들은 모조리 갈가리 찢겼지만 그 시체 조각들이 날개에 끼는 바람에 헬리콥터의 속도가 느려졌다.

기체가 거칠게 휘청거렸다. 새라는 조종간을 붙잡고 씨름했고, 앨런은 손잡이를 꽉 붙잡았고, 배리는 욕을 뇌까리며 기도했다.

댐 밑바닥에 자란 나무들의 우듬지에 활주부가 닿았다. 새라가 균형을 다시 잡아서 나무들은 피했지만, 제대로 착륙을 하기에는 너무 늦은 상태였다. 기체가 땅에 쾅 추락해 굴러가면서 꼬리 부분이 부러졌다. 세 사람은 안전띠를 맨 채 좌석 안에서 여기저기 부딪혔다.

"다들 괜찮아요?"

새라가 피투성이가 된 얼굴로 두 사람을 둘러보았다. 까마귀 부리에 쪼인 상처들에서 피가 흘러내려 옷깃까지 적시고 있었지만 새라는 개의치 않는 눈치였다. 앨런은 안전 벨트를 풀면서 고개를 끄덕였다.

"나는 괜찮아요. 배리?"

"까마귀 떼에 당한 사고도 보험 처리 되는 거야?"

배리가 얼굴을 잔뜩 찌푸리며 말했지만 농담을 던질 여유가 있는 걸 보면 멀쩡한 듯했다. 앨런은 헬리콥터에서 먼저 내린 다음 배리가 안전띠를 풀도록 도와주었다. 그동안 새라는 헬리콥터에서 엽총과 손전등을 챙겼다. 세 사람은 망가진 헬리콥터를 그곳에 놔두고, 버려진 발전소의 불빛을 향해 걷기 시작했다.

"조종 솜씨가 대단하더군요."

앨런이 새라에게 말했다.

"추락했다고 비꼬는 거죠, 지금?"

"아뇨. 추락하는 솜씨도 대단했다고요."

새라가 앨런의 팔을 주먹으로 퍽 때렸다. 꽤나 아팠지만 실실 웃음이 나왔다. 두 사람이 키득거리며 웃자 배리가 물었다.

"뭐야, 뭐가 웃긴데?"

넬슨은 의자에 털썩 앉고는 독한 술을 잔에 따랐다. 검시해본 결과, 배리는 회복되고 있었지만 로즈는 상태가 좋지 않았다. 의식은 있는데도 착란에 빠진 것처럼 주위에 아무 반응이 없었다. 딱 이런 경우를 두고 사람들은 '넋이 나갔다'는 표현을 쓴다. 그런 증상을 나타내는 환자를 예전에도 본 적이 있었다. 30년도 더 지난 옛날 일이었지만 그는 잊지 않고 있었다.

CHAPTER 25

"인상적이군요. 안 그래요?"

새라의 말에 배리가 하품을 하며 건성으로 대답했다.

"우와."

"그렇네요. 우와."

앨런이 역시 건성으로 맞장구를 쳤다.

세 사람은 숲 가장자리에 서서 브라이트 폴스 댐을 올려다보고 있었다. 적어도 70미터는 되어 보이는 그 거대한 구조물에 들어간 콘크리트만으로도 작은 도시 하나는 족히 만들 수 있을 듯했다. 댐은 어두웠지만, 그 밑에 있는 발전소가 어둠 속의 오아시스처럼 환한 빛을 밝히고 있었다. 발전소 안에 켜진 불빛만이 아니라 외벽 역시 형광 페인트로 온통 뒤덮여 번쩍거렸다. 어둠을 경계하라거나 빛 속에 있으라는 경고 문구를 칠해놓은 페인트가 콘크리트 표면에 뚝뚝 흘러내린 채 굳어 있었다. 신시아 위버는 철두철미하게 어둠을 경계하는 원칙을 지켜 지금까지 안전하게 살아남았던 것이다.

앨런은 주위를 둘러보았다. 그림자 괴물은 보이지 않았고, 하늘에도 반달과 별만 떠 있었다. 헬리콥터가 추락한 이후로 까마귀 떼는 다시 나타나지 않았지만, 밤의 풍경이 아무리 평화로워 보일지라도 절대 방심하면 안 된다는 것을 모두가 익히 알고 있었다. 수풀 속에서 짝짓기 상대를 찾는 귀뚜라미들이 울어댔다. 앨런은 마음속으로 그 곤충들에게 행운을 빌었다.

앨런과 새라는 발전소 쪽으로 서둘러 걸어갔다. 배리는 발이 아프다는 둥 알레르기가 또 도졌다는 둥 불평을 늘어놓으며 뒤처져 따라왔다. 댐에 가까워지자 댐과 발전소를 연결하는 거대한 금속 파이프들이 보였다. 그 파이프들은 지상에서 1미터 가량 올라온 콘크리트 지지물 위로 이어져 있었다. 눈앞의 풍경 전체가 어마어마해 보였다. 파이프와 댐뿐만이 아니라, 브라이트 폴스에서는 모든 것이 일반적인 사물보다 거대하게 확대된 것 같았다. 키가 백 미터를 훌쩍 넘는 소나무와 삼나무, 10층짜리 기중기, 토목용 중장비, 으리으리한 채광 시설, 앨런의 허리보다도 더 굵은 날들이 박힌 드릴. 그림자 괴물들이 들고 다니는 곡괭이나 해머마저도 평범한 세상의 물건보다 크게 보였다. 도시의 마천루도 이곳에서는 작고 하찮아 보이리라.

파이프에서 물이 새서 진흙탕이 흐르는 개울에 떨어지고 있었다. 그들은 철벅거리면서 개울을 건너갔다. 바람에 나무들이 우수수 흔들리고 올빼미 우는 소리가 들려왔다.

"같이 가!"

배리가 진창을 철벅철벅 디디면서 뛰어왔다. 앨런과 새라는 발전소의 커다란 미닫이문 앞에 멈춰 섰다. 문 위에는 형광 페인트로 횃불 모양을 엉성하게 따라 그린 문양이 있었다. 앨런이 지금껏 브라이트 폴스를 돌아다니며 숱하게 목격한 바로 그 낙서였다. 숲의 바위며 나무 위에 무지갯빛 페인트로 칠해져 있던 그 낙서들은 손전등을 비추면 더 밝게 반짝이곤 했었다.

앨런은 문 손잡이를 잡고 당겨보았다. 하지만 열리지 않았다. 새라와 함께 힘을 합쳐 밀고 기대고 당겨도 꿈쩍도 하지 않았다.

"이제 어쩌지?"

배리가 물었다.

"나는……."

앨런이 입을 열었을 때, 문이 철커덩 소리를 내며 저절로 열렸다. 세 사람이 어리둥절해하며 건물 안으로 발을 디디자 눈부신 빛이 홍수처럼 쏟아졌다. 앨런은 손차양으로 빛을 가리고 앞을 보았다. 새라와 배리도 똑같이 손차양을 치고 있었다.

"거기 꼼짝 마!"

신시아 위버의 고함소리가 들렸다. 앨런은 눈을 가늘게 뜨며 주위를 둘러보았지만 신시아의 모습은 눈부신 빛에 묻혀 보이지 않았다.

"위버 어르신! 저희는 적이 아닙니다!"

"그 말을 어떻게 믿어!"

"정말이에요, 어르신."

새라가 말했다.

"아, 브레이크 보안관인가? 자네가 여길 방문할 줄은 몰랐는데."

"저는 앨런 웨이크라고 합니다."

"옆에 그 해괴한 빨간 파카 입은 놈은 누구야?"

"저는 배리 휠러입니다. 명함이 어딨더라."

배리가 주머니를 뒤적거렸다.

"어째서 크리스마스 전구를 목에 두르고 있는 겐가?"

신시아 위버의 모습은 여전히 보이지 않았다. 앨런은 허공에다 대고 설명했다.

"위버 어르신, 우리는 어둠의 존재에 대해 알고 있습니다. 배리가 전구를 목에 감은 건 어르신이 이곳의 불을 환히 밝혀놓은 것과 같은 이유 때문입니다. 토머스 제인에 대해 아시지요? 앤더슨 형제가 쓴 노래에 나오는 '빛의 여인'이 어르신이죠? 저희는 어르신께 도움을 받을 수 있을까 해서 찾아온 겁니다."

침묵이 감돌았다.

"제 아내를 어둠의 존재에게 빼앗겼습니다. 도움이 필요합니다."

역시 침묵만 이어졌다. 앨런은 자신이 오해한 게 아닐까, 노래는 그저 노래일 뿐이고 신시아 위버는 마을 주민들의 생각대로 그냥 미치광이 노인이었던 게 아닐까 의심이 들었다. 만약 신시아도 도와주지 못한다면, 앨리스를 찾을 길은 영영 없을 터였다.

그때 신시아의 목소리가 침묵을 깼다.

"그래, 때가 왔군. 어서 오게, 젊은이. 아주 오래전부터 자네를 기다렸어."

등 뒤에서 문이 철컹 닫히고, 묵직한 스위치가 달칵 움직이는 소리와 함께 눈부신 투광 조명등이 꺼졌다. 그 빛이 없더라도 실내는 충분히 밝았다. 이제야 비로소 앞을 볼 수 있게 된 앨런은 주위를 찬찬히 살펴보았다. 천장의 철제 대들보, 페인트칠도 안 된 콘크리트 벽을 보니 이곳은 원래 산업용 창고였던 것 같았다. 한편에는 회색 석고 보드로 만들어진 사무실이 있었는데, 사무실 외벽 꼭대기의 각 모서리마다 설치된 조명등이 눈에 띄었다.

사무실 안은 거실로 쓰이고 있었다. 뜨개질로 짠 카펫, 조그마한 부엌,

접뚜껑이 달린 책상, 누비이불이 말끔히 개어진 침대까지, 창고의 썰렁한 분위기와는 대조적으로 놀라울 만큼 아늑하게 꾸며진 공간이었다. 한쪽 벽에는 오려낸 신문 기사들이 붙어 있었고, 빨간 독서용 의자와 플로어 스탠드 옆의 바닥에도 신문과 잡지가 수북이 쌓여 있었다. 원형 나무 탁자 주위에는 생수병과 통조림들이 가지런히 놓여 있었다. 그리고 천장에 달린 백열전구들을 비롯해 어디에나 등불이며 스탠드가 켜져 있어 방 안 구석구석 빛을 밝혔다. 뇌수술을 집도해도 될 만큼 밝은 곳이었다.

그 방 안에서 신시아 위버가 그들을 내다보고 있었다. 언제나 그렇듯이 등불을 들었고, 단정한 갈색 트위드 정장과 블라우스 차림에 머리카락을 뒤로 틀어 올리고 있었다. 얼굴에 엄격한 표정까지 띠고 있어 꼭 옛날 도서관 사서 같은 인상이었다.

"환영해주셔서 고맙습니다."

앨런이 인사했지만 신시아는 못 들은 척 새라에게 말을 걸었다.

"보안관, 만나서 반갑네. 하지만 그리 놀랍진 않아. 자네는 원래 영리한 사람이었으니까. 그래, 꼭 자네 아버지를 닮았지."

신시아가 고개를 주억거렸다.

"한때 자네 아버지와 함께 식당에서 커피를 마시기도 했네. 토머스에 대해, 내가 토머스를 얼마나 사랑했는지 이야기할 때면 자네 아버지는 결코 비웃지 않았어."

신시아가 새라에게 가까이 다가갔다.

"왜 마을을 지키지 않고 여기로 왔나? 나쁜 일들이 벌어지고 있을 텐데."

"이미 손을 쓸 수 있는 상황이 아니에요. 어둠의 존재가 마을의 절반을 망가뜨렸어요."

"그래, 그럴 줄 알았지. 그럴 줄 알았어. 주민들에게 그토록 경고를 했건

만 아무도 듣질 않더군. 나는 그놈이 오는 걸 진작 알아차렸네. 지난주부
터 어둠이 더더욱 강해지고 있었으니까. 이렇게까지 심하게 난동을 부리
는 건 처음 보네."

신시아가 고개를 설레설레 젓고는 앨런을 돌아보았다.

"이제야 기억이 나는군. 그날 스터키를 찾으러 식당에 왔었지?"

"그렇습니다. 복도의 전구가 고장 나서 어두우니 들어가지 말라고 제게
경고하셨죠."

"하지만 듣지 않았지."

"네. 그곳에서 바바라 재거가 저를 기다리고…….”

신시아가 등불을 앨런의 얼굴에 들이대고 불꽃을 더 환하게 키웠다.

"그놈은 바바라가 아니야. 놈은 그저 어리석은 사람들을 속이려고 바바
라의 형상을 하고 있을 뿐일세."

"네. 이젠 압니다."

"그걸 알게 되기까지 큰 대가를 치렀겠지."

신시아의 그 말이 앨런의 마음속에 돌덩이처럼 무겁게 내려앉았다.

"맞습니다. 제가 세상에서 가장 사랑하는 사람을 빼앗겼습니다."

신시아가 고개를 끄덕이고 등불을 살짝 내렸다.

"그건 '밝은 방'에 있네."

"네?"

"어둠을 물리치는 데에 필요한 것 말이야. 밝은 방에 있다고."

"그게 뭐죠?"

"말로 설명해서 알 수 있는 게 아닐세. 직접 봐야 해."

"밝은 방이 어디에 있나요, 위버 어르신?"

새라가 부드럽게 묻자 신시아는 그녀를 물끄러미 바라보았다.

"자네가 어렸을 때 나에 대해 고약한 노래를 지어 불렀지?"

"네, 그랬어요. 죄송해요."

"내가 지나갈 때면 조용히 그 노래를 흥얼거렸지. 못 들을 줄 알았겠지만, 나는 귀가 아주 예민한 사람이거든. 아무리 작은 소리도 절대 놓치지 않아. 그런데 어느 날부턴가 자네는 더 이상 그 노래를 부르지 않고, 내게 아주 예의 바르게 대하더군. 겁에 질린 태도이긴 했지만."

"밝은 방이 어디에 있죠?"

앨런이 재차 물었지만 신시아는 여전히 새라만 마주보았다.

"저 친구도 참을성이 없구먼. 남자들이 대부분 그렇지. 어쩔 수 없나봐. 토머스도 늘 그랬으니까."

신시아의 주름진 눈이 물기에 젖었다.

"밝은 방은 댐 안에 있네. 자네가 찾아올 때까지 그것을 안전히 지키려고 내가 그 방을 만들어놓았지."

앨런은 무슨 말인지 도통 알아들을 수가 없었다.

"그게 앨리스를 구하는 데에 도움이 되는 겁니까? 그걸 쓰면 그 오두막집으로 갈 수 있나요?"

"웨이크, 자네는 용감한 사내인가? 그 일에는 용기가 필요하다네."

앨런은 재빨리 발길을 돌려 출입문의 손잡이를 잡았다.

"당장 댐으로 가보자."

신시아가 버럭 소리쳤다.

"나가면 안 돼! 밤에 바깥을 쏘다니다니, 절대로 안 돼. 그건 제1의 규칙이야!"

신시아가 손가락을 흔들며 말을 이었다.

"젊은이, 지금까지 자네는 규칙을 많이 깼지. 그래서 지금 어떤 꼴이 되었는지 알면서도 또 무모한 짓을 하려는 겐가? 안 될 말이야. 내 집에 안전한 비밀 통로가 있으니 그 길로 가게나. 빛을 밝혀놓은 오래된 송수관이 있거든."

신시아가 등불을 들어 올리고 사무실로 들어갔다.

"이쪽일세. 따라오게."

창고 벽은 밖에서 보았던 것과 똑같은 형광 페인트 경고문으로 덕지덕지 뒤덮여 있었다. 그런데 가면 갈수록 글자는 일그러지고 내용도 뒤죽박죽이 되었다.

규칙 1: 밤에는 나가지 말 것
규칙 2: 불을 켜둘 것
규칙 3: 등불을 늘 챙길 것
어둠 속에 발을 들이지 말 것
전구를 제때 확인할 것
전구는 교체가 필요함
토머스, 보고 싶어
토머스 제인을 저주한다
보험

"아, 저걸 보니 마음이 참 든든하네."

배리가 투덜거리자 새라가 헛 소리를 내며 말렸다. 하지만 앨런은 배리의 심정을 이해할 수 있었다. 앨런도 내심 신시아에 대한 의심을 거두지 못했다. 자신은 고작 일주일 전에 어둠의 존재와 맞닥뜨렸을 뿐인데도 제정신을 유지하느라 사력을 다해야 하는데, 신시아는 벌써 수십 년째 이곳에서 살아온 사람이었다. 어둠이 도사리고, 죽은 자들이 배회하고, 호수 속에서 오래되고 강력한 미지의 존재가 부활할 날을 기다리고 있는 곳에서. 그곳은 이제 앨런의 세상이기도 했다. 작가가 현실을 바꿀 수 있는, 슬럼프 때문에 아무것도 쓰지 못하던 작가가 사랑하는 여자를 구하기 위해 공포를 창조해낼 수 있는 세상. 만약 신시아가 정말로 그 오랜 세월 동안 제정신을 유지해온 거라면 앨런보다도 훨씬 강인한 사람이라 할 만했다.

신시아는 벽에 나 있는 2미터 정도 크기의 출입구 앞에 멈춰 섰다. 덮개를 열자 안에 박혀 있는 송수관이 드러났다. 송수관의 내벽 전체에 조명이 켜져 있어 어두운 구석이라곤 조금도 없었다.

"자, 들어오게."

신시아가 등불로 송수관을 비춰주었다. 모두가 그녀를 따라 안으로 들어가자 네 사람의 발소리가 송수관 안에 메아리쳤다.

"정말로 이 길이 맞는 건가요?"

새라가 물었다.

"웨이크, 자네는 토머스와 정말 닮았구먼. 아마 둘 다 작가라서 그렇겠지."

"네, 아무래도 그렇겠죠."

앨런이 새라를 흘끔 돌아보았다.

"나는 토머스를 정말 사랑했어. 내 평생 그토록 아름다운 남자는 못 봤네. 나는 바바라를 질투한 나머지, 그녀가 사고를 당했을 땐 아주 조금이지만 기쁘기도 했다네."

신시아가 한숨을 쉬며 발걸음을 늦췄다.

"그때 토머스는 글을 써서 바바라를 되살리려고 했네. 딱 지금의 자네처럼. 하지만 그건 불가능한 일이야. 돌아온 바바라는 겉모습만 똑같은 마녀일 뿐, 생전의 다정하던 그 바바라가 결코 아니었네. 젊은이, 세상에 공짜는 없는 법일세."

"어둠이 쓰라는 대로만 쓰지 않으면 됩니다. 이야기에 아주 살짝 변화를 주면, 어둠의 존재가 꾸민 계획을 망가뜨릴 수 있어요."

신시아가 등불을 들어 올리고 앨런의 눈을 들여다보았다.

"변화라. 그래, 그렇군. 악몽에서 빠져나가는 탈출구, 비밀 통로."

신시아는 고개를 끄덕였다.

"자네가 토머스보다 더 총명한 모양일세. 토머스도 자기 글이 빚은 결과를 돌이키고 싶어했지만, 그는 글에 쓴 모든 것을 없애버리는 방법밖에 생각하지 못했거든. 바바라도, 자기 자신도 몽땅. 토머스가 벌인 짓에 어둠은 몹시 화가 났지만, 그때 토머스는 이미 사라진 뒤였지."

앨런은 신시아에게 손을 뻗었지만 그녀는 벌써 등을 돌려 걸어 나가고 있었다.

"자네는 유명한 작가지?"

"그럭저럭요."

"무진장 유명하죠."

배리가 끼어들었다.

"토머스 역시 유명했다네. 하지만 그 일 이후로는 그런 사람이 있었다는 것조차 아무도 모르게 되었지. 토머스는 자신의 모든 것을 지워버리고 오로지 딱 하나만 남겼네. 어둠의 존재가 또 깨어날 경우를 대비한 '보험'을 내게 맡겨둔 게야. 그만큼 나를 믿었기 때문이었겠지만, 나를 이용한 면도 없잖아 있었지. 토머스를 사랑하는 내가 그런 부탁을 거절하지는 못하리라는 걸 알고 있었을 테니까. 그래서 나는 밝은 방을 지어서 그 보험을 잘 보관해두고, 자네가 나타나기를 내내 기다려왔다네."

신시아의 이야기가 끝날 때쯤 송수관도 끝이 났다. 앨런 일행은 신시아를 따라 송수관을 빠져나가서 복도 끝까지 걸어갔다. 그곳에는 은행 금고 문처럼 두껍고 거대한 문이 있었다. 신시아가 문을 열자 그 안에서 환한 빛이 쏟아져 나와 복도 전체에 번졌다. 신시아는 등불을 높이 들어 올리고 안으로 들어갔다.

"전원 승선!"

신시아가 외치자 배리는 어처구니가 없다는 듯 눈을 굴렸다.

"내가 말했지? '안전'하게 보관해두었다고."

원래는 창고였던 듯한 그 방 안에는 천 개쯤 되는 듯한 각양각색의 램프들로 가득했다. 그 모든 걸 연결하는 튼튼한 전선들이 바닥에 구불구불 널려 있었고, 어두운 부분이라곤 단 한 군데도 없었다. 어둠이 발을 들일 엄두도 못 낼 곳이었다. 방 한가운데 가장 밝은 조명 아래에는 오래된 판지 상자 하나가 놓여 있었다.

신시아가 자랑스럽게 말했다.

"아주 오랫동안 내가 이 방을 관리했네. 전력은 댐의 터빈에서 바로 공급되니 끊길 염려도 없어. 전구는 모두 번호를 매겨서 제조사와 모델에 따라 정기적으로 교체한다네."

"어휴, 그거 굉장하군요."

배리가 또 비꼬자 새라가 팔꿈치로 그를 쿡 찔렀다. 신시아는 배리에게 신경 쓰지 않는 듯, 앨런을 향해 판지 상자를 밀었다.

"가져가게. 그러면 나는 이제 이 방을 더 걱정하지 않아도 되겠지. 6번, 33번, 118번 전구를 교체할 때가 다 되었는데 사다리를 타고 올라가는 게 영 성가셨던 참이야. 그러니 어서 가져가주게. 시간도 늦어서 이제 피곤하구먼."

앨런은 열린 상자 안을 들여다보았다. 그 안에는 소설 원고의 낱장인 듯한 문서 한 장과 낡은 전기 스위치가 들어 있었다. 종이를 집어보니, 그건 앨런의 소설이 아니었다. 토머스 제인이라는 이름이 오른쪽 위편 귀퉁이에 또렷이 인쇄되어 있었다. 앨런은 숨도 제대로 쉬지 못하고 글을 읽어나갔다.

일곱 살 소년인 앨런은 잠들지 않으려고 악착같이 싸웠다. 잠깐 곯아떨어지기라도 하면 생생한 악몽에 빠졌다가 비명을 지르며 깨어나곤 했다. 그러던 어느 날 엄마가 앨런에게 낡은 전기 스위치를 주면서, '똑딱이'를 켜면 마법의 불빛이 나와 괴물들을 쫓아내줄 거라고 말했다. 게다가 앨런의 아빠가 준 것이라는 말도 덧붙였다. 아빠에 대한 기억이 전혀 없는 앨런은 아빠와 연관된 것이라면 무엇이든 맹목적으로 받아들였기에, 그 스위치는 정말로 강력한 부적처럼 느껴졌다. 그날 이후로 똑딱이를 꼭 쥐고 있으면 앨런은 아기처럼 곤히 잠들 수 있었다.

30년이 지난 지금, 앨런은 똑딱이를 손에 들고 콜드론 호숫가에 서 있었다. 그는 깊이 심호흡을 하고 뛰어내렸다.

앨런은 폭발물이라도 다루듯이 조심스럽게 종이를 내려놓았다. 배리가 상자 안에 담긴 똑딱이를 흘끔 내려다보았다.

"뭐야, 겨우 저것 때문에 우리가 여기까지 온 거야? 철물점은 브라이트 폴스에도 있다고!"

앨런은 묵묵히 똑딱이를 집어 들고 원고의 내용을 머릿속으로 곱씹으면서 스위치를 켰다가 껐다.

일곱 살 때 그의 어머니가 똑딱이를 준 것은 사실이었다. 토머스 제인이 쓴 그대로였다. 그 외에도 아버지와 불면증 이야기까지 전부 다 앨런의 실제 삶과 똑같았다. 앨런 자신은 쓴 적 없는 유년 시절의 이야기를 토머스 제인이 글로 썼던 것이다.

이 스위치는 분명 그 똑딱이가 맞았다. 삐져나온 전선 두 가닥, 어린 시절 하도 문질러서 피복이 닳은 부분까지, 이모저모 뜯어보면 볼수록 앨런이 너무나도 잘 아는 유년 시절의 부적이 분명했다. 2년 전 앨리스에게 선물로 줬던 그 똑딱이가 어떻게 지금 브라이트 폴스 댐 안에서 판지 상자에 고이 든 채로 앨런에게 돌아온 것일까?

"앨런, 왜 그래요?"

토머스는 어둠의 존재를 막기 위해 자신의 존재를 모두 없애버렸다고 했다. 딱 이 한 장의 원고만을 남긴 채, 처음부터 존재하지 않았던 것처럼 자신의 흔적까지 모두 지워 버렸다고. 그런데 앨런이 새 다리 방갈로에서 쓴 원고를 통해 토머스를 되살려놓은 셈이었다. 앨런이 악몽에서 빠져나갈 비상 탈출구로, 그리고 앨리스를 구할 유일한 희망으로 소설 속에 마련해둔 장치가 바로 토머스 제인이었다. 그러나 앨런 자신의 삶에 대해 토머스에게 알려준 적은 없었다. 똑딱이를 준 기억도 물론 없었고, 신시아 위버의 말에 따르면 그 똑딱이는 수십 년째 거기에 있었을 테니 애초에 시간대가 맞지 않았다.

"앨런? 너 괜찮냐?"

배리가 물었지만 앨런은 떨쳐내려 해도 자꾸만 떠오르는 중대한 의문에 사로잡혀 아무 말도 할 수 없었다. 그렇다면 토머스 제인이 앨런 웨이크의 피조물인가, 아니면 앨런이 토머스 제인의 피조물인가? 둘 중 하나가 어둠의 존재와 싸우기 위해 다른 한 명을 창조해냈고, 나머지 한 명은 그 싸움에 종지부를 찍어야 하는 입장이었다.

신시아가 입을 열었다.

"우리 둘 다 어둠과 접촉했고, 토머스의 빛 덕분에 목숨을 구한 걸세. 하지만 어둠은 자네에게 지워지지 않는 얼룩처럼 늘 남아 있게 마련이지. 나는 토머스가 너무…… 너무나도 그립네."

"무슨 말씀이신지 잘 압니다."

앨런이 고개를 끄덕였다.

"알아? 그럼 네가 쉽게 설명 좀 해줄래?"

앨런은 똑딱이를 재킷 주머니에 집어넣고 배리와 새라를 번갈아 보았다.

"앨리스를 구하려면 어떻게 해야 하는지 알았어요."

토머스는 그 시가 형체를 갖추고 생명력을 얻는 걸 느낄 수 있었다. 타자기의 키에서 힘이 전해지는 듯한 착각이 들 정도였다. 그는 짜릿한 희열에 사로잡혔지만 동시에 무섭기도 했다. 젊은 조수인 하트먼의 강력한 격려와 설득이 없었더라면 진작 포기했을 것 같았다. 하트먼도 작가들만큼이나 언변이 대단한 사람이었다.

CHAPTER 26

"이걸 가져가게. 자네가 가는 곳에는 밝은 빛이 필요할 테니."

발전소를 나서는 앨런에게 신시아가 조명총을 건네주었다. 앨런이 고개를 끄덕여 인사하자, 신시아는 육중한 문을 천천히 닫았다. 닫혀가는 문안에서는 새라가 아직도 속상한 눈빛으로 그를 쳐다보고 있었고, 배리는 최대한 이해하겠다는 태도로 앨런에게 손을 흔들고 있었다.

마침내 문이 완전히 닫혔다. 앨런은 돌아서서 걸어가다가 문득 멈춰서 손목시계를 확인했다. 시계를 귓가에 가져가서 소리를 들어보고, 흔들어보고, 다시 확인했다. 말도 안 되는 일이 벌어지고 있었다. 시간상으로는 아직 한밤중인데 지평선에 벌써 해가 뜨고 있었던 것이다. 밝은 햇살이 비치는 것까지는 아니었지만, 빛과 어둠 사이의 경계에 걸린 듯이 뿌옇게 번뜩이는 태양이 분명히 떠 있었다. 아까 똑딱이를 잠깐 켰다 끈 일이 무슨 영향을 끼치기라도 한 걸까? 앨런은 또 다시 자신이 미친 게 아닐까 의심스러웠다. 지금도 하트먼 박사의 진료소 침대에 누워 있다든가, 아니면 사고 차량의 운전석에서 머리 부상을 당한 채 널브러져 있는 게 아닐까, 그리고 앨리스는 호수에 빠져 죽은 게 아닐까.

앨런은 코트 깃을 세우고 콜드론 호수 쪽으로 걸음을 옮겼다. 의심이 들 때는 계속 나아가야 한다. 지난 한 주 동안 일어난 일들을 하나하나 합리적으로 이해하려 했다면 아무것도 하지 못했을 것이다. 아무 생각 말고 그저 나아가는 수밖에 없었다. 호수는 몇 킬로미터나 떨어져 있었지만, 서두르면 해 지기 전에는 도착할 수 있을 터였다. 어스레한 햇살만으로도 어둠의 존재를 무찌르는 데에 큰 도움이 될 것 같았다.

앨런은 발전소 앞의 진입로를 걷다가 울퉁불퉁한 비탈을 따라 내려갔다. 발을 디딜 때마다 파스스 부서지는 점토암을 조심조심 밟으며 내려가는데, 아까 타고 온 헬리콥터의 잔해가 저편에 있었다. 회전 날개는 부러졌고 앞유리는 거미줄처럼 금이 가 있었다. 헬리콥터가 추락하고도 셋 모두 무사히 살아남다니, 새라의 조종 솜씨 덕분도 있겠지만 정말로 운이 좋았구나 싶었다.

앨런은 더 빨리 발을 움직였다. 앨리스를 잃은 이후로 며칠을 하염없이 걷기만 한 것 같았다. 숲에서부터 벌목장, 주유소, 탄광에 이르기까지 모든 곳을 둘러보았는데도 앨리스를 찾지 못했다. 하지만 오늘은 찾을 것이다. 찾아내고야 말리라. 앨런은 주머니 안의 똑딱이를 어루만지면서, 아까 일행과 나누었던 대화를 떠올렸다.

"호수로 가야겠어요. 제 방식대로 이 이야기의 결말을 쓸 겁니다."

"그냥 여기서 쓰면 안 돼?"

배리가 물었다.

"그런 식으로는 안 돼."

"알았어요. 전 준비 됐으니 같이 가요."

새라가 한 발짝 나서며 말했지만 앨런은 고개를 저었다.

"혼자 가겠다고요? 말도 안 되는 소리 하지 말아요."

"새라, 미안하지만 나 혼자 가야 해요. 그래야만 앨리스를 구할 수 있어요."

새라는 여전히 못마땅한 기색이었지만 앨런의 표정을 보고는 잠자코 행운을 빌어주었다. 배리는 눈물바람으로 앨런을 껴안더니 민망해하면서도, 꼭 살아 돌아와 중개 수수료를 지급해달라고 신신당부했다. 신시아 위버는 앨런을 말리지도, 막지도 않았다. 그녀는 모든 것을 알고 있었던 것이다.

배리는 이제껏 적과 싸우면서 의외의 강인한 면모를 보여주었다. 아마 배리 자신도 놀랐을 것이다. 앨리스가 가져온 관광 팸플릿에는 "브라이트 폴스에 오세요! 자연과 자기 자신을 재발견하는 놀라운 경험"이라고 쓰여 있던데, 과연 맞는 말이었다. 하지만 아무래도 관광청에서 홍보 방식을 바꿔야 하지 않을까 싶었다. 이 모든 일이 끝난 뒤에도 브라이트 폴스라는 마을이 남아 있기나 하다면 말이지만.

앨런은 걸음을 늦췄다. 뭔가 잘못되었다는 직감이 들었다. 하늘에 뜬 해가 비정상적으로 빠르게 움직이고 있었고, 탁한 햇빛마저도 희미해져가고 있었다. 다급해진 앨런은 반쯤 뛰다시피 걸으면서 해를 따라잡으려 애썼다. 길모퉁이를 돌 때만 잠깐 쉬었을 뿐 내내 속보로 나아가다가, 길가에 세워진 브라이트 폴스 댐 정비 트럭을 발견했을 때에야 그 안에 올라타서 제대로 휴식을 취했다. 당연하게도 열쇠만 꽂힌 채 운전자는 사라진 트럭이었다. 어둠의 존재가 이 지역 전체를 휩쓸었을 터였다. 댐 정비원, 사냥꾼, 탄광, 벌목꾼. 그 모두를 어젯밤 사이에 그림자 괴물로 만들었으리라. 아니, 어젯밤이 아니라 오늘 밤일까. 시간관념이고 뭐고 모조리 뒤죽박죽이었다.

앨런은 트럭에 시동을 걸고 액셀러레이터를 힘껏 밟았다. 바퀴가 자갈길을 힘차게 미끄러져 나아가는 것을 확인한 앨런은 그대로 차를 몰고 호수를 향해 전속력으로 달렸다. 몇 분마다 한 번씩 하늘을 확인해보니, 해가 기울어가는 속도를 보면 이대로 죽어라고 밟아도 해 지기 전까지 호수에 도착하는 건 불가능할 것 같았다. 벌써부터 땅거미가 스멀스멀 깔리고 있었다. 나무와 도로에…… 아니, 온 세상에.

멀리 보이는 브라이트 폴스 마을은 이미 어둠에 잠겨 있었다. 어쩌면 원래부터 가짜 햇빛으로는 밝힐 수 없는 어둠의 마을이었는지도 모른다. 불빛이 깜빡거리다 꺼지고, 발전기가 끊어지고, 연료가 고갈되어가는 그 마을은 밤보다 더 짙은 어둠에 휩싸여 있었다.

그때 어둠이 울부짖는 소리가 들려오면서 머리에 날카로운 통증이 치밀었다. 관자놀이를 꾹꾹 문지르며 마을의 상황을 살피니, 버려진 길거리에 돌풍이 휘몰아치고 있었다. 강을 잇는 현수교가 흔들리는 듯 보일 만큼 어마어마한 폭풍이었다. 어둠의 존재는 마을을 파괴하고 햇빛을 차단하느라 분주한 것 같았다. 어쩌면 거기에 너무 분주하게 몰두하는 나머지 앨런이 호수로 다가가는 기적을 알아차리지 못하는 것이리라. 앨런 자신이 쓴 소설이라면 분명 그렇게 전개될 듯했다.

문득 미소가 나왔다. 아직 결말도 없고 쓴 기억조차 없는 소설의 내용을 단정 짓다니. 하지만 앨런은 원래 감만 잡고 나면 글 자체는 척척 써내는 편이긴 했다.

주머니 안에 든 똑딱이를 만지면서 마음을 다잡았다. 하지만 어둠의 존재가 눈치챌까봐 두려워서 스위치를 켜보지는 못했다. 앨런은 적의 빈틈을 노리고 싶었다. 비장의 무기를 너무 빨리 꺼내놓으면 지게 마련이다. 간단한 이치였다.

호수에 거의 다 왔을 때는 날이 어두워져 있었다. 햇빛은 그저 기억속의 짤막한 장면일 뿐이고 원래 세상은 이렇게 어두워야 한다는 듯이. 앨런은 전조등을 꺼놓고 달렸다. 하늘에 별이 떠 있었지만 방향을 잡는 데에는 별도 달도 필요 없었다. 신시아의 말마따나 어둠과 접촉한 사람에게는 어둠이 얼룩처럼 배어 있기 때문인지, 호수가 그를 끌어당기는 느낌이 들었다. 눈을 감고도 호수로 가는 길을 알 수 있을 것 같았다.

앨런은 트럭을 길가에 세우고 내린 뒤, 호수로 향하는 울퉁불퉁한 곳을 걸어 올라갔다. 마침내 호수가 눈앞에 펼쳐지자 숨 쉬는 것도 잊어버릴 것 같아서 의식적으로 호흡을 해야만 했다. 검은 호수는 언뜻 보기엔 잔잔하기 그지없었지만, 허밍을 하는 듯한 나지막한 진동 때문에 수면에 비친 별들이 미세하게 떨리고 있었다. 별들이 산산조각 나 어둠 속으로 흩어져 사라질 것만 같은 광경이었다. 저 멀리 완연한 암흑에 싸여가는 브라이트 폴스 마을에서는 몇 안 남은 불빛이 하나하나 꺼져갔다. 얼마 뒤면 어둠의 존재는 폐허가 된 마을에서 주의를 돌려 앨런을 찾아 나설 것이다. 아니면 벌써 그를 찾고 있을지도 모른다.

앨런은 이야기에 결말을 지어야만 했다. 그러려면 존재하지 않는 그 섬의 새 다리 방갈로로 들어가서 타이프를 쳐야 했다. 토머스 제인도 그곳에서 글을 써서 소설을 현실로 만들었지만, 그는 치명적인 실수를 저질렀다. 작가라고 해서 무엇이든 마음대로 쓸 수는 없음을, 지켜야 하는 규칙이 있음을 미처 생각지 못했던 것이다. 토머스는 단순히 소설을 통해 죽은 연인이 살아 돌아오게 하면 된다고 생각했으나, 토머스가 불러낼 수 있었던 것은 겉모습만 바바라와 똑같은 괴물이었다. 앨런은 문제의 근본이 무엇인지 잘 알았다. 작가는 신이 아니다. 작가가 할 일은 무에서 유를 창조하는 것이 아니라, '이야기'를 이어가는 것이다.

호수 위로 불길한 먹구름이 끼더니, 찬바람이 불어와 앨런의 재킷이 나부꼈다. 곧 어둠이 몰려올 것이다. 주머니 속의 똑딱이를 어루만지고 있노라니 목덜미의 털이 쭈뼛 섰다. 어둠의 존재가 그의 기척을 알아차리고 요동치고 있었다. 이제는 더 어물거릴 시간이 없었다. 앨런은 뼛속을 꿰뚫는 듯한 바람 속에서 몸서리를 치며 정말로 이런 일을 할 용기가 있을까 자문했다. 그는 신시아에게 받아온 토머스 제인의 원고를 다시금 꺼내보았다.

그날 이후로 똑딱이를 꼭 쥐고 있으면 앨런은 아기처럼 곤히 잠들 수 있었다. 30년이 지난 지금, 앨런은 똑딱이를 손에 들고 콜드론 호숫가에 서 있었다. 그는 깊이 심호흡을 하고 뛰어내렸다.

수면이 더욱 거칠게 진동하며 검은 에너지로 치직치직 타올랐다. 그리고 회오리바람이 우우 울부짖으며 호수로 불어닥쳤다. 고장난 차, 트럭, 뿌리째 뽑힌 나무, 찌그러진 게시판 등을 휘감고 수면 위를 빙빙 도는 그 시커먼 소용돌이는 점점 더 커지면서 하늘 끝까지 부풀어만 갔다. 귀가 먹을 정도의 괴성 속에서 하늘의 별들마저 하나씩 하나씩 사라졌다.

앨런은 조명총을 꺼냈다. 신시아의 수많은 경고가 그랬듯이, 조명총이 필요할 거라던 그녀의 조언 역시 적중했다. 어둠 속으로 들어가려면 그를 이끌어줄 빛이 필요했다. 그는 조명총을 하늘로 쏘아 올렸다. 조명탄의 불꽃이 소용돌이 속에서 터지자 즉시 어둠이 움츠러들었고, 불꽃은 천천히 떨어져 내리며 호수에 빛을 드리웠다. 앨런은 마지막으로 주위를 한 번 둘러보고 숨을 깊이 들이쉰 다음, 원고에 적혀 있던 대로 뛰어내렸다.

앨런은 깊이깊이 가라앉았다. 숨이 막히고 조명탄의 빛은 희미해졌지만 앨런은 포기하지 않고 계속 저 시커먼 밑바닥을 향해 내려갔다. 마침내 더 이상 숨 쉴 공기가 바닥나자 그는 모두 포기하고 얼음장 같은 물에 몸을 맡겼다. 저 아래 어딘가에 잠수부의 섬이 숨어 있을 터였다. 태양, 나무, 친절한 종업원, 평화를 지켜주는 보안관이 있는 현실 세계에서 멀리 멀리 떨어진 곳. 평화도, 법도, 질서도 없는 콜드론 호수 밑바닥.

얼마나 그렇게 내려가고 있었을까, 물속에 빛이 나타났다. 잠수복을 입은 토머스 제인이 앨런의 옆에 나란히 떠 있었다. 구리 잠수종의 안면 유리판 너머로 빛에 휩싸인 얼굴이 보였고, 토머스의 깊은 목소리가 산소 호흡기를 통해 흘러나왔다.

"그건 나의 바바라가 아니었소. 그 사실을 깨달았을 때 놈의 심장을 도려냈지만 아무 소용도 없었소. 놈에겐 애초에 심장이 없었으니까."

그의 빛을 한껏 쐬고 있으니 앨런은 한결 강해지는 느낌이 들었다. 그런데 빛 가장자리에 다른 누군가가 있었다. 자세히 보니 그건 또 다른 앨런이었다. 바지, 후드티, 코트며 옷차림까지 똑같았다. 오두막집에 갇혀 바바라의 감시를 받으며 타자를 치고 있던 바로 그 앨런인 것일까? 글을 쓰지 말라고 말릴 수도, 막을 수도 없었던 앨런 자신의 도플갱어 말이다.

"저쪽은 신경 쓰지 마시오."

토머스가 말하자, 앨런의 도플갱어가 앨런을 보며 히죽 웃었다.

"저 사람은 스크래치 씨요. 당신이 떠나고 나면 당신의 친구들이 그를 맞아줄 거요."

"그게 무슨?"

앨런이 스크래치의 눈을 멀거니 바라보며 그렇게 입을 연 순간, 몸이 붕

하고 허공으로 떠오르는 느낌이 들었다. 그러자 스크래치가 앨런에게 손을 뻗었다. 두 사람의 손끝이 거의 닿을 듯 가까워지자, 앨런의 몸이 다시 서서히 내려오더니 토머스와 스크래치를 뒤로 하고 더욱 깊은 물속으로 떨어져 내렸다. 이윽고 저 밑에서 오두막집 한 채가 모습을 드러냈다. 무수한 나뭇가지와 사람들의 고통 위에 지어진 오두막집, 새 다리 방갈로였다. 정신을 차려보니 어느새 앨런은 두 발로 땅을 딛고 그 오두막집으로 걸어가고 있었다. 이곳이 호수 밑바닥인지 아니면 지상인지 분간할 수 없었다.

호수가 거칠게 흔들리면서 흰 파도가 일었다. 앨런이 서 있는 잠수부의 섬 역시 흔들리며 신음을 내뱉었고, 똑바로 서 있기도 힘들 만큼 거센 바람이 휘몰아쳤다. 그러더니 주위 풍경 전체가 기이하게 왜곡되기 시작했다. 사물들의 표면이 비정상적으로 기울어지고, 나무들은 뿌리를 허공으로 뻗어 올리면서 새 다리 오두막집의 토대부와 똑같은 광경을 자아냈으며, 거대한 바위들이 둥둥 떠서 날아오더니 앨런이 손으로 후려치자 다른 방향으로 휙 날아가 버렸다. 이 섬은 꼭 미쳐 날뛰는 어린아이가 들쑤셔놓은 장난감 상자 같았다. 현실의 규칙을 따르는 것이 아무것도 없었다. 그런데 단 하나, 오로지 오두막집만은 멀쩡해 보였다. 그 집은 존재 자체만으로도 이미 비정상적이기에 자연의 법칙들을 가지고 장난을 칠 필요조차 없었던 것이다.

앨런은 똑딱이를 움켜쥐고 오두막집의 낡은 계단을 올라갔다. 호수에서 폭발이 일어나 앨런은 물벼락을 뒤집어썼지만, 뼛속까지 시려오는 찬물에 흠뻑 젖고도 아랑곳없이 그는 문을 벌컥 열고 안으로 들어갔다.

1층의 가구는 전부 사라지고 없었는데, 휑한 실내 한가운데에 커다란 흔들 목마만 덩그러니 놓여 있었다. 페인트칠도 죄 벗겨지고 빨간 털실 갈기와 나무 얼굴까지 다 썩어가는 낡은 목마가 앞뒤로 천천히 흔들리고 있었다. 앨런이 조심스럽게 마루를 가로질러 걸어가자 나무 바닥이 삐걱거리고 벽의 회반죽 조각이 떨어져 내렸다. 위층으로 이어지는 계단 앞에 이르렀을 때, 바바라 재거가 그의 앞을 가로막았다.

"너는 그저 내가 쓰라는 것을 쓰기만 하면 되는 거였어. 그런데 내 말을 거역했겠다?"

바바라가 까마귀 같은 목소리로 윽박질렀다. 앨런은 차분히 대꾸했다.

"그래. 많이 거역했지."

"굉장히 시건방지군. 마음에 안 들어!"

목마가 더 빠른 속도로 흔들거렸다.

"이제는 절대로 앨리스를 돌려주지 않겠어."

"돌려줄 생각은 처음부터 없었잖아."

등 뒤에서 문이 쾅 닫히는 소리가 들렸지만, 앨런은 바바라만을 똑바로 쳐다보았다. 토머스가 바바라의 심장을 도려냈다던 말은 사실이었다. 그녀의 가슴에 뻥 뚫린 구멍에 조그마한 회색 달팽이들이 다닥다닥 붙어 있었고, 텅 빈 눈구멍은 검은 물로 가득 차 일렁거렸다. 어둠의 존재는 바바라가 수십 년 전에 익사했다는 사실을 노골적으로 드러내고 있었다. 이 오두막집에서는 그런 걸 숨길 필요가 없었으니까.

"이 세상에 예술가가 너 하나밖에 없는 줄 아느냐? 나는 또 다른 껍질을 쓰고 나올 거야. 나를 자유롭게 해줄 인간을 찾아낼 거라고!"

목마가 미친 듯이 빠르게 흔들리면서 바닥이 삐걱거리고 썩은 갈기가 빠져나와 흩날렸다. 하지만 그런 건 이제 두렵지 않았다. 수년 만에 처음으로, 앨런은 아무것도 두렵지 않았다.

"너 따윈 필요 없어."

바바라가 으르렁거렸다.

앨런은 바바라에게 성큼 다가가서 한 팔로 그녀를 끌어안았다. 바바라의 몸은 호숫물보다도 더 차가운 냉기가 돌았지만, 앨런은 몸부림치는 그녀를 단단히 붙들고서 가슴의 구멍에 똑딱이를 밀어넣은 뒤 스위치를 눌렀다.

바바라가 비명을 지르면서 머리를 뒤로 젖혔다. 그녀의 가슴에서 뜨겁고 새하얀, 태양보다도 밝은 섬광이 터져 나왔다. 열린 입과 두 눈에서도 빛이 끓어오르며 어둠을 살라먹었다. 앨런은 바바라가 검은 레이스 베일을 그에게 문지르며 몸서리를 치다가 마침내 소멸될 때까지 똑딱이를 꼭 쥐고 있었다.

바바라의 형체가 완전히 사라지자 목마가 쓰러지고, 유리 눈알 하나가 나무 바닥 위에 툭 떨어져 굴러오다가 앨런의 발치에서 멈췄다. 공기 중에 떠다니는 먼지들이 빛 속에서 반짝거렸다.

앨런은 한 번에 두 계단씩 뛰어올라 2층 서재로 달려갔다. 책상 위에 낯익은 수동 타자기가 그를 기다리고 있었다. 롤러에 꽂혀 있는 반쯤 쓰다 만 용지가 눈에 띄었다. 『출발』의 마지막 페이지였다.

앨리스의 존재가 가까이에 느껴졌다. 손을 뻗으면 금방이라도 만질 수 있을 것 같았다. 앨런은 자신이 무엇을 해야 하는지, 어떤 결말을 지어야 하는지 깨달았다. 빛이 있으면 어둠이 있다. 원인이 있으면 결과가, 죄가 있으면 속죄가 있다. 저울은 늘 균형을 이루어야 하며, 대가는 반드시 치러야 한다. 토머스는 이 섭리를 미처 생각지 못하고 일을 너무 쉽게만 생각했던 것이리라.

앨런은 자리에 앉아 타자를 두드리기 시작했다.

EPILOGUE

콜드론 호수의 수면에는 물결 한 점 일지 않았다. 물 위로 뛰어오르는 물고기도, 얕은 물가를 맴도는 잠자리 한 마리도 없었다. 붉은 꼬리를 가진 매 한 마리만이 호수에 가까이 접근하고 싶지 않은 것처럼 높은 하늘을 날아갔다. 호수는 물이라기보다는 차라리 검은 유리 같았다.

그런데 호수의 한 지점에서 웬 거품이 일었다. 매가 그걸 보고는 호기심을 느꼈는지 낮게 내려와서 그 위를 맴돌았다. 거품은 점점 더 크게 끓어오르더니, 그곳에서 사람이 튀어나왔다.

"그건 호수가 아니다. 바다다."

앨리스가 마침내 햇살이 비치는 세상으로 올라온 순간, 귓가에 그런 말이 맴돌았다. 너무나도 또렷한, 마치 앨런이 바로 옆에서 말한 것처럼 생생한 목소리였다. 앨리스는 연신 기침을 하면서 정신없이 허우적거리다가 겨우 몸을 바로잡았다.

앨리스는 숨을 가쁘게 들이켜면서 선헤엄을 쳤다. 밝은 빛 속에서 눈을 게슴츠레 뜨고서 그 자리에서 한참을 기다리다가, 춥고 피곤해서 결국은 기슭으로 헤엄쳐 나올 수밖에 없었다. 호수를 둘러싼 바위에 이르러 팔을 짚고서 잠시 쉬는데, 어느 강인한 손길이 그녀를 붙잡고 땅 위로 끌어냈다. 눈을 떠보니 회색 보안관 제복을 입은 아름다운 여자가 앨리스를 내려다보고 있었다. 앨리스가 그녀에게 매달리며 물을 토해내자 보안관이 등을 두들겨주었다.

"웨이크 부인, 무사하셔서 다행입니다. 저는 브레이커 보안관이에요."

앨리스는 얼굴에 들러붙은 젖은 머리카락을 떼어냈다.

"어떻게, 제가 여기에 있다는 걸 아셨죠?"

보안관은 호수의 섬으로 이어졌던, 지금은 다 삭아버린 보도의 잔해를 가리켰다.

"앨런이 당신을 찾으러 그 섬으로 갈 거라고 말했거든요. 그래서 무작정 쫓아와본 거예요. 앨런이 도대체 어떻게 당신을 구했는지는 모르겠지만요."

브레이커 보안관이 앨리스의 어깨에 담요를 둘러주고는 옆에 놔둔 보온병을 집었다.

"앨런."

앨리스는 호수를 돌아보았지만 앨런의 흔적은 어디에도 보이지 않았다. 차갑게 식은 뺨에 뜨끈한 눈물이 흘러내렸다. 앨리스는 브레이커 보안관이 따라준 따뜻한 커피를 받아들고 애써 울음을 삼켰다. 근처에 세워져 있는 보안관의 순찰차가 눈에 띄었다.

"오늘, 오늘이 며칠이죠?"

"사슴 축제날이에요."

커피 컵을 쥔 손이 덜덜 떨렸다.

"제가 실종된 지 오래됐군요."

브레이커가 고개를 끄덕였다. 순찰차에 켜진 라디오에서 어젯밤 축제에 대한 이야기가 나오고 있었지만, 앨리스는 잘 알아들을 수 없었다. 진행자가 설명하기를, 사슴 축제는 원래 좀 거칠게 즐기는 게 전통이긴 하지만 어젯밤은 선을 넘었다고 했다. 기물 파손, 차량 방화, 실종 사건 등이 일어났다며.

"여러분, 사슴 축제는 그런 게 아니죠. 브라이트 폴스에서 그런 일이 일어나면 안 되는 겁니다. 아무튼, 자, 이제 준비하세요. 두 시간 후에 성대한 퍼레이드가 시작됩니다! 지금까지 팻 메인이었습니다."

앨리스가 라디오에서 주의를 돌리고 브레이커를 바라보며 부드럽게 말했다.

"아까 제 남편을 '앨런'이라고 하셨죠."

"그렇게 불러달라고 부탁했어요."

브레이커의 얼굴이 붉게 물들었다.

"무척 특별한 분이신가 봐요. 앨런은 보통 사람들에게 거리를 두는 편인데."

브레이커는 호수 쪽으로 눈길을 돌렸다.

"그게, 지난 며칠 동안 같이 험한 일을 많이 겪었거든요."

"친구가 된 건가요?"

브레이커는 여전히 앨리스와 눈을 마주치지 않았다.

"가까워지긴 했지요. 친구가 될 수도 있었는데, 앨런은 떠나야만 했어요."

"저를 찾으러요?"

"커피 뜨거울 때 좀 드세요."

앨리스는 커피를 한 모금 마셨다. 진하면서도 적당히 달콤했다.

"웨이크 부인, 얼마나 큰 고생을 하셨을지 상상도 안 돼요. 정말 강한 분인 것 같아요. 여느 사람들이었다면 돌아오지 못했을 거예요."

"앨런이 돌아오지 않을 것 같아요."

앨리스는 손등으로 눈물을 닦아냈다. 브레이커는 잠시 침묵을 지키다가 호수에 돌멩이 하나를 던지고 수면에 이는 파문을 바라보았다.

"저도 그렇게 생각합니다."

앨리스도 호수를 물끄러미 내다보았다.

"아까 빛을 향해 올라갈 때, 앨런의 목소리가 들렸던 것 같아요."

브레이커는 앨리스의 얼굴을 찬찬히 살폈다.

"'그건 호수가 아니다, 바다다'라고 했어요. 목소리가 정말로 또렷해서 바로 옆에 있는 것만 같았죠. 바다라니, 그게 무슨 뜻일까요?"

브레이커는 고개를 저었다. 멀리 수상 비행기 한 대가 사슴 축제 현수막을 달고서 날아갔다. 앨리스는 오한이 끼쳐서 이를 딱딱 부딪히며 담요를 바싹 여몄다.

"그건 잘 모르겠네요. 다만, 지난주 이곳에는 끔찍한 일들이 정말 많았어요. 그리고 앨런…… 웨이크 씨는 그게 자기 탓이라고 자책하셨고요. 그래서 어젯밤 당신을 구하러 떠날 때, 꼭 모든 걸 바로잡겠다고, 원래대로 돌려놓을 거라고 말했어요. '내가 일찍 떠날수록 이 마을도 더 일찍 정상으로 돌아올' 거라면서요."

앨리스는 호수에서 반사되는 햇빛 속에 눈을 깜빡이며 브레이커의 말을 들었다.

"마을은 아직 완전히 정상으로 돌아오진 않았지만, 놀라울 만큼 많이 회복되긴 했어요. 하지만 웨이크 씨에게 무엇보다도 중요한 것은, 아니, 유일하게 중요한 것은 바로 당신을 되찾는 일이었습니다. 그분은 어떤 일이 있어도 반드시 당신을 구출해서 빛 속으로 돌려놓으려 했어요."

브레이커가 앨리스의 팔을 꼭 잡았다.

"그리고 결국 해냈지요."

따스한 햇살이 앨리스의 얼굴에 와 닿고, 바람에 나무들이 흔들리는 소리가 귓가에 들려왔다. 그리고 아주 아득히 먼 곳에서, 누군가가 타자를 치는 소리가 바람결에 실려온 것 같았다. 앨리스는 호수를 내려다보았다. 영롱한 무지개가 수면 전체에 반사되어 떠올라 있었다.

"네. 해냈어요."

〈끝〉